OS SENHORES DO NORTE

OBRAS DO AUTOR PUBLICADAS PELA EDITORA RECORD

1356
Azincourt
O condenado
Stonehenge
O forte
Tolos e mortais

Trilogia *As Crônicas de Artur*

O rei do inverno
O inimigo de Deus
Excalibur

Trilogia *A Busca do Graal*

O arqueiro
O andarilho
O herege

Série *As Aventuras de um Soldado nas Guerras Napoleônicas*

O tigre de Sharpe (Índia, 1799)
O triunfo de Sharpe (Índia, setembro de 1803)
A fortaleza de Sharpe (Índia, dezembro de 1803)
Sharpe em Trafalgar (Espanha, 1805)
A presa de Sharpe (Dinamarca, 1807)
Os fuzileiros de Sharpe (Espanha, janeiro de 1809)
A devastação de Sharpe (Portugal, maio de 1809)
A águia de Sharpe (Espanha, julho de 1809)
O ouro de Sharpe (Portugal, agosto de 1810)
A fuga de Sharpe (Portugal, setembro de 1810)
A fúria de Sharpe (Espanha, março de 1811)
A batalha de Sharpe (Espanha, maio de 1811)
A companhia de Sharpe (janeiro a abril de 1812)

Série *Crônicas Saxônicas*

O último reino
O cavaleiro da morte
Os senhores do norte
A canção da espada
Terra em chamas
Morte dos reis
O guerreiro pagão
O trono vazio
Guerreiros da tempestade
O Portador do Fogo
A guerra do lobo
A espada dos reis

Série *As Crônicas de Starbuck*

Rebelde
Traidor
Inimigo
Herói

BERNARD CORNWELL

OS SENHORES DO NORTE

Tradução de
ALVES CALADO

19ª edição

EDITORA RECORD
RIO DE JANEIRO • SÃO PAULO
2021

CIP-BRASIL. CATALOGAÇÃO NA FONTE
SINDICATO NACIONAL DOS EDITORES DE LIVROS, RJ.

C835c Cornwell, Bernard, 1944-
19ª ed. Os senhores do norte / Bernard Cornwell; tradução Alves Calado. –
         19ª ed. – Rio de Janeiro: Record, 2021.
         (Crônicas saxônicas; v.3)

         Tradução de: The lords of the north
         Continuação de: O cavaleiro da morte
         ISBN 978-85-01-07826-1

         1. Alfredo, Rei da Inglaterra, 849-899 – Ficção. 2. Vikings – Ficção.
         3. Grã-Bretanha – História – Alfredo, 849-899. 4. Romance inglês.
         I. Alves Calado, Ivanir, 1953-. II. Título. III. Série.

                        CDD: 823
07-3558   CDU: 812.111-3

Título original inglês:
The lords of the north

Copyright © 2006 by Bernard Cornwell

Texto revisado segundo o novo Acordo Ortográfico da Língua Portuguesa.

Todos os direitos reservados. Proibida a reprodução, no todo
ou em parte, através de quaisquer meios.

Direitos exclusivos de publicação em língua portuguesa somente para o Brasil
adquiridos pela
EDITORA RECORD LTDA.
Rua Argentina, 171 – Rio de Janeiro, RJ – 20921-380 – Tel.: (21) 2585-2000,
que se reserva a propriedade literária desta tradução.

Impresso no Brasil

ISBN 978-85-01-07826-1

Seja um leitor preferencial Record.
Cadastre-se no site www.record.com.br e receba
informações sobre nossos lançamentos e nossas promoções.

Atendimento e venda direta ao leitor:
sac@record.com.br

Para Ed Breslin

... Com on wanre niht scriðan sceadugenga

Saindo das noites lívidas desliza o caminhante das sombras

Beowulf

Nota de Tradução

Foi respeitada ao longo deste livro a grafia original de diversas palavras. O autor, por diversas vezes, as usa intencionalmente com um sentido arcaico, a exemplo de *Yule*, corres pondente às festas natalinas atuais, mas que, originalmente, indicava um ritual pagão. Outro exemplo é a utilização de *svear*, tribo proveniente do norte da Europa.

Além disso, foram mantidas algumas denominações sociais, como *earl* (atualmente traduzido como "conde", mas que o autor especifica como um título dinamarquês, que só mais tarde seria equiparado ao de conde, usado na Europa continental), *thegn*, *reeve*, e outros que são explicados ao longo do livro

Por outro lado, optou-se por traduzir *lord* sempre como "senhor", jamais como "lorde", cujo sentido remete à monarquia inglesa posterior, e não à estrutura medieval. *Britain* foi traduzido como Britânia (opção igualmente aceita, mas pouco corrente), para não confundir com Bretanha, no norte da França (*Brittany*), mesmo recurso usado na tradução da série *As Crônicas de Artur*, do mesmo autor.

SUMÁRIO

MAPA 11

TOPÔNIMOS 13

PRIMEIRA PARTE
O rei escravo 17

SEGUNDA PARTE
O navio vermelho 155

TERCEIRA PARTE
Caminhante das sombras 249

NOTA HISTÓRICA 345

Mapa

TOPÔNIMOS

A GRAFIA DOS TOPÔNIMOS na Inglaterra anglo-saxã era incerta, sem qualquer consistência ou concordância, nem mesmo quanto ao nome em si. Assim, Londres era grafado como Lundonia, Lundenberg, Lundenne, Lundene, Lundenwic, Lundenceaster e Lundres. Sem dúvida alguns leitores preferirão outras versões dos nomes listados a seguir, mas em geral empreguei a grafia que estivesse citada no Oxford Dictionary of English Place-Names referente aos anos mais próximos ou contidos no reino de Alfredo, entre 871 e 899 d.C., mas nem mesmo essas soluções são à prova de erro. A ilha de Hayling, em 956, era grafada tanto como Heilincigae quanto como Hæglingaiggæ. E eu próprio não fui consistente; preferi a grafia moderna England (Inglaterra) a Englaland e, em vez de Norðhymbralond, usei Nortúmbria para evitar a sugestão de que as fronteiras do antigo reino coincidiam com as do distrito moderno. De modo que a lista, como as grafias em si, é resultado de um capricho.

ÆTHELINGÆG	Athelney, Somerset
ALCLYT	Bishop Auckland, condado de Durham
BAÐUM	Bath, Avon
(PRONUNCIA-SE BATHUM)	
BEBBANBURG	Castelo de Bamburgh, Northumberland
BERROCSCIRE	Berkshire
CAIR LIGUALID	Carlisle, Cumbria
CETREHT	Catterick, Yorkshire
Cippanhamm	Chippenham, Wiltshire

Contwaraburg	Canterbury, Kent
Cumbraland	Cumbria
Cuncacester	Chester-le-Street, condado de Durham
Cynuit	Cynuit Hillfort, próximo a Cannington, Somerset
Defnascir	Devonshire
Dornwaraceaster	Dorchester, Dorset
Dunholm	Durham, condado de Durham
Dyflin	Dublin, Eire
Eoferwic	York (Também, em dinamarquês, Jorvic. Pronuncia-se Yorvik.
Ethandun	Edington, Wiltshire
Exanceaster	Exeter, Devon
Fifhidan	Fyfield, Wiltshire
Gleawecestre	Gloucester, Gloucestershire
Gyruum	Jarrow, condado de Durham
Hamptonscir	Hampshire
Haithabu	Hedeby, cidade mercantil no sul da Dinamarca
Heagostealdes	Hexham, Northumberland
Hedene	Rio Eden, Cumbria
Hocchale	Houghall, condado de Durham
Horn	Hofn, Islândia
Hreapandune	Repton, Derbyshire
Kenet	Rio Kennet
Lindisfarena	Lindisfarne (Ilha Sagrada), Northumberland
Lundene	Londres
Onhripum	Ripon, Yorkshire
Pedredan	Rio Parrett
Readingum	Reading, Berkshire
Scireburnan	Sherborne, Dorset
Snotengaham	Nottingham, Nottinghamshire
Strath Clota	Strathclyde
Sumorsæte	Somerset

Suth Seaxa	Sussex (Saxões do sul)
Synningthwait	Swinithwaite, Yorkshire
Temes	Rio Tâmisa
Thornsæta	Dorset
Thresk	Thirsk, Yorkshire
Tine	Rio Tyne
Tuede	Rio Tweed
Wiire	Rio Wear
Wiltun	Wilton, Wiltshire
Wiltunscir	Wiltshire
Wintanceaster	Winchester, Hampshire

PRIMEIRA PARTE

O rei escravo

Eu queria as trevas. Naquela noite de verão havia uma lua pela metade que saía de trás das nuvens para me deixar nervoso. Eu queria as trevas.

Havia carregado duas bolsas de couro até a pequena crista que marcava o limite norte de minha propriedade. Minha propriedade. Fifhaden, era como se chamava, e era a recompensa do rei Alfredo pelo serviço que eu lhe prestara em Ethandun, onde, na longa colina verde, havíamos destruído o exército dinamarquês. Parede de escudos contra parede de escudos; no fim Alfredo era rei de novo, os dinamarqueses estavam derrotados e Wessex vivia. E ouso dizer que fiz mais do que a maioria dos homens. Minha mulher havia morrido, meu amigo havia morrido, eu havia levado um golpe de lança na coxa direita e minha recompensa era Fifhaden.

Cinco jeiras. Era o que o nome significava. Cinco jeiras! Terra que mal bastava para sustentar as quatro famílias de escravos que labutavam no solo, cuidavam das ovelhas e pescavam no rio Kenet. Outros homens haviam recebido grandes propriedades e a Igreja fora recompensada com ricas florestas e pastagens profundas, enquanto eu recebia cinco jeiras. Eu odiava Alfredo. Era um rei miserável, devoto, mão-fechada, que desconfiava de mim porque eu não era cristão, porque era do norte e porque havia lhe dado o reino de volta em Ethandun. E como recompensa ele me deu Fifhaden. Desgraçado.

Assim eu havia carregado as duas sacolas até a crista baixa, pastada pelas ovelhas e atulhada de enormes pedregulhos que luziam brancos quando a lua escapava dos fiapos de nuvens. Agachei-me perto de uma pedra enorme e Hild se ajoelhou ao meu lado.

Na época ela era minha mulher. Havia sido freira em Cippanhamm, mas os dinamarqueses tinham capturado a cidade e a usaram como prostituta. Agora estava comigo. Algumas vezes, à noite, eu a ouvia rezar, e suas orações eram todas feitas de lágrimas e desespero, e eu admitia que no fim ela retornaria ao seu deus, mas no momento eu era seu refúgio.

— Por que estamos esperando? — perguntou ela.

Encostei um dos dedos nos lábios para silenciá-la. Ela ficou me olhando. Tinha rosto comprido, olhos grandes e cabelos dourados sob um retalho de xale. Eu considerava um desperdício ela ser freira. Alfredo, claro, queria-a de volta no convento. Por isso deixei que ela ficasse. Para irritá-lo. Desgraçado.

Estava esperando para ter certeza de que ninguém nos olhava. Era improvável, porque as pessoas não gostam de se aventurar à noite quando o horror se esgueira na terra. Hild segurava seu crucifixo, mas eu me sentia confortável no escuro. Desde que era criança havia ensinado a mim mesmo a amar a noite. Eu era um *sceadungengan*, um caminhante das sombras, uma das criaturas que os outros homens temiam.

Esperei longo tempo até ter certeza de que não havia mais ninguém na crista baixa, então desembainhei Ferrão de Vespa, minha espada curta, e cortei um quadrado de terra e capim que pus de lado. Em seguida cavei o chão, empilhando a terra em minha capa. A espada ficava batendo em calcário e sílex, e eu sabia que a lâmina de Ferrão de Vespa ficaria com mossas, mas continuei cavando até fazer um buraco de tamanho suficiente para o enterro de uma criança. Pusemos as duas sacolas na terra. Eram meu tesouro. Minha prata e meu ouro, minha riqueza, e eu não queria ser atrapalhado por ela. Possuía cinco jeiras de terra, duas espadas, uma cota de malha, um escudo, um elmo, um cavalo e uma freira magra, mas não tinha homens para proteger um tesouro, por isso precisava escondê-lo. Mantive apenas algumas moedas de prata, o restante coloquei sob a guarda do solo. Cobrimos o tesouro, batemos o solo com o pé e depois recolocamos a terra com capim no lugar. Esperei que a lua saísse de trás de uma nuvem, olhei o capim e achei que ninguém saberia que o lugar fora mexido. Em seguida memorizei o local, marcando-o na mente com as pedras mais próximas. Um dia, quando tivesse meios de proteger aquele tesouro, iria retornar. Hild olhou para a sepultura das minhas riquezas.

— Alfredo diz que você deve ficar aqui — disse ela.

— Alfredo pode mijar na própria goela, e espero que o desgraçado engasgue e morra. — Ele provavelmente morreria logo, porque era um homem doente. Tinha apenas 29 anos, oito a mais do que eu, no entanto parecia mais próximo dos cinquenta, e duvido de que algum de nós lhe daria mais do que dois ou três anos de vida. Vivia reclamando das dores de barriga, correndo para o buraco de cagar ou tremendo de febre.

Hild tocou o capim em que o tesouro estava enterrado.

— Isso significa que vamos voltar a Wessex? — perguntou.

— Significa que nenhum homem viaja entre inimigos levando seu tesouro. Está mais seguro aqui, e se sobrevivermos, vamos pegá-lo. E se eu morrer, você pega. — Ela não disse nada. Carregamos a terra que estava na capa de volta ao rio e jogamos na água.

De manhã pegamos os cavalos e fomos para o leste. Íamos a Lundene, porque em Lundene todas as estradas começam. Era o destino que me impelia. O ano era 878, eu tinha 21 anos e acreditava que minhas espadas poderiam me dar o mundo inteiro. Eu era Uhtred de Bebbanburg, o homem que havia matado Ubba Lothbrokson ao lado do mar e que havia derrubado Sven do Cavalo Branco de sua sela em Ethandun. Era o homem que dera a Alfredo seu reino de volta e o odiava. Por isso iria deixá-lo. Meu caminho era o da espada, e esse caminho me levaria de volta para casa. Eu iria para o norte.

Lundene é a maior cidade em toda a ilha da Britânia, e sempre adorei suas casas arruinadas e os becos febris, mas Hild e eu só ficamos lá por dois dias, alojados numa taverna saxã na nova cidade a oeste das decadentes muralhas romanas. Na época o lugar fazia parte da Mércia e servia como guarnição dos dinamarqueses. As cervejarias estavam cheias de mercadores, estrangeiros e navegantes, e foi um mercador chamado Thorkild que nos ofereceu passagem até a Nortúmbria. Eu havia lhe dito que meu nome era Ragnarson e ele não acreditou nem questionou, mas nos deu passagem em troca de duas moedas de prata e meus músculos para seus remos. Eu era saxão, mas fora criado pelos dinamarqueses, de modo que falava a língua deles e Thorkild presumiu que eu fosse dinamarquês. Meu belo elmo, a cota de malha e as duas espadas lhe diziam que eu era guerreiro e ele deve ter suspeitado de que eu era fugitivo, pertencente ao exército derrotado, mas o que isso lhe importava? Ele precisava de remadores. Alguns mercadores só usavam escravos nos remos, mas Thorkild os considerava encrenca e empregava homens livres.

Saímos na maré vazante, o casco cheio de fardos de linho, óleo da Frankia, peles de castor, uma quantidade de ótimas selas e sacos de couro cheios de cominho e mostarda preciosos. Assim que nos afastamos da cidade e chegamos ao estuário do Tâmisa estávamos na Ânglia Oriental, mas vimos pouco daquele reino porque na primeira noite uma névoa perniciosa veio rolando do mar e permaneceu durante dias. Em algumas manhãs não conseguíamos viajar, e mesmo quando o tempo era razoável nunca ficávamos longe da margem. Eu havia pensado em ir de navio para casa porque seria mais rápido do que viajar por terra, mas em vez disso nos arrastávamos um quilômetro enevoado após o outro em meio a um emaranhado de bancos de lama, riachos e correntezas traiçoeiras. Parávamos toda noite, encontrando algum lugar para ancorar ou atracar, e passamos toda uma semana num pântano esquecido por Deus na Ânglia Oriental porque uma tábua do casco na proa se soltou e a água não podia ser retirada com rapidez suficiente usando baldes, por isso fomos obrigados a levar o navio até uma praia lamacenta e fazer o conserto. Quando o casco estava calafetado, o tempo havia mudado e o sol brilhou num mar sem névoa. Remamos para o norte, ainda parando toda noite. Vimos uma dúzia de outros navios, todos mais longos e estreitos do que o de Thorkild. Eram navios de guerra dinamarqueses e todos viajavam para o norte. Presumi que fossem fugitivos do exército derrotado de Guthrum e que iam para casa na Dinamarca ou talvez à Frísia ou qualquer outro lugar em que houvesse saques mais fáceis do que na Wessex de Alfredo.

Thorkild era um homem alto e lúgubre que achava ter 35 anos. Trançava o cabelo grisalho de modo a pender em cordas compridas até a cintura, e os braços não tinham os braceletes que mostrassem a proeza de um guerreiro.

— Nunca fui lutador — confessou-me. — Fui criado como mercador e sempre fui mercador, e meu filho vai comerciar quando eu tiver morrido.

— Você mora em Eoferwic?

— Lundene. Mas mantenho um armazém em Eoferwic. É um bom lugar para comprar peles.

22

Os senhores do norte

— Ricsig ainda governa lá?

Ele balançou a cabeça.

— Ricsig está morto há dois anos. Agora há um homem chamado Egbert no trono.

— Havia um rei Egbert em Eoferwic quando eu era criança.

— Esse pode ser filho ou neto dele. Talvez primo. De qualquer modo, é saxão.

— Então quem realmente governa a Nortúmbria?

— Nós, claro — disse ele, querendo dizer os dinamarqueses. Os dinamarqueses costumavam colocar um saxão inofensivo nos tronos dos países que capturavam, e Egbert, quem quer que fosse, sem dúvida era um desses monarcas de coleira. Dava um fingimento de legalidade aos ocupantes dinamarqueses, mas o verdadeiro governante era o *earl* Ivarr, o dinamarquês dono da maior parte das terras ao redor da cidade. — É Ivarr Ivarson — disse Thorkild com um toque de orgulho na voz —, e seu pai era Ivar Lothbrokson.

— Conheci Ivar Lothbrokson.

Duvido de que Thorkild tenha acreditado em mim, mas era verdade. Ivar Lothbrokson fora um temível senhor guerreiro, esquelético, selvagem e medonho, mas era amigo do *earl* Ragnar, que me criou. Seu irmão era Ubba, o homem que matei junto ao mar.

— Ivarr é o verdadeiro poder na Nortúmbria — disse Thorkild —, mas não no vale do rio Wiire. Lá quem governa é Kjartan. — Thorkild tocou seu amuleto do martelo quando disse o nome de Kjartan. — Agora ele é chamado de Kjartan, o Cruel, e seu filho é ainda pior.

— Sven. — Falei o nome azedamente. Eu conhecia Kjartan e Sven. Eram meus inimigos.

— Sven, o Caolho — disse Thorkild, com uma careta, e tocou de novo seu amuleto, como se para manter longe o mal dos nomes que havia acabado de falar. — E ao norte deles — continuou — o governante é Ælfric de Bebbanburg.

Eu o conhecia também. Ælfric de Bebbanburg era meu tio e ladrão das minhas terras, mas fingi não conhecer o nome.

— Ælfric? Outro saxão?

— Um saxão — confirmou Thorkild —, mas sua fortaleza é poderosa demais para nós — acrescentou como explicação para um senhor saxão permanecer na Nortúmbria —, e ele não faz nada para nos ofender.

— É amigo dos dinamarqueses?

— Não é inimigo. Esses são os três grandes senhores. Ivarr, Kjartan e Ælfric. Mas para além das colinas, em Cumbraland? Ninguém sabe o que acontece lá. — Ele estava falando do litoral oeste da Nortúmbria, voltado para o mar da Irlanda. — Havia um grande senhor dinamarquês em Cumbraland. Hardicnut, era como se chamava, mas ouvi dizer que foi morto numa escaramuça. E agora? — Ele deu de ombros.

Então essa era a Nortúmbria, um reino de senhores rivais, nenhum com motivo para gostar de mim e dois que me queriam morto. No entanto, era meu lar, e eu tinha um dever para com o local, e por isso estava seguindo o caminho da espada.

Era o dever da rixa de sangue. A rixa havia começado cinco anos antes, quando Kjartan e seus homens foram à noite ao castelo do *earl* Ragnar. Haviam queimado o castelo e assassinado as pessoas que tentavam fugir das chamas. Ragnar havia me criado, eu o amava como um pai, e seu assassinato ficou sem vingança. Ele tinha um filho, também chamado Ragnar, que era meu amigo, mas Ragnar, o Jovem, não podia se vingar porque agora era refém em Wessex. Assim, eu iria para o norte, encontraria Kjartan e iria matá-lo. E mataria seu filho, Sven, o Caolho, que levara como prisioneira a filha de Ragnar. Será que Thyra ainda vivia? Eu não fazia ideia. Sabia apenas que tinha jurado vingar a morte de Ragnar, o Velho. Algumas vezes, enquanto fazia força no remo de Thorkild, achava idiotice estar indo para casa porque a Nortúmbria estava cheia dos meus inimigos, mas o destino me levava, e havia um nó na minha garganta quando finalmente entramos na ampla foz do rio Humber.

Não havia nada além de um baixo litoral lamacento meio vislumbrado através da chuva, juncos nos baixios marcando riachos escondidos e grandes trechos de plantas aquáticas balançando na água cinzenta, mas este era o rio que levava para dentro da Nortúmbria, e eu soube, naquele momento, que havia tomado a decisão correta. Este era o meu lar. Não Wessex com seus campos mais ricos e suas colinas mais suaves. Wessex era domado, contido pelo rei e a Igreja, mas ali em cima havia gansos mais selvagens no ar mais frio.

— É aqui que você mora? — perguntou Hild enquanto as margens se fechavam dos dois lados.

— Minha terra fica muito ao norte. Ali fica a Mércia — apontei para a margem sul do rio — e ali fica a Nortúmbria — apontei para o outro lado. — E a Nortúmbria se estende até as terras dos bárbaros.

— Bárbaros?

— Escoceses — falei e cuspi por cima da amurada. Antes que os dinamarqueses viessem, os escoceses haviam sido nossos maiores inimigos, sempre penetrando em nossas terras. Mas eles, como nós, haviam sido atacados pelos homens do norte e isso reduzira sua ameaça, mas não acabara com ela.

Remamos subindo o Ouse e nossas canções acompanhavam as batidas dos remos enquanto deslizávamos sob salgueiros e amieiros, passando por campinas e florestas. Agora que havíamos entrado na Nortúmbria, Thorkild tirou a escultura de cabeça de cachorro da proa do barco para que a fera que rosnava não assustasse os espíritos da terra. E naquele fim de tarde, sob um céu lavado, chegamos a Eoferwic, a principal cidade da Nortúmbria, local em que meu pai fora trucidado, onde fiquei órfão e onde conheci Ragnar, o Velho, que me criou e me deu o amor dos dinamarqueses.

Eu não estava remando enquanto nos aproximávamos da cidade, porque havia puxado um remo o dia inteiro e Thorkild me liberou. Eu estava de pé na proa, olhando a fumaça que subia dos telhados da cidade, e então olhei para o rio e vi o primeiro cadáver. Era um garoto talvez de 10 ou 11 anos, e estava nu, a não ser por um trapo enrolado na cintura. Sua garganta fora cortada, mas o grande ferimento agora estava sem sangue porque fora lavado pelo Ouse. Seu cabelo comprido e louro deslizava como algas sob a água.

Vimos mais dois corpos flutuando, então estávamos suficientemente perto para ver homens nas fortificações da cidade. E eram homens demais, homens com lanças e escudos, e havia mais homens nos cais do rio, homens vestindo cotas de malha, homens nos olhando cautelosamente, homens com espadas desembainhadas. Thorkild gritou uma ordem, nossos remos se levantaram e a água pingou das pás imóveis. O barco derivou na corrente e eu ouvi gritos vindos de dentro da cidade.

Eu estava em casa.

25

O rei escravo

Um

Thorkild deixou o barco flutuar rio abaixo por uns cem passos, depois fez a proa se chocar na margem perto de um salgueiro. Pulou em terra, amarrou uma corda de couro de foca no tronco do salgueiro para atracar o barco e então, com um olhar temeroso para os homens armados que vigiavam de mais acima na margem, voltou rapidamente a bordo.

— Você — apontou para mim —, descubra o que está acontecendo.

— O que está acontecendo é encrenca — respondi. — Você precisa saber mais?

— Preciso saber o que aconteceu com meu armazém — disse ele, depois fez um gesto com a cabeça na direção dos homens armados. — E não quero perguntar a eles. Portanto, você pode.

Ele me escolheu porque eu era guerreiro e porque, se eu morresse, ele não lamentaria. A maior parte de seus remadores era capaz de lutar, mas ele evitava o combate sempre que podia porque o derramamento de sangue era mau parceiro do comércio. Os homens armados vinham avançando pela margem. Eram seis, mas se aproximaram com muita hesitação porque Thorkild tinha o dobro de homens em seu navio e todos aqueles marinheiros estavam armados com machados e lanças.

Vesti a cota de malha, desembrulhei o glorioso elmo com crista de lobo que havia capturado de um barco dinamarquês perto do litoral de Gales, prendi o cinto de Bafo de Serpente e Ferrão de Vespa e, assim vestido para a guerra, pulei desajeitado na margem. Escorreguei no barranco íngreme, agarrei-me em espinheiros para me apoiar e então, xingando por causa dos espinhos, consegui subir. Eu já estivera ali antes: era a ampla pastagem junto ao rio onde meu pai havia liderado o ataque contra Eoferwic. Coloquei o elmo e gritei para Thorkild me jogar o escudo. Ele fez isso e, no momento em que eu ia caminhar na direção dos seis homens que agora estavam parados me olhando com as espadas nas mãos, Hild pulou atrás de mim.

— Você deveria ter ficado no barco — alertei.

— Não sem você. — Ela estava carregando nossa única bolsa de couro, na qual havia pouco mais do que uma muda de roupa, uma faca e uma pedra de amolar. — Quem são eles? — perguntou, falando dos seis homens que ainda estavam a uns cinquenta passos de nós e sem pressa de diminuir a distância.

— Vamos descobrir — respondi, e desembainhei Bafo de Serpente.

As sombras eram longas e a fumaça dos fogões da cidade era púrpura e dourada no crepúsculo. Gralhas voavam para os ninhos e a distância eu podia ver as vacas indo para a ordenha do fim de tarde. Caminhei na direção dos seis homens. Eu estava usando cota de malha, tinha um escudo e duas espadas, usava braceletes e um elmo que valia três boas cotas de malha e minha aparência fez com que os seis parassem, se juntassem e me esperassem. Todos tinham espadas desembainhadas, mas vi que dois usavam crucifixos no pescoço e isso me fez supor que eram saxões.

— Quando um homem volta para casa — gritei para eles em inglês —, não espera ser recebido por espadas.

Dois deles eram mais velhos, talvez com cerca de trinta anos, ambos com barbas densas e usando malha. Os outros quatro usavam casacos de couro e eram mais jovens, com apenas 17 ou 18 anos, e as lâminas em suas mãos pareciam tão pouco familiares a eles quanto um cabo de arado seria para mim. Deviam ter presumido que eu era dinamarquês, porque tinha vindo de um navio dinamarquês, e deviam saber que seis deles poderiam matar um dinamarquês, mas também sabiam que um dinamarquês guerreiro, vestido em esplendor de batalha, provavelmente mataria pelo menos dois deles antes de morrer, por isso ficaram aliviados quando falei em inglês. Também ficaram perplexos.

— Quem é você? — gritou um dos mais velhos.

Não respondi, apenas continuei andando até eles. Se tivessem decidido me atacar, eu seria obrigado a fugir ignominiosamente ou morrer, mas caminhei confiante, o escudo baixo e a ponta de Bafo de Serpente roçando o capim comprido. Eles confundiram minha relutância em responder com arrogância, quando na verdade era confusão. Eu havia pensado em dizer qualquer outro nome que não fosse o meu, porque não queria que Kjartan ou meu tio traiçoeiro soubesse que eu havia retornado à Nortúmbria, mas meu nome também era importante, e me senti idiotamente tentado a usá-lo para deixá-los espantados, mas a inspiração veio bem a tempo.

— Sou Steapa de Defnascir — anunciei, e só para o caso de o nome de Steapa ser desconhecido na Nortúmbria, acrescentei uma fanfarronada: — Sou o homem que colocou Sven do Cavalo Branco em seu comprido lar cavado na terra.

O homem que havia perguntado meu nome deu um passo atrás.

— Você é Steapa? O que serve a Alfredo?

— Sou.

— Senhor — disse ele, e baixou a espada. Um dos rapazes tocou seu crucifixo e se apoiou sobre um dos joelhos. Um terceiro homem embainhou a espada e os outros, decidindo que isso era prudente, fizeram o mesmo.

— Quem são vocês? — perguntei.

— Servimos ao rei Egbert — respondeu um dos mais velhos.

— E os mortos? — perguntei, indicando o rio onde outro cadáver nu girava lento na correnteza. — Quem são?

— Dinamarqueses, senhor.

— Vocês estão matando dinamarqueses?

— É a vontade de Deus, senhor.

Indiquei o navio de Thorkild.

— Aquele homem é dinamarquês e é amigo. Vocês irão matá-lo?

— Conhecemos Thorkild, senhor — disse o homem —, e se ele vier em paz, vai viver.

— E eu? — perguntei. — O que vocês fariam comigo?

— O rei gostaria de vê-lo, senhor. Ele iria honrá-lo pela grande matança de dinamarqueses.

— Esta matança? — perguntei com escárnio, apontando Bafo de Serpente para um cadáver que flutuava rio abaixo.

— Ele iria homenageá-lo pela vitória sobre Guthrum, senhor. É verdade?

— É verdade — respondi. — Eu estava lá. — Então me virei, embainhei Bafo de Serpente e chamei Thorkild, que desamarrou seu barco e o levou rio acima. Gritei para ele por sobre a água, dizendo que os saxões de Egbert haviam se erguido contra os dinamarqueses, mas que aqueles homens prometiam deixá-lo em paz se ele viesse em amizade.

— O que você faria em meu lugar? — perguntou Thorkild de volta. Seus homens davam pequenos puxões nos remos para manter o navio contra a correnteza.

— Iria rio abaixo — gritei em dinamarquês —, encontraria guerreiros dinamarqueses e esperaria até saber o que está acontecendo.

— E você? — perguntou ele.

— Vou ficar aqui.

Ele enfiou a mão numa bolsa e jogou algo para mim, que brilhou à luz do crepúsculo, depois desapareceu entre os ranúnculos que tornavam amarela a pastagem já escurecida.

— Isso é pelo seu conselho — gritou ele —, e que você viva muito, quem quer que seja.

Thorkild virou o navio, uma manobra desajeitada porque o casco tinha quase o tamanho da largura do Ouse, mas conseguiu fazer isso com habilidade suficiente e os remos o levaram rio abaixo e para longe da minha vida. Mais tarde descobri que seu armazém fora saqueado e que o dinamarquês de um braço só que trabalhava como vigia fora trucidado e sua filha, estuprada, por isso meu conselho valeu a moeda de prata que Thorkild jogara para mim.

— Você o mandou para longe? — perguntou ressentido um dos homens barbudos.

— Eu lhe disse: ele era um amigo. — Abaixei-me e encontrei a moeda no capim comprido. — Então, como vocês sabem da vitória de Alfredo?

— Um padre veio, senhor, e contou.

— Um padre?

— De Wessex, senhor. Veio lá de Wessex. Trazia uma mensagem do rei Alfredo.

Os senhores do norte

Eu deveria saber que Alfredo iria querer que a notícia de sua vitória sobre Guthrum se espalhasse por toda a Inglaterra saxã, e por acaso ele havia mandado padres a todos os lugares onde viviam saxões, e esses padres levaram a mensagem de que Wessex era vitorioso e de que Deus e seus santos haviam lhes dado o triunfo. Um desses padres fora mandado ao rei Egbert em Eoferwic, havia chegado à cidade só um dia antes de mim, e foi então que começou a estupidez.

O padre fizera a viagem a cavalo, com o manto clerical enrolado numa trouxa atrás da sela, e havia cavalgado de uma casa saxã a outra por toda a Mércia ainda sob o domínio dinamarquês. Os saxões da Mércia o haviam ajudado, fornecendo cavalos descansados a cada dia e escoltando-o para passar pelas maiores guarnições dinamarquesas até chegar à capital da Nortúmbria e dar ao rei Egbert a boa-nova de que os saxões do oeste haviam derrotado o grande exército dos dinamarqueses. Mas o que agradou mais ainda aos saxões da Nortúmbria foi a alegação ultrajante de que São Cuthbert havia aparecido a Alfredo num sonho e mostrado como chegar à vitória. O sonho teria chegado a Alfredo durante o inverno da derrota em Æthelingæg, onde um punhado de saxões fugitivos se esconderam dos conquistadores dinamarqueses, e a história do sonho apontava para os saxões de Egbert como a flecha de um caçador, porque não havia santo mais reverenciado ao norte do Humber do que Cuthbert. Este era o ídolo da Nortúmbria, o cristão mais santo que já vivera naquelas terras, e não havia um único lar saxão devoto que não rezasse a ele diariamente. A ideia de que o próprio santo glorioso do norte havia ajudado Wessex a derrotar os dinamarqueses expulsou o bom senso do crânio do rei Egbert como perdizes fugindo dos ceifadores. Ele tinha todo o direito de ficar satisfeito com a vitória de Alfredo, e sem dúvida se ressentia de governar preso a uma coleira dinamarquesa, mas o que deveria ter feito era agradecer ao padre que trouxera a notícia e, para mantê-lo quieto, fazê-lo fechar a boca como um cão num canil. Em vez disso, ordenou que Wulfhere, o arcebispo da cidade, rezasse uma missa de agradecimento na maior igreja do local. Wulfhere, que não era idiota, contraiu imediatamente uma sezão e foi para o campo se recuperar, mas um idiota chamado padre Hrothweard ocupou seu lugar e a grande igreja de Eoferwic ressoou com um sermão feroz afirmando que São

Cuthbert viera do céu liderar os saxões do oeste à vitória, e essa história idiota persuadiu os saxões de Eoferwic de que Deus e São Cuthbert estavam para libertar seu país dos dinamarqueses. Assim havia começado a matança.

Tudo isso fiquei sabendo enquanto entrávamos na cidade. Também fiquei sabendo que restavam menos de cem guerreiros dinamarqueses em Eoferwic, porque o restante havia marchado para o norte sob o comando do *earl* Ivarr para enfrentar um exército escocês que tinha atravessado a fronteira. Não houvera uma invasão assim na memória dos vivos, mas os escoceses do sul tinham um novo rei que havia jurado tornar Eoferwic sua nova capital e com isso Ivarr levara seu exército ao norte para dar uma lição ao sujeito.

Ivarr era o verdadeiro governante do sul da Nortúmbria. Se quisesse se chamar de rei, não haveria quem o impedisse, mas era conveniente ter um saxão dócil no trono para coletar os impostos e manter quietos seus colegas saxões. Enquanto isso, Ivarr podia fazer o que sua família fazia melhor: a guerra. Era um Lothbrok, e eles alardeavam que nenhum Lothbrok do sexo masculino jamais morrera na cama. Morriam lutando com a espada na mão. O pai e um tio de Ivarr haviam morrido na Irlanda, ao passo que Ubba, o terceiro irmão Lothbrok, caíra sob minha espada em Cynuit. Agora Ivarr, o último dinamarquês de uma família envolvida pela guerra, marchava contra os escoceses e havia jurado trazer o rei deles a Eoferwic algemado como escravo.

Eu pensava que nenhum saxão com a mente sã se rebelaria contra Ivarr, que tinha reputação de ser tão implacável quanto seu pai, mas a vitória de Alfredo e a afirmação de que ela fora inspirada por São Cuthbert haviam incendiado a loucura em Eoferwic. As chamas foram alimentadas pela pregação do padre Hrothweard. Ele berrou dizendo que Deus, São Cuthbert e um exército de anjos vinham expulsar os dinamarqueses da Nortúmbria, e minha chegada só encorajou essa insanidade.

— Deus o mandou — ficavam dizendo os homens que me cercavam, e gritavam ao povo dizendo que eu era o matador de Sven, e quando chegamos ao palácio havia uma pequena multidão nos seguindo enquanto Hild e eu passávamos pelas ruas estreitas ainda manchadas de sangue dinamarquês.

Eu já estivera no palácio de Eoferwic. Era uma construção romana de belas pedras claras com vastas colunas sustentando um teto de telhas que agora era remendado com palha enegrecida. O piso era de ladrilhos que já haviam formado imagens dos deuses romanos, mas tinham sido arrancados e os que sobravam estavam em sua maioria cobertos de junco manchado pelo sangue do dia anterior. O enorme salão fedia como um pátio de matadouro e estava cheio de fumaça das tochas acesas que iluminavam o espaço enorme.

Por acaso o novo rei Egbert era o sobrinho do velho rei Egbert, tinha o rosto astuto e a boca petulante do tio. Parecia apavorado quando chegou ao tablado na extremidade do salão, o que não era de espantar, porque o louco Hrothweard havia provocado um redemoinho e Egbert devia saber que os dinamarqueses de Ivarr chegariam para a vingança. No entanto, os seguidores de Egbert foram apanhados na empolgação, certos de que a vitória de Alfredo previa uma derrota final dos homens do norte, e minha chegada foi vista como outro sinal do céu. Fui empurrado à frente e a notícia de minha vinda foi gritada ao rei, que pareceu confuso, e ficou ainda mais confuso quando outra voz, esta familiar, gritou meu nome:

— Uhtred! Uhtred!

Procurei quem havia falado e vi que era o padre Willibald.

— Uhtred! — gritou ele de novo, e pareceu deliciado ao me ver. Egbert franziu a testa para mim, depois olhou para Willibald. — Uhtred! — disse o padre, ignorando o rei, e veio me abraçar.

O padre Willibald era um bom amigo e um bom homem. Era um saxão do oeste que já fora capelão da frota de Alfredo, e o destino decretara que fosse o homem enviado ao norte para levar as boas-novas de Ethandun aos saxões da Nortúmbria.

O clamor no salão diminuiu. Egbert tentou assumir o comando.

— Seu nome é — disse ele, e então decidiu que não sabia qual era meu nome.

— Steapa! — gritou um dos homens que nos haviam escoltado à cidade.

— Uhtred! — anunciou Willibald, os olhos luminosos de empolgação.

— Sou Uhtred de Bebbanburg — confessei, incapaz de prolongar a mentira.

— O homem que matou Ubba Lothbrokson! — anunciou Willibald, e tentou levantar minha mão direita para mostrar que eu era um campeão. — E o homem que derrubou Sven do Cavalo Branco em Ethandun!

Em dois dias, pensei, Kjartan, o Cruel, saberia que eu estava na Nortúmbria, e em três dias meu tio Ælfric saberia de minha chegada, e se eu possuísse um fiapo de bom senso, teria saído à força daquele salão, levado Hild e partido para o sul tão rápido quanto o arcebispo Wulfhere desaparecera de Eoferwic.

— Você esteve em Ethandun? — perguntou Egbert.

— Estive, senhor.

— O que aconteceu?

Eles já haviam escutado a história da batalha contada por Willibald, mas a versão dele era a de um padre, cheia de orações e milagres. Dei-lhes o que eles queriam: a história de um guerreiro, cheia de dinamarqueses mortos e morte pela espada, e o tempo todo um padre de olhos ferozes com cabelos eriçados e barba revolta me interrompia com gritos de aleluia. Supus que fosse o padre Hrothweard, que havia instigado Eoferwic à matança. Era jovem, pouco mais velho do que eu, mas tinha voz poderosa e uma autoridade natural que recebia força extra de sua paixão. Cada aleluia era acompanhado por uma chuva de cuspe, e nem bem eu havia descrito os dinamarqueses derrotados se derramando pela grande encosta do cume de Ethandun, Hrothweard saltou adiante e arengou para a multidão:

— Este é Uhtred! — gritou, cutucando minhas costelas cobertas pela cota de malha. — Uhtred da Nortúmbria, Uhtred de Bebbanburg, matador de dinamarqueses, guerreiro de Deus, espada de Deus! E veio até nós, assim como o abençoado São Cuthbert abençoou Alfredo em seu tempo de adversidade! Estes são sinais do Todo-poderoso!

A multidão aplaudiu, o rei pareceu apavorado e Hrothweard, sempre pronto a se lançar num sermão feroz, começou a espumar pela boca enquanto descrevia a matança em breve de cada dinamarquês da Nortúmbria.

Consegui me afastar de Hrothweard, indo para a parte de trás do tablado, onde segurei Willibald pelo cangote magro e o obriguei a ir por uma passagem que levava aos aposentos particulares do rei.

Os senhores do norte

— Você é um idiota — rosnei. — É um *earsling*. Um cocô idiota e gosmento, é isso que você é. Eu deveria cortar suas tripas inúteis aqui e agora e dar de comer aos porcos.

Willibald abriu a boca, fechou-a e pareceu desamparado.

— Os dinamarqueses vão voltar — garanti —, e haverá um massacre.

Sua boca se abriu e se fechou de novo, e mesmo assim não houve nenhum som.

— De modo que o que você vai fazer — disse eu — é atravessar o Ouse e ir para o sul o mais rápido que suas pernas permitirem.

— Mas é tudo verdade — implorou ele.

— O que é verdade?

— Que São Cuthbert nos deu a vitória!

— Claro que não é verdade! — rosnei. — Alfredo inventou. Acha que Cuthbert foi visitá-lo em Æthelingæg? Então por que ele não nos contou o sonho quando aconteceu? Por que esperou até depois da batalha para contar? — Parei e Willibald fez um som estrangulado. — Ele esperou — respondi eu mesmo — porque isso não aconteceu.

— Mas...

— Ele inventou! — rosnei. — Porque quer que os homens da Nortúmbria busquem a liderança de Wessex contra os dinamarqueses. Quer ser rei da Nortúmbria, você não entende? E não só da Nortúmbria. Não tenho dúvida de que ele mandou idiotas como você dizer aos mércios que um dos santos desgraçados deles lhe apareceu em sonho.

— Mas ele fez isso — interrompeu Willibald, e quando fiquei perplexo, explicou: — Você está certo! São Kenelm falou com Alfredo em Æthelingæg. Apareceu a ele num sonho e disse que Alfredo iria vencer.

— Não apareceu, não — respondi com o máximo de paciência que pude.

— Mas é verdade! — insistiu ele. — O próprio Alfredo me disse! É obra de Deus, Uhtred, e uma obra maravilhosa de se testemunhar.

Segurei-o pelos ombros, apertando-o contra a parede do corredor.

— Você tem uma escolha, padre. Pode sair de Eoferwic antes da volta dos dinamarqueses ou pode inclinar a cabeça de lado.

— Posso fazer o quê? — perguntou ele perplexo.

O rei escravo

— Inclinar a cabeça, e eu vou bater num dos ouvidos para que toda essa bobagem caia pelo outro.

Ele não quis ser persuadido. A glória de Deus, incendiada pelo derramamento de sangue em Ethandun e instigada pela mentira sobre São Cuthbert, luzia na Nortúmbria, e o pobre Willibald estava convencido de que era testemunha do início de grandes acontecimentos.

Naquela noite houve um festim, um negócio lamentável composto de arenque salgado, queijo, pão duro e cerveja rançosa, e o padre Hrothweard fez outro discurso apaixonado afirmando que Alfredo de Wessex havia me mandado, seu maior guerreiro, para liderar as defesas da cidade, e que o *fyrd* do céu viria proteger Eoferwic. Willibald ficava gritando aleluia, acreditando em toda aquela baboseira, e só no dia seguinte, quando uma chuva cinzenta e uma névoa carrancuda envolveram a cidade, começou a duvidar da iminente chegada dos anjos guerreiros.

Pessoas abandonavam Eoferwic. Havia boatos de bandos de guerreiros dinamarqueses se reunindo ao norte. Hrothweard ainda berrava seus absurdos e liderou uma procissão de padres e monges pelas ruas da cidade, carregando relíquias e estandartes, mas qualquer pessoa com bom senso tinha consciência de que Ivarr retornaria muito antes que São Cuthbert aparecesse com uma hoste celestial. O rei Egbert mandou um mensageiro me procurar, e o sujeito disse que o rei queria falar comigo, mas eu sabia que Egbert estava condenado, por isso ignorei sua convocação. Egbert teria de se virar sozinho.

Assim como eu tinha de me virar sozinho, e o que desejava era ir para longe da cidade antes que a fúria de Ivarr baixasse sobre ela. Na taverna Espadas Cruzadas, perto do portão norte da cidade, encontrei minha fuga. Era um dinamarquês chamado Bolti, que havia sobrevivido ao massacre porque era casado com uma saxã e a família de sua mulher o havia abrigado. Ele me viu na taverna e perguntou se eu era Uhtred de Bebbanburg.

— Sou.

Bolti sentou-se diante de mim, baixou a cabeça respeitosamente para Hild e estalou os dedos para uma garota trazer cerveja. Era um homem garducho, careca, com rosto bexiguento, nariz quebrado e olhos cheios de medo. Seus dois filhos, ambos meio saxões, espreitavam atrás dele. Achei que um

36

Os senhores do norte

teria cerca de vinte anos e o outro seria cinco anos mais novo, e ambos usavam espadas, ainda que nenhum parecesse confortável com as armas.

— Conheci Ragnar, o Velho — disse Bolti.

— Eu também, e não me lembro de você.

— Na última vez em que ele navegou no *Víbora do Vento* eu lhe vendi cordas e suportes de remos.

— Você o enganou no preço? — perguntei sarcástico.

— Eu gostava dele — disse Bolti com ferocidade.

— E eu o amava porque ele se tornou meu pai.

— Sei disso, e me lembro de você. — Bolti ficou quieto e olhou para Hild. — Você era muito novo — voltou a me olhar — e estava com uma garotinha morena.

— Então realmente se lembra de mim — respondi, e fiquei quieto enquanto a cerveja era trazida. Notei que Bolti, apesar de dinamarquês, usava uma cruz no pescoço, e ele me viu olhando-a.

— Em Eoferwic é preciso viver — disse ele tocando a cruz. Ele puxou a capa de lado e vi que o amuleto do martelo de Tor fora escondido embaixo. — Eles mataram principalmente os pagãos — explicou.

Tirei meu amuleto do martelo de sob o gibão.

— Há muitos dinamarqueses cristãos atualmente? — perguntei.

— Alguns — respondeu ele de má vontade. — Quer comida para acompanhar a cerveja?

— Quero saber por que está falando comigo.

Ele queria sair da cidade. Queria levar sua esposa saxã, dois filhos e duas filhas para longe do massacre vingativo que suspeitava estar chegando, e queria espadas para escoltá-lo. E ficou me espiando com olhos patéticos e desesperados, sem saber que o que desejava era exatamente o que eu queria.

— E para onde você vai? — perguntei.

— Não para oeste — respondeu com um tremor. — Há matanças em Cumbraland.

— Sempre há matanças em Cumbraland.

Cumbraland era a parte da Nortúmbria localizada do outro lado dos morros e perto do mar da Irlanda, e era atacada pelos escoceses de Strath Clota, por nórdicos da Irlanda e britônicos do norte de Gales. Alguns dinamarqueses haviam se estabelecido em Cumbraland, mas não o suficiente para impedir que os ataques selvagens devastassem a região.

— Eu iria para a Dinamarca — disse Bolti —, mas não há navios de guerra. — Os únicos navios deixados em Eoferwic eram mercantes saxões, e se algum deles ousasse velejar, seria destroçado pelos barcos dinamarqueses que sem dúvida estariam se reunindo no Humber.

— E então? — perguntei.

— Então quero ir para o norte e encontrar Ivarr. Posso pagar a você.

— E você acha que posso escoltá-lo através das terras de Kjartan?

— Acho que estarei melhor ao lado do filho de Ragnar do que sozinho — admitiu ele —, e se homens souberem que você viaja comigo, irão se juntar a nós.

Deixei, portanto, que ele me pagasse, e meu preço foi 16 xelins, duas éguas e um garanhão preto, e o preço deste último fez Bolti empalidecer. Um homem estivera puxando o garanhão pelas ruas, oferecendo-o à venda. Bolti comprou o animal porque seu medo de ficar preso em Eoferwic valia quarenta xelins. O cavalo preto era treinado para batalha, o que significava que não se assustava com ruídos altos e se movia obedientemente sob a pressão de um joelho, o que deixava o homem livre para segurar escudo e espada e ainda manobrar. O garanhão fora saqueado de um dos dinamarqueses mortos nos últimos dias e ninguém sabia seu nome. Chamei-o de Witnere, que significa Atormentador, e era um nome adequado, porque ele não gostou das duas éguas e vivia mordendo-as.

As éguas eram para Willibald e Hild. Falei ao padre Willibald que deveria ir para o sul, mas agora ele estava apavorado e insistiu em ficar comigo. Assim, um dia depois de eu ter conhecido Bolti, todos cavalgamos para o norte pela estrada romana. Uma dúzia de homens nos acompanhou. Entre eles estavam três dinamarqueses e dois nórdicos que haviam conseguido se esconder do massacre de Hrothweard, e o restante era de saxões que queriam escapar da vingança de Ivarr. Todos tinham armas e Bolti me deu dinheiro para pagar a eles. Não recebiam muito, só o bastante para comprar comida e cerveja, mas sua presença iria dissuadir qualquer fora da lei na longa estrada.

Os senhores do norte

Fiquei tentado a ir até Synningthwait, onde Ragnar e seus seguidores possuíam terras, mas sabia que haveria muito poucos homens lá, porque a maioria fora para o sul com Ragnar. Alguns daqueles guerreiros haviam morrido em Ethandun e os demais ainda estavam com Guthrum, cujo exército derrotado permanecera na Mércia. Guthrum e Alfredo haviam feito as pazes, e Guthrum até fora batizado, o que Willibald disse ser um milagre. De modo que haveria poucos guerreiros em Synningthwait. Não era um local para encontrar refúgio contra as ambições assassinas de meu tio nem o ódio de Kjartan. Por isso, sem ter um verdadeiro plano para o futuro e contente em deixar o destino agir, mantive a palavra dada a Bolti e o escoltei para o norte através das terras de Kjartan, que ficavam dos dois lados de nosso caminho como uma nuvem escura. Passar por aquelas terras significava pagar pedágio, e esse pedágio seria alto, e só homens poderosos como Ivarr, cujos guerreiros eram em maior número do que os seguidores de Kjartan, podiam atravessar o rio Wiire sem pagamento.

— Você pode pagar — provoquei Bolti. Seus dois filhos guiavam cavalos de carga que, eu suspeitava, estavam carregados de moedas enroladas em panos ou peles para não tilintar.

— Não posso se ele pegar minhas filhas — disse Bolti. O mercador tinha filhas gêmeas de 12 ou 13 anos, maduras para o casamento. Eram baixas, gorduchas, de cabelos claros, com nariz empinado, e era difícil identificar quem era quem.

— É isso que Kjartan faz? — perguntei.

— Ele pega o que quer — disse Bolti azedamente —, e gosta de meninas, mas suspeito de que preferiria pegar você.

— E por que suspeita disso? — perguntei em tom inexpressivo.

— Conheço as histórias. O filho dele perdeu um dos olhos por sua causa.

— O filho dele perdeu um dos olhos porque despiu a filha do *earl* Ragnar.

— Mas ele culpa você.

— Culpa mesmo — concordei. Na época todos éramos crianças, mas os sofrimentos da infância podem infeccionar e não duvidava de que Sven, o Caolho, adoraria arrancar meus dois olhos em vingança pelo seu.

Assim, enquanto nos aproximávamos de Dunholm, viramos para as colinas a oeste no intuito de evitar os homens de Kjartan. Era verão, mas um vento frio trazia nuvens baixas e uma chuva fina, de modo que fiquei satisfeito com minha cota de malha forrada de couro. Hild havia lambuzado os aros de metal com lanolina espremida de peles recém-arrancadas, que protegia a maior parte do metal contra a ferrugem. Havia passado a gordura também no meu elmo e nas lâminas das espadas.

Subimos, seguindo a trilha bastante usada, e alguns quilômetros atrás de nós vinha outro grupo, e havia pegadas recentes de cascos na terra úmida, revelando que outros haviam passado por ali não muito tempo antes. Um uso tão intenso do caminho deveria ter feito com que eu pensasse. Kjartan, o Cruel, e Sven, o Caolho, viviam do pagamento dos viajantes, e se um viajante não pagasse era roubado, feito escravo ou morto. Era muito provável que Kjartan e seu filho já soubessem que havia gente tentando evitá-los usando os caminhos dos morros, e eu deveria ter sido mais cauteloso. Bolti não sentia medo porque simplesmente confiava em mim. Contou histórias de como Kjartan e Sven haviam ficado ricos com escravos.

— Eles pegam qualquer um, dinamarquês ou saxão, e vendem do outro lado da água. Se você tiver sorte, algumas vezes consegue pagar o resgate de um escravo, mas o preço será alto. — Ele olhou para o padre Willibald. — Ele mata todos os padres.

— É?

— Ele odeia todos os padres cristãos. Acha que são feiticeiros, por isso os enterra pela metade e deixa que seus cães os comam.

— O que ele disse? — perguntou Willibald, puxando sua égua de lado antes que Witnere pudesse mordê-la.

— Ele disse que Kjartan irá matá-lo se o capturar, padre.

— Me matar?

— Vai dá-lo de comer aos cães.

— Ah, santo Deus — disse Willibald. Estava infeliz, perdido, longe de casa e nervoso com a estranha paisagem do norte. Hild, por outro lado, parecia mais feliz. Tinha 19 anos e era cheia de paciência com as durezas da vida. Havia nascido numa rica família saxã do oeste, não nobre, mas com terras suficientes para viver bem, mas fora a última de oito filhos, e seu pai a prometera ao serviço da igreja porque a mãe quase havia morrido quando Hild nasceu e, considerou que a sobrevivência da esposa era benevolência de Deus. Assim, aos 11 anos, Hild, cujo nome correto era irmã Hildegyth, fora mandada às freiras de Cippanhamm e lá viveu, trancada longe do mundo, rezando e fiando, fiando e rezando, até que os dinamarqueses chegaram e ela foi prostituída.

Hild ainda choramingava no sono e eu sabia que ela estava se lembrando das humilhações, mas sentia-se feliz longe de Wessex e das pessoas dizendo constantemente que ela deveria retornar ao serviço de Deus. Willibald a havia censurado por abandonar a vida santa, mas eu o alertei de que mais um comentário assim lhe renderia um umbigo novo e maior, e desde então ele ficou quieto. Agora Hild entretia-se com a nova paisagem com o sentimento de espanto de uma criança. Seu rosto pálido havia assumido um brilho dourado combinando com o cabelo. Era uma mulher inteligente, não a mais inteligente que já conheci, mas cheia de uma sabedoria esperta. Agora já vivi muito e aprendi que algumas mulheres significam encrenca e algumas são companheiras tranquilas, e Hild estava entre as mais tranquilas que já conheci. Talvez porque fôssemos amigos. Éramos amantes também, porém jamais apaixonados, e ela era atacada pela culpa. Guardava isso para si e para suas orações, mas durante o dia começara a rir de novo e a sentir prazer com as coisas simples. No entanto, algumas vezes a escuridão a cercava, ela gemia, eu via seus dedos longos remexerem um crucifixo e sabia que Hild estava sentindo as garras de Deus arranhando sua alma.

Cavalgamos morro acima e eu fora descuidado, e foi Hild que viu primeiro os cavaleiros. Eram 19, a maioria com casacos de couro, mas três com cota de malha. Vinham circulando atrás de nós, e eu soube que estávamos sendo arrebanhados. Nossa trilha seguia a lateral de um morro e à direita havia um precipício que dava num riacho borbulhante. Mesmo que pudéssemos escapar para o vale, inevitavelmente seríamos mais lentos do que os homens que agora pegavam a trilha atrás de nós. Não tentaram se aproximar. Podiam ver que estávamos armados e não queriam briga, só queriam garantir que estivéssemos indo para o norte, para qualquer destino que nos aguardava.

O rei escravo

— Você não pode lutar com eles? — perguntou Bolti.

— Treze contra 19? — sugeri. — Sim, se os 13 lutarem, mas não vão lutar. — Indiquei os homens que Bolti estava pagando para nos acompanhar. — São bons o suficiente para espantar bandidos, mas não são idiotas o suficiente para lutar com os homens de Kjartan. Se eu pedir que lutem, provavelmente vão se juntar ao inimigo e compartilhar suas filhas.

— Mas... — começou ele, depois ficou quieto porque finalmente vimos o que nos esperava. Uma feira de escravos estava sendo realizada onde o riacho caía num vale mais fundo, e naquele vale maior havia um povoado de tamanho razoável construído no local em que uma ponte, nada mais do que uma gigantesca laje de pedra, atravessava um riacho mais largo que supus ser o Wiire. Havia uma multidão no povoado e vi que aquelas pessoas eram vigiadas por mais homens. Os cavaleiros que nos seguiam chegaram um pouco mais perto, mas pararam quando parei. Olhei morro abaixo. O povoado ficava longe demais para eu saber se Kjartan ou Sven estariam ali, mas parecia seguro presumir que os homens no vale tinham vindo de Dunholm e que um dos dois senhores de Dunholm os lideravam. Bolti estava guinchando de alarme, mas eu o ignorei.

Duas outras trilhas levavam ao povoado, vindas do sul, e supus que houvesse cavaleiros guardando todos aqueles caminhos, interceptando viajantes o dia inteiro. Vinham levando suas presas na direção do povoado e quem não podia pagar o pedágio estava sendo feito cativo.

— O que você vai fazer? — perguntou Bolti, à beira do pânico.

— Salvar sua vida — disse, em seguida me virei para uma de suas filhas gêmeas e mandei que me entregassem uma echarpe de linho preto que ela usava como cinto. Ela a desenrolou e me entregou com a mão trêmula. Enrolei a echarpe na cabeça, cobrindo a boca, o nariz e a testa, depois pedi que Hild a prendesse com um alfinete.

— O que você está fazendo? — guinchou Bolti outra vez.

Não me incomodei em responder. Em vez disso, enfiei o elmo sobre a echarpe. As placas sobre o rosto se ajustaram, de modo que agora meu rosto era uma máscara de metal polido sobre um crânio preto. Só os olhos podiam ser vistos. Puxei um pouco Bafo de Serpente para garantir que ela deslizasse fácil na bainha, depois instiguei Witnere alguns passos adiante.

Os senhores do norte

— Agora sou Thorkild, o Leproso — disse a Bolti. A echarpe tornava minha voz densa e indistinta.

— Quem? — perguntou ele, boquiaberto.

— Thorkild, o Leproso. E agora você vai tratar com eles.

— Eu? — perguntou ele debilmente.

Sinalizei para todos seguirem adiante. O bando que havia nos cercado tinha ido para o sul de novo, presumivelmente para encontrar o próximo grupo que tentava fugir do bando de guerreiros de Kjartan.

— Eu o contratei para me proteger — disse Bolti em desespero.

— E vou protegê-lo — respondi. Sua esposa saxã estava uivando como se estivesse no enterro de alguém e rosnei para que ela ficasse em silêncio. Então, a uns duzentos passos do povoado, parei e mandei todo mundo esperar, menos Bolti. — Agora só você e eu.

— Acho que você deveria cuidar deles sozinho — disse ele, em seguida guinchou.

Guinchou porque dei um tapa na anca de seu cavalo, que saltou adiante. Alcancei-o.

— Lembre-se — disse eu. — Sou Thorkild, o Leproso, e se você revelar quem sou de verdade, vou matá-lo, matar sua esposa, seus filhos e depois vender suas filhas como prostitutas. Quem eu sou?

— Thorkild — gaguejou ele.

— Thorkild, o Leproso — insisti. Agora estávamos no povoado, um lugar miserável de choupanas baixas, feitas de pedra e com teto de turfa, e havia pelo menos trinta ou quarenta pessoas presas no centro. Mas de um dos lados, perto da ponte de laje de pedra, haviam sido postas uma mesa e bancos num trecho de grama. Havia dois homens sentados atrás da mesa com uma jarra de cerveja à frente, e tudo isso eu vi, mas na verdade só notei uma coisa.

O elmo do meu pai.

Estava sobre a mesa. O elmo tinha uma placa facial fechada que, como a coroa, era incrustada de prata. Gravada no metal, havia uma boca rosnando, e eu tinha visto aquele elmo muitas vezes. Até mesmo havia brincado com ele na infância, mas se meu pai descobrisse me daria um cascudo na cabeça. Meu pai usava aquele elmo no dia em que morreu em Eoferwic, e Ragnar, o

O rei escravo

Velho, o havia comprado do homem que matou meu pai. E agora ele pertencia a um dos homens que haviam assassinado Ragnar.

Era Sven, o Caolho. Ele se levantou enquanto Bolti e eu nos aproximávamos e senti um selvagem choque de reconhecimento. Eu conhecia Sven desde que ele era criança, e agora era um homem, mas reconheci instantaneamente o rosto chato e largo com seu único olho feroz. O outro era um buraco enrugado. Ele era alto e de ombros largos, cabelo comprido e barba cheia, um rapaz arrogante com uma rica cota de malha e duas espadas, uma longa e uma curta, penduradas à cintura.

— Mais convidados — anunciou ele, e indicou o banco do outro lado da mesa. — Sentem-se — ordenou — e faremos negócios.

— Sente-se com ele — resmunguei baixinho a Bolti.

Bolti me lançou um olhar de desespero, depois apeou e foi até a mesa. O segundo homem tinha pele morena, cabelos pretos e era muito mais velho do que Sven. Usava um manto preto, de modo que parecia um monge, só que tinha um martelo de Tor dourado ao pescoço. Também tinha uma bandeja de madeira à frente, e a bandeja era inteligentemente separada em compartimentos para guardar as diferentes moedas que brilhavam prateadas ao sol. Sven, sentando-se de novo ao lado do homem de manto preto, serviu uma caneca de cerveja e a empurrou para Bolti, que olhou de novo para mim, depois sentou-se como fora ordenado.

— E você é? — perguntou Sven.

— Bolti Ericson — disse Bolti. Precisou falar duas vezes, porque da primeira não conseguiu elevar a voz o suficiente para ser ouvido.

— Bolti Ericson — repetiu Sven —, e eu sou Sven Kjartanson e meu pai é senhor destas terras. Já ouviu falar de Kjartan?

— Sim, senhor.

— Então de onde vem?

— Eoferwic.

— Ah! Outro mercador de Eoferwic, não? É o terceiro hoje! E o que leva nesses cavalos de carga?

— Nada, senhor.

Sven se inclinou ligeiramente adiante, depois riu enquanto soltava um peido enorme.

— Desculpe, Bolti, só escutei o trovão. Você disse que não tem nada? Mas estou vendo quatro mulheres, e três são bastante jovens. — Ele sorriu. — São suas mulheres?

— Minha mulher e minhas filhas, senhor.

— Mulheres e filhas, como nós as amamos — disse Sven, depois olhou para mim, e mesmo eu sabendo que tinha o rosto envolto em preto e que meus olhos estavam sombreados pelo elmo, senti a pele se arrepiar sob sua observação. — Quem é aquele? — perguntou Sven.

Ele devia estar curioso porque eu parecia um rei. Minha cota de malha, o elmo e as armas eram dos melhores, ao passo que os braceletes denotavam um guerreiro de alto status. Bolti me lançou um olhar aterrorizado e não disse nada.

— Eu perguntei — disse Sven, mais alto agora — quem é aquele.

— Seu nome — respondeu Bolti, e sua voz era um guincho trêmulo — é Thorkild, o Leproso.

Sven fez uma careta involuntária e apertou o amuleto do martelo pendurado ao pescoço, e eu não poderia culpá-lo por isso. Todos os homens temem a carne cinza e sem nervos dos leprosos, e a maioria dos leprosos é mandada para os ermos, para viver como possa e morrer como deve.

— O que você está fazendo com um leproso? — perguntou Sven a Bolti. Bolti não tinha resposta.

— Estou viajando para o norte — falei pela primeira vez, e minha voz distorcida pareceu estrondear dentro do elmo fechado.

— Por que veio para o norte? — perguntou Sven.

— Porque estou cansado do sul.

Ele ouviu a hostilidade em minha voz engrolada e a descartou como sendo impotente. Devia ter adivinhado que Bolti me contratara como escolta, mas eu não era ameaça, Sven tinha cinco homens a poucos passos de distância, todos armados com espadas ou lanças, e tinha pelo menos mais quarenta dentro do povoado.

Sven bebeu um pouco de cerveja.

O rei escravo

— Ouvi dizer que há encrenca em Eoferwic, não é? — perguntou a Bolti.

Bolti assentiu. Pude ver sua mão direita abrindo-se e fechando-se convulsivamente sob a mesa.

— Alguns dinamarqueses foram mortos — disse ele.

Sven balançou a cabeça como achasse essa notícia perturbadora.

— Ivarr não vai ficar feliz.

— Onde está Ivarr? — perguntou Bolti.

— Na última vez em que ouvi dizer ele estava no vale do Tuede, e Aed, da Escócia, dançava ao redor dele. — Sven parecia estar gostando da costumeira troca de notícias, como se seus roubos e sua pirataria recebessem uma capa de respeitabilidade ao se prender às convenções. — Então — disse ele e parou para peidar de novo —, o que você comercia, Bolti?

— Couro, peles, tecido, cerâmica — disse Bolti, então sua voz ficou no ar, como se decidisse que havia falado demais.

— E eu comercio escravos — disse Sven. — Este é Gelgill — indicou o homem ao lado. — Ele compra escravos de nós, e você tem três moças que acho que podem ser muito lucrativas para ele e para mim. Então, quanto você me pagará por elas? Pague o suficiente e poderá mantê-las. — Ele sorriu como a sugerir que estava sendo totalmente razoável.

Bolti pareceu golpeado por um raio, mas conseguiu tirar uma bolsa de baixo do casaco e colocar um pouco de prata na mesa. Sven olhou as moedas uma a uma e, quando Bolti hesitou, Sven simplesmente sorriu e Bolti continuou contando a prata até haver 38 xelins na mesa.

— É tudo o que tenho, senhor — disse ele com humildade.

— Tudo o que você tem? Duvido, Bolti Ericson — disse Sven. — E se for, vou deixar você ficar com uma orelha de uma de suas filhas. Só uma orelha como lembrança. O que acha, Gelgill?

Era um nome estranho, Gelgill, e suspeitei de que o sujeito tivesse vindo do outro lado do mar, já que os mercados de escravos mais lucrativos ficavam em Dyflin ou na distante Frankia. Ele disse algo, baixo demais para eu captar, e Sven assentiu.

— Tragam as garotas aqui — disse ele a seus homens, e Bolti estremeceu. Olhou-me de novo como se esperasse que eu impedisse o que Sven esta-

46

Os senhores do norte

va planejando, mas não fiz nada enquanto os dois guardas caminhavam até nosso grupo, que esperava.

Sven ficou batendo papo sobre as perspectivas de colheita enquanto os guardas ordenavam que Hild e as filhas de Bolti descessem dos cavalos. Os homens que Bolti havia contratado não fizeram nada para impedir. A mulher de Bolti gritou em protesto, depois caiu num choro histérico enquanto suas filhas e Hild eram obrigadas a caminhar até a mesa. Sven as recebeu com educação exagerada, depois Gelgill se levantou e inspecionou as três. Passou as mãos pelo corpo delas como se estivesse comprando cavalos. Vi Hild estremecer enquanto ele puxava seu vestido para baixo para sondar os seios, mas o estranho estava menos interessado nela do que nas duas meninas.

— Cem xelins cada uma — disse depois de inspecioná-las —, mas aquela — e olhou para Hild — cinquenta — falou com sotaque estranho.

— Mas aquela é bonita — questionou Sven. — As outras parecem duas leitoas.

— São gêmeas — disse Gelgill. — Posso ganhar muito dinheiro com gêmeas. E a garota alta é velha demais. Deve ter 19 ou 20 anos.

— A virgindade é uma coisa muito valiosa — disse Sven a Bolti. — Não concorda?

Bolti estava tremendo.

— Cem xelins cada. É o que posso pagar por minhas filhas — disse desesperado.

— Ah, não — disse Sven. — Isso é o que Gelgill quer. Eu também tenho de lucrar um pouco. Você pode ficar com as três, Bolti, se me pagar seiscentos xelins.

Era um preço ultrajante, e era para ser mesmo, mas Bolti não se abalou.

— Somente duas são minhas, senhor — gemeu ele. — A terceira é mulher dele. — E apontou para mim.

— Sua? — Sven me olhou. — Você tem uma mulher, leproso? Então aquele pedaço ainda não caiu? — Ele achou isso engraçado e os dois homens que haviam trazido as mulheres riram junto. — E então, leproso — perguntou Sven —, quanto me paga por sua mulher?

— Nada — respondi.

Ele coçou a bunda. Seus homens estavam rindo. Estavam acostumados ao desafio, e a derrotá-lo, e gostavam de ver Sven tosquiar os viajantes. Sven serviu-se de mais cerveja.

— Você tem uns belos braceletes, leproso — disse ele —, e suspeito de que esse elmo não vai lhe servir de grande coisa quando você estiver morto, portanto em troca de sua mulher vou pegar seus braceletes e seu elmo, e então você pode seguir seu caminho.

Não me mexi, não falei, mas apertei gentilmente as pernas nos flancos de Witnere e senti o enorme cavalo tremer. Era um animal de luta e queria que eu o liberasse, e talvez tenha sido a tensão de Witnere que Sven sentiu. Só conseguia ver meu elmo funesto com os buracos escuros para os olhos, a crista de lobo, e estava começando a se preocupar. Havia aumentado o preço cheio de petulância, mas não poderia recuar se quisesse manter a dignidade. Agora tinha de jogar para ganhar.

— Perdeu a língua de repente? — zombou, depois fez um gesto para os dois homens que haviam trazido as mulheres. — Egil! Atsur! Tirem o elmo do leproso!

Sven deve ter achado que estava em segurança. Tinha pelo menos o equivalente a uma tripulação no povoado e eu estava sozinho, e isso o convenceu de que eu fora derrotado antes mesmo que seus dois homens se aproximassem. Um deles tinha uma lança, o outro estava desembainhando a espada, mas a espada nem chegou à metade da bainha antes que eu tivesse Bafo de Serpente na mão e Witnere em movimento. Ele estivera desesperado para atacar e saltou com a velocidade de Sleipnir, o famoso cavalo de oito patas de Odin. Peguei primeiro o homem da direita, que ainda estava desembainhando a espada, e Bafo de Serpente veio do céu como um raio de Tor e seu gume atravessou o elmo do sujeito como se fosse feito de pergaminho. Witnere, obediente à pressão de meu joelho, já estava se virando para Sven enquanto o lanceiro vinha em minha direção. Ele deveria ter tentado cravar a lâmina no peito ou no pescoço de Witnere, mas em vez disso tentou enfiá-la nas minhas costelas e Witnere se desviou para sua direita e mordeu o rosto dele com seus dentes grandes. O sujeito cambaleou para trás, evitando por pouco a mordida, e perdeu o pé esparramando-se no capim, enquanto eu mantinha Witnere

48

Os senhores do norte

virando à esquerda. Meu pé direito já estava livre do estribo e então me joguei da sela e pulei com força sobre Sven. Ele estava meio embolado no banco enquanto tentava se levantar, e eu o derrubei, arrancando o ar de sua barriga. Em seguida me desvencilhei dele, levantei-me e Bafo de Serpente estava na garganta de Sven.

— Egil! — gritou Sven ao lanceiro que fora afastado por Witnere, mas Egil não ousou me atacar enquanto minha espada estava na goela de seu senhor.

Bolti gemeu. Havia se mijado. Eu podia sentir o cheiro e ouvir os pingos. Gelgill estava de pé, imóvel, me olhando com o rosto estreito inexpressivo. Hild sorria. Meia dúzia dos outros homens de Sven estava me encarando, mas nenhum ousava se mexer porque a ponta de Bafo de Serpente, com a lâmina manchada de sangue, se encontrava na garganta de Sven. Witnere estava ao meu lado, com os dentes à mostra, um casco dianteiro pateando o chão e batendo muito perto da cabeça de Sven. Este me espiava com seu olho único cheio de ódio e medo, e de repente me afastei dele.

— De joelhos — ordenei.

— Egil! — implorou Sven de novo.

Egil, de barba preta e com narinas abertas porque a frente do nariz fora cortada em alguma luta, ergueu a lança.

— Se você atacar, ele morre — avisei a Egil, tocando Sven com a ponta de Bafo de Serpente. Egil, sensatamente, recuou, e eu passei Bafo de Serpente no rosto de Sven, tirando sangue. — De joelhos — ordenei de novo, e quando ele estava ajoelhado, me abaixei e tirei suas duas espadas das bainhas e as coloquei ao lado do elmo do meu pai sobre a mesa.

— Quer matar o traficante de escravos? — gritei para Hild, indicando as espadas.

— Não.

— Iseult o teria matado — disse eu. Iseult havia sido minha amante e amiga de Hild.

— Não matarás — disse Hild. Era um mandamento cristão e quase tão inútil, eu achava, quanto ordenar que o sol andasse para trás.

— Bolti — falei em dinamarquês agora —, mate o traficante de escravos. — Eu não queria Gelgill às minhas costas.

Bolti não se mexeu. Estava apavorado demais para me obedecer, mas, para minha surpresa, suas duas filhas vieram e pegaram as espadas de Sven. Gelgill tentou correr, mas a mesa estava no caminho e uma das garotas deu um giro rápido que cortou seu crânio e ele caiu de lado. Em seguida elas o destroçaram. Não olhei, porque estava vigiando Sven, mas ouvi os gritos do traficante e o som de Hild ofegando de surpresa, e pude ver a perplexidade no rosto dos homens diante de mim. As gêmeas grunhiam enquanto cortavam. Gelgill demorou muito para morrer e nenhum dos homens de Sven tentou salvá-lo nem resgatar seu senhor. Todos tinham armas desembainhadas e se ao menos um deles possuísse qualquer bom senso teria percebido que eu não ousaria matar Sven, porque sua vida era minha vida. Se eu tirasse sua alma, eles teriam me inundado de lâminas, mas sentiam medo do que Kjartan faria com eles se seu filho morresse, e não fizeram nada. E eu pressionei com mais força a espada contra a garganta de Sven, de modo que ele deu um ganido de medo meio estrangulado.

Atrás de mim Gelgill foi finalmente estraçalhado até a morte. Arrisquei um olhar e vi que as gêmeas de Bolti estavam encharcadas de sangue e rindo.

— São filhas de Hel — disse aos homens que olhavam, e senti orgulho dessa invenção súbita, porque Hel é a deusa-cadáver, repugnante e terrível, que reina sobre os mortos que não morrem em batalha. — E eu sou Thorkild — continuei — e enchi o castelo de Odin com homens mortos. — Sven estava tremendo abaixo de mim. Seus homens pareciam prender o fôlego. De repente minha história ganhou asas e tornei a voz o mais profunda que pude. — Sou Thorkild, o Leproso — anunciei em voz alta —, e morri há muito tempo, mas Odin me mandou do castelo dos cadáveres para levar a alma de Kjartan e de seu filho.

Eles acreditaram. Vi homens tocando os amuletos. Um lanceiro chegou a cair de joelhos. Senti vontade de matar Sven ali mesmo, e talvez devesse ter feito isso, mas seria preciso apenas um homem para romper a teia de absurdo mágico que eu havia tecido para eles. O que eu precisava no momento não era da alma de Sven, e sim de nossa segurança, assim trocaria uma coisa pela outra.

— Deixarei este verme viver — anunciei — para levar ao seu pai a notícia de minha chegada, mas vocês irão primeiro. Todos vocês! Voltem para o outro lado do povoado e eu o libertarei. Vocês deixarão seus cativos aqui.

— Eles apenas me olharam e eu torci a lâmina, fazendo Sven ganir outra vez. — Vão! — gritei.

Eles foram. Foram depressa, cheios de pavor. Bolti estava olhando com espanto suas filhas adoradas. Eu disse às meninas que elas haviam agido bem e que deveriam pegar um punhado de moedas da mesa. Em seguida elas voltaram para perto da mãe, ambas levando prata e espadas sangrentas.

— São boas meninas — disse eu a Bolti, e ele não falou nada, mas foi correndo atrás delas.

— Eu não poderia matá-lo — disse Hild. Ela pareceu ter vergonha do próprio escrúpulo.

— Não faz mal. — Mantive a espada na garganta de Sven até ter certeza de que seus homens haviam recuado uma boa distância a leste. As pessoas que haviam sido cativas, na maioria garotos e garotas, permaneceram no povoado, mas nenhuma ousou se aproximar de mim.

Fiquei tentado a contar a verdade a Sven, deixar que ele soubesse que fora humilhado por um velho inimigo, mas a história de Thorkild, o Leproso, era boa demais para ser desperdiçada. Também me senti tentado a perguntar por Thyra, a irmã de Ragnar, mas temi que se ela vivesse e eu demonstrasse qualquer interesse ela não viveria muito mais tempo, por isso não falei nada a seu respeito. Em vez disso, segurei o cabelo de Sven e puxei sua cabeça para trás de modo que ele me olhasse.

— Vim até essa terra do meio para matar você e seu pai. Vou encontrá-lo de novo, Sven Kjartanson, e da próxima vez vou matá-lo. Sou Thorkild, caminho à noite e não posso ser morto porque já sou um cadáver. Portanto, leve meus cumprimentos a seu pai e diga que o guerreiro morto foi mandado para pegá-lo e que nós três navegaremos no *Skidbladnir* de volta a Niflheim. — Niflheim era o poço pavoroso dos mortos sem honra, e *Skidbladnir* era o navio dos deuses que podia ser dobrado e escondido numa bolsa. Então soltei Sven e o chutei com força nas costas, de modo que ele se esparramou de cara no chão. Ele poderia ter se arrastado para longe, mas não ousou se mexer. Agora era um cão espancado, e ainda que eu quisesse matá-lo achei que seria melhor deixar que ele levasse minha história fantasmagórica ao pai. Sem dúvida Kjartan saberia que Uhtred de Bebbanburg fora visto em Eoferwic, mas também ouviria falar do guerreiro cadáver que viera buscá-lo, e eu queria que seus sonhos se entretecessem de terror.

Sven continuou sem se mexer enquanto eu me curvava sobre seu cinto e puxava uma bolsa pesada. Então arranquei seus sete braceletes de prata. Hild havia cortado parte do manto de Gelgill e estava usando-o para fazer uma bolsa para as moedas da bandeja do traficante de escravos. Dei-lhe o elmo do meu pai para carregar, depois montei de novo na sela de Witnere. Dei um tapinha no pescoço dele e o animal sacudiu a cabeça de modo extravagante, como se entendesse que naquele dia havia sido um grande garanhão lutador.

Eu já ia sair quando aquele dia esquisito ficou mais estranho ainda. Alguns cativos, como se percebessem que estavam realmente libertos, haviam partido em direção à ponte, enquanto outros sentiam-se tão confusos, perdidos ou desesperados que haviam seguido os homens armados para o leste. De repente houve um canto parecido com o dos monges e, de uma das casas baixas com teto de turfa onde haviam sido aprisionados, saiu uma fila de monges e padres. Eram sete e foram os homens mais sortudos daquele dia, porque eu descobriria que Kjartan, o Cruel, de fato sentia ódio dos cristãos e matava todo padre ou monge que capturava. Agora aqueles sete lhe escaparam, e com eles havia um rapaz com algemas de escravos. Era alto, forte, de muito boa aparência, vestido com trapos e mais ou menos da minha idade. Seu cabelo comprido e cheio de cachos era tão dourado que parecia quase branco, e ele tinha cílios claros, olhos muito azuis e uma pele escurecida pelo sol e sem qualquer marca de doença. Seu rosto parecia esculpido em pedra, de tão pronunciados que eram os malares, o nariz e o maxilar, no entanto a dureza do rosto era suavizada por uma expressão alegre que sugeria que ele considerava a vida uma surpresa constante e uma diversão contínua. Quando viu Sven encolhido sob meu cavalo, deixou os padres que cantavam e correu em nossa direção, apenas se curvando para pegar a espada do homem que eu havia matado. O rapaz segurou a espada desajeitadamente, porque suas mãos estavam unidas por elos de corrente, mas levou-a até Sven e segurou-a sobre o pescoço dele.

— Não — eu disse.

52

Os senhores do norte

— Não? — O rapaz sorriu para mim e eu gostei instintivamente dele. Seu rosto era aberto e sincero.

— Eu lhe prometi a vida — expliquei.

O rapaz pensou nisso por um instante.

— Você prometeu, mas eu não. — Falava em dinamarquês.

— Mas se você tirar a vida dele, terei de tirar a sua.

Ele pensou nessa barganha com diversão nos olhos.

— Por quê? — perguntou. Não alarmado, mas como se quisesse genuinamente saber.

— Porque essa é a lei.

— Mas Sven Kjartanson não conhece nenhuma lei.

— É a minha lei, e eu quero que ele leve uma mensagem ao pai.

— Que mensagem?

— Que o guerreiro morto veio pegá-lo.

O rapaz inclinou a cabeça, pensativo, enquanto avaliava a mensagem e evidentemente aprovou-a, porque enfiou a espada sob um dos braços e desamarrou desajeitadamente a corda que prendia sua calça.

— Pode levar uma mensagem minha também — disse ele a Sven. — É essa. — E mijou sobre ele. — Eu te batizo em nome de Tor, de Odin e de Loki.

Os sete religiosos, três monges e quatro padres olharam solenemente aquele batismo, mas nenhum protestou contra a blasfêmia implícita nem tentou impedi-la. O rapaz mijou por longo tempo, apontando o jato de modo a encharcar totalmente o cabelo de Sven, e quando finalmente acabou, amarrou de novo o cinto de corda e me ofereceu outro de seus sorrisos ofuscantes.

— Você é o guerreiro morto?

— Sou.

— Pare de gemer — disse o rapaz a Sven, depois sorriu de novo para mim. — Então, talvez possa me fazer a honra de me servir.

— Servi-lo? — perguntei. Foi a minha vez de achar engraçado.

— Sou Guthred — disse, como se isso explicasse tudo.

— De Guthrum já ouvi falar — respondi. — Conheço um Guthwere e conheci dois homens chamados Guthlac, mas não sei de nenhum Guthred.

— Sou Guthred, filho de Hardicnut — disse ele.

O nome ainda não significava nada para mim.

— E por que eu deveria servir Guthred, filho de Hardicnut?

— Porque até você chegar eu era escravo, mas, bem, como você veio, agora sou rei! — Ele falava com tanto entusiasmo que tinha dificuldade para fazer com que as palavras saíssem como queria.

Sorri por trás da echarpe de linho.

— Você é um rei. Mas de quê?

— Da Nortúmbria, claro — disse ele, animado.

— Ele é, senhor, é mesmo — disse sério um dos padres.

E assim o guerreiro morto conheceu o rei escravo, e Sven, o Caolho, se arrastou até seu pai, e a estranheza daquela Nortúmbria infeccionada ficou mais estranha ainda.

Dois

No mar, algumas vezes, se você leva um navio muito longe da terra, se o vento aumenta, a maré puxa com força venenosa e as ondas saltam acima dos prendedores de escudos, você não tem opção além de ir aonde os deuses quiserem. A vela deve ser enrolada antes de se rasgar e os remos compridos se movem sem qualquer efeito, assim você bate as pás com força, tira água do navio, reza, olha o céu escuro, escuta o vento uivar, sofre os espinhos da chuva e espera que a maré, as ondas e o vento não o atirem nas pedras.

Era assim que eu me sentia na Nortúmbria. Havia escapado da loucura de Hrothweard em Eoferwic só para humilhar Sven, que agora não queria nada mais do que me matar, se de fato acreditasse que eu poderia ser morto. Isso significava que eu não ousava ficar naquela parte sofrível da Nortúmbria porque meus inimigos na região eram numerosos demais, nem poderia ir mais para o norte porque isso me deixaria no território de Bebbanburg, minhas próprias terras, onde as orações diárias de meu tio eram para que eu morresse deixando-o como dono legítimo do que havia roubado, e eu não queria facilitar a realização dessas preces. Assim, os ventos do ódio de Kjartan e da vingança de Sven e a maré da inimizade do meu tio me impulsionaram para o oeste, para as vastidões de Cumbraland.

Seguimos a muralha romana que atravessa as colinas. Essa muralha é algo extraordinário que cruza toda a terra de um mar ao outro. É feita de pedra e sobe e desce com os morros e os vales, jamais parando, sempre implacável e brutal. Encontramos um pastor que não tinha ouvido falar dos romanos e ele disse que gigantes haviam construído a muralha nos tempos antigos, afirmou que quando o mundo terminasse os homens selvagens do norte distante fluiriam por cima daquela fortificação como uma enchente trazendo morte e horror. Naquela tarde pensei em sua profecia enquanto olhava uma loba correr pelo topo da muralha, a língua pendendo, e ela nos lançou um olhar, saltou para baixo por trás de nossos cavalos e correu para o sul. Hoje em dia, partes da muralha desmoronaram, flores brotam entre as pedras e o capim é alto ao longo do topo largo da fortificação, mas ainda é algo impressionante. Construímos algumas igrejas e mosteiros de pedra, e vi um punhado de castelos de pedra, mas não consigo imaginar nenhum homem fazendo uma muralha daquelas hoje em dia. E não era apenas uma muralha. Ao lado havia um fosso largo, e atrás dele uma estrada de pedra. A cada quilômetro e meio, aproximadamente, havia uma torre de vigia, e duas vezes por dia passávamos por fortalezas de pedra nas quais os soldados romanos haviam vivido. Os tetos de seus alojamentos se foram há muito e as construções são lares de raposas e corvos, mas num desses fortes descobrimos um homem nu com o cabelo crescido até a cintura. Era velhíssimo, dizia ter setenta anos, e sua barba cinza era tão comprida quanto o cabelo branco emaranhado. Era uma criatura imunda, nada além de pele, sujeira e ossos, mas Willibald e os sete homens de igreja que eu havia libertado de Sven se ajoelharam diante dele porque era um eremita famoso.

— Ele já foi bispo — disse-me Willibald em voz de espanto depois de ter recebido a bênção daquele farrapo humano. — Já teve riqueza, mulher, servos e honra, e entregou tudo para adorar Deus em solidão. É um homem muito santo.

— Talvez seja apenas um louco desgraçado — sugeri —, ou então a mulher era uma vaca maligna que o expulsou de casa.

— Ele é filho de Deus — disse Willibald reprovando —, e com o tempo será chamado de santo.

Hild havia apeado e me olhou como se pedisse permissão para se aproximar do eremita. Obviamente queria a bênção do eremita, por isso apelou a mim, mas não era da minha conta o que ela fizesse, de modo que apenas dei de ombros e ela se ajoelhou diante da criatura imunda. Ele espiou-a maliciosamente, coçou a virilha e em seguida fez o sinal da cruz nos dois peitos dela, empurrando os dedos com força para sentir os mamilos, o tempo todo fingindo abençoá-la. Fiquei tentado a chutar o velho desgraçado para o martírio imediato. Mas Hild estava chorando de emoção enquanto ele palmeava seu cabelo, depois o sujeito babou algum tipo de oração e ela pareceu agradecida. Ele me lançou um mau-olhado e estendeu a mão suja como se esperasse que eu lhe desse dinheiro, mas em vez disso mostrei o martelo de Tor e ele sibilou uma praga contra mim através dos dois dentes amarelos. Então o abandonamos com a charneca, o céu e suas orações.

Eu havia deixado Bolti. Ele estava bastante seguro a norte da muralha, porque havia entrado no território de Bebbanburg onde os cavaleiros de Ælfric e os cavaleiros dos dinamarqueses que viviam nas minhas terras estariam patrulhando as estradas. Seguimos a muralha para o oeste e agora eu guiava o padre Willibald, Hild, o rei Guthred e os sete religiosos libertos. Eu havia conseguido quebrar a corrente das algemas de Guthred, de modo que o rei escravo, que agora montava a égua de Willibald, usava duas pulseiras de ferro das quais pendiam pequenos pedaços de corrente enferrujada. Ele conversava comigo incessantemente.

— O que faremos — disse ele no segundo dia de viagem — é montar um exército em Cumbraland. Em seguida vamos atravessar os morros e capturar Eoferwic.

— E depois? — perguntei secamente.

— Vamos para o norte! — respondeu ele entusiasmado. — Para o norte! Teremos de tomar Dunholm e depois vamos capturar Bebbanburg. Você quer que eu faça isso, não quer?

Eu tinha dito meu nome a Guthred e que eu era o senhor de direito de Bebbanburg, e agora lhe disse que Bebbanburg jamais fora capturada.

— É um lugar difícil, hein? — respondeu Guthred. — Como Dunholm? Bem, veremos o que fazer com Bebbanburg. Mas claro que primeiro teremos de acabar com Ivarr. — Ele falava como se destruir o dinamarquês mais poderoso da Nortúmbria não fosse importante. — Portanto, vamos cuidar de Ivarr — disse ele, e se empolgou de súbito. — Ou será que Ivarr me aceitaria como rei? Ele tem um filho e eu tenho uma irmã que já deve estar com idade de se casar. Será que eles poderiam fazer uma aliança?

O rei escravo

— A não ser que sua irmã já esteja casada — interrompi.

— Não imagino quem iria querer. Ela tem cara de cavalo.

— Com cara de cavalo ou não, sua irmã é filha de Hardicnut. Deve haver alguma vantagem para quem se casar com ela.

— Deve ter havido, antes de meu pai morrer — disse Guthred em dúvida. — Mas agora?

— Agora você é rei — lembrei-lhe. Não acreditava de fato que ele fosse rei, claro, mas ele acreditava, por isso fui condescendente.

— É verdade! Alguém vai querer Gisela, não é? Apesar da cara!

— Ela se parece mesmo com um cavalo?

— Tem cara comprida — disse ele, e fez uma careta —, mas não é completamente feia. E já está na hora de se casar. Deve ter uns 15 ou 16 anos! Acho que talvez devêssemos casá-la com o filho de Ivarr. Isso formará uma aliança com Ivarr e ele vai nos ajudar a cuidar de Kjartan, e depois teremos de garantir que os escoceses não causem problema. E, claro, teremos de impedir que aqueles bandidos em Strath Clota incomodem.

— Claro que sim — respondi.

— Eles mataram meu pai, sabe? E me tornaram escravo! — Ele riu.

Hardicnut, o pai de Guthred, fora um *earl* dinamarquês que fizera seu lar em Cair Ligualid, a principal cidade de Cumbraland. Hardicnut havia se declarado rei da Nortúmbria, o que era pretensioso, mas coisas estranhas acontecem a oeste das colinas e lá um homem pode se declarar rei da lua se quiser, porque ninguém fora de Cumbraland vai ficar sabendo. Hardicnut não havia representado ameaça para os maiores senhores ao redor de Eoferwic, na verdade não representava ameaça para ninguém, porque Cumbraland era um lugar triste e selvagem, sempre atacado pelos nórdicos da Irlanda ou pelos horrores selvagens de Strath Clota cujo rei, Eochaid, se dizia rei da Escócia, título disputado por Aed, que agora estava lutando contra Ivarr.

Não existe fim para a insolência dos escoceses, dizia meu pai. Ele tinha motivos para dizer isso, porque os escoceses reivindicavam a maior parte das terras de Bebbanburg, e até a chegada dos dinamarqueses nossa família vivia lutando contra as tribos do norte. Quando criança me ensinaram que havia muitas tribos na Escócia, porém as duas mais próximas da Nortúmbria eram os escoceses propriamente ditos, de quem Aed era agora rei, e os selvagens de Strath Clota, que viviam no litoral oeste e jamais chegavam perto de Bebbanburg. Em vez disso, atacavam Cumbraland, e Hardicnut havia decidido puni-la. Por essa razão liderou um pequeno exército para o norte, entrando em suas colinas, onde Eochaid de Strath Clota o emboscou e depois o destruiu. Guthred havia marchado com o pai, fora capturado e, já havia dois anos, fora feito escravo.

— Por que não o mataram? — perguntei.

— Eochaid deveria ter me matado — admitiu ele, alegre —, mas a princípio não sabia quem eu era, e quando descobriu não estava realmente com vontade de matar. Por isso me chutou algumas vezes e depois disse que eu seria seu escravo. Gostava de me ver esvaziar seu balde de merda. Eu era um escravo doméstico, sabe? Era outro insulto.

— Ser escravo doméstico?

— Trabalho de mulher — explicou Guthred —, mas isso significa que eu passava o tempo com as garotas. Gostei bastante.

— E como escapou de Eochaid?

— Não escapei. Gelgill me comprou. Pagou muito por mim! — Ele disse isso com orgulho.

— E Gelgill ia vendê-lo a Kjartan?

— Ah, não! Ia me vender aos padres de Cair Ligualid! — Guthred assentiu para os sete religiosos que também haviam sido resgatados. — Eles haviam concordado com o preço antes, veja bem, mas Gelgill queria mais dinheiro. Então todos encontraram Sven, e, claro, Sven não quis que a venda fosse realizada. Queria que eu ficasse em Dunholm e Gelgill faria qualquer coisa por Sven e seu pai, de modo que todos estávamos condenados até você chegar.

Parte disso fazia sentido e, conversando com os sete religiosos e interrogando Guthred mais ainda, consegui montar o restante da história. Gelgill, conhecido dos dois lados da fronteira como traficante de escravos, havia comprado Guthred de Eochaid pagando um preço enorme, não porque Guthred valesse, mas porque os padres haviam contratado Gelgill para fazer a compra.

— Duzentas peças de prata, oito bezerros, dois sacos de malte e um chifre engastado em prata. Esse foi o meu preço — disse Guthred animado.

O rei escravo

— Gelgill pagou tudo isso? — Eu estava atônito.

— Ele, não. Os padres. Gelgill só negociou a venda.

— Os padres pagaram por você?

— Devem ter esvaziado a prata de Cumbraland — disse Guthred com orgulho.

— E Eochaid concordou em vender?

— Por esse preço? Claro que sim! Por que não concordaria?

— Ele matou seu pai. Seu dever é matá-lo. Ele sabe disso.

— Ele gostava de mim — disse Guthred, e achei isso digno de crédito porque era fácil gostar de Guthred. Ele encarava cada dia como se fosse lhe trazer apenas felicidade, e em sua companhia, de algum modo, a vida parecia mais luminosa. — Mesmo assim me fazia limpar seu balde de merda — admitiu Guthred, continuando a história de Eochaid —, mas parou de me chutar sempre que eu fazia isso. E gostava de conversar comigo.

— Sobre o quê?

— Ah, sobre tudo! Os deuses, o tempo, pesca, como fazer bom queijo, mulheres, tudo. E achava que eu não era guerreiro, e não sou mesmo. Agora sou rei, claro, por isso tenho de ser guerreiro, mas não gosto muito. Eochaid me fez jurar que eu nunca faria guerra contra ele.

— E você jurou?

— Claro! Gosto dele. Vou roubar seu gado, claro, e matar qualquer homem que ele mandar a Cumbraland, mas isso não é guerra, é?

Assim, Eochaid havia levado a prata da igreja e Gelgill trouxera Guthred para a Nortúmbria, no sul, mas em vez de entregá-lo aos padres, o levara para o leste, achando que poderia ganhar mais dinheiro vendendo Guthred a Kjartan do que honrando o contrato que fizera com os religiosos. Os padres e monges foram atrás, implorando a libertação de Guthred, e foi então que todos encontraram Sven, que viu sua chance de lucrar com Guthred. O escravo liberto era filho de Hardicnut, o que significava que era herdeiro de terras em Cumbraland, e isso sugeria que valia uma bolsa de prata maior como resgate. Sven havia planejado levar Guthred de volta a Dunholm, onde sem dúvida mataria todos os sete religiosos. Então eu cheguei com o rosto enrolado em linho preto e agora Gelgill estava morto, Sven tinha o cabelo fedendo e molhado e Guthred estava livre.

Os senhores do norte

Tudo isso eu entendia, mas o que não fazia sentido era por que sete religiosos saxões haviam chegado de Cair Ligualid para pagar uma fortuna por Guthred, que era dinamarquês e pagão.

— Porque sou o rei deles, claro — disse Guthred, como se a resposta fosse óbvia —, apesar de nunca ter pensado em virar rei. Principalmente depois de Eochaid me tornar cativo, mas é isso que o deus cristão quer, então quem sou eu para discutir?

— O deus deles quer você? — perguntei, olhando os sete religiosos que tinham viajado de tão longe para libertá-lo.

— O deus deles me quer porque sou o escolhido — disse Guthred, sério. — Acha que eu deveria virar cristão?

— Não.

— Acho que eu deveria, só para demonstrar gratidão — disse ele, ignorando minha resposta. — Os deuses não gostam de ingratidão, não é?

— Os deuses gostam é do caos — respondi.

Os deuses estavam felizes.

Cair Ligualid era um lugar lamentável. Nórdicos o haviam pilhado e queimado havia dois anos, logo depois de o pai de Guthred ser morto pelos escoceses, e a cidade ainda não fora reconstruída nem pela metade. O que restava dela ficava na margem sul do rio Hedene, e era por isso que o povoado existia, já que fora construído no primeiro ponto de travessia do rio, um rio que oferecia alguma proteção contra os ataques escoceses. Não havia oferecido qualquer proteção contra a frota de vikings que subiram o Hedene, roubaram tudo que podiam, estupraram quem queriam, mataram quem não queriam e levaram os sobreviventes como escravos. Esses vikings tinham vindo de seus assentamentos na Irlanda e eram os inimigos dos saxões, dos irlandeses, dos escoceses e até mesmo, às vezes, de seus primos, os dinamarqueses, e não haviam poupado os dinamarqueses que viviam em Cair Ligualid. Passamos, então, por um portão quebrado num muro quebrado e entramos numa cidade arrasada. Era o crepúsculo, e a chuva do dia finalmente havia parado e um raio de sol vermelho vinha por trás das nuvens a oeste enquanto entrávamos

O rei escravo

na cidade arruinada. Seguimos direto para a luz daquele sol inchado que se refletia em meu elmo com o lobo de prata na crista e brilhava na cota de malha, nos braceletes e nos punhos de minhas duas espadas, e alguém gritou que eu era o rei. Eu parecia um rei. Montava Witnere, que balançava a grande cabeça e batia as patas no chão, e estava vestido com minha brilhante glória guerreira.

Cair Ligualid estava apinhada. Aqui e ali uma casa fora reconstruída, mas a maior parte do povo estava acampado nas ruínas chamuscadas, com seus animais, e havia um número muito grande para serem sobreviventes dos antigos ataques dos nórdicos. Em vez disso, eram pessoas de Cumbraland que haviam sido trazidas a Cair Ligualid por seus padres ou senhores porque tinham recebido a promessa de que o novo rei chegaria. E agora, vindo do leste, com a cota de malha refletindo o brilho do sol poente, chegava um guerreiro luminoso num grande cavalo preto.

— O rei! — gritou outra voz. Mais vozes acompanharam o grito, e das casas destroçadas e dos abrigos improvisados as pessoas saíram atabalhoadas para me olhar. Willibald estava tentando silenciá-las, mas suas palavras saxãs do oeste se perdiam na balbúrdia. Achei que Guthred também protestaria, mas em vez disso puxou o capuz da capa sobre a cabeça para parecer um dos religiosos que lutavam para continuar andando enquanto a multidão nos comprimia. Pessoas se ajoelhavam à nossa passagem, depois se levantavam para nos acompanhar. Hild estava rindo. Segurei sua mão de modo que ela cavalgava a meu lado como uma rainha, e a multidão crescente nos acompanhou por um morro comprido e baixo em direção a um novo castelo construído no cume. À medida que nos aproximávamos vi que não era um castelo, e sim uma igreja, e que padres e monges vinham à porta nos receber.

Havia uma loucura em Cair Ligualid. Uma loucura diferente daquela que havia derramado sangue em Eoferwic, mas mesmo assim era loucura. Mulheres choravam, homens gritavam e crianças olhavam fixamente. Mães estendiam bebês para mim como se meu toque pudesse curá-los.

— Você deve fazer com que eles parem! — Willibald conseguira chegar ao meu lado e estava segurando meu estribo direito.

— Por quê?

— Porque estão equivocados, claro! Guthred é o rei.

Sorri para ele.

— Talvez — respondi lentamente, como se a ideia estivesse acabando de me chegar. — E se eu fosse o rei?

— Uhtred! — disse Willibald, chocado.

— Por que não? Meus ancestrais eram reis.

— Guthred é rei! — protestou Willibald. — O abade o nomeou!

Foi assim que teve início a loucura de Cair Ligualid. A cidade era um abrigo de raposas e pássaros quando o abade Eadred de Lindisfarena atravessou as colinas. Lindisfarena, claro, é o mosteiro perto de Bebbanburg. Fica no litoral leste da Nortúmbria, ao passo que Cair Ligualid fica na borda oeste, mas o abade, expulso de Lindisfarena por ataques noruegueses, viera a Cair Ligualid e construíra a nova igreja para a qual estávamos subindo. O abade também vira Guthred em sonhos. Hoje em dia, claro, todo nortumbriano conhece a história de como São Cuthbert revelou Guthred ao abade Eadred, mas na época, no dia da chegada de Guthred a Cair Ligualid, a história parecia apenas outra insanidade além da loucura que borbulhava no mundo. Pessoas gritavam para mim, me chamando de rei. Willibald se virou e berrou para Guthred:

— Faça com que eles parem!

— O povo quer um rei — disse Guthred —, e Uhtred parece um rei. Deixe que o tenham por enquanto.

Uma quantidade de jovens monges armados com paus mantinha o povo empolgado longe das portas da igreja. Eadred havia prometido um milagre à multidão e ela vinha esperando há dias, aguardando a chegada do novo rei, e então eu cheguei do leste na glória de um guerreiro, coisa que sou e sempre fui. Toda a vida segui o caminho da espada. Tendo escolha, e tive muitas escolhas, prefiro desembainhar uma espada a resolver uma discussão com palavras, porque é isso que o guerreiro faz, mas a maioria dos homens e mulheres não é de guerreiros. Eles anseiam pela paz. Não querem nada além de olhar os filhos crescerem, plantar as sementes e viver para ver a colheita, adorar seu deus, amar a família e ser deixados em paz. No entanto, nosso destino foi nascer num tempo em que a violência nos governava. Os dinamarqueses apareceram e nossa terra foi despedaçada, e em todos os nossos litorais os navios longos com suas proas em bico vieram atacar, escravizar, roubar e matar. Em

Cumbraland, que é a parte mais selvagem de todas as terras saxas, os dinamarqueses chegaram, os nórdicos chegaram, os escoceses chegaram e ninguém podia viver em paz, e acho que quando a gente destrói os sonhos dos homens, quando destrói seus lares, arruína suas colheitas, estupra suas filhas e escraviza seus filhos, engendra uma loucura. No fim do mundo, quando os deuses lutarão uns contra os outros, toda a humanidade será presa de um grande frenesi, os rios vão fluir com sangue, o céu vai se encher de gritos e a grande árvore da vida vai cair com um estrondo que será ouvido para além da estrela mais distante, mas tudo isso ainda está para vir. Na época, em 878, quando eu era jovem, havia apenas uma loucura menor em Cair Ligualid. Era a loucura da esperança, a crença de que um rei, nascido no sonho de um religioso, acabaria com o sofrimento do povo.

O abade Eadred estava esperando atrás do cordão de monges e, à medida que meu cavalo se aproximava, levantou as mãos para o céu. Era um homem alto, velho e de cabelos brancos, magro e feroz, com olhos como de um falcão e — surpreendentemente para um padre — uma espada presa à cintura. A princípio não pôde ver meu rosto porque as placas faciais do elmo o escondiam, mas mesmo quando tirei o elmo ele continuou achando que eu era o rei. Olhou-me, levantou as mãos para o céu como se agradecesse minha chegada e fez uma reverência.

— Senhor rei — disse ele em voz estrondeante. Os monges se ajoelharam e me olharam. — Senhor rei — estrondeou o abade Eadred de novo. — Bem-vindo!

Esse foi um momento interessante. Lembre-se de que Eadred havia escolhido Guthred para ser rei porque São Cuthbert lhe havia mostrado o filho de Hardicnut num sonho. No entanto, agora ele achava que eu era o rei, o que significava que Cuthbert lhe havia mostrado o rosto errado ou então que Eadred era um desgraçado mentiroso. Ou talvez São Cuthbert fosse um desgraçado mentiroso. Mas, como milagre — e o sonho de Eadred é sempre lembrado como milagre —, aquele foi decididamente suspeito. Uma vez contei essa história a um padre e ele se recusou a acreditar. Sibilou para mim, fez o sinal da cruz e saiu correndo para rezar. Toda a vida de Guthred seria dominada pelo simples fato de que São Cuthbert o havia revelado a Eadred, e a

64

Os senhores do norte

verdade é que Eadred não o reconheceu, mas hoje em dia ninguém acredita em mim. Willibald, claro, estava dançando ao redor como alguém que tivesse duas vespas dentro dos calções, tentando corrigir o erro de Eadred, por isso chutei-o na lateral do crânio para aquietá-lo enquanto fazia um gesto na direção de Guthred, que havia tirado o capuz da cabeça.

— Este — informei a Eadred — é o seu rei.

Por um instante Eadred não acreditou; depois acreditou, e uma expressão de raiva intensa atravessou seu rosto. Foi uma contorção súbita de fúria absoluta porque ele entendeu, ainda que ninguém mais entendesse, que deveria ter reconhecido Guthred a partir do sonho. A raiva chamejou, depois ele dominou-a, fez uma reverência a Guthred, e este a devolveu com sua alegria costumeira. Dois monges correram para segurar seu cavalo, Guthred apeou e foi levado à igreja. O restante de nós seguiu do melhor modo que pôde. Ordenei que alguns monges segurassem Witnere e a égua de Hild. Eles não queriam, queriam estar dentro da igreja, mas eu disse que quebraria suas cabeças tonsuradas se os cavalos se perdessem, e eles me obedeceram.

Estava escuro na igreja. Havia velas fracas acesas no altar, outras no piso da nave, onde um grande grupo de monges fazia reverências e cantava, mas as pequenas luzes enfumaçadas mal conseguiam romper a densa escuridão. Como igreja, não era grande coisa. Era grande, maior até do que a igreja que Alfredo estava construindo em Wintanceaster, mas fora erguida às pressas e as paredes eram de troncos não aparados. Quando meus olhos se acostumaram à escuridão, vi que o teto era irregular, com palha rústica. Provavelmente havia dentro cinquenta ou sessenta religiosos e pouco menos de trinta *thegns*, se é que os homens de Cumbraland aspiravam a esse título. Eram os mais ricos da região e estavam de pé com seus seguidores. Notei, com curiosidade, que alguns usavam a cruz e outros, o martelo. Havia dinamarqueses e saxões naquela igreja, misturados, e não eram inimigos. Em vez disso, haviam se reunido para apoiar Eadred, que lhes prometera um rei mandado por Deus.

E ali estava Gisela.

Notei-a quase imediatamente. Era uma garota alta, de cabelos escuros, com rosto muito comprido e muito sério. Vestia um manto cinza e blusa branca, de modo que a princípio achei que fosse uma freira, depois vi as pulseiras de prata e o broche pesado prendendo o manto ao pescoço. Havia lágrimas de alegria em seu rosto e, quando Guthred a viu, correu até ela e os dois se abraçaram. Ele a apertou com força, depois se afastou, segurando suas mãos, e vi que ela estava meio chorando e meio rindo, e ele a trouxe impulsivamente até onde eu estava.

— Minha irmã Gisela — apresentou ele. Ainda estava segurando as mãos da garota. — Estou livre por causa do senhor Uhtred.

— Obrigada — disse-me ela, e não falei nada. Estava consciente de Hild ao meu lado, porém mais consciente ainda de Gisela. Quinze? Dezesseis anos? Mas não era casada, porque o cabelo preto ainda estava solto. O que o irmão tinha dito? Que seu rosto era como o de um cavalo, mas achei que era um rosto de sonhos, um rosto para incendiar o céu, um rosto para assombrar um homem. Ainda vejo seu rosto, tantos anos depois. Era comprido, com o nariz longo, olhos escuros que algumas vezes pareciam distantes e algumas vezes eram maliciosos e, quando me olhou daquela primeira vez, fiquei perdido. As fiandeiras que faziam nossa vida a haviam mandado e eu soube que nada seria igual outra vez.

— Você não é casada, é? — perguntou Guthred ansioso.

Ela tocou o cabelo que ainda caía livre como o de uma menina. Quando se casasse, ele estaria preso.

— Claro que não — disse ela, ainda me olhando, depois se virou para o irmão. — E você?

— Não — disse ele.

Gisela olhou para Hild e de novo para mim. Nesse momento o abade Eadred veio levar Guthred para longe e Gisela voltou para a mulher que era sua guardiã. Dirigiu-me um olhar virando o rosto para trás, e ainda posso ver aquele olhar. As pálpebras abaixadas e o pequeno tropeço quando se virou para me dar um último sorriso.

— Garota bonita — disse Hild.

— Prefiro ter uma mulher bonita — respondi.

— Você precisa se casar.

— Eu sou casado — lembrei, e era verdade. Tinha uma esposa em Wessex, uma esposa que me odiava, mas Mildrith estava agora num conven-

Os senhores do norte

to, de modo que eu não sabia nem me importava se ela se considerava casada comigo ou com Cristo.

— Você gostou dessa garota — disse Hild.

— Gosto de todas as garotas — respondi evasivamente. Perdi Gisela de vista enquanto a multidão pressionava para assistir à cerimônia, que começou quando o abade Eadred tirou da cintura o cinto da espada e prendeu-o ao redor das roupas maltrapilhas de Guthred. Em seguida cobriu o novo rei com uma bela capa verde com acabamento de pele e pôs um aro de bronze sobre seu cabelo claro. Os monges cantaram enquanto tudo isso era feito e continuaram cantando enquanto Eadred guiava Guthred ao redor da igreja para que todo mundo o visse. O abade mantinha a mão direita do rei no alto e sem dúvida muitas pessoas achavam estranho que o novo rei fosse aclamado usando correntes de escravo penduradas nos pulsos. Homens se ajoelhavam diante dele. Guthred conhecia muitos dos dinamarqueses que haviam sido seguidores de seu pai e os cumprimentava alegre. Representava bem o papel de rei, porque era inteligente além de afável, mas vi uma expressão divertida em seu rosto. Será que ele realmente acreditava que era rei, na época? Acho que via tudo aquilo como uma aventura, mas uma aventura que certamente era preferível a esvaziar o balde de merda de Eochaid.

Eadred fez um sermão abençoadamente curto, mesmo falando em inglês e em dinamarquês. Seu dinamarquês não era bom, mas bastava para dizer aos colegas compatriotas de Guthred que Deus e São Cuthbert haviam escolhido o novo rei, e ali estava ele, e que a glória deveria se seguir inevitavelmente. Em seguida guiou Guthred para as velas acesas no centro da igreja. Os monges que estavam reunidos ao redor daquelas chamas enfumaçadas se moveram rapidamente para abrir caminho para o novo rei, e vi que eles estavam reunidos ao redor de três baús, que, por sua vez, eram rodeados pelas pequenas luzes.

— O juramento real será feito agora! — anunciou Eadred à igreja. Os cristãos se ajoelharam de novo e alguns dinamarqueses pagãos seguiram desajeitados o exemplo.

Deveria ser um momento solene, mas Guthred o estragou virando-se e me olhando.

— Uhtred! — gritou ele. — Você deveria estar aqui! Venha!

Eadred se eriçou, mas Guthred me queria a seu lado porque os três baús o preocupavam. Eram dourados, com as tampas sustentadas por grandes fechos de metal, e estavam rodeados pelas velas tremeluzentes. Tudo isso sugeria a ele que alguma feitiçaria cristã estava para acontecer e Guthred queria que eu compartilhasse o risco. O abade Eadred me encarou irritado.

— Ele o chamou de Uhtred? — perguntou cheio de suspeitas.

— O senhor Uhtred comanda minha guarda pessoal — disse Guthred com grandiosidade. Isso me tornou comandante de nada, mas mantive a cara impassível. — E se há juramentos a fazer, ele deve fazê-los comigo.

— Uhtred — disse o abade Eadred sem emoção na voz. Ele conhecia o nome, claro que conhecia. Vinha de Lindisfarena, onde minha família governava, e havia um azedume em sua voz.

— Sou Uhtred de Bebbanburg — falei suficientemente alto para todo mundo na igreja escutar, e o anúncio causou um sibilo entre os monges. Alguns se persignaram e outros só me olharam com ódio aparente.

— Ele é seu companheiro? — perguntou Eadred a Guthred.

— Ele me resgatou — disse Guthred — e é meu amigo.

Eadred fez o sinal da cruz. Havia desgostado de mim desde o momento em que me confundiu com o rei nascido em sonhos, mas agora estava praticamente cuspindo malevolência em mim. Ele me odiava porque nossa família deveria ser guardiã do mosteiro de Lindisfarena, mas o mosteiro estava em ruínas, e Eadred, seu abade, fora obrigado a partir para o exílio.

— Ælfric o mandou? — perguntou ele.

— Ælfric — cuspi o nome — é um usurpador, um ladrão, um desgraçado. E um dia vou abrir a barriga podre dele e mandá-lo para a árvore onde a Estripadora de cadáveres irá se alimentar dele.

Então Eadred me situou.

— Você é o filho do senhor Uhtred — disse ele, em seguida olhou meus braceletes minha cota de malha, a qualidade de minhas espadas e o martelo em meu pescoço. — É o garoto criado pelos dinamarqueses.

— Sou o garoto que matou Ubba Lothbrokson ao lado de um mar no sul — respondi sarcástico.

Os senhores do norte

— Ele é meu amigo — insistiu Guthred.

O abade Eadred estremeceu, depois fez uma meia reverência como que mostrando que me aceitava como companheiro de Guthred.

— Você fará um juramento de servir fielmente o rei Guthred — rosnou ele para mim.

Dei meio passo atrás. Juramento é uma coisa séria. Se eu jurasse servir a esse rei que fora escravo, não seria mais um homem livre. Seria homem de Guthred, jurado para morrer por ele, obedecer-lhe e servi-lo até a morte, e essa ideia me incomodava. Guthred viu minha hesitação e sorriu.

— Vou liberá-lo — sussurrou para mim em dinamarquês, e eu entendi que ele, como eu, via essa cerimônia como um jogo.

— Jura? — perguntei.

— Por minha vida — disse ele em tom afável.

— Os juramentos serão feitos! — anunciou Eadred, querendo restaurar dignidade à igreja, que agora estava cheia de murmúrios. Ele olhou furioso para a congregação até que todos ficassem quietos, depois abriu um dos dois baús menores. Dentro havia um livro com a capa incrustada de pedras preciosas. — Este é o grande livro dos evangelhos de Lindisfarena — disse Eadred em voz de espanto. Em seguida tirou o livro do baú e o ergueu, para que a luz fraca brilhasse nas joias. Todos os monges fizeram o sinal da cruz, em seguida Eadred entregou o livro pesado a um padre ajudante cujas mãos tremeram ao aceitar o volume. Eadred se curvou diante do segundo baú pequeno. Fez o sinal da cruz, abriu a tampa e ali, encarando-me com olhos fechados, estava uma cabeça cortada. Guthred não conseguiu suprimir um grunhido de nojo e, temendo a feitiçaria, segurou meu braço direito. — Este é o santíssimo Santo Oswald — disse Eadred —, que já foi rei da Nortúmbria e agora é um santo muito amado por Deus Todo-poderoso. — Sua voz tremia de emoção.

Guthred deu meio passo atrás, repelido pela cabeça, mas soltei-o e me adiantei para olhar Oswald. Ele fora o senhor de Bebbanburg em seu tempo, e também fora rei da Nortúmbria, mas isso havia acontecido duzentos anos antes. Havia morrido em batalha contra os mércios, que o despedaçaram, e me perguntei como sua cabeça fora resgatada da sepultura dos derrotados. A cabeça, com as bochechas encolhidas e a pele escura, parecia bastante incólume. O

69

O rei escravo

cabelo era comprido e emaranhado e o pescoço fora escondido por um pedaço de linho amarelado. Um aro de bronze dourado servia de coroa.

— Amado Santo Oswald — disse Eadred fazendo o sinal da cruz —, proteja-nos, guie-nos e ore por nós. — Os lábios do rei haviam se encolhido, de modo que três dentes apareciam. Eram como pinos amarelos. Os monges ajoelhados mais perto de Oswald balançavam a cabeça para cima e para baixo em oração silenciosa e fervorosa. — Santo Oswald — anunciou Eadred — é um guerreiro de Deus, e com ele do nosso lado nada pode ser contra nós.

Ele passou pela cabeça do rei morto e foi até o último baú, o maior. A igreja ficou em silêncio. Os cristãos, claro, sabiam que ao revelar as relíquias, Eadred estava invocando os poderes do céu para testemunhar os juramentos, ao passo que os dinamarqueses pagãos, mesmo não entendendo exatamente o que acontecia, ficavam espantados pela magia que sentiam no grande prédio. E sentiam que mais magia, e mais grandiosa, estava para acontecer, porque agora os monges se prostraram deitados no chão de terra enquanto Eadred rezava silenciosamente ao lado da última caixa. Rezou por longo tempo, as mãos cruzadas juntas, os lábios se movendo e os olhos erguidos para os caibros onde pardais voavam, e finalmente abriu os dois pesados fechos de bronze do baú e levantou a grande tampa.

Havia um cadáver dentro do grande baú. O cadáver estava enrolado em um pano de linho, mas pude ver claramente a forma do corpo. Guthred havia segurado meu braço de novo como se eu pudesse protegê-lo contra a magia de Eadred. Enquanto isso Eadred desenrolava gentilmente o tecido, revelando um bispo morto vestido de branco e com o rosto coberto por um pequeno quadrado de tecido branco com bainha de fio dourado. O cadáver tinha um escapulário bordado pendurado no pescoço e uma velha mitra havia caído de sua cabeça. Uma cruz de ouro, enfeitada com granadas, estava meio escondida por suas mãos cruzadas com força diante do peito. Um anel de rubi brilhava num dedo encolhido. Alguns monges estavam boquiabertos, como se não pudessem suportar o poder sagrado que fluía do cadáver, e até mesmo Eadred pareceu humilde. Ele encostou a testa na beira do caixão, depois se empertigou para me olhar.

— Sabe quem é este? — perguntou.

— Não.

— Em nome do Pai, do Filho e do Espírito Santo — disse ele. Em seguida tirou o quadrado de linho com acabamento em ouro para revelar um rosto amarelo com manchas mais escuras. — É São Cuthbert — disse Eadred com um tom lacrimoso na voz. — É o muito abençoado, o santíssimo, o muito amado Cuthbert. Ah, doce e santo Deus — ele se balançou para trás e para a frente sobre os joelhos —, este é o próprio São Cuthbert.

Até os dez anos fui criado ouvindo histórias de Cuthbert. E aprendi como ele havia treinado um coro de focas para cantar salmos e como as águias haviam trazido comida à pequena ilha perto de Bebbanburg onde o santo viveu em solidão por um tempo. Ele podia acalmar tempestades com orações e havia resgatado incontáveis marinheiros do afogamento. Anjos vinham conversar com ele. Uma vez salvou uma família ordenando retornar ao inferno as chamas que haviam consumido sua casa, e o fogo desapareceu milagrosamente. Entrava no mar durante o inverno até que a água fria chegasse ao pescoço e ficava ali a noite inteira, rezando, e quando voltava à praia de manhã seus mantos de monge estavam secos. Fez brotar água do chão ressequido durante uma seca e, quando pássaros roubavam o centeio recém-semeado, ele ordenava que devolvessem, e era obedecido. Pelo menos era o que me diziam. Era certamente o maior santo da Nortúmbria, o homem sagrado que nos guardava e a quem deveríamos dirigir as orações para que ele as sussurrasse ao ouvido de Deus, e ali estava, numa caixa de olmo esculpida e dourada, deitado de costas, narinas escancaradas, boca ligeiramente aberta, bochechas fundas e com cinco dentes amarelos enegrecidos dos quais as gengivas haviam recuado fazendo com que parecessem presas de animal. Uma presa estava quebrada. Seus olhos estavam fechados. Minha madrasta havia possuído o pente de São Cuthbert e gostava de me dizer que encontrara alguns fios de cabelo do santo nos dentes do pente e que o cabelo tinha a cor do ouro mais fino, mas este cadáver tinha cabelos pretos como piche. Eram compridos, lisos e escovados, deixando livre a testa alta e a tonsura de monge. Eadred recolocou gentilmente a mitra no lugar, depois se inclinou e beijou o anel de rubi.

— Vocês notarão — disse ele numa voz rouca de emoção — que a carne santa não foi corrompida — e parou para acariciar uma das mãos ossudas do santo —, e esse milagre é um sinal certo de sua santidade. — Em seguida se

O rei escravo

inclinou e desta vez beijou o santo em cheio nos lábios abertos e encolhidos.

— Ó, santíssimo São Cuthbert — rezou alto —, guie-nos, lidere-nos e nos leve para sua glória em nome d'Aquele que morreu por nós e a cuja mão direita está agora sentado em esplendor eterno, amém.

— Amém — entoaram os monges. Os monges mais próximos haviam se levantado do chão para ver o santo não corrompido e a maioria chorou enquanto olhava o rosto amarelado.

Eadred me espiou de novo.

— Nesta igreja, rapaz — disse ele —, está a alma espiritual da Nortúmbria. Aqui, nestes baús, estão nossos milagres, nossos tesouros, nossa glória e os meios pelos quais falamos com Deus para buscar Sua proteção. Enquanto essas coisas preciosas e santas estiverem em segurança, estamos seguros. E um dia — ele se levantou enquanto dizia essa última palavra e sua voz ficou muito mais dura —, um dia tudo isso esteve sob a proteção dos senhores de Bebbanburg, mas essa proteção falhou! Os pagãos vieram, os monges foram trucidados e os homens de Bebbanburg se encolheram atrás de suas muralhas, em vez de cavalgar para matar os pagãos. Mas nossos ancestrais em Cristo salvaram essas relíquias, e desde então estivemos vagueando, vagueando pelas terras selvagens, e continuamos guardando tudo isso, mas um dia faremos uma grande igreja e elas brilharão numa terra santa. É para essa terra santa que eu guio este povo! — Ele balançou a mão indicando as pessoas que esperavam do lado de fora da igreja. — Deus me enviou um exército — gritou ele —, e esse exército triunfará, mas não sou o homem para liderá-lo. Deus e São Cuthbert me mandaram um sonho mostrando o rei que irá levar todos nós à nossa terra prometida. Ele me mostrou o rei Guthred!

Ele se ergueu e levantou a mão de Guthred bem alto, e o gesto provocou aplausos da congregação. Guthred pareceu mais surpreso do que régio, e eu simplesmente olhei para o santo morto.

Cuthred fora abade e bispo de Lindisfarena, a ilha logo ao norte de Bebbanburg, e durante quase duzentos anos seu corpo ficou numa cripta na ilha até que os ataques vikings se tornaram ameaçadores demais e, para salvar o cadáver santo, os monges levaram o morto para a terra firme. Desde então vinham andando pela Nortúmbria. Eadred não gostava de mim porque minha família

Os senhores do norte

não havia protegido as relíquias santas, mas a força de Bebbanburg estava em sua posição no penhasco golpeado pelo mar, e só um idiota levaria sua guarnição para lutar fora das muralhas. Se eu tivesse de escolher entre manter Bebbanburg e abandonar uma relíquia, abriria mão de todo o calendário de santos mortos. Cadáveres santos são baratos, mas fortalezas como Bebbanburg são raras.

— Vejam! — gritou Eadred, ainda segurando o braço de Guthred no alto. — O rei de Haliwerfolkland!

Rei de quê? Pensei ter ouvido mal, mas não. Haliwerfolkland, dissera Eadred, e isso significava Terra do Povo do Homem Santo. Esse era o nome de Eadred para o reino de Guthred. São Cuthbert, claro, era o homem santo, mas quem quer que fosse o rei desta terra seria uma ovelha em meio aos lobos. Ivarr, Kjartan e meu tio eram os lobos. Eram os homens que lideravam forças de verdade, com soldados treinados, ao passo que Eadred esperava fazer um reino nos fundos de um sonho, e eu não tinha dúvida de que essa ovelha nascida em sonho terminaria destroçada pelos lobos. Mesmo assim, por enquanto, Cair Ligualid era meu melhor refúgio na Nortúmbria, porque meus inimigos precisariam atravessar os morros para me encontrar e, além disso, eu sentia uma queda por esse tipo de loucura. Na loucura está a mudança, na mudança está a oportunidade, e na oportunidade estão as riquezas.

— Agora — Eadred soltou a mão de Guthred e se virou para mim — você jurará fidelidade ao nosso rei e a seu país.

Nesse momento Guthred piscou para mim. Obedientemente, fiquei de joelhos e segurei sua mão direita, mas Eadred afastou minhas mãos.

— Você vai jurar ao santo — sibilou ele.

— Ao santo?

— Ponha as mãos nas mãos santíssimas de São Cuthbert — ordenou Eadred — e diga as palavras.

Pus as mãos sobre os dedos de São Cuthbert e pude sentir o grande anel de rubi sob meus dedos, e torci ligeiramente a joia para ver se a pedra estava solta e sairia, mas ela parecia fixa no engaste.

— Juro ser seu homem — disse ao cadáver — e servi-lo fielmente. — Tentei mexer o anel de novo, mas os dedos mortos eram rígidos e o rubi não se mexia.

O rei escravo

— Jura por sua vida? — perguntou Eadred, sério.

Dei outra torção no anel, mas realmente era impossível movê-lo.

— Juro pela minha vida — falei respeitosamente e nunca, em toda aquela vida, havia levado um juramento tão pouco a sério. Como um juramento a um morto pode ser verdadeiro?

— E jura servir fielmente o rei Guthred?

— Juro — respondi.

— E ser inimigo de todos os inimigos dele?

— Juro.

— E servirá a São Cuthbert até o fim de sua vida?

— Sim.

— Então pode beijar o santíssimo Cuthbert — disse Eadred. Inclinei-me sobre a borda do caixão para beijar as mãos cruzadas. — Não! — protestou Eadred. — Nos lábios! — Arrastei os joelhos, curvei-me e beijei o cadáver nos lábios.

— Deus seja louvado — disse Eadred. Em seguida fez Guthred jurar que serviria a Cuthbert e a igreja ficou olhando o rei escravo se ajoelhar e beijar o cadáver. Os monges cantaram enquanto o povo na igreja tinha a permissão de ver Cuthbert pessoalmente. Hild estremeceu ao chegar ao caixão e caiu de joelhos, com lágrimas escorrendo pelo rosto, e precisei levantá-la e levá-la para longe. Willibald ficou igualmente abalado, mas seu rosto apenas luzia de felicidade. Gisela, pelo que notei, não se curvou para o cadáver. Olhou-o com curiosidade, mas estava claro que aquilo não significava nada para ela e deduzi que ainda era pagã. Olhou o morto, depois me olhou e sorriu. Seus olhos, pensei, eram mais brilhantes que o rubi no dedo do santo morto.

Assim Guthred chegou a Cair Ligualid. Na época pensei, e ainda penso, que era tudo absurdo, mas era um absurdo mágico, o guerreiro morto prestara vassalagem a um morto e o escravo havia se tornado rei. Os deuses estavam rindo.

Mais tarde, muito mais tarde, percebi que eu estava fazendo o que Alfredo desejaria que eu fizesse. Estava ajudando os cristãos. Havia duas guerras naqueles anos. A luta óbvia era entre saxões e dinamarqueses, mas também havia combate entre pagãos e cristãos. A maioria dos dinamarqueses era de pagãos

Os senhores do norte

e a maioria dos saxões era de cristãos, de modo que as duas guerras pareciam a mesma, mas na Nortúmbria tudo ficou confuso, e essa foi a esperteza do abade Eadred.

O que Eadred fez foi acabar com a guerra entre saxões e dinamarqueses em Cumbraland — e fez isso escolhendo Guthred. Guthred, claro, era dinamarquês, e isso significava que os dinamarqueses de Cumbraland estavam prontos para segui-lo e, como ele fora proclamado rei por um abade saxão, os saxões estavam igualmente preparados para apoiá-lo. As duas maiores tribos em guerra em Cumbraland, os dinamarqueses e os saxões, estavam portanto unidas, ao passo que os britônicos — e um bom número de britônicos ainda vivia em Cumbraland — também eram cristãos e seus padres lhes disseram para aceitar a escolha de Eadred, e eles aceitaram.

Uma coisa é proclamar um rei e outra coisa é o rei governar, mas Eadred havia feito uma escolha esperta. Guthred era um bom homem, mas também era o filho de Hardicnut, que havia se chamado de rei da Nortúmbria, por isso Guthred podia reivindicar a coroa, e nenhum dos *thegns* de Cumbraland tinha força suficiente para desafiá-lo. Eles precisavam de um rei porque, por tempo demais, haviam brigado entre si e sofrido com os ataques dos nórdicos da Irlanda e as incursões selvagens de Strath Clota. Unindo dinamarqueses e saxões, agora Guthred poderia reunir forças maiores para enfrentar aqueles inimigos. Havia um homem que poderia ter sido um rival. Ulf, era como se chamava, e era um dinamarquês que possuía terras ao sul de Cair Ligualid e tinha mais riquezas do que qualquer outro *thegn* de Cumbraland, mas era velho, manco e sem filhos, assim ofereceu lealdade a Guthred, e o exemplo de Ulf convenceu os outros dinamarqueses a aceitar a escolha de Eadred. Ajoelharam-se diante dele um a um, e Guthred os cumprimentou pelo nome, levantou-os e os abraçou.

— Eu realmente deveria virar cristão — disse-me ele na manhã seguinte a nossa chegada.

— Por quê?

— Já disse por quê. Para demonstrar gratidão. Você não deveria me chamar de senhor?

— Sim, senhor.

— Dói?

— Chamá-lo de senhor, senhor?

— Não! — ele riu. — Virar cristão?

— Por que deveria doer?

— Não sei. Eles não pregam a gente numa cruz?

— Claro que não — respondi com escárnio. — Só dão um banho.

— Eu tomo banho de qualquer modo — disse ele, depois franziu a testa. — Por que os saxões não tomam banho? Você, não, você toma, mas a maioria dos saxões não toma. Não tanto quanto os dinamarqueses. Eles gostam de ficar sujos?

— Pode-se pegar um resfriado tomando banho.

— Eu não. Então é isso? Um banho?

— Chama-se batismo.

— E a gente precisa abrir mão dos outros deuses?

— Deveria abrir.

— E só ter uma mulher?

— Só uma mulher. Eles são rígidos com relação a isso.

Guthred pensou a respeito.

— Ainda acho que devo fazer, porque o deus de Eadred tem poder realmente. Olhe aquele morto! É um milagre não ter apodrecido!

Os dinamarqueses estavam fascinados com as relíquias de Eadred. A maioria não compreendia por que um grupo de monges iria carregar um cadáver, a cabeça de um rei morto e um livro repleto de joias por toda a Nortúmbria, mas eles entendiam que essas coisas eram sagradas e estavam impressionados. As coisas sagradas têm poder. São um caminho do nosso mundo para os mundos mais vastos, além, e mesmo antes de Guthred chegar a Cair Ligualid alguns dinamarqueses haviam aceitado o batismo como um modo de atrair para si o poder das relíquias.

Eu não sou cristão. Hoje em dia não é bom confessar isso, porque os bispos e abades têm influência demais e é mais fácil fingir uma fé do que lutar contra ideias furiosas. Fui criado como cristão, mas aos dez anos, quando fui levado para a família de Ragnar, descobri os antigos deuses saxões que também eram deuses dos dinamarqueses e dos nórdicos, e seu culto sempre fez mais sentido para mim do que me curvar para um deus que pertence a um país tão distante que não conheci ninguém que já tenha estado lá. Tor e Odin caminhavam por nossos morros, dormiam em nossos vales, amavam nossas mulheres e bebiam em nossos riachos, e isso faz com que pareçam vizinhos. A outra coisa de que gosto em nossos deuses é que eles não são obcecados conosco. Têm suas próprias brigas, seus casos amorosos e parecem nos ignorar na maior parte do tempo, mas o deus cristão não tem nada de melhor a fazer do que criar regras para nós. Ele cria regras, mais regras, proibições e mandamentos, e precisa de centenas de sacerdotes e monges com mantos pretos para garantir que obedeçamos a essas leis. Parece-me um deus muito rabugento, esse, ainda que seus padres vivam afirmando que ele nos ama. Nunca fui idiota a ponto de achar que Tor, Odin ou Oder me amavam, mas às vezes espero que me considerem digno deles.

Mas Guthred queria que o poder das santas relíquias cristãs funcionasse para ele e por isso, para deleite de Eadred, pediu para ser batizado. A cerimônia foi realizada ao ar livre, do lado de fora da grande igreja, onde Guthred foi imerso num grande barril de água do rio e todos os monges balançaram as mãos para o céu e disseram que a obra de Deus é maravilhosa de se ver. Em seguida Guthred foi enrolado num manto e Eadred o coroou pela segunda vez, colocando o aro de bronze dourado do falecido rei Oswald em seu cabelo úmido. Logo depois a testa de Guthred foi melada com óleo de bacalhau, ele recebeu uma espada e um escudo, e o abade pediu-lhe que beijasse o evangelho de Lindisfarena e os lábios do cadáver de Cuthbert, que fora trazido ao sol para que toda a multidão visse o santo. Guthred pareceu gostar de toda a cerimônia, e o abade Eadred ficou tão comovido que tirou a cruz incrustada de granadas das mãos do morto e pendurou-a no pescoço do novo rei. Não a deixou ali por muito tempo; colocou-a de volta no cadáver depois de Guthred ser apresentado ao seu povo maltrapilho nas ruínas de Cair Ligualid.

Naquela noite houve um festim. Havia pouco a comer, apenas peixe defumado, carneiro cozido e pão duro, mas havia bastante cerveja. E na manhã seguinte, com a cabeça latejando, fui ao primeiro *witanegemot* de Guthred. Sendo dinamarquês, claro, ele não estava acostumado a essas reuniões de conselho em que cada *thegn* e religioso importante era convidado a aconselhar, mas Eadred insistiu em que o Witan se reunisse, e Guthred o presidiu.

A reunião realizou-se na grande igreja. Durante a noite havia começado a chover e a água pingava através da grosseira cobertura de palha, de modo que os homens ficavam tentando desviar dos pingos. Não havia cadeiras ou bancos suficientes, e nos sentamos no piso coberto de junco, formando um grande círculo ao redor de Eadred e Guthred, que estavam entronados ao lado do caixão aberto de São Cuthbert. Havia 46 homens, metade clérigos e a outra metade os maiores senhores de terras de Cumbraland, tanto dinamarqueses quanto saxões, mas comparado a um *witanegemot* dos saxões do oeste, aquele era um encontro insignificante. Não havia grande riqueza à mostra. Alguns dinamarqueses usavam braceletes e uns poucos saxões tinham broches elaborados, porém na verdade mais parecia uma reunião de fazendeiros do que um conselho de Estado.

Mas Eadred tinha visões de grandeza. Começou dando notícias do restante da Nortúmbria. Sabia dos acontecimentos porque recebia relatórios de religiosos de toda a terra, e esses relatórios diziam que Ivarr continuava no vale do rio Tuede, onde travava uma guerra difícil, de pequenas escaramuças, contra o rei Aed da Escócia.

— Kjartan, o Cruel, espreita em sua fortaleza — disse Eadred — e não sairá para lutar. O que deixa Egbert de Eoferwic, e ele é fraco.

— E Ælfric? — intervim.

— Ælfric de Bebbanburg jurou proteger São Cuthbert — disse Eadred — e não fará nada para ofender o santo.

Talvez fosse verdade, mas sem dúvida meu tio exigiria meu crânio como recompensa para manter o cadáver intacto. Não falei mais nada, porém ouvi enquanto Eadred propunha que formássemos um exército e marchássemos com ele através dos morros para capturar Eoferwic. Isso provocou perplexidade. Homens se entreolhavam, mas tamanha era a confiança de Eadred, que a princípio ninguém ousou questioná-lo. Haviam esperado ouvir que deveriam estar com os homens prontos para lutar contra os vikings nórdicos da Irlanda ou rechaçar outro ataque de Eochaid de Strath Clota, mas em vez disso era pedido que fossem para longe, depor o rei Egbert.

Os senhores do norte

Ulf, o dinamarquês mais rico de Cumbraland, interveio finalmente. Era velho, devia ter uns 40 anos, e fora aleijado e queimado nas frequentes refregas em Cumbraland, mas ainda podia trazer quarenta ou cinquenta guerreiros treinados para Guthred. Não era muito, segundo os padrões da maior parte da Britânia, mas era uma força substancial em Cumbraland. Agora exigiu saber por que deveria levar esses homens para o outro lado dos morros.

— Não temos inimigos em Eoferwic — declarou —, mas há muitos bandidos que atacarão nossas terras quando tivermos saído. — A maioria dos outros dinamarqueses murmurou concordando.

Mas Eadred conhecia sua plateia.

— Há grande riqueza em Eoferwic — disse ele.

Ulf gostou dessa ideia, porém continuou cauteloso.

— Riqueza? — perguntou.

— Prata — respondeu Eadred —, ouro e joias.

— Mulheres? — perguntou um homem.

— Eoferwic é um poço de corrupção — anunciou Eadred —, é um esconderijo de demônios e lugar de mulheres lascivas. É uma cidade do mal que precisa ser lavada por um exército santo. — A maioria dos dinamarqueses comemorou a perspectiva de mulheres lascivas e nenhum fez mais protestos com relação a atacar Eoferwic.

Assim que a cidade fosse capturada, feito que Eadred dava como certo, deveríamos marchar para o norte. E os homens de Eoferwic, afirmou ele, fariam aumentar nossas fileiras.

— Kjartan, o Cruel, não vai nos enfrentar — declarou Eadred — porque é covarde. Irá para sua fortaleza como uma aranha correndo para a teia e ficará lá, e vamos deixá-lo apodrecer até que chegue a época de derrotá-lo. Ælfric de Bebbanburg não lutará contra nós porque é cristão.

— Ele é um desgraçado indigno de confiança — resmunguei, e fui ignorado.

— E derrotaremos Ivarr — disse Eadred, e me perguntei como nossa escória deveria vencer a parede de escudos de Ivarr, mas Eadred não tinha dúvidas. — Deus e São Cuthbert lutarão por nós, então seremos senhores da

Nortúmbria e Deus Todo-poderoso terá estabelecido Haliwerfolkland e construiremos para São Cuthbert um templo que deixará perplexo o mundo inteiro.

Era isso que Eadred realmente queria, um templo. Era disso que se tratava toda aquela loucura, um templo para um santo morto, e com esse objetivo Eadred tornara Guthred rei e agora iria fazer guerra contra toda a Nortúmbria. E no dia seguinte chegaram os oito cavaleiros negros.

Tínhamos 354 homens em idade de luta. Desses, menos de vinte possuíam cota de malha, e somente cerca de cem tinham armadura de couro decente. Os homens com couro ou malha, na maioria, possuíam elmos e armas adequadas, espadas ou lanças, enquanto os demais estavam armados com machados, enxós, foices e enxadas afiadas. Eadred chamou aquilo, grandiosamente, de Exército do Homem Santo, mas se eu fosse o homem santo, teria disparado de volta para o céu e esperado algo melhor.

Um terço de nosso exército era dinamarquês, o restante, na maioria, era saxão, mas havia alguns britônicos armados com longos arcos de caça, que podem ser armas temíveis, por isso chamei os britônicos de Guarda do Homem Santo e disse que eles deveriam ficar com o cadáver de São Cuthbert, que evidentemente iria nos acompanhar na marcha de conquista. Não que pudéssemos começar a conquista por enquanto, porque precisávamos juntar comida para os homens e forragem para os cavalos, dos quais tínhamos apenas 87.

O que tornou bem-vinda a chegada dos cavaleiros negros. Eram oito, todos com cavalos pretos ou marrons e trazendo quatro montarias de reserva. Quatro usavam cota de malha e os demais tinham boas armaduras de couro e todos usavam capas pretas e escudos pintados de preto. Chegaram a Cair Ligualid vindos do leste, seguindo a muralha romana que levava à outra margem do rio, e ali atravessaram o vau porque a velha ponte fora derrubada pelos nórdicos.

Os oito cavaleiros não eram os únicos recém-chegados. Homens apareciam a cada hora. Muitos eram monges, mas alguns eram lutadores que vinham dos morros e geralmente chegavam com um machado ou um cajado com ponta de ferro. Poucos vinham com armadura ou cavalo, mas os oito cavaleiros negros chegaram com equipamento de guerra completo. Eram dinamarqueses e disseram a Guthred que pertenciam à propriedade de Hergist, que possuía terras num local chamado Heagostealdes. Hergist era velho, disseram eles, e não podia vir pessoalmente, mas havia mandado seus melhores homens. O líder se chamava Tekil e parecia um guerreiro útil porque usava quatro braceletes, tinha uma espada longa e rosto duro e confiante. Parecia ter cerca de trinta anos, como a maioria de seus homens, mas um deles era muito mais novo, só um garoto, e era o único sem braceletes.

— Por que Hergist mandaria homens de Heagostealdes? — perguntou Guthred a Tekil.

— Estamos muito perto de Dunholm, senhor — respondeu Tekil —, e Hergist deseja que o senhor destrua aquele ninho de vespas.

— Então vocês são bem-vindos — disse Guthred, e deixou que os oito homens se ajoelhassem diante dele e jurassem fidelidade. — Você deve levar os homens de Tekil para minha guarda pessoal — disse-me mais tarde. Estávamos num campo a sul de Cair Ligualid onde eu fazia essas tropas treinarem. Havia escolhido trinta rapazes, mais ou menos aleatoriamente, e garanti que metade fosse de dinamarqueses e metade de saxões, e insisti em que formassem uma parede de escudos em que cada dinamarquês tinha um vizinho saxão, e agora estava ensinando-os a lutar e rezando aos meus deuses para que nunca tivessem de fazer isso, porque não sabiam praticamente nada. Os dinamarqueses eram melhores, porque são criados para a espada e o escudo, mas nenhum ainda havia aprendido a disciplina da parede de escudos.

— Seus escudos precisam se tocar — gritei —; caso contrário, estarão mortos. Querem morrer? Querem ter as tripas se desenrolando nos pés? Toquem os escudos. Assim não, seu *earsling*! O lado direito do seu escudo fica na frente do lado esquerdo do escudo dele. Entendeu? — Falei de novo em dinamarquês e depois olhei para Guthred. — Não quero os homens de Tekil na guarda pessoal.

— Por quê?

— Porque não os conheço.

— Você não conhece esses homens — disse Guthred, indicando sua guarda pessoal.

— Sei que são idiotas e sei que suas mães deveriam ter mantido os joelhos juntos. O que está fazendo, Clapa? — gritei para um jovem dinamarquês grandalhão. Eu havia esquecido seu nome verdadeiro, mas todo mundo o chamava de Clapa, que significava desajeitado. Era um enorme rapaz de fazenda, com a força de dois outros homens, mas não era o mais inteligente dos mortais. Ficou me espiando com olhos idiotas enquanto eu ia em direção à fileira. — O que você deve fazer, Clapa?

— Ficar perto do rei, senhor — disse ele com expressão perplexa.

— Bom! — respondi, porque essa era a primeira e mais importante lição que precisava ser enfiada à força nos trinta rapazes. Eles eram a guarda pessoal do rei, portanto deviam ficar com o rei, mas não era essa a resposta que eu queria de Clapa. — Na parede de escudos, idiota — falei, batendo em seu peito musculoso. — O que você deve fazer na parede de escudos?

Ele pensou um tempo, depois se iluminou.

— Manter o escudo levantado, senhor.

— Isso mesmo — falei, levantando seu escudo da altura dos tornozelos. — Você não pode pendurá-lo em volta dos dedos dos pés! De que você está rindo, Rypere? — Rypere era um saxão, tão magricelo quanto Clapa era sólido, e esperto como uma doninha. Rypere era um apelido que significava ladrão, porque era isso que Rypere era, e se houvesse alguma justiça, ele teria sido marcado a fogo e chicoteado, mas eu gostava da inteligência em seus olhos jovens e ele iria se mostrar um matador. — Sabe o que você é, Rypere? — falei, batendo seu escudo contra o peito dele. — Você é um *earsling*. O que é um *earsling*, Clapa?

— Um cagalhão, senhor.

— Isso mesmo, cagalhões! Escudos para cima! Para cima! — gritei a última palavra. — Querem que as pessoas riam de vocês? — Apontei para outros grupos de homens travando batalhas de mentira na grande campina. Os guerreiros de Tekil também se encontravam presentes, mas estavam sentados à sombra, só olhando, dando a entender que não precisavam treinar. Voltei para Guthred. — Você não pode ter todos os melhores homens em sua guarda pessoal.

— Por quê?

— Porque vai terminar cercado quando todos os outros tiverem fugido. Então você morre. Não é bonito.

— Foi o que aconteceu quando meu pai lutou contra Eochaid — admitiu ele.

— Então, é por isso que você não pode ter todos os melhores homens na guarda pessoal. Colocaremos Tekil num dos flancos e Ulf e seus homens no outro. — Ulf, inspirado por um sonho de prata ilimitada e mulheres lascivamente malignas, agora estava ansioso para marchar sobre Eoferwic. Não se encontrava em Cair Ligualid quando os cavaleiros negros chegaram, havia levado seus homens para coletar forragem e comida.

Dividi a guarda pessoal em dois grupos e fiz com que lutassem, mas primeiro ordenei que enrolassem as espadas em pano para não acabarem se trucidando mutuamente. Eram ansiosos, mas imprestáveis. Rompi as duas paredes de escudos no tempo de uma piscadela, mas eles acabariam aprendendo como lutar, a não ser que encontrassem primeiro as tropas de Ivarr, caso em que morreriam. Depois de um tempo, quando estavam cansados e o suor escorria pelos rostos, ordenei que descansassem. Notei que os dinamarqueses se sentavam com os outros dinamarqueses e os saxões com os saxões, mas isso era de esperar. E com o tempo, pensei, eles aprenderiam a confiar. Podiam falar mais ou menos uns com os outros porque eu havia notado que na Nortúmbria as línguas dinamarquesa e saxã estavam ficando emboladas. De qualquer modo as duas línguas eram parecidas, e a maioria dos dinamarqueses podia ser entendida pelos saxões se gritasse suficientemente alto, mas agora as duas iam ficando cada vez mais parecidas. Em vez de falar sobre sua capacidade com a espada — *swordcraft* —, os *earsling* saxões da guarda pessoal de Guthred alardeavam sua habilidade — *skill* — com uma espada, mesmo não tendo nenhuma, e comiam *eggs* — ovos — em vez de *eyren*. Enquanto isso os dinamarqueses chamavam cavalos de *horse* em vez de *hros* e algumas vezes era difícil saber se alguém era dinamarquês ou saxão. Frequentemente eram as duas coisas, filhos de pai dinamarquês e mãe saxã, mas jamais o contrário.

— Eu deveria me casar com uma saxã — disse-me Guthred. Havíamos caminhado até a beira do campo, onde um grupo de mulheres cortava palha e a misturava com aveia. Levaríamos a mistura para alimentar os cavalos enquanto atravessássemos os morros.

— Por que se casar com uma saxã? — perguntei.

— Para mostrar que Haliwerfolkland é para as duas tribos.

— Nortúmbria — falei mal-humorado.

— Nortúmbria?

— O nome é Nortúmbria — respondi —, não Haliwerfolkland.

Ele deu de ombros como se o nome não importasse.

— Mesmo assim eu deveria me casar com uma saxã, e gostaria que fosse bonita. Bonita como Hild, talvez. Só que ela é velha demais.

— Velha demais?

— Preciso de uma com uns 13 anos, talvez 14. Pronta para gerar alguns bebês. — Ele pulou uma cerca baixa e desceu um barranco íngreme até um pequeno riacho que seguia para o norte em direção ao Hedene. — Será que há algumas saxãs bonitas em Eoferwic?

— Mas o senhor quer uma virgem, não?

— Provavelmente — disse ele, depois assentiu. — É.

— Talvez ainda haja uma ou duas em Eoferwic.

— Uma pena, a Hild — disse Guthred vagamente.

— Como assim?

— Se você não estivesse com ela — disse ele com vigor —, poderia ser marido de Gisela.

— Hild e eu somos amigos — respondi. — Só amigos. — O que era verdade. Tínhamos sido amantes, mas desde que Hild vira o corpo de São Cuthbert mergulhara num estado de contemplação. Estava sentindo o chamado de seu deus, eu sabia, e perguntei se ela queria vestir de novo o manto de freira, mas ela balançou a cabeça e disse que não estava pronta.

— Mas eu provavelmente deveria casar Gisela com um rei — disse Guthred, ignorando minhas palavras. — Talvez Aed da Escócia. Mantê-lo quieto com uma noiva? Ou talvez seja melhor ela se casar com o filho de Ivarr. Você acha que ela é suficientemente bonita?

— Claro que é!

— Cara de cavalo! — disse ele, e riu do velho apelido. — Nós dois costumávamos pegar peixinhos aqui. — Em seguida tirou as botas, deixou-as na margem e começou a vadear rio acima. Acompanhei-o, permanecendo na margem, onde fui passando sob amieiros e pelo capim alto. Moscas zumbiam ao redor. Era um dia quente.

— O senhor quer peixinhos? — perguntei, ainda pensando em Gisela.

— Estou procurando uma ilha.

— Não pode ser uma ilha muito grande. — O riacho poderia ser atravessado em dois passos e jamais subia acima das panturrilhas de Guthred.

— Era grande o bastante quando eu tinha 13 anos.

— Grande o bastante para quê? — perguntei, depois bati numa mutuca, esmagando-a na cota de malha. Fazia calor a ponto de eu desejar não ter saído com a malha, mas há muito havia aprendido que um homem deve se acostumar com a armadura pesada; caso contrário, na batalha ela se torna um estorvo, e por isso eu a usava na maior parte dos dias, de modo a se tornar uma segunda pele. Quando tirava a malha, era como se os deuses me dessem pés alados.

— Era grande o bastante para mim e uma saxã chamada Edith — disse ele, rindo. — Foi minha primeira. Era uma coisinha doce.

— Provavelmente ainda é.

Ele balançou a cabeça.

— Foi chifrada por um touro e morreu. — Ele continuou andando na água, passando por algumas pedras nas quais cresciam samambaias, e uns cinquenta ou sessenta passos depois deu um grito feliz ao descobrir sua ilha. E senti pena de Edith, porque não era mais do que um banco de pedras que deviam ter sido afiadas como navalhas em suas costas magras.

Guthred sentou-se e começou a jogar pedrinhas na água.

— Nós podemos vencer? — perguntou.

— Provavelmente podemos tomar Eoferwic desde que Ivarr não tenha retornado.

— E se tiver?

— Então o senhor está morto.

Diante disso, ele franziu a testa.

— Podemos negociar com Ivarr — sugeriu.

— É o que Alfredo faria.

— Bom! — Guthred se animou. — E posso oferecer Gisela para o filho dele.

Ignorei isso.

— Mas Ivarr não vai negociar com o senhor — falei. — Vai lutar. Ele é um Lothbrok. Não negocia a não ser para ganhar tempo. Acredita na espada, na lança, no escudo, no machado de guerra e na morte dos inimigos. O senhor não vai negociar com Ivarr, terá de lutar com ele, e não temos exército para isso.

— Mas se tomarmos Eoferwic — disse ele energicamente —, as pessoas de lá irão se juntar a nós. O exército vai crescer.

— O senhor chama isso de exército? — perguntei, e balancei a cabeça. — Ivarr comanda dinamarqueses endurecidos pela guerra. Quando os enfrentarmos, senhor, a maioria dos nossos dinamarqueses se juntará a ele.

Guthred me olhou com perplexidade no rosto honesto.

— Mas eles juraram a mim!

— Mesmo assim vão se juntar a ele — respondi sério.

— Então o que faremos?

— Tomamos Eoferwic, saqueamos e voltamos para cá. Ivarr não seguirá o senhor. Ele não se interessa por Cumbraland. Assim, governe aqui e eventualmente Ivarr se esquecerá do senhor.

— Eadred não gostaria disso.

— O que ele quer?

— O templo.

— Ele pode construí-lo aqui.

Guthred balançou a cabeça.

— Ele o quer no litoral oeste porque é lá que vive a maioria das pessoas.

O que Eadred queria, acho, era um templo que atraísse milhares de peregrinos que encheriam sua igreja com moedas. Podia construir seu templo aqui em Cair Ligualid, mas era um local remoto e os peregrinos não viriam aos milhares.

— Mas o senhor é o rei, o senhor dá as ordens. Não Eadred.

Os senhores do norte

— Certo — disse ele secamente e jogou outra pedra na água. Depois franziu a testa para mim. — O que torna Alfredo um bom rei?

— Quem diz que ele é bom?

— Todo mundo. O padre Willibald diz que ele é o maior rei desde Carlos Magno.

— Isso porque Willibald é um *earsling* abestalhado.

— Você não gosta de Alfredo?

— Odeio aquele canalha.

— Mas ele é um guerreiro, um legislador...

— Ele não é guerreiro! — interrompi com escárnio. — Ele odeia lutar! Precisa fazer isso, mas não gosta, e é doente demais para ficar de pé numa parede de escudos. Mas é um legislador. Adora leis. Acha que se inventar leis suficientes vai criar um céu na terra.

— Mas por que dizem que ele é bom? — perguntou Guthred, perplexo.

Olhei uma águia deslizando na cuia azul do céu.

— O que Alfredo é — respondi tentando ser honesto — é justo. Ele lida direito com as pessoas, ou com a maioria. É possível confiar na palavra dele.

— Isso é bom.

— Mas é um desgraçado devoto, que desaprova tudo, cheio de preocupação. Isso é o que ele realmente é.

— Serei justo — disse Guthred. — Farei com que os homens gostem de mim.

— Eles já gostam do senhor, mas também precisam temê-lo.

— Temer? — Ele não gostou da ideia.

— O senhor é um rei.

— Serei um bom rei — disse Guthred com veemência, e nesse momento Tekil e seus homens nos atacaram.

Eu deveria ter adivinhado. Oito homens bem armados não atravessam uma vastidão para se juntar a um grupo de maltrapilhos. Eles haviam sido mandados, e não por algum dinamarquês chamado Hergild, em Heagostealdes. Tinham vindo de Kjartan, o Cruel, que, enfurecido pela humilhação do filho, mandara homens para rastrear o guerreiro morto, e eles não demoraram muito a descobrir que havíamos seguido a muralha romana. Ago-

87

O rei escravo

ra Guthred e eu havíamos nos afastado num dia quente e estávamos no fundo de um pequeno vale enquanto os oito homens desciam as margens com espadas desembainhadas.

Consegui pegar Bafo de Serpente, mas ela foi empurrada de lado pela lâmina de Tekil. Então dois homens me atacaram, empurrando-me no riacho. Lutei com eles, mas meu braço da espada estava preso, um homem havia se ajoelhado no meu peito e outro segurava minha cabeça sob a corrente, e senti o horror engasgado enquanto a água entrava na minha garganta. O mundo ficou escuro. Eu quis gritar, mas nenhum som saiu, então Bafo de Serpente foi tirada da minha mão e perdi a consciência.

Recuperei-me na ilhota de pedregulhos em que os oito homens estavam parados em volta de Guthred e de mim, com as espadas encostadas em nossa barriga e nossa garganta. Tekil, rindo, chutou a lâmina que cutucava minha goela e se ajoelhou ao meu lado.

— Uhtred Ragnarson — cumprimentou ele —, e creio que você se encontrou com Sven, o Caolho, há pouco tempo. Ele manda lembranças. — Não falei nada. Tekil deu um sorriso. — Você está com o *Skidbladnir* na bolsa? Vai navegar para longe de nós? De volta a Niflheim?

Continuei em silêncio. A respiração ardia em minha garganta e eu continuava tossindo água. Queria lutar, mas uma ponta de espada fazia força contra minha barriga. Tekil mandou que dois de seus homens pegassem os cavalos, mas com isso ainda restavam seis guerreiros nos guardando.

— É uma pena não termos pegado sua puta — disse Tekil. — Kjartan a queria. — Tentei juntar todas as forças para reagir, mas o homem que mantinha a espada na minha barriga me cutucou e Tekil simplesmente gargalhou para mim, depois desafivelou meu cinto de espada e puxou-o de sob o meu corpo. Tateou a bolsa e riu ao ouvir as moedas tilintando. — Temos uma longa jornada, Uhtred Ragnarson, e não queremos que você escape. — Sihtric!

O garoto, o único sem braceletes, chegou perto. Parecia nervoso.

— Senhor? — disse ele a Tekil.

— Algemas — respondeu Tekil. Sihtric remexeu numa bolsa de couro e pegou dois conjuntos de algemas de escravos.

— Você podem deixá-lo aqui — falei, sacudindo a cabeça para Guthred.

88

Os senhores do norte

— Kjartan quer conhecê-lo também — disse Tekil —, mas não tanto quanto quer retomar o contato com você. — Em seguida sorriu, como se fosse uma brincadeira particular, e tirou uma faca do cinto. Era uma faca de lâmina fina e tão afiada que os gumes pareciam serrilhados. — Ele mandou que eu cortasse os tendões de seus pés, Uhtred Ragnarson, porque um homem sem pernas não pode escapar, não é? Então vamos cortar seus tendões e depois vamos tirar um olho. Sven disse que eu deveria deixar um olho em você, para ele brincar, mas que se eu quisesse podia tirar o outro, se isso ajudasse a deixá-lo mais controlável, e eu quero que você fique controlável. Então, que olho você gostaria que eu tirasse, Uhtred Ragnarson? O esquerdo ou o direito?

Não falei nada outra vez e não me importo de confessar que estava apavorado. De novo tentei sair debaixo dele, mas ele estava com um dos joelhos sobre meu braço direito e outro homem segurava o esquerdo. Então a lâmina da faca tocou minha pele logo embaixo do olho esquerdo e Tekil deu um sorriso.

— Diga adeus ao seu olho, Uhtred Ragnarson.

O sol estava brilhando, refletindo-se na lâmina, de modo que meu olho esquerdo ficou cheio da luminosidade, e ainda posso ver aquela luz ofuscante, anos depois.

E ainda consigo ouvir o grito.

Três

Foi Clapa que gritou. Era um guincho agudo como um jovem javali sendo castrado. Mais parecia um grito de terror do que um desafio, e isso não era surpreendente porque Clapa nunca havia lutado antes. Não fazia ideia de que estava gritando enquanto descia a encosta. O restante da guarda pessoal de Guthred o seguiu, mas era Clapa que vinha na frente, todo feito de desajeitamento e selvageria. Havia se esquecido de desamarrar o pedaço de pano que protegia o gume de sua espada, mas era tão grande e forte que a espada enrolada com pano funcionava como um porrete. Havia apenas cinco homens com Tekil, e os trinta rapazes desceram o barranco íngreme num jorro. Senti a faca de Tekil cortar acima de meu malar enquanto ele rolava de lado. Tentei agarrar sua mão da faca, mas ele foi rápido demais, então Clapa o acertou no crânio e ele cambaleou. Vi Rypere em vias de mergulhar a espada na garganta de Tekil e gritei dizendo que o queria vivo.

— Vivos! Deixem-nos vivos!

Dois homens de Tekil morreram apesar do meu grito. Um fora golpeado e retalhado por pelo menos uma dúzia de espadas e se retorcia e se sacudia no riacho que corria vermelho com seu sangue. Clapa havia abandonado a espada e lutava corpo a corpo com Tekil na margem de pedregulhos, onde o segurava no chão com a simples força bruta.

— Muito bem, Clapa! — falei, dando-lhe um tapa no ombro, e ele riu para mim enquanto eu tirava a faca e a espada de Tekil. Rypere acabou com o homem que se sacudia na água. Um de meus garotos havia recebido um golpe de espada na coxa, mas os demais não foram feridos e agora todos estavam rindo no riacho, querendo elogios como filhotes que haviam caçado sua primeira raposa. — Vocês fizeram bem — disse eu, e era verdade, porque agora tínhamos como prisioneiros Tekil e três de seus homens. Sihtric, o garoto, era um dos cativos e continuava segurando as algemas de escravo. Na minha raiva, peguei-as bruscamente e golpeei-as contra seu crânio. — Quero os outros dois homens — falei a Rypere.

— Que outros dois homens, senhor?

— Ele mandou dois homens pegar os cavalos. Encontrem-nos. — Bati de novo com força em Sihtric, querendo que ele chorasse, mas ele ficou em silêncio mesmo com o sangue escorrendo da têmpora.

Guthred ainda estava sentado no cascalho, com uma expressão de perplexidade no rosto bonito.

— Perdi minhas botas — disse ele. Isso parecia preocupá-lo mais do que a escapada por pouco.

— O senhor as deixou rio acima — respondi.

— As botas?

— Estão rio acima — falei e chutei Tekil, fazendo meu pé doer mais do que machucando suas costelas cobertas pela cota de malha, mas estava com raiva. Fora um idiota e me sentia humilhado. Prendi as espadas à cintura, depois me ajoelhei e tirei os quatro braceletes de Tekil. Ele me olhou e devia saber qual era seu destino, mas o rosto não demonstrou nada.

Os prisioneiros foram levados de volta à cidade, e enquanto isso descobrimos que os dois homens que haviam sido mandados para pegar os cavalos de Tekil deviam ter escutado a agitação, pois haviam cavalgado para o leste. Demoramos tempo demais para colocar as selas nos cavalos e partir em perseguição, e eu estava xingando porque não queria que os dois homens levassem notícias minhas de volta a Kjartan. Se os fugitivos fossem sensatos, teriam atravessado o rio e cavalgado a toda ao longo da muralha, mas talvez tenham achado que era arriscado atravessar Cair Ligualid e que era mais seguro ir para o sul e o leste. Também deveriam ter abandonado os cavalos sem cavaleiros, mas eram gananciosos e os levaram. Isso significou que os rastros eram fáceis de seguir, mesmo com o chão seco. Os dois homens estavam em terreno desconhecido e foram muito para o sul. Isso nos deu a chance de bloquear os

Os senhores do norte

caminhos para o leste. À noite tínhamos mais de sessenta homens caçando-os e ao alvorecer descobrimos que haviam se escondido num bosque de bétulas.

O mais velho saiu lutando. Sabia que lhe restava pouco tempo de vida e estava decidido a ir para o castelo dos cadáveres de Odin e não para os horrores de Niflheim, e atacou saindo das árvores em seu cavalo cansado, gritando um desafio. Toquei os calcanhares nos flancos de Witnere, mas Guthred me conteve.

— É meu — disse Guthred. Em seguida desembainhou sua espada e o cavalo saltou para longe, principalmente porque Witnere, ofendido por ser bloqueado, havia mordido a anca do garanhão menor.

Guthred estava se comportando como um rei. Jamais gostou de lutar e era muito menos experiente em batalha do que eu, mas sabia que precisava fazer essa matança pessoalmente; caso contrário, os homens diriam que ele se escondia atrás da minha espada. Conseguiu se sair bastante bem. Seu cavalo tropeçou pouco antes de encontrar o homem de Kjartan, mas isso foi uma vantagem, porque o tropeço o afastou do inimigo cujo golpe louco passou inofensivo junto à sua cintura, enquanto o movimento desesperado de Guthred acertava o pulso do sujeito, quebrando-o. Depois disso foi simples derrubá-lo do cavalo e matá-lo a golpes de espada. Guthred não gostou, mas sabia que precisava fazer isso, e com o tempo essa morte se tornou parte de sua lenda. Foram feitas canções contando como Guthred da Nortúmbria trucidou seis malfeitores em combate, mas foi apenas um homem, e Guthred teve sorte porque seu cavalo tropeçou. Mas isso é bom num rei. Os reis precisam de sorte. Mais tarde, quando voltamos a Cair Ligualid, dei-lhe o antigo elmo do meu pai como recompensa por sua coragem, e ele ficou satisfeito.

Ordenei que Rypere matasse o segundo homem, o que fez com um prazer encorajador. Isso não foi difícil para Rypere, porque o segundo homem era um covarde e só queria se render. Jogou longe a espada e se ajoelhou, tremendo, gritando que se entregava, mas eu tinha outros planos para ele.

— Mate-o! — disse a Rypere, que deu um riso lupino e baixou a espada com força.

Pegamos os 12 cavalos, tiramos as armaduras dos homens e deixamos os cadáveres para os animais, mas primeiro mandei Clapa usar sua espada para cortar as cabeças. Clapa me espiou com olhos de boi.

— As cabeças, senhor?

— Corte fora, Clapa. E isso é para você. — Dei-lhe dois dos braceletes de Tekil.

Ele olhou para os aros de prata como se jamais tivesse visto maravilhas como aquelas.

— Para mim, senhor?

— Você salvou nossas vidas, Clapa.

— Foi Rypere que nos levou — admitiu ele. — Disse que não deveríamos sair de perto do rei e que os senhores haviam se afastado, por isso tínhamos de ir atrás.

Então dei a Rypere os outros dois braceletes. Em seguida Clapa decapitou os mortos e aprendeu como é difícil cortar pescoços, mas assim que o serviço estava feito, levamos as cabeças sangrentas de volta a Cair Ligualid e quando chegamos à cidade arruinada mandei que os dois primeiros cadáveres fossem tirados do rio e decapitados.

O abade Eadred queria enforcar os quatro prisioneiros remanescentes, mas eu o convenci a me dar Tekil, pelo menos por aquela noite, e mandei que ele fosse trazido às ruínas de uma velha construção que acho que devia ter sido feita pelos romanos. As paredes altas eram feitas de pedra coberta de argamassa e abertas por três janelas altas. Não havia teto. O piso era feito de minúsculos ladrilhos pretos e brancos que já haviam formado algum padrão, mas esse padrão fora destruído havia muito. Fiz uma fogueira no maior trecho em que restavam ladrilhos e as chamas lançaram um tremor sinistro nas paredes antigas. Uma luz fraca entrava pelas janelas quando as nuvens saíam da frente da lua. Rypere e Clapa me trouxeram Tekil e quiseram ficar e olhar o que eu faria com ele, mas mandei-os embora.

Tekil havia perdido sua armadura e agora vestia um gibão sujo. O rosto tinha hematomas e os punhos e tornozelos estavam unidos pelas algemas de escravo que ele pretendera colocar em mim. Sentou-se numa extremidade da sala e eu me sentei do outro lado da fogueira. Ele simplesmente ficou me olhando. Tinha um rosto bom, um rosto forte, pensei que eu poderia gostar de Tekil se fôssemos colegas em vez de inimigos. Ele pareceu achar divertida minha inspeção.

— Você era o guerreiro morto — disse ele depois de um tempo.

— Era?

— Sei que o guerreiro morto usava um elmo com um lobo de prata na crista, e vi o mesmo elmo com você. — Ele deu de ombros. — Ou será que ele lhe empresta o elmo?

— Talvez.

Ele deu um meio sorriso.

— O guerreiro morto quase matou Kjartan e o filho de medo, mas era isso que você pretendia, não era?

— Era o que o guerreiro queria — respondi.

— Agora você cortou a cabeça de quatro dos meus homens e vai mandar as cabeças de volta a Kjartan, não é?

— É.

— Porque quer amedrontá-lo ainda mais?

— É.

— Mas tem de haver oito cabeças. Não é?

— É — respondi de novo.

Diante disso ele fez uma careta, depois se encostou na parede e olhou para as nuvens que corriam ao lado da lua crescente. Cães uivavam nas ruínas e Tekil virou a cabeça para escutar.

— Kjartan gosta de cães — disse ele. — Mantém uma matilha. Bichos malignos. Precisam lutar uns contra os outros e ele só fica com os mais fortes. O canil é um castelo em Dunholm e ele os usa para duas coisas. — Então Tekil parou e me olhou inquisitivamente. — É isso que você quer, não é? Que eu conte tudo sobre Dunholm? Os pontos fortes, os pontos fracos, quantos homens há e como você pode invadir o local?

— Tudo isso — disse eu. — E mais.

— Porque essa é a sua rixa de sangue, não é? A vida de Kjartan em vingança pela morte do *earl* Ragnar?

— O *earl* Ragnar me criou e eu o amava como um pai.

— E o filho dele?

— Alfredo o guarda como refém.

— Então você vai cumprir o dever de um filho? — perguntou ele, depois deu de ombros como se minha resposta fosse óbvia. — Você vai achar difícil, e mais difícil ainda se tiver de lutar contra os cães de Kjartan. Ele os mantém num castelo próprio. Eles vivem como senhores, e sob o piso do castelo está o tesouro de Kjartan. Muito ouro e prata. Um tesouro para o qual ele nunca olha. Mas está tudo lá, enfiado na terra embaixo dos cães.

— Quem guarda o tesouro?

— Esse é um dos trabalhos deles, mas o segundo é matar pessoas. É como Kjartan vai matar você. Primeiro vai arrancar seus olhos, depois você vai ser despedaçado pelos cães. Ou talvez ele arranque sua pele centímetro a centímetro. Já o vi fazer isso.

— Kjartan, o Cruel.

— Ele não é chamado assim à toa.

— Então por que você o serve?

— Ele é generoso. Há quatro coisas que Kjartan ama. Cães, tesouro, mulheres e o filho. Eu gosto de duas dessas coisas, e Kjartan é generoso com ambas.

— E as duas das quais você não gosta?

— Odeio os cachorros dele — admitiu o prisioneiro — e seu filho é um covarde.

— Sven? — fiquei surpreso. — Na infância ele não era covarde.

Tekil esticou uma perna, depois fez uma careta quando as algemas contiveram seu pé.

— Quando Odin perdeu um olho — disse ele —, ganhou sabedoria, mas quando Sven perdeu um olho, aprendeu o medo. Ele é bastante corajoso quando está lutando contra os fracos, mas não gosta de enfrentar os fortes. Mas seu pai não é covarde.

— Lembro-me de que Kjartan era corajoso.

— Corajoso, cruel e brutal, e agora você também ficou sabendo que ele tem um castelo senhorial cheio de cães que vão fazê-lo em pedaços sangrentos. E isso, Uhtred Ragnarson, é tudo o que irei lhe dizer.

Balancei a cabeça.

— Vai me dizer mais.

Ele ficou olhando enquanto eu colocava um pedaço de lenha na fogueira.

Os senhores do norte

— Por que vou contar mais?

— Porque tenho uma coisa que você quer.

— Minha vida?

— O modo como você vai morrer.

Ele entendeu e deu um meio sorriso.

— Ouvi dizer que os monges querem me enforcar, é?

— Querem — respondi —, porque não têm imaginação. Mas não deixarei que o enforquem.

— E o que fará em vez disso? Vai me dar àqueles garotos que você chama de soldados? Deixar que treinem comigo?

— Se você não falar, é exatamente isso que farei, porque eles precisam do treino. Mas vou tornar fácil para eles. Você não terá espada.

Sem espada ele não iria para o castelo dos cadáveres, e essa era ameaça suficiente para fazer Tekil falar. Disse-me que Kjartan tinha o equivalente a três tripulações em Dunholm, o que significava cerca de cento e cinquenta guerreiros, mas havia outros em propriedades perto da fortaleza, que lutariam por ele se fossem convocados, de modo que, se desejasse, Kjartan poderia liderar quatrocentos guerreiros bem treinados.

— E eles são leais — alertou Tekil.

— Porque ele é generoso?

— Mulheres e prata nunca são demais. O que mais um guerreiro pode querer?

— Ir para o castelo dos cadáveres — respondi, e Tekil assentiu diante dessa verdade. — Então, de onde os escravos vêm?

— Dos comerciantes como aquele que você matou. Ou nós mesmos encontramos.

— Vocês os mantêm em Dunholm?

Tekil balançou a cabeça.

— Só as garotas vão para lá, o restante vai para Gyruum. — Isso fazia sentido. Eu já estivera em Gyruum, um local em que existira um famoso mosteiro antes de Ragnar, o Velho, destruí-lo. Era uma pequena cidade na margem sul do rio Tyne, muito perto do mar, o que a tornava um local conveniente para os navios de escravos vindos do outro lado da água. Havia uma antiga fortaleza romana na ponta de terra de Gyruum, mas a fortaleza nem de longe era tão defensável quanto Dunholm, o que não importava muito porque, se houvesse problema, a guarnição de Gyruum teria tempo de marchar para o sul, para a fortaleza maior, e encontrar refúgio, levando os escravos. — E Dunholm não pode ser tomada — disse Tekil.

— Não pode? — perguntei com ceticismo.

— Estou com sede.

— Rypere! — gritei. — Sei que você está aí fora! Traga um pouco de cerveja!

Dei um pote de cerveja a Tekil, um pouco de pão e carne de cabra fria, e enquanto comia ele falou de Dunholm e garantiu que o local era realmente inexpugnável.

— Um exército suficientemente grande poderia tomá-la — sugeri.

Ele zombou da ideia.

— Só é possível se aproximar pelo norte, e essa área de aproximação é íngreme e estreita, de modo que, mesmo tendo o maior exército do mundo, você só pode levar alguns poucos homens contra as defesas.

— Alguém já tentou?

— Ivarr foi dar uma olhada, ficou durante quatro dias e marchou para longe. Antes disso o filho do *earl* Ragnar veio e nem ficou tanto tempo assim. Você poderia fazer com que o local passasse fome, acho, mas isso vai lhe custar um ano, e quantos homens podem se dar ao luxo de manter uma força de cerco, com comida, durante um ano? — Ele balançou a cabeça. — Dunholm é como Bebbanburg, inexpugnável.

Meu destino, no entanto, estava me levando aos dois lugares. Fiquei sentado em silêncio, pensando. Até que Tekil fez força contra as algemas como se quisesse ver se conseguiria arrebentá-las. Não conseguiu.

— Então diga como será minha morte — pediu ele.

— Tenho mais uma pergunta.

Ele deu de ombros.

— Faça.

— Thyra Ragnarsdottir.

Isso o surpreendeu e ele ficou em silêncio por um tempo, depois percebeu que, claro, eu havia conhecido Thyra na infância.

— A adorável Thyra — disse com sarcasmo.

— Está viva?

— Ela deveria ser a esposa de Sven.

— E é?

Ele gargalhou.

— Ela foi obrigada a ir para a cama dele, o que você acha? Mas agora ele não a toca. Tem medo dela. Por isso Thyra está trancada e Kjartan ouve os sonhos dela.

— Os sonhos?

— Os deuses falam através dela. É o que Kjartan acha.

— E o que você acha?

— Acho que a vaca é doida.

Encarei-o através das chamas.

— Mas está viva?

— Se você pode chamar aquilo de vida — disse ele secamente.

— Louca?

— Ela se corta — disse Tekil passando a borda da mão pelo braço. — Ela grita, corta a carne e roga pragas. Kjartan tem medo dela.

— E Sven?

Tekil fez uma careta.

— Morre de medo. Quer que ela morra.

— Então por que não está morta?

— Porque os cães não a tocam e porque Kjartan acredita que ela tem o dom da profecia. Ela lhe disse que o guerreiro morto vai matá-lo, e parece que ele acredita.

— O guerreiro morto vai matar Kjartan. E amanhã vai matar você.

Ele aceitou esse destino.

— Os galhos de aveleira?

— Sim.

— E com uma espada na mão?

— Nas duas mãos, se você quiser, porque o guerreiro morto vai matá-lo de qualquer jeito.

Ele assentiu, depois fechou os olhos e se encostou na parede outra vez.

— Sihtric é filho de Kjartan — disse ele.

Sihtric era o garoto que fora capturado com Tekil.

— É irmão de Sven?

— Meio-irmão. A mãe de Sihtric era uma escrava saxã. Kjartan deu-a aos cães quando achou que ela quis envená-lo. Talvez ela tenha feito isso, ou talvez ele só tenha tido uma dor de barriga. Mas de qualquer modo deu-a de comer aos cães e ela morreu. Ele deixou Sihtric viver porque o garoto é meu serviçal e eu implorei. É um bom garoto. Você faria bem em deixá-lo viver.

— Mas preciso de oito cabeças — lembrei.

— É — respondeu ele cansado —, precisa.

O destino é inexorável.

O abade Eadred queria que os quatro homens fossem enforcados. Ou afogados. Ou estrangulados. Queria-os mortos, desonrados e esquecidos.

— Eles atacaram nosso rei! — declarou veemente. — E devem sofrer uma morte vil, uma morte vil! — Continuava repetindo essas palavras com um prazer raro. Simplesmente dei de ombros e disse que havia prometido uma morte honrada a Tekil, uma morte que o mandasse ao Valhalla em vez de ao Niflheim, e Eadred olhou para meu amuleto do martelo e berrou que, em Haliwerfolkland, não poderia haver misericórdia para os homens que haviam atacado o escolhido de Cuthbert.

Estávamos discutindo na encosta logo abaixo da nova igreja, e os quatro prisioneiros, todos presos com algemas ou cordas, estavam sentados no chão, vigiados pela guarda pessoal de Guthred, e muitas pessoas da cidade estavam ali, esperando a decisão de Guthred. Eadred arengava com o rei, dizendo que uma demonstração de fraqueza iria solapar a autoridade de Guthred. Os religiosos concordavam com o abade, o que não era surpresa, e os principais apoiadores eram dois monges recém-chegados que haviam atravessado as colinas vindo do leste da Nortúmbria. Chamavam-se Jænberht e Ida, am-

100

Os senhores do norte

bos tinham vinte e poucos anos e ambos deviam obediência a Eadred. Evidentemente haviam estado do outro lado dos morros em alguma missão para o abade, mas agora haviam retornado a Cair Ligualid e eram veementes com relação a que os prisioneiros deveriam morrer de modo ignominioso e doloroso.

— Queime-os como os pagãos queimaram tantos santos! — instava Jænberht. — Asse-os nas chamas do inferno!

— Enforque-os! — insistia o abade Eadred.

Eu podia sentir, mesmo que Eadred não pudesse, que os dinamarqueses de Cumbraland que haviam se juntado a Guthred estavam se ofendendo com a veemência dos padres, por isso chamei o rei de lado.

— O senhor acha que pode permanecer rei sem os dinamarqueses? — perguntei.

— Claro que não.

— Mas se torturar outros dinamarqueses até a morte, eles não vão gostar. Vão achar que o senhor prefere os saxões.

Guthred ficou perturbado. Devia seu trono a Eadred e não iria mantê-lo se o abade o abandonasse, mas também não iria mantê-lo se perdesse o apoio dos dinamarqueses de Cumbraland.

— O que Alfredo faria? — perguntou.

— Rezaria — respondi — e mandaria que todos os seus monges e padres rezassem, mas no fim faria o necessário para manter o reino intacto. — Guthred apenas ficou olhando. — O necessário — repeti lentamente.

Guthred assentiu, depois, franzindo a testa, voltou para perto de Eadred.

— Em um ou dois dias — disse Guthred suficientemente alto para que a maioria da multidão escutasse —, marcharemos para o leste. Vamos atravessar as colinas e levar nosso santo abençoado para um novo lar numa terra santa. Vamos derrotar nossos inimigos, quaisquer que sejam, e vamos estabelecer um novo reino. — Estava falando em dinamarquês, mas suas palavras eram traduzidas para o inglês por três ou quatro pessoas. — Isso acontecerá — disse ele, agora falando com mais força — porque meu amigo, o abade Eadred, recebeu um sonho enviado por Deus e pelo sagrado São Cuthbert, e quando partirmos daqui para atravessar as colinas iremos com as bênçãos de Deus e a

O rei escravo

ajuda de São Cuthbert, e faremos um reino melhor, um reino santo que será guardado pela magia da Cristandade. — Eadred franziu a testa diante da palavra magia, mas não protestou. A percepção de Guthred da nova religião ainda era um esboço, mas no geral ele estava dizendo o que Eadred queria ouvir. — E teremos um reino de justiça! — disse Guthred muito alto. — Um reino em que todos os homens terão fé em Deus e no rei, mas em que nem todos os homens adorarão o mesmo deus. — Agora todos estavam escutando, escutando atentamente, e Jænberht e Ida começaram a se levantar como se fossem protestar contra a última proposta de Guthred, mas Guthred continuou falando. — E não serei rei de uma terra em que forçarei os homens a seguir os costumes de outros homens, e o costume destes homens — ele indicou Tekil e seus companheiros — é morrer com uma espada na mão, e isso acontecerá. E Deus terá misericórdia de suas almas.

Houve silêncio. Guthred se virou para Eadred e falou muito mais baixo:

— Há algumas pessoas — disse ele em inglês — que não acham que podemos vencer os dinamarqueses numa luta. Então, que eles vejam isso acontecer agora.

Eadred se enrijeceu, depois se obrigou a assentir.

— Como ordenar, senhor rei.

E assim os galhos de aveleira foram trazidos.

Os dinamarqueses entendiam as regras de uma luta dentro de uma área marcada por galhos de aveleira desfolhados. É uma luta em que só um homem pode sair vivo, e se algum deles fugir do espaço marcado pelas aveleiras, pode ser morto por qualquer pessoa, pois se tornou um nada. Guthred queria lutar pessoalmente com Tekil, mas senti que ele só fez a sugestão porque era isso que se esperava dele, mas na verdade ele não queria enfrentar um guerreiro experiente.

— Eu lutarei com todos — insisti, e ele não discutiu.

Agora estou velho. Velho demais. Algumas vezes perco a conta de quanto, mas deve fazer oitenta anos desde que minha mãe morreu me dando à luz, e poucos homens vivem tanto, e muito poucos que frequentam a parede de escudos vive metade disso. Vejo pessoas me olhando, esperando que eu morra, e sem dúvida vou realizar esse desejo em breve. Elas baixam a voz quando estão perto de mim para não me perturbar, e isso é uma chateação porque não ouço tão bem quanto antes e não vejo tão bem quanto antes, e mijo a noite toda, meus ossos estão rígidos e meus velhos ferimentos doem, e todo anoitecer, quando me deito, certifico-me de que Bafo de Serpente ou outra de minhas espadas esteja ao lado da cama, para que possa segurar o cabo se a morte vier me buscar. E na escuridão, enquanto ouço o mar bater na areia e o vento agitar a palha do teto, lembro-me de como era ser jovem, alto, forte e rápido. E arrogante.

Eu era tudo isso. Era Uhtred, matador de Ubba, e em 878, o ano em que Alfredo derrotou Guthrum e o ano em que Guthred chegou ao trono da Nortúmbria, eu tinha apenas 21 anos e meu nome era conhecido onde quer que os homens afiassem espadas. Era um guerreiro. Um guerreiro de espada, e tinha orgulho disso. Tekil sabia. Ele era bom, havia travado uma quantidade de batalhas, mas quando atravessou o galho de aveleira, soube que estava morto.

Não direi que eu não estava nervoso. Homens já me olharam em campos de batalha em toda a ilha da Britânia e se perguntaram se eu não tinha medo, mas claro que tinha. Todos temos medo. Ele se arrasta por dentro da gente como um animal, gadanha as tripas, enfraquece os músculos, tenta soltar as entranhas e quer que a gente se encolha e chore, mas o medo deve ser empurrado para longe e a habilidade deve ser liberada, e a selvageria vai levar a gente até o final, e ainda que muitos homens tenham tentado me matar e com isso merecer a vanglória de ter matado Uhtred, até agora essa selvageria me permitiu viver. E agora, acho, estou velho demais para morrer em batalha, de modo que em vez disso vou me esvair até o nada. *Wyrd bi ð ful* aræd, é como dizemos, e é verdade. O destino é inexorável.

O destino de Tekil era morrer. Lutou com espada e escudo. Eu havia lhe devolvido sua cota de malha e, para que ninguém dissesse que eu tinha vantagem, lutei sem qualquer armadura. Nem escudo. Eu era arrogante e tinha consciência de que Gisela estava olhando, e na minha cabeça dediquei a ela a morte de Tekil. A luta demorou pouco mais do que um instante, mesmo que eu estivesse mancando. Manco um pouquinho desde o golpe de lança na coxa em Ethandun, mas isso não me deixou mais lento. Tekil veio correndo, esperando me derrubar com o escudo e depois me cortar com a espada, mas virei-o com facilidade e continuei me movendo. Esse é o segredo de vencer uma luta de espadas. Continuar em movimento. Dançar. Na parede de escudos o homem não pode se mexer, apenas estocar, bater, cortar e manter o escudo alto, mas dentro dos galhos de aveleira a rapidez significa vida. Faça o outro homem reagir e o mantenha desequilibrado, e Tekil era lento porque estava usando cota de malha e eu não tinha armadura, mas mesmo com armadura eu era rápido e ele não tinha chance de igualar minha velocidade. Veio para mim de novo e deixei-o passar, depois tornei sua morte rápida. Ele estava se virando para me encarar, mas eu me movi mais rápido e Bafo de Serpente acertou sua nuca, logo acima da borda da cota. E como Tekil não tinha elmo, a lâmina atravessou sua coluna e ele desmoronou na poeira. Matei-o rapidamente e ele foi para o castelo dos cadáveres, onde um dia irá me receber.

A multidão aplaudiu. Acho que os saxões misturados à turba prefeririam que os prisioneiros fossem queimados, afogados ou pisoteados por cavalos, mas um número suficiente deles apreciava o trabalho da espada e bateu palmas para mim. Gisela estava rindo. Hild não olhava. Estava na borda da multidão com o padre Willibald. Os dois passavam longas horas conversando e eu sabia que eram assuntos cristãos que eles discutiam, mas isso não era da minha conta.

Os outros dois prisioneiros estavam aterrorizados. Tekil fora seu líder, e um homem lidera outros porque luta melhor. Na morte súbita de Tekil eles tinham visto a sua própria morte, e nenhum dos dois lutou de verdade. Em vez de atacar tentaram se defender, e o segundo teve habilidade suficiente para aparar meus golpes várias vezes, até que estoquei alto, seu escudo subiu e eu chutei seu tornozelo, derrubando-o. E a multidão aplaudiu enquanto ele morria.

Com isso restou Sihtric, o garoto. Os monges, que queriam enforcar os dinamarqueses mas agora sentiam uma alegria pagã com as mortes honradas, empurraram-no para o círculo de aveleiras. Pude ver que Sihtric não sabia como segurar a espada e que seu escudo não passava de um fardo. Sua morte estava a um instante de distância, para mim não era mais problema do que esmagar uma mosca. Ele também sabia disso e estava chorando.

Eu precisava de oito cabeças. Tinha sete. Olhei para o garoto e ele não

Os senhores do norte

conseguia me encarar. Em vez disso, olhou para longe, e, viu as marcas de sangue na terra onde os três primeiros corpos haviam sido arrastados para longe, e caiu de joelhos. A multidão zombou. Os monges gritavam para que eu o matasse. Ao contrário, esperei para ver o que Sihtric faria e o vi dominar o medo. Vi o esforço que ele fez para parar de chorar, para controlar o fôlego, para forçar as pernas trêmulas a obedecer, de modo que conseguisse ficar de pé. Levantou o escudo, fungou e me encarou nos olhos. Indiquei sua espada e ele a ergueu obedientemente, para morrer como um homem. Havia cascas de ferida sangrando em sua testa, onde eu o havia acertado com as algemas.

— Qual era o nome da sua mãe? — perguntei. Ele me encarou e pareceu incapaz de falar. Os monges gritavam pedindo sua morte. — Qual era o nome da sua mãe? — perguntei de novo.

— Elflæd — gaguejou ele, mas tão baixo que não pude ouvir. Franzi a testa, esperei, e ele repetiu o nome. — Elflæd.

— Elflæd, senhor — corrigi.

— Ela se chamava Elflæd, senhor.

— Era saxã?

— Sim, senhor.

— E tentou envenenar seu pai?

Ele fez uma pausa, então percebeu que não haveria mal em contar a verdade agora.

— Sim, senhor.

— Como? — precisei levantar a voz acima do barulho da multidão.

— Com as frutinhas pretas, senhor.

— Meimendro?

— Sim, senhor.

— Quantos anos você tem?

— Não sei, senhor.

Quatorze, supus.

— Seu pai gosta de você?

Essa pergunta o deixou perplexo.

— Se gosta de mim?

— Kjartan. Ele é seu pai, não é?

— Praticamente não conheço ele, senhor — disse Sihtric, e isso provavelmente era verdade. Kjartan devia ter gerado uma centena de filhotes em Dunholm.

— E sua mãe?

— Eu a adorava, senhor — disse Sihtric, e estava de novo à beira das lágrimas.

Cheguei um passo mais perto dele, e seu braço com a espada hesitou, mas ele tentou se firmar.

— De joelhos, garoto — ordenei.

Então ele pareceu desafiador.

— Vou morrer direito — disse numa voz esganiçada pelo medo.

— De joelhos! — rosnei. O tom de minha voz o aterrorizou e ele caiu de joelhos, parecendo incapaz de se mexer enquanto eu me aproximava. Ele se encolheu quando reverti Bafo de Serpente, esperando que eu o acertasse com o cabo pesado, mas então a descrença apareceu em seus olhos enquanto eu estendia o punho da espada para ele. — Segure — falei — e diga as palavras. — Ele continuou me encarando, depois conseguiu largar o escudo e a espada e pôs as mãos no punho de Bafo de Serpente. — Diga as palavras — falei de novo.

— Serei seu homem, senhor — disse ele me olhando —, e irei servi-lo até a morte.

— E mais além — disse eu.

— E mais além, senhor. Juro.

Jænberht e Ida lideraram o protesto. Os dois monges atravessaram os galhos de aveleira e gritaram que o garoto tinha de morrer, que era a vontade de Deus que ele morresse, e Sihtric se encolheu enquanto eu arrancava Bafo de Serpente de suas mãos e girava-a. A lâmina, recém-ensanguentada e com mossas, rodou na direção dos monges e eu a segurei imóvel com a ponta no pescoço de Jænberht. Então chegou a fúria, a fúria da batalha, a sede de sangue, o júbilo da matança, e tive de me esforçar ao máximo para não deixar Bafo de Serpente tirar outra vida. Ela queria, dava para senti-la tremendo na minha mão.

— Sihtric é meu homem — disse eu ao monge —, e se alguém fizer mal a ele, será meu inimigo, e eu o mataria, monge, se você fizesse mal a ele, mataria sem pensar duas vezes. — Agora eu estava gritando, forçando-o para trás. Eu não era nada além de fúria e névoa rubra, querendo sua alma. — Alguém aqui — gritei, finalmente conseguindo afastar a ponta de Bafo de Serpente da garganta de Jænberht e girando a espada para abarcar a multidão — nega que Sihtric é meu homem? Alguém?

Ninguém falou. O vento soprou através de Cair Ligualid e todos puderam sentir o cheiro da morte naquela brisa. Ninguém falou, mas o silêncio não satisfez minha raiva.

— Alguém? — gritei, desesperadamente ansioso para que alguém aceitasse meu desafio. — Porque vocês podem matá-lo agora, de joelhos, mas primeiro terão de me matar.

Jænberht ficou me olhando. Tinha rosto estreito e moreno e olhos inteligentes. Sua boca era torta, talvez por causa de algum acidente na infância, e isso lhe dava uma aparência de estar rindo com desprezo. Eu quis despedaçar sua alma podre arrancando-a do corpo magro. Ele queria minha alma, mas não ousava se mexer. Ninguém se mexeu até que Guthred atravessou os galhos de aveleira e estendeu a mão para Sihtric.

— Bem-vindo — disse ao garoto.

O padre Willibald, que viera correndo ao escutar meu desafio furioso, também passou pelos galhos de aveleira.

— Pode guardar a espada, senhor — disse ele com gentileza. Estava apavorado demais para chegar perto, mas tinha coragem suficiente para ficar diante de mim e empurrar Bafo de Serpente de lado. — Pode guardar a espada — repetiu.

— O garoto vive! — rosnei para ele.

— Sim, senhor — disse Willibald baixinho —, o garoto vive.

Gisela estava me espiando, olhos brilhantes como quando havia recebido seu irmão de volta da escravidão. Hild estava olhando Gisela.

E eu ainda precisava de uma cabeça decepada.

Partimos ao amanhecer, um exército indo para a guerra.

Os homens de Ulf eram a vanguarda, depois vinha a horda de religiosos carregando as três preciosas caixas do abade Eadred. Gisela caminhava ao lado do irmão e eu ia logo atrás, enquanto Hild guiava Witnere, mas quando se cansou insisti em que montasse no garanhão.

Hild parecia uma freira. Havia trançado o cabelo dourado e comprido e depois torcido as tranças em volta da cabeça. Sobre isso usava um capuz cinza-claro. Sua capa era do mesmo cinza-claro e no pescoço havia pendurado uma cruz de madeira que ela ficava segurando enquanto cavalgava.

— Eles andaram incomodando você, não foi? — perguntei.

— Quem?

— Os padres. O padre Willibald. Andou dizendo para você voltar ao convento.

— Deus andou me incomodando — disse ela. Olhei-a e ela sorriu como se para garantir que não iria colocar seu dilema sobre mim. — Rezei a São Cuthbert.

— Ele respondeu?

Ela segurou a cruz.

— Só rezei — disse ela calmamente —, e isso é um começo.

— Não gosta de ser livre? — perguntei asperamente.

Hild riu disso.

— Sou mulher, como posso ser livre? — Não falei nada e ela sorriu. — Sou como o visgo, preciso de um galho no qual crescer. Sem o galho não sou nada. — Ela falava sem amargura, como se meramente declarasse uma verdade óbvia. E era verdade. Ela era uma mulher de boa família e, se não tivesse sido dada à igreja na época, seria dada a um homem, como a pequena Æthelflaed. Esse é o destino da mulher. Com o tempo conheci uma mulher que desafiou esse destino, mas Hild era como o boi que sentia falta da canga num dia de festa.

— Você é livre agora.

— Não, sou dependente de você. — Ela olhou para Gisela, que estava rindo de algo que seu irmão acabara de dizer. — E você está tomando muito cuidado para não me envergonhar, Uhtred. — Queria dizer que eu não a humilhava abandonando-a para ir atrás de Gisela, e isso era verdade, mas por pouco. Viu minha expressão e riu. — Em muitos sentidos você é um bom cristão.

— Sou?

— Você tenta fazer o que é certo, não é? — Ela riu da minha expressão chocada. — Quero que me faça uma promessa.

108

Os senhores do norte

— Se eu puder — respondi cautelosamente.

— Prometa que não vai roubar a cabeça de São Oswald para ser a oitava.

Ri, aliviado porque a promessa não envolvia Gisela.

— Eu estava pensando nisso — admiti.

— Sei que estava, mas não vai dar certo. É velha demais. E você deixaria Eadred infeliz.

— O que há de errado com isso?

Ela ignorou a pergunta.

— Sete cabeças bastam.

— Oito seria melhor.

— Uhtred, seu ganancioso.

Agora as sete cabeças estavam dentro de um saco que Sihtric pusera num jumento que puxava por uma corda. Moscas zumbiam ao redor do saco, cujo fedor era tamanho que Sihtric andava sozinho.

Éramos um exército estranho. Sem contar os religiosos, totalizávamos 318 homens, e conosco marchavam pelo menos um número igual de mulheres, crianças e os cachorros de sempre. Havia sessenta ou setenta padres e monges e eu teria trocado cada um deles por mais cavalos ou mais guerreiros. Dos 318 homens, eu duvidava de que valeria a pena colocar ao menos cem numa parede de escudos. Na verdade, não era um exército, e sim uma turba.

Os monges cantavam caminhando. Acho que cantavam em latim, porque eu não entendia as palavras. Haviam coberto o caixão de São Cuthbert com um rico tecido verde bordado com cruzes, e naquela manhã um corvo havia sujado o pano de merda. A princípio achei que era mau presságio, mas depois decidi que, como o corvo era o pássaro de Odin, estava meramente demonstrando o desprazer com o cristão morto, por isso aplaudi a piada do deus, recebendo um olhar maligno dos irmãos Ida e Jænberht.

— O que faremos se chegarmos a Eoferwic e descobrirmos que Ivarr retornou? — perguntou Hild.

— Vamos fugir, claro.

Ela riu.

— Você está feliz, não está?

109

O rei escravo

— Estou.

— Por quê?

— Porque estou longe de Alfredo — respondi, e percebi que era verdade.

— Alfredo é um bom homem — censurou Hild.

— É, mas você fica ansiosa pela companhia dele? Prepara uma cerveja especial para ele? Lembra-se de uma piada para contar a ele? Alguém alguma vez se senta junto a uma fogueira e propõe charadas a ele? Nós cantamos com ele? Tudo o que ele faz é se preocupar com o que seu deus quer, e faz regras para agradar ao seu deus, e se a gente faz algo por ele, nunca é suficiente porque seu deus desgraçado simplesmente quer mais.

Hild me deu seu sorriso paciente, o mesmo de todas as vezes em que eu insultava seu deus.

— Alfredo quer você de volta — disse ela.

— Ele não me quer, quer minha espada.

— Você vai voltar?

— Não — respondi com firmeza e tentei ver o futuro para testar a resposta, mas não sabia o que as fiandeiras que fazem nosso destino planejavam para mim. De algum modo, com essa turba de homens, eu esperava destruir Kjartan e capturar Bebbanburg, e o bom senso dizia que isso não poderia ser feito, mas o bom senso nunca imaginou que um escravo liberto seria aceito como rei por saxões e dinamarqueses.

— Você nunca vai voltar? — perguntou Hild, cética com a primeira resposta.

— Nunca — respondi, e pude ouvir as fiandeiras rindo de mim e temia, que o destino tivesse me amarrado a Alfredo. E fiquei ressentido, porque isso sugeria que eu não era meu senhor. Talvez eu também fosse como o visgo, só que tinha um dever. Tinha uma rixa de sangue para terminar.

Seguimos pelas estradas romanas atravessando os morros. Demoramos cinco dias, lentamente, mas não podíamos ir mais depressa do que os monges carregando o cadáver do santo nos ombros. Toda noite eles rezavam, e todo dia novas pessoas se juntavam a nós, de modo que, enquanto marchávamos no último dia pela planície em direção a Eoferwic, éramos quase quinhentos homens. Ulf, que agora se dizia *earl* Ulf, liderava a marcha sob seu estandarte

Os senhores do norte

com uma cabeça de águia. Ele passara a gostar de Guthred, e Ulf e eu éramos os conselheiros mais próximos do rei. Eadred também era próximo, claro, mas Eadred tinha pouco a dizer sobre questões de guerra. Como a maioria dos religiosos, presumia que seu deus nos daria a vitória, e era só isso que tinha para contribuir. Ulf e eu, por outro lado, tínhamos muito a dizer, e o essencial era que quinhentos homens mal treinados nem de longe bastariam para capturar Eoferwic caso Egbert quisesse defendê-la.

Mas Egbert estava desesperado. Há uma história no livro sagrado cristão sobre um rei que viu umas coisas escritas na parede. Ouvi a história algumas vezes, mas não lembro os detalhes, só que era um rei, que havia palavras em sua parede e elas o amedrontaram. Acho que o deus cristão escreveu as palavras, mas nem disso tenho certeza. Eu poderia mandar chamar o padre da minha mulher, já que hoje em dia permito que ela empregue uma criatura dessas, e poderia lhe perguntar os detalhes, mas ele apenas iria rastejar aos meus pés e implorar que eu aumentasse a cota de peixe, cerveja e lenha para sua família, o que não quero fazer, de modo que agora os detalhes não importam. Havia um rei, sua parede tinha palavras escritas e elas o apavoraram.

Foi Willibald que pôs aquela história em minha cabeça. Ele estava chorando quando entramos na cidade, chorando lágrimas de felicidade, e quando ficou sabendo que Egbert não resistiria a nós, começou a gritar que o rei tinha visto os escritos na parede. Gritava e gritava, e na época isso não fazia sentido para mim, mas agora sei o que ele queria dizer. Queria dizer que Egbert havia perdido antes mesmo de começar a lutar.

Eoferwic estivera esperando o retorno de Ivarr, e muitos de seus cidadãos, temendo a vingança do dinamarquês, haviam partido. Egbert tinha uma guarda pessoal, claro, mas a maioria dos participantes havia desertado, de modo que agora suas tropas domésticas contavam com apenas 28 homens e nenhum deles queria morrer por um rei com escritos na parede, e os cidadãos que restavam não estavam no clima para fazer barricadas nos portões ou guardar a muralha, de modo que o exército de Guthred entrou sem encontrar qualquer resistência. Fomos bem recebidos. Acho que o povo de Eoferwic achava que tínhamos vindo defendê-los contra Ivarr, e não tomar a coroa de Egbert, mas mesmo quando ficaram sabendo que tinham um novo rei, pareceram bastan-

111

O rei escravo

te satisfeitos. O que mais os animava, claro, era a presença de São Cuthbert, e Eadred colocou o caixão santo de pé na igreja do arcebispo, abriu a tampa e o povo se apinhou para ver o morto e rezar a ele.

Wulfhere, o arcebispo, não estava na cidade, mas o padre Hrothweard permanecia lá e continuava pregando loucuras, e se ligou instantaneamente a Eadred. Acho que ele também tinha visto os escritos na parede, mas o único escrito que eu vi foram cruzes rabiscadas nas portas. Estas deveriam indicar que cristãos moravam dentro, mas a maioria dos dinamarqueses sobreviventes também colocava a cruz como proteção contra saqueadores, e os homens de Guthred queriam saquear. Eadred havia prometido mulheres lascivas e montes de prata, mas agora o abade lutava tremendamente para proteger os cristãos da cidade contra os dinamarqueses de Guthred. Houve alguns problemas, mas não muitos. O povo teve o bom senso de oferecer moedas, comida e cerveja para não ser roubado. Guthred descobriu baús de prata dentro do palácio e distribuiu dinheiro ao seu exército. E havia bastante cerveja nas tavernas, de modo que, por enquanto, os homens de Cumbraland estavam bastante felizes.

— O que Alfredo faria? — perguntou-me Guthred naquela primeira noite em Eoferwic. Era uma pergunta à qual eu estava me acostumando, porque de algum modo Guthred havia se convencido de que Alfredo era um rei que valia a pena imitar. Desta vez fazia a pergunta sobre Egbert, que fora descoberto em seu quarto. Egbert foi arrastado ao grande salão, onde se ajoelhou diante de Guthred e jurou lealdade. Era uma visão estranha, um rei se ajoelhando a outro, e o velho salão romano iluminado por braseiros que enchiam de fumaça a parte superior. Atrás de Egbert estavam seus cortesãos e serviçais, que também se ajoelharam e se arrastaram à frente para prometer lealdade a Guthred. Egbert parecia velho, doente e infeliz, ao passo que Guthred era um monarca jovem e luminoso. Eu havia encontrado a cota de malha de Egbert e dei-a a Guthred, que usou a armadura porque o fazia parecer régio. Foi efusivo com o rei deposto, fazendo-o ficar de pé e beijando-o nas bochechas, depois, cortesmente, convidando-o a sentar-se a seu lado.

— Mate o velho desgraçado — disse Ulf.

— Estou inclinado a ser misericordioso — disse Guthred regiamente.

— O senhor está inclinado a ser idiota — retrucou Ulf. Ele estava de mau humor porque Eoferwic não rendera um quarto do saque que ele havia esperado, mas encontrara garotas gêmeas que o satisfaziam e elas o impediam de reclamar demais.

Quando as cerimônias terminaram, e depois de Eadred ter berrado uma oração interminável, Guthred caminhou comigo pela cidade. Acho que queria mostrar sua armadura nova, ou talvez só quisesse clarear a cabeça da fumaça no palácio. Tomou cerveja em cada taverna, brincando com seus homens em inglês e em dinamarquês, e beijou pelo menos cinquenta garotas, mas depois me levou às fortificações e caminhamos por um tempo em silêncio até chegarmos ao lado leste da cidade. Ali parei e olhei para o campo onde o rio parecia uma folha de prata batida sob uma meia-lua.

— Foi aqui que meu pai morreu — contei.

— Com a espada na mão?

— É.

— Isso é bom — disse ele, esquecendo-se por um momento que era cristão. — Mas foi um dia triste para você.

— Foi um bom dia. Conheci o *earl* Ragnar. E jamais gostei muito do meu pai.

— Não? — Ele pareceu surpreso. — Por quê?

— Ele era uma fera carrancuda. Os homens queriam sua aprovação, e ela era dada de má vontade.

— Então era como você — disse ele, e foi minha vez de ficar surpreso.

— Eu?

— Meu carrancudo Uhtred, todo feito de raiva e ameaças. Então diga: o que faço com Egbert?

— O que Ulf sugere, claro.

— Ulf mataria todo mundo, pois assim não teria problemas. O que Alfredo faria?

— Não importa o que Alfredo faria.

— Importa, sim — insistiu ele com paciência. — Portanto, diga.

Havia algo em Guthred que sempre me levava a dizer a verdade, ou a dizer principalmente a verdade, e me senti tentado a dizer que Alfredo arrastaria o velho rei à praça do mercado e arrancaria sua cabeça, mas sabia que não era verdade. Alfredo havia poupado a vida de seu primo traiçoeiro depois de Ethandun e havia permitido que o sobrinho, Æthelwold, vivesse, quando esse sobrinho tinha mais direitos ao trono do que o próprio Alfredo. Por isso suspirei.

— Ele o deixaria viver, mas Alfredo é um idiota devoto.

— Não é, não — disse Guthred.

— Ele morre de pavor da desaprovação de Deus.

— É sensato ter medo disso.

— Mate Egbert, senhor — falei com veemência. — Se não o matar, ele tentará retomar o reino. Ele tem propriedades ao sul daqui. Pode juntar homens. Se deixá-lo viver, ele vai levar esses homens a Ivarr, e Ivarr desejará recolocá-lo no trono. Egbert é inimigo!

— Ele é velho, não tem boa saúde e está morrendo de medo — disse Guthred com paciência.

— Então acabe com o sofrimento do desgraçado. Eu faria isso pelo senhor. Nunca matei um rei.

— E gostaria?

— Eu mataria esse pelo senhor. Ele deixou seus saxões massacrarem dinamarqueses! Não é tão patético quanto o senhor acha.

Guthred me deu um olhar de reprovação.

— Conheço você, Uhtred — disse com carinho. — Quer alardear que você é o homem que matou Ubba junto ao mar, derrubou Sven do Cavalo Branco e mandou o rei Egbert de Eoferwic para a sepultura.

— Que matei Kjartan, o Cruel, e trucidei Ælfric, usurpador de Bebbanburg.

— Fico feliz por não ser seu inimigo — disse ele em tom leve, depois fez uma careta. — A cerveja é azeda aqui.

— Eles fazem de um jeito diferente — expliquei. — O que o abade Eadred diz para o senhor fazer?

— O mesmo que você e Ulf, claro. Matar Egbert.

— Pela primeira vez Eadred está certo.

— Mas Alfred não o mataria — disse ele com firmeza.

114

Os senhores do norte

— Alfredo é rei de Wessex, não está enfrentando Ivarr e não tem um rival como Egbert.

— Mas Alfredo é um bom rei — insistiu Guthred.

Chutei a paliçada, cheio de frustração.

— Por que o senhor deixaria Egbert viver? Para que as pessoas gostem do senhor?

— Quero que os homens gostem de mim.

— Eles devem temê-lo — respondi com veemência. — O senhor é um rei! Tem de ser implacável. Tem de ser temido.

— Alfredo é temido?

— É — respondi, e fiquei surpreso ao perceber que tinha dito a verdade.

— Porque é implacável?

Balancei a cabeça.

— Os homens temem o seu desprazer. — Eu nunca havia percebido isso antes, mas de repente estava claro. Alfredo não era implacável. Era dado à misericórdia, mas mesmo assim era temido. Acho que os homens reconheciam que Alfredo estava sob disciplina, assim como eles estavam sob seu governo. A disciplina de Alfredo era o medo do desprazer de seu Deus. Ele jamais poderia escapar disso. Jamais poderia ser tão bom quanto desejava, mas nunca parava de tentar. Eu havia aceitado há muito tempo que tinha defeitos, mas Alfredo jamais aceitaria isso em si mesmo.

— Eu gostaria que os homens temessem meu desprazer — disse Guthred em tom afável.

— Então deixe que eu mate Egbert. — Eu poderia ter economizado o fôlego. Inspirado pela reverência a Alfredo, Guthred poupou a vida de Egbert. E no fim provou que estava certo. Fez o velho rei ir viver num mosteiro ao sul do rio e encarregou os monges de manter Egbert confinado às paredes do mosteiro, o que fizeram, e em um ano Egbert morreu de alguma doença que o transformou num farrapo dolorido feito de ossos e cartilagens. Foi enterrado na grande igreja de Eoferwic, mas não vi nada disso.

Agora era o auge do verão e todo dia eu temia ver os homens de Ivarr vindo para o sul, mas em vez disso chegou um boato de uma grande batalha entre Ivarr e os escoceses. Sempre havia esses boatos, e a maioria era inverídica,

115

O rei escravo

por isso não dei crédito, mas Guthred decidiu acreditar na história e deu permissão para a maior parte de seu exército voltar a Cumbraland a fim de fazer a colheita. Isso nos deixou com muito poucos soldados para guarnecer Eoferwic. A guarda pessoal de Guthred ficou, e todas as manhãs eu fazia os homens treinarem com espadas, escudos e lanças, e toda tarde fazia com que trabalhassem consertando a muralha de Eoferwic, que estava desmoronando em muitos lugares. Achei que Guthred era um idiota em deixar que a maioria de seus homens fosse embora, mas ele disse que sem uma colheita seu povo passaria fome, e tinha bastante certeza de que eles voltariam. E de novo estava certo. Eles voltaram. Ulf os liderou de volta de Cumbraland e exigiu saber como o exército reunido seria usado.

— Marcharemos para o norte para resolver as coisas com Kjartan — disse Guthred.

— E Ælfric — insisti.

— Claro — respondeu Guthred.

— O que Kjartan tem para ser pilhado? — quis saber Ulf.

— Vastas riquezas — disse eu, lembrando-me das histórias de Tekil. Não falei nada sobre os cães ferozes que guardavam a prata e o ouro. — Kjartan é rico além de qualquer sonho.

— Hora de afiar as espadas — disse Ulf.

— E Ælfric tem um tesouro maior ainda — acrescentei, mesmo não fazendo ideia se falava a verdade.

Mas realmente acreditava que poderíamos capturar Bebbanburg. O local nunca fora tomado por um inimigo, mas isso não significava que não poderia ser tomado. Tudo dependia de Ivarr. Se ele pudesse ser derrotado, Guthred seria o homem mais poderoso da Nortúmbria. E Guthred era meu amigo e, pelo que eu acreditava, não somente me ajudaria a matar Kjartan vingando Ragnar, o Velho, mas me devolveria minhas terras e minha fortaleza junto ao mar. Esses eram meus sonhos naquele verão. Eu achava que o futuro seria dourado se ao menos pudesse garantir o reino para Guthred, mas havia me esquecido da malignidade das três fiandeiras que ficam na raiz do mundo.

O padre Willibald queria retornar a Wessex, e não o culpei por isso. Ele era saxão do oeste e não gostava da Nortúmbria. Lembro-me de uma noite

116

Os senhores do norte

em que comíamos um prato de úbere de vaca comprimido e cozido, e eu estava devorando aquilo e dizendo que não comia tão bem desde a infância. O pobre Willibald não conseguiu terminar sequer um bocado. Parecia com vontade de vomitar, e eu zombei dele por ser um sulista molenga. Sihtric, que agora era meu serviçal, lhe trouxe pão e queijo e Hild e eu dividimos seu úbere. Ela também era sulista, mas não tão melindrosa quanto Willibald. Foi naquela noite, enquanto ele fazia careta para a comida, que nos contou que desejava retornar a Alfredo.

Tínhamos poucas notícias de Wessex, só que estava em paz. Guthrum, claro, fora derrotado e aceitara o batismo como parte do tratado de paz feito com Alfredo. Ele havia recebido o nome batismal de Æthelstan, que significa "pedra nobre", e Alfredo era seu padrinho. Relatos do sul diziam que Guthrum, ou como quer que ele fosse chamado agora, estava mantendo a paz. Alfredo vivia, e era praticamente só isso que sabíamos.

Guthred decidiu que mandaria uma embaixada a Alfredo. Escolheu quatro dinamarqueses e quatro saxões para cavalgar em direção ao sul, achando que um grupo assim poderia passar em segurança por território dinamarquês ou saxão, e escolheu Willibald para levar sua mensagem. Willibald anotou-a, com a pena fazendo barulho num pedaço de pergaminho recém-raspado.

— Com a ajuda de Deus — ditou Guthred —, tomei o reino da Nortúmbria...

— Que se chama Haliwerfolkland — interrompeu Eadred.

Guthred acenou cortesmente, como a sugerir que Willibald poderia decidir sozinho se acrescentaria essa frase.

— E estou decidido — continuou Guthred —, pela Graça de Deus, a governar esta terra em paz e justiça...

— Não tão depressa, senhor — disse Willibald.

— E a ensinar-lhes a preparar cerveja decente — continuou Guthred.

— E a ensinar-lhes... — disse Willibald baixinho.

Guthred gargalhou.

— Não, não, padre! Não escreva isso!

Pobre Willibald. A carta era tão longa que outra pele de cordeiro teve de ser esticada, raspada e aparada. A mensagem continuava, falando do sagra-

117

O rei escravo

do São Cuthbert e de como ele trouxera o exército do povo santo a Eoferwic, e como Guthred faria um templo dedicado ao santo. Mencionava que ainda havia inimigos que poderiam estragar essa ambição, mas não os levava a sério, como se Ivarr, Kjartan e Ælfric fossem pequenos obstáculos. Pedia as orações do rei Alfredo e garantia ao rei de Wessex que os cristãos de Haliwerfolkland faziam orações por ele todos os dias.

— Eu deveria mandar um presente a Alfredo — disse Guthred. — De que ele gostaria?

— Uma relíquia — sugeri azedamente.

Era uma boa sugestão, porque não havia nada que Alfredo amasse tanto quanto uma relíquia sagrada, mas não havia grande coisa em Eoferwic. A igreja do arcebispo possuía muitos tesouros, incluindo a esponja em que haviam dado vinho para Jesus beber enquanto ele morria e também o cabresto do jumento de Balaão, ainda que eu não soubesse quem era Balaão, e o motivo para seu jumento ser santo era um mistério ainda maior. A igreja possuía uma dúzia dessas coisas, mas o arcebispo as havia carregado e ninguém tinha certeza do paradeiro de Wulfhere. Presumi que tivesse se reunido a Ivarr. Hrothweard disse que tinha uma semente de um sicômoro mencionado no evangelho, mas quando abrimos a caixa de prata em que a semente era guardada, havia apenas poeira. No fim sugeri que tirássemos dois dos três dentes de São Oswald. Eadred se eriçou diante disso, depois decidiu que a ideia não era tão ruim, de modo que trouxeram um alicate, o pequeno baú foi aberto e um dos monges arrancou dois dentes amarelos do rei morto, que foram postos num belo pote de prata que Egbert havia usado para guardar ostras defumadas.

A embaixada partiu no fim de uma manhã de agosto. Guthred chamou Willibald de lado e lhe deu uma última mensagem para Alfredo, garantindo que ele, Guthred, era dinamarquês, mas também era cristão, e implorando que, se a Nortúmbria fosse ameaçada por inimigos, Alfredo mandasse guerreiros para lutar pela terra de Deus. Isso era o mesmo que mijar contra o vento, pensei, porque Wessex possuía inimigos suficientes sem ter de se preocupar com o destino da Nortúmbria.

Também puxei Willibald de lado. Lamentava sua partida, porque gostava dele, que era um bom homem, mas podia ver que ele estava impaciente para rever Wessex.

Os senhores do norte

— Você fará uma coisa por mim, padre — disse eu.

— Se for possível — respondeu ele com cautela.

— Dê minhas lembranças ao rei.

Willibald ficou aliviado como se esperasse que meu pedido fosse muitíssimo mais difícil de realizar. E era, como ele descobriria.

— O rei vai querer saber quando o senhor irá retornar — disse ele.

— No devido tempo — respondi, mas o único motivo que eu tinha agora para visitar Wessex era recuperar o tesouro que havia escondido em Fifhaden. Agora lamentava ter enterrado aquele tesouro, porque em verdade nunca mais queria rever Wessex. — Quero que você encontre o *earl* Ragnar.

Seus olhos se arregalaram.

— O refém?

— Encontre-o e lhe dê uma mensagem minha.

— Se eu puder — disse ele, ainda cauteloso.

Segurei seus ombros para fazer com que ele prestasse atenção e ele fez uma careta por causa da força de minhas mãos.

— Você vai encontrá-lo — falei em tom de ameaça — e vai lhe dar uma mensagem. Diga que vou para o norte, matar Kjartan. E diga que a irmã dele está viva. Diga que farei todo o possível para encontrá-la e mantê-la em segurança. Diga que juro isso pela minha vida. E diga que venha para cá assim que for libertado. — Fiz com que ele repetisse e jurasse por seu crucifixo que daria a mensagem. Ele relutou em fazer esse juramento, mas sentia medo da minha raiva, de modo que segurou o pequeno crucifixo e fez a promessa solene.

E então foi embora.

E tínhamos um exército de novo, porque a colheita estava terminada e era hora de atacar o norte.

Guthred foi para o norte por três motivos. O primeiro era Ivarr, que precisava ser derrotado, o segundo era Kjartan, cuja presença na Nortúmbria era como um ferimento infeccionado, e o terceiro era Ælfric, que teria de se submeter à autoridade de Guthred. Ivarr era o mais perigoso e sem dúvida nos derrotaria se trouxesse seu exército para o sul. Kjartan era menos perigoso, mas precisava ser destruído porque não haveria paz na Nortúmbria enquanto ele vivesse. Ælfric era o menos perigoso.

— Seu tio é rei em Bebbanburg — disse Guthred enquanto marchávamos para o norte.

— Ele se chama assim? — perguntei com raiva.

— Não, não! Ele tem bom senso. Mas com efeito é isso que ele é. A terra de Kjartan é uma barreira, não é? De modo que o domínio de Eoferwic não se estende para além de Dunholm.

— Nós éramos reis em Bebbanburg — disse eu.

— Eram? — Guthred ficou surpreso. — Reis da Nortúmbria?

— Da Bernícia. — Guthred nunca havia escutado esse nome. — Era todo o norte da Nortúmbria — disse eu —, e tudo ao redor de Eoferwic era o reino de Deira.

— Eles se juntaram? — perguntou Guthred.

— Nós matamos seu último rei, mas isso foi há anos. Antes da chegada do cristianismo.

— Então você pode reivindicar o reino aqui? — perguntou ele e, para minha perplexidade, havia suspeita em sua voz. Encarei-o e ele ficou vermelho. — Mas pode? — perguntou ele, tentando parecer que não se importava com minha resposta.

Ri dele.

— Senhor rei, se o senhor restaurar meu poder em Bebbanburg, me ajoelharei aos seus pés e jurarei lealdade eterna ao senhor e a seus herdeiros.

— Herdeiros! — disse ele, animado. — Você viu Osburh?

— Vi Osburh.

Era a sobrinha de Egbert, uma garota saxã, e morava no palácio quando tomamos Eoferwic. Tinha 14 anos, cabelos escuros e rosto gorducho, bonito.

— Se eu me casar com Osburh — perguntou Guthred —, Hild seria dama de companhia?

— Pergunte a ela — respondi, balançando a cabeça na direção de Hild, que nos acompanhava. Eu havia pensado que Hild poderia retornar a Wessex com o padre Willibald, mas ela dissera que ainda não estava pronta para encarar Alfredo. E eu não poderia culpá-la por isso, de modo que

120

Os senhores do norte

não pressionei. — Acho que ela ficaria honrada em ser dama de companhia de sua mulher.

Naquela primeira noite acampamos em Onhripum, onde um pequeno mosteiro deu abrigo a Guthred, Eadred e à horda de religiosos. Agora nosso exército somava quase seiscentos homens, quase metade estava montada e nossas fogueiras de acampamento iluminavam os campos ao redor do mosteiro. Como comandante da guarda pessoal, acampei mais perto das construções. E meus rapazes, que agora eram quarenta, e cuja maioria possuía cotas de malha saqueadas de Eoferwic, dormiram perto dos portões do mosteiro.

Na primeira parte da noite montei guarda com Clapa e dois saxões. Sihtric estava comigo. Eu o chamava de serviçal, mas ele estava aprendendo a usar espada e escudo, e eu achava que em um ou dois anos o garoto seria um soldado útil.

— Você está com as cabeças em segurança? — perguntei-lhe.

— Dá para sentir o cheiro delas! — protestou Clapa.

— O cheiro não é pior do que o seu, Clapa — retruquei.

— Elas estão em segurança, senhor — disse Sihtric.

— Eu deveria ter oito cabeças — falei, e pus os dedos em volta da garganta de Sihtric. — Pescoço bem fininho, Sihtric.

— Mas é um pescoço duro, senhor — disse ele.

Nesse momento a porta do mosteiro se abriu e Gisela, com uma capa preta, saiu.

— A senhora deveria estar dormindo — censurei.

— Não consigo. Quero caminhar. — Ela me lançou um olhar de desafio. Seus lábios estavam ligeiramente abertos e a luz da fogueira brilhava em seus dentes e se refletia nos olhos grandes.

— Onde quer caminhar?

Ela deu de ombros, ainda me olhando, e pensei em Hild dormindo no mosteiro.

— Vou deixá-lo no comando, Clapa — disse eu. — Se Ivarr aparecer, mate o desgraçado.

— Sim, senhor.

Ouvi os guardas dando risinhos enquanto nos afastávamos. Silenciei-os com um rosnado, depois levei Gisela em direção às árvores a leste do mosteiro,

O rei escravo

porque ali estava escuro. Ela segurou minha mão. Não disse nada, contente em caminhar ao meu lado.

— A senhora não tem medo da noite? — perguntei.

— Com você, não.

— Quando eu era criança, me transformei num *sceadungengan*.

— O que é um *sceadungengan*? — A palavra era saxã, desconhecida para ela.

— Um caminhante das sombras. Uma criatura que se esgueira na escuridão. — Uma coruja piou ali perto e os dedos dela apertaram os meus instintivamente.

Paramos sob algumas faias agitadas pelo vento. Um pouco de luz atravessava as folhas, lançada pelas fogueiras. Levantei o rosto dela e olhei-a. Era alta, mas mesmo assim era uma cabeça mais baixa do que eu. Deixou-se ser examinada, depois fechou os olhos e passei um dos dedos suavemente por seu nariz longo.

— Eu... — comecei, mas parei.

— Sim — disse ela, como se soubesse o que eu ia falar.

Obriguei-me a lhe dar as costas.

— Não posso fazer Hild infeliz.

— Ela me disse que teria voltado para Wessex com o padre Willibald, mas quer ver se você vai capturar Dunholm. Diz que rezou por isso e que, se você tiver sucesso, esse será um sinal do Deus dela.

— Ela disse isso?

— Disse que seria um sinal de que deve retornar ao convento. Disse isso esta noite.

Suspeitei de que fosse verdade. Acariciei o rosto de Gisela.

— Então devemos esperar até que Dunholm seja tomada — respondi, e não era o que queria dizer.

— Meu irmão diz que eu devo ser uma vaca da paz — disse ela com amargura. Uma vaca da paz era uma mulher casada com alguém de uma família rival numa tentativa de produzir amizade, e sem dúvida Guthred tinha em mente o filho de Ivarr ou então um marido escocês. — Mas não serei uma vaca da paz — disse ela asperamente. — Lancei as varetas de runas e fiquei sabendo do meu destino.

— O que ficou sabendo?

— Terei dois filhos e uma filha.

— Bom.

— Eles serão seus filhos e sua filha — disse ela em desafio.

Por um momento não falei. De repente a noite pareceu frágil.

— As varetas de runas disseram isso? — consegui dizer depois de alguns instantes.

— Elas nunca mentiram — respondeu Gisela com calma. — Quando Guthred foi feito cativo, as varetas de runas disseram que ele iria voltar e disseram que meu marido chegaria com ele. E você chegou.

— Mas ele quer que você seja uma vaca da paz.

— Então você deve me levar embora, do modo antigo. — O antigo costume dinamarquês de tomar uma noiva era sequestrá-la, atacar sua casa, roubá-la da família e levá-la para o casamento. Isso ainda é feito ocasionalmente, mas nestes dias mais calmos em geral o ataque segue negociações formais e a noiva tem tempo de juntar seus pertences antes da chegada dos cavaleiros.

— Vou levá-la embora — prometi, e sabia que estava criando encrenca, que Hild não havia feito nada para merecer essa encrenca e que Guthred iria se sentir traído, mas mesmo assim levantei o rosto de Gisela e beijei-a.

Ela se agarrou a mim e então os gritos começaram. Segurei Gisela com força e prestei atenção. Os gritos vinham do acampamento e pude ver, através das árvores, pessoas correndo, passando pelas fogueiras em direção à estrada.

— Problema — disse eu, em seguida segurei sua mão e corri com ela para o mosteiro, onde Clapa e os guardas estavam com as espadas nas mãos. Empurrei Gisela para a porta e desembainhei Bafo de Serpente.

Mas não havia problema. Pelo menos para nós. Os recém-chegados, atraídos pela luz das fogueiras, eram três homens, um deles muito ferido, e traziam notícias. Em uma hora a pequena igreja do mosteiro estava iluminada com fogo e os padres e monges cantavam louvores a Deus. A mensagem que os três homens haviam trazido do norte percorreu todo o acampamento,

O rei escravo

de modo que as pessoas recém-acordadas vieram ao mosteiro ouvir a notícia de novo e se certificar de que era verdadeira.

Deus faz milagres! — gritou Hrothweard para a multidão. Ele havia usado uma escada de mão para subir no telhado do mosteiro. Estava escuro, mas algumas pessoas haviam trazido tochas, e à sua luz Hrothweard parecia enorme. Ele ergueu os braços de modo que a multidão ficou quieta. Deixou que todos esperassem enquanto olhava os rostos erguidos, e de trás dele vinha o canto solene dos monges. Em algum lugar na noite uma coruja piou e Hrothweard apertou os punhos e levantou as mãos ainda mais, como se pudesse tocar o céu ao luar.

— Ivarr foi derrotado! — gritou finalmente. — Deus e os santos sejam louvados, o tirano Ivarr Ivarson foi derrotado! Perdeu seu exército!

E o povo de Haliwerfolkland, que temera lutar contra o poderoso Ivarr, ficou rouco de tanta comemoração porque o maior obstáculo ao governo de Guthred na Nortúmbria fora varrido para longe. Finalmente ele podia de fato chamar·se de rei — e era rei. Rei Guthred.

QUATRO

 ouvera uma batalha, foi o que soubemos, uma carnificina, uma luta de horror em que um vale ficou fedendo a sangue, e Ivarr Ivarson, o mais poderoso dinamarquês da Nortúmbria, foi derrotado por Aed da Escócia.

A matança dos dois lados foi espantosa. Ouvimos mais sobre a luta na manhã seguinte, quando quase sessenta novos sobreviventes chegaram. Tinham viajado num bando com tamanho suficiente para ser poupado da atenção de Kjartan, e ainda estavam sofrendo em razão da carnificina que haviam suportado. Ficamos sabendo que Ivarr fora atraído para o outro lado de um rio e entrara num vale em que acreditava que Aed havia buscado refúgio, mas era uma armadilha. As colinas dos dois lados do vale estavam cheias de guerreiros, que desceram uivando pela névoa e as urzes para destroçar as paredes de escudos dinamarquesas.

— Eram milhares — disse um homem, e ainda estava tremendo enquanto falava.

A parede de escudos de Ivarr se sustentou, mas eu podia imaginar a ferocidade daquela batalha. Meu pai havia lutado muitas vezes contra os escoceses e sempre os descrevera como demônios. Demônios loucos, dizia, demônios de espada, demônios uivantes, e os dinamarqueses de Ivarr nos contaram como haviam se reunido depois daquele primeiro ataque e usado espada e lança para matar os demônios, e as hordas continuavam chegando e gritando, passando por cima de seus próprios mortos, com os cabelos revoltos vermelhos de sangue, as espadas sibilando, e Ivarr tentou subir para o norte saindo do vale para alcançar o terreno elevado. Isso significava cortar e abrir um caminho através de carne, e ele fracassou. Então Aed levou sua guarda pessoal contra os melhores homens de Ivarr, os escudos se chocaram, as lâminas ressoaram e um a um os guerreiros morreram. Segundo os sobreviventes, Ivarr lutou como um espírito maligno, mas levou um golpe de lança no peito e um corte de espada na perna. Sua guarda pessoal o arrastou para longe da parede de escudos. Ele urrou com os guardas, exigindo morrer diante dos inimigos, mas seus homens o seguraram, conseguiram conter os inimigos e então a noite estava caindo.

A retaguarda da coluna dinamarquesa ainda se sustentava, e os sobreviventes, quase todos sangrando, arrastaram o líder para o sul, em direção ao rio. O filho de Ivarr, Ivar, com apenas 16 anos, reuniu os guerreiros menos feridos, eles fizeram um ataque e romperam o círculo de escoceses, mas uma enorme quantidade de guerreiros morreu enquanto tentava atravessar o rio no escuro. Alguns, com o peso das cotas de malha, se afogaram. Outros foram trucidados nos trechos rasos, mas talvez um sexto do exército de Ivarr tenha conseguido atravessar a água e se amontoou na margem sul, onde ouvia os gritos dos agonizantes e os uivos dos escoceses. Ao amanhecer formaram uma parede de escudos, esperando que os escoceses atravessassem o rio e completassem a matança, mas os homens de Aed estavam quase tão ensanguentados e cansados quanto os derrotados dinamarqueses.

— Matamos centenas — disse um homem em tom desanimado, e mais tarde ficamos sabendo que era verdade e que Aed havia retornado mancando para o norte, para lamber as feridas.

O *earl* Ivarr continuava vivo. Estava ferido, mas vivo. Supostamente havia se escondido nas colinas, com medo de ser capturado por Kjartan. Guthred mandou uma centena de cavaleiros ao norte, para encontrá-lo, e eles descobriram que as tropas de Kjartan também estavam percorrendo os morros. Ivarr devia saber que seria encontrado e preferia ser cativo de Guthred a ser prisioneiro de Kjartan, assim rendeu-se a uma tropa dos homens de Ulf, que trouxe o *earl* ferido de volta ao nosso acampamento logo depois do meiodia. Ivarr não podia montar, por isso estava sendo carregado num escudo. Era acompanhado pelo filho, Ivar, e trinta outros sobreviventes, alguns tão feridos quanto o líder, mas quando Ivarr percebeu que precisava confrontar o homem que havia usurpado o trono da Nortúmbria, insistiu em fazer isso de pé. Caminhou. Não sei como conseguiu, porque deve ter sido uma agonia, mas ele se obrigou a ir mancando, e a intervalos de alguns passos parava para se apoiar na lança que usava como muleta. Dava para ver a dor, mas também pude ver o orgulho que não lhe permitiria ser carregado à presença de Guthred.

Assim ele caminhou até nós. Encolhia-se a cada passo, mas estava desafiador e furioso. Eu não o conhecia porque ele fora criado na Irlanda, mas se parecia exatamente com o pai. Tinha a aparência esquelética de Ivar, o Sem-ossos. O mesmo rosto parecido com uma caveira, com olhos fundos, o mesmo cabelo amarelo preso na nuca e a mesma malignidade carrancuda. Tinha a mesma força.

Guthred esperou junto à entrada do mosteiro e sua guarda pessoal formou duas filas ao longo das quais Ivarr deveria caminhar. Guthred estava flanqueado por seus principais homens e era atendido pelo abade Eadred, o padre Hrothweard e todos os outros religiosos. Quando Ivarr estava a 12 passos, parou, apoiou-se na lança e lançou um olhar de desprezo a todos nós. Confundiu-me com o rei, talvez porque minha malha e meu elmo fossem muito melhores do que os de Guthred.

— Você é o garoto que se diz rei? — perguntou ele.

— Sou o garoto que matou Ubba Lothbrokson — respondi. Ubba era tio de Ivarr, e a provocação fez Ivarr erguer o rosto, e vi um estranho brilho verde em seus olhos. Eram olhos de serpente num rosto de caveira. Ele podia estar ferido e podia estar com a força abalada, mas nesse momento só queria me matar.

— E você é? — perguntou ele.

— Você sabe quem sou — respondi com escárnio. A arrogância é tudo num jovem guerreiro.

Guthred segurou meu braço como se me mandasse ficar quieto, depois se adiantou.

— Senhor Ivarr — disse ele. — Lamento ver que está ferido.

Ivarr zombou disso.

— Você deveria estar satisfeito e só lamentar que eu não esteja morto. Você é Guthred?

O rei escravo

— Lamento que o senhor esteja ferido — disse Guthred —, lamento pelos homens que perdeu e me regozijo pelos inimigos que matou. Nós lhe agradecemos. — Ele deu um passo atrás e olhou para além de Ivarr, para onde nosso exército havia se reunido na estrada. — Devemos agradecer a Ivarr Ivarson! — gritou Guthred. — Ele removeu uma ameaça ao norte! O rei Aed voltou para casa mancando para chorar suas perdas e consolar as viúvas da Escócia!

A verdade, claro, era que Ivarr estava mancando e Aed era vitorioso, mas as palavras de Guthred provocaram gritos de comemoração, e esses gritos deixaram Ivarr perplexo. Devia estar esperando que Guthred o matasse, exatamente o que Guthred deveria ter feito, mas em vez disso Ivarr estava sendo tratado com honra.

— Mate o desgraçado — murmurei para Guthred.

Ele me lançou um olhar de pura perplexidade, como se isso jamais houvesse lhe ocorrido.

— Simplesmente mate-o agora — falei ansioso — e aquele rato do filho dele.

— Você é obcecado por matar — disse Guthred, achando divertido, e peguei Ivarr me olhando. Ele devia saber o que eu tinha dito. — O senhor é realmente bem-vindo, senhor Ivarr. — Guthred me deu as costas e sorriu para Ivarr. — A Nortúmbria precisa de grandes guerreiros, e o senhor precisa de um descanso.

Eu estava espiando aqueles olhos de serpente e vi a perplexidade de Ivarr, mas também vi que ele achava Guthred um idiota, mas foi nesse momento que percebi que o destino de Guthred era dourado. *Wyrd bi ð ful aræd.* Quando resgatei Guthred de Sven e ele afirmou ser rei, eu o considerei uma piada. Quando ele foi feito rei em Cair Ligualid, ainda achei a piada ótima, e mesmo em Eoferwic não pude ver os risos durante mais do que algumas semanas porque Ivarr era o grande e brutal senhor da Nortúmbria, mas agora Aed fizera o trabalho para nós. Ivarr havia perdido a maior parte de seus homens, fora ferido, e agora havia apenas três grandes senhores na Nortúmbria. Havia Ælfric, agarrado à sua terra roubada em Bebbanburg; Kjartan, que era a aranha negra, o senhor de sua fortaleza junto ao rio; e havia o rei Guthred, senhor do norte e o único dinamarquês na Britânia que liderava saxões dispostos a segui-lo, além de dinamarqueses.

Ficamos em Onhripum. Não havíamos planejado isso, mas Guthred insistiu em que esperássemos enquanto os ferimentos de Ivarr eram tratados. Os monges cuidaram dele e Guthred atendia ao *earl* ferido, levando-lhe comida e cerveja. A maioria dos sobreviventes de Ivarr estava ferida, e Hild lavava ferimentos e encontrava panos limpos para fazer curativos.

— Eles precisam de comida — disse-me ela, mas já tínhamos pouca comida, e todo dia eu precisava liderar equipes de busca por grãos ou animais. Insisti com Guthred para marcharmos de novo, entrando em áreas em que poderia haver mais suprimentos, mas ele estava fascinado por Ivarr.

— Gosto dele — disse-me —, e não podemos deixá-lo aqui.

— Podemos enterrá-lo aqui — sugeri.

— Ele é nosso aliado! — insistiu Guthred, e acreditava nisso. Ivarr estava inundando-o de elogios e Guthred acreditava em cada palavra traiçoeira.

Os monges fizeram bem o trabalho, já que Ivarr se recuperou depressa. Eu esperava que ele morresse dos ferimentos, mas em três dias estava cavalgando. Ainda sentia dor. Era óbvio. A dor devia ser terrível, mas ele se obrigava a andar e a montar, assim como se obrigava a oferecer lealdade a Guthred.

Com relação a isso tinha pouca escolha. Ivarr agora liderava menos de cem homens, muitos deles feridos, e não era mais o grande senhor guerreiro de antes, por isso ele e o filho se ajoelharam diante de Guthred, juntaram as mãos e juraram lealdade. O filho, Ivar, de 16 anos, parecia-se com o pai e o avô, magro e perigoso. Eu desconfiava dos dois, mas Guthred não queria me ouvir. Dizia que era certo um rei ser generoso, e ao demonstrar misericórdia para com Ivarr acreditava estar ligando o sujeito a ele para sempre.

— É o que Alfredo teria feito — disse-me.

— Alfredo teria feito o filho refém e mandado o pai embora.

— Ele fez um juramento — insistiu Guthred.

— Ele vai juntar novos homens — alertei.

— Bom! — Guthred me ofereceu seu riso contagioso. — Precisamos de homens que saibam lutar.

O rei escravo

— Ele próprio vai querer que o filho seja rei.

— Ele não queria ser rei, então por que iria querer isso para o filho? Você vê inimigos em toda parte, Uhtred. O jovem Ivar é um sujeito bem-apessoado, não acha?

— Ele parece um rato prestes a morrer de fome.

— Tem a idade certa para Gisela! A cara de cavalo e o rato, hein? — disse ele rindo para mim, e senti vontade de arrancar o riso de sua cara com o punho. — É uma ideia, não é? Está na hora de ela se casar, e isso ligaria Ivarr a mim.

— Por que não me ligar ao senhor? — perguntei.

— Você e eu já somos amigos — disse ele, ainda rindo —, e agradeço a Deus por isso.

Marchamos para o norte quando Ivarr ficou suficientemente recuperado. Ivarr tinha certeza de que outros de seus homens haviam sobrevivido à chacina dos escoceses, e assim os irmãos Jænbert e Ida cavalgaram adiante com uma escolta de cinquenta homens. Os dois monges, segundo me garantiu Guthred, conheciam a região perto do rio Tuede e poderiam guiar os que procuravam os homens perdidos de Ivarr.

Guthred cavalgou ao lado de Ivarr durante boa parte da viagem. Havia se sentido lisonjeado com o juramento de Ivarr, que atribuiu à magia cristã, e quando Ivarr ficou para trás para cavalgar com seus próprios homens, Guthred chamou o padre Hrothweard e interrogou o padre de barbas revoltas sobre Cuthbert, Oswald e a Trindade. Guthred queria saber como fazer a magia sozinho e ficou frustrado com as explicações de Hrothweard.

— O filho não é o pai — tentou Hrothweard de novo — e o pai não é o espírito, e o espírito não é o filho, mas pai, filho e espírito são um só, indivisíveis e eternos.

— Então são três deuses? — perguntou Guthred.

— Um deus! — respondeu Hrothweard furioso.

— Você entende isso, Uhtred? — gritou Guthred para mim.

— Nunca entendi, senhor. Para mim é tudo absurdo.

— Não é absurdo! — sibilou Hrothweard para mim. — Pense nisso como a folha do trevo, senhor — disse ele a Guthred —, três folhas separadas, mas apenas uma planta.

— É um mistério, senhor — interveio Hild.

— Mistério?

— Deus é misterioso, senhor — disse ela, ignorando o olhar malévolo de Hrothweard —, e em seu mistério podemos descobrir maravilhas. O senhor não precisa entender, apenas ficar atônito.

Guthred girou na sela para encarar Hild.

— Então, você será dama de companhia de minha esposa? — perguntou animado.

— Case-se com ela primeiro, senhor — disse Hild. — Então decidirei.

Ele riu e se virou

— Achei que você havia decidido voltar a um convento — falei baixinho.

— Gisela contou?

— Contou.

— Estou procurando um sinal de Deus — disse Hild.

— A queda de Dunholm?

Ela franziu a testa.

— Talvez. É um lugar maligno. Se Guthred tomá-lo sob o estandarte de São Cuthbert, isso demonstrará o poder de Deus. Talvez seja o sinal que desejo.

— Parece que você já tem o seu sinal.

Ela afastou sua égua de Witnere, que estava olhando-a com maldade.

— O padre Willibald queria que eu voltasse a Wessex com ele, mas recusei. Disse que se eu me retirar do mundo outra vez, primeiro quero saber o que o mundo é. — Ela seguiu alguns passos em silêncio, depois falou muito baixinho. — Eu gostaria de ter filhos.

— Você pode ter filhos.

Ela balançou a cabeça, descartando.

— Não, não é meu destino. — E me olhou. — Sabe que Guthred quer casar Gisela com o filho de Ivarr?

Fiquei espantado com a pergunta súbita.

— Sei que ele está pensando nisso — respondi cautelosamente.

— Ivarr concordou. Ontem à noite.

Meu coração se encolheu, mas tentei não demonstrar.

O rei escravo

— Como você sabe?

— Gisela me disse. Mas há um dote a ser pago.

— Sempre há um dote — falei asperamente.

— Ivarr quer Dunholm.

Demorei um instante para entender, então enxerguei toda a monstruosa barganha. Ivarr havia perdido a maior parte de seu poder quando seu exército foi massacrado por Aed, mas se recebesse Dunholm e as terras de Dunholm, seria forte de novo. Os homens que agora seguiam Kjartan iriam se tornar seus homens e, num golpe, Ivarr recuperaria a força.

— E Guthred aceitou?

— Ainda não.

— Ele não pode ser tão estúpido — falei com raiva.

— A estupidez dos homens não tem fim — disse Hild em tom cortante. — Mas lembra-se, antes de sairmos de Wessex, como você disse que a Nortúmbria era cheia de inimigos?

— Lembro.

— Acho que está mais cheia do que você percebe, portanto vou ficar até saber que você vai sobreviver. — Ela estendeu a mão e tocou meu braço. — Algumas vezes acho que sou a única amiga que você tem aqui. Então deixeme ficar até saber que você está seguro.

Sorri para ela e toquei o punho de Bafo de Serpente.

— Estou em segurança — respondi.

— Sua arrogância torna as pessoas cegas à sua gentileza. — Ela disse isso reprovando, depois olhou para a estrada adiante. — Então, o que vai fazer?

— Terminar minha rixa de sangue. Por isso estou aqui. — E era verdade. Por isso cavalgava para o norte, para matar Kjartan e libertar Thyra, mas, se alcançasse essas coisas, Dunholm pertenceria a Ivarr e Gisela pertenceria ao filho de Ivarr. Sentia-me traído, mas em verdade não havia traição, porque Gisela nunca me fora prometida. Guthred estava livre para casá-la com quem quisesse. — Ou talvez nós devêssemos simplesmente ir embora — falei com amargura.

— Para onde?

— Qualquer lugar.

Hild sorriu.

— De volta a Wessex?

— Não!

— Então para onde?

Lugar nenhum. Eu havia saído de Wessex e não voltaria a não ser para pegar meu tesouro quando tivesse um local seguro aonde trazê-lo. O destino me tinha em suas garras e o destino me dera inimigos. Em toda parte.

Atravessamos o vau do rio Wiire bem a oeste de Dunholm, depois fizemos o exército marchar até um local que os moradores chamavam de Cuncacester, perto da estrada romana oito quilômetros ao norte de Dunholm. Os romanos haviam construído um forte em Cuncacester, e as muralhas continuavam lá, porém agora eram pouco mais do que barrancos desgastados em campos verdes. Guthred anunciou que o exército ficaria perto da fortaleza decrépita, e eu disse que o exército deveria continuar marchando para o sul até chegar a Dunholm, e tivemos nossa primeira discussão, porque ele não quis mudar de ideia.

— Qual é o propósito, senhor — perguntei —, de manter um exército a duas horas de marcha do inimigo?

— Eadred diz que devemos parar aqui.

— O abade Eadred? Ele sabe tomar fortalezas?

— Ele teve um sonho.

— Um sonho?

— São Cuthbert quer o templo aqui — disse Guthred. — Bem aqui — ele apontou para uma pequena colina onde o santo no caixão estava rodeado por monges que rezavam.

Não fazia sentido para mim. O lugar não tinha qualquer característica especial, a não ser os restos da fortaleza. Havia morros, campos, umas duas fazendas e um pequeno rio. No todo, era um local bem agradável, mas eu não fazia ideia do motivo para ser o lugar certo para o templo do santo.

— Nosso serviço, senhor, é capturar Dunholm — disse eu. — Não faremos isso construindo um templo aqui.

133

O rei escravo

— Mas os sonhos de Eadred sempre estiveram certos — disse Guthred sério. — E São Cuthbert nunca me falhou.

Discuti e perdi. Até Ivarr me apoiou, dizendo a Guthred que tínhamos de levar o exército mais para perto de Dunholm, mas o sonho do abade Eadred significou que acampamos em Cuncacester e os monges começaram imediatamente a trabalhar em sua igreja. O topo da colina foi aplainado, árvores foram derrubadas e o abade Eadred fincou estacas para mostrar onde as paredes deveriam subir. Queria pedra nos alicerces, e isso significava procurar uma pedreira, ou, melhor ainda, uma antiga construção romana que pudesse ser derrubada, mas teria de ser uma construção grande, porque a igreja que ele planejava era maior do que os castelos da maioria dos reis.

E no dia seguinte, um dia de fim de verão, sob nuvens altas espalhadas, cavalgamos para o sul até Dunholm. Cavalgamos para confrontar Kjartan e explorar a fortaleza.

Cento e vinte homens fizeram a curta jornada. Ivarr e seu filho flanqueavam Guthred. Ulf e eu íamos atrás, e só os religiosos ficaram em Cuncacester. Éramos dinamarqueses e saxões, guerreiros de espadas e guerreiros de lanças, e seguíamos sob o novo estandarte de Guthred, que mostrava São Cuthbert com uma das mãos erguida abençoando e a outra segurando o evangelho de Lindisfarena cravejado de joias. Não era um estandarte inspirador, pelo menos para mim, e desejei ter pensado em pedir a Hild que me fizesse um, mostrando a cabeça de lobo de Bebbanburg. O *earl* Ulf tinha seu estandarte da cabeça de águia, Guthred tinha sua bandeira e Ivarr cavalgava sob um estandarte meio rasgado, mostrando dois corvos, que de algum modo ele havia resgatado de sua derrota na Escócia, mas eu seguia sem nenhum estandarte.

O *earl* Ulf xingou quando avistamos Dunholm porque era a primeira vez que ele via a força daquela alta rocha cercada por uma curva do rio Wiire. A rocha não era escarpada, porque bétulas e sicômoros cresciam densos nas encostas íngremes, mas o cume fora limpo e podíamos ver uma forte paliçada de madeira protegendo a parte mais alta, onde três ou quatro castelos haviam sido construídos. A entrada do forte era uma alta guarita, coberta por uma plataforma em que adejava um estandarte triangular. A bandeira mostrava um navio com cabeça de serpente, lembrando que Kjartan já fora comandante naval, e embaixo da bandeira havia homens com lanças, e penduradas na paliçada estavam fileiras de escudos.

Ulf olhou para a fortaleza. Guthred e Ivarr se juntaram a ele e nenhum de nós falou, porque não havia o que dizer. O lugar parecia inexpugnável. Parecia terrível. Havia um caminho subindo até a fortaleza, mas era íngreme e estreito, e muito poucos homens seriam necessários para sustentar aquela trilha que serpenteava através de tocos de árvores e pedregulhos para chegar ao portão alto. Poderíamos jogar todo o nosso exército por aquele caminho, mas em alguns locais ele era tão apertado que vinte homens poderiam conter esse exército, e durante o tempo todo lanças e pedras choveriam na nossa cabeça. Guthred, que claramente acreditava que Dunholm não poderia ser tomada, lançou-me um olhar mudo, implorando.

— Sihtric! — chamei, e o garoto veio correndo até o meu lado. — Aquela paliçada rodeia todo o cume?

— Sim, senhor — disse ele, depois hesitou —, menos...

— Menos onde?

— Há um lugar pequeno no lado sul, senhor, onde há um penhasco. Lá não tem muralha. É onde eles jogam a merda.

— Um penhasco? — perguntei, e ele fez um gesto com a mão direita para mostrar que era uma laje de rocha escarpada. — O penhasco pode ser escalado?

— Não, senhor.

— E água? Há um poço?

— Dois poços, senhor, os dois do lado de fora da paliçada. Há um no lado oeste, que eles não usam muito, e o outro fica do lado leste. Mas esse fica no alto da encosta onde as árvores crescem.

— Fica fora da paliçada?

— Fica fora, senhor, mas tem uma paliçada própria.

Joguei-lhe uma moeda como recompensa, ainda que suas respostas não tivessem me animado. Eu havia pensado que se os homens de Kjartan usassem a água do rio, então poderíamos postar arqueiros para impedi-los, mas nenhum arqueiro poderia atravessar árvores e uma paliçada para impedi-los de chegar ao poço.

O rei escravo

— Então o que faremos? — perguntou Guthred, e uma irritação súbita me tentou a perguntar por que ele não consultava seus padres, que haviam insistido em fazer um acampamento a uma distância tão inconveniente. Consegui conter essa resposta.

— O senhor pode lhe oferecer termos, e quando ele recusar, o senhor terá de fazê-lo passar fome.

— A colheita foi feita agora — observou Guthred.

— Então vai demorar um ano — retruquei. — Construa um muro no gargalo de terra. Prenda-o. Deixe-o ver que não iremos embora. Deixe-o ver que a fome vai chegar. Se o senhor construir o muro — falei, gostando da ideia —, não terá de deixar um exército aqui. Até sessenta homens bastariam.

— Sessenta?

— Sessenta homens poderiam defender um muro aqui — respondi. A grande massa de rocha onde estava Dunholm tinha a forma de uma pera, e a parte mais baixa e mais estreita era o gargalo de terra em que estávamos, olhando as altas paliçadas. O rio corria à direita, circulava o grande volume de pedra e reaparecia à nossa esquerda. No ponto em que estávamos, a distância entre as margens do rio era de pouco menos de trezentos passos. Demoraríamos uma semana para derrubar as árvores daqueles trezentos passos, e mais uma semana para cavar um fosso e levantar uma paliçada, e uma terceira semana para reforçar essa paliçada de modo que sessenta homens bastassem para defendê-la. O gargalo não era uma tira de terra plana, e sim um calombo de rocha irregular, de modo que a paliçada teria de subir sobre o gargalo. Sessenta homens jamais poderiam defender trezentos passos de muralha, mas boa parte do gargalo era intransponível por causa de afloramentos de pedra onde nenhum ataque poderia acontecer, de modo que na verdade os sessenta só precisariam defender a paliçada em três ou quatro lugares.

— Sessenta. — Ivarr estivera em silêncio, mas agora cuspiu essa palavra como um xingamento. — Vocês vão precisar de mais de sessenta. Os homens terão de ser substituídos à noite. Outros homens terão de pegar água, cuidar do gado e patrulhar a margem do rio. Sessenta homens podem segurar a muralha, mas vocês precisarão de mais duzentos para manter esses sessenta no lugar. — Ele me lançou um olhar de desprezo. Estava certo, claro. E se du-

Os senhores do norte

zentos a trezentos homens estivessem ocupados em Dunholm, eram duzentos a trezentos homens que não poderiam guardar Eoferwic, patrulhar as fronteiras ou cuidar das plantações.

— Mas uma paliçada aqui derrotaria Dunholm — disse Guthred.

— Derrotaria — concordou Ivarr, mas pareceu em dúvida.

— Então só preciso de homens, preciso de mais homens.

Guiei Witnere para o leste como se estivesse explorando o lugar em que a muralha poderia ser feita. Podia ver homens no alto portão de Dunholm nos vigiando.

— Talvez não demore um ano — gritei de volta a Guthred. — Venha olhar isto.

Ele instigou seu cavalo na minha direção e pensei que nunca o tinha visto tão desanimado. Até agora tudo viera facilmente para Guthred: o trono, Eoferwic e a vassalagem de Ivarr. Mas Dunholm era um grande bloco de força bruta e crua que desafiava seu otimismo.

— O que você está me mostrando? — perguntou ele, perplexo por eu tê-lo trazido para longe do caminho.

Olhei para trás, certificando-me de que Ivarr e seu filho estivessem longe o bastante para não conseguirem ouvir, depois apontei para o rio como se discutisse as características do terreno.

— Podemos capturar Dunholm — falei baixinho a Guthred —, mas não vou ajudá-lo se for entregar o local como recompensa a Ivarr. — Ele se eriçou diante disso, depois vi um brilho de malícia em seu rosto e soube que ele se sentia tentado a negar que ao menos houvesse considerado entregar Dunholm a Ivarr. — Ivarr está fraco — disse eu —, e enquanto estiver fraco, será seu amigo. Se o senhor reforçá-lo, criará um inimigo.

— De que adianta um amigo fraco?

— Mais do que um inimigo forte, senhor.

— Ivarr não quer ser rei, então por que seria meu inimigo?

— O que Ivarr deseja é controlar o rei como um cachorrinho na coleira. É isso que o senhor quer? Ser o cachorrinho de Ivarr?

Ele olhou para o portão alto.

— Alguém tem de ficar com Dunholm — disse ele debilmente.

O rei escravo

— Então dê a mim, porque sou seu amigo. Duvida disso?

— Não, Uhtred, não duvido. — Ele estendeu a mão e tocou meu cotovelo. Ivarr estava nos espiando com seus olhos de serpente. — Não fiz promessas — continuou Guthred, mas pareceu perturbado ao dizer isso. Depois forçou um sorriso. — Você consegue capturar esse lugar?

— Acho que podemos tirar Kjartan daí, senhor.

— Como?

— Esta noite farei uma feitiçaria, senhor, e amanhã o senhor falará com ele. Diga que, se ele ficar aqui, o senhor irá destruí-lo. Diga que começará incendiando suas propriedades externas e seus currais de escravos em Gyruum. Prometa que irá empobrecê-lo. Faça Kjartan entender que nada além de morte, fogo e miséria o esperam enquanto ele estiver aqui. Depois ofereça uma saída. Deixe-o ir para o outro lado do mar. — Não era isso que eu queria; queria Kjartan, o Cruel, retorcendo-se sob Bafo de Serpente, mas minha vingança não era tão importante quanto tirar Kjartan de Dunholm.

— Então faça sua feitiçaria — disse Guthred.

— E se ela funcionar, senhor, promete que não dará esse local a Ivarr? Ele hesitou, depois estendeu a mão.

— Se funcionar, meu amigo, prometo que irei dá-la a você.

— Obrigado, senhor — disse eu, e Guthred me recompensou com seu sorriso contagioso.

Os homens de Kjartan, que estavam vigiando, devem ter ficado perplexos quando fomos embora no fim da tarde. Não fomos longe, fizemos acampamento numa colina ao norte da fortaleza e acendemos fogueiras para que Kjartan soubesse que ainda estávamos perto. Então, no escuro, cavalguei de volta a Dunholm com Sihtric. Fui fazer minha feitiçaria, apavorar Kjartan, e para isso precisava ser um *sceadungengan*, um caminhante das sombras. O *sceadungengan* anda à noite, quando os homens honestos temem deixar suas casas. À noite é quando o que é estranho se esgueira no mundo, quando alteradores de forma, fantasmas, homens selvagens, elfos e feras percorrem a terra.

Mas sempre havia me sentido confortável com a noite. Desde criança eu havia treinado a caminhada nas sombras até me tornar uma das criaturas que os homens temem, e naquela noite levei Sihtric pelo caminho em dire-

138

Os senhores do norte

ção ao alto portão de Dunholm. Sihtric puxava nossos cavalos, que, como ele, estavam amedrontados. Eu tinha dificuldade para ficar na trilha porque a lua estava escondida por nuvens recém-chegadas, por isso tateava o caminho, usando Bafo de Serpente como bengala para encontrar arbustos e pedras. Seguíamos devagar, com Sihtric segurando minha capa para não se perder. A caminhada ficava mais fácil à medida que íamos mais alto, porque havia fogueiras dentro da fortaleza e o brilho das chamas acima da paliçada servia como farol. Dava para ver as silhuetas das sentinelas no portão alto, mas elas não podiam nos ver enquanto chegávamos a um trecho de terra quase plana onde o caminho descia pouco mais de um metro antes de subir o último e longo trecho até o portão. Toda a encosta entre o breve trecho quase plano e a paliçada havia sido limpa de árvores, de modo que nenhum inimigo pudesse se esgueirar até as defesas sem ser visto e tentar um ataque súbito.

— Fique aqui — ordenei a Sihtric. Precisava do garoto para vigiar os cavalos e carregar meu escudo, o elmo e o saco de cabeças cortadas que agora peguei com ele. Mandei-o ficar atrás das árvores e esperar ali.

Coloquei as cabeças no caminho: a mais perto, a menos de cinquenta passos do portão; a última, bem próxima das árvores que cresciam junto à parte plana da trilha. Podia sentir vermes se retorcendo sob minhas mãos enquanto tirava as cabeças do saco. Fiz os olhos mortos espiarem na direção da fortaleza, posicionando pelo tato os crânios apodrecidos, de modo que minhas mãos estavam gosmentas quando finalmente acabei. Ninguém me ouviu, ninguém me viu. A escuridão me envolvia, o vento suspirava no morro e o rio corria barulhento nas rochas abaixo. Encontrei Sihtric, que estava tremendo, e ele me deu a echarpe preta que enrolei no rosto, dando um nó na nuca, então forcei o elmo por cima do pano e peguei o escudo. Depois esperei.

A luz vem lentamente num alvorecer nublado. Primeiro há apenas um tremor de cinza que toca a borda leste do céu, e por um tempo não há luz nem escuridão, nem qualquer sombra, só o cinza frio preenchendo o mundo enquanto os morcegos, voadores das sombras, retornam para casa. As árvores ficam pretas enquanto o céu empalidece o horizonte, e então a primeira luz do sol roça o mundo com cor. Pássaros cantavam. Não tantos quanto na primavera ou no início do verão, mas eu podia ouvir garriças, felosas e tordos saudando a chegada do dia, e abaixo de mim, nas árvores, um pica-pau batucava num tronco. Agora as árvores pretas eram de um verde-escuro e dava para ver as frutinhas de um vermelho-vivo num arbusto de sorveira-brava não muito longe. E foi então que os guardas viram as cabeças. Ouvi-os gritar, vi mais homens chegando à paliçada, e esperei. O estandarte estava erguido acima do portão alto, e mais homens ainda chegaram ao muro. Então o portão se abriu e dois homens se esgueiraram para fora. O portão fechou-se atrás deles e ouvi um som oco quando a grande barra que servia como tranca se encaixou no lugar. Os dois homens pareciam hesitantes. Eu estava escondido nas árvores, com Bafo de Serpente desembainhada, as placas faciais do elmo abertas para que o pano preto preenchesse o espaço entre as bordas. Usava uma capa preta sobre a cota de malha que Hild havia feito brilhar esfregando areia do rio. Usava altas botas pretas. Eu era de novo o guerreiro morto e fiquei olhando os dois homens virem cautelosamente pelo caminho em direção à fileira de cabeças. Chegaram à primeira cabeça manchada de sangue e um deles gritou para a fortaleza, dizendo que era de um dos homens de Tekil. Depois perguntou o que deveria fazer.

Kjartan respondeu. Tive certeza de que era ele, embora não pudesse ver seu rosto, mas sua voz era um rugido.

— Chutem-nas para longe! — gritou ele, e os dois homens obedeceram, chutando as cabeças para fora do caminho, de modo que elas rolaram pelo comprido trecho de capim onde as árvores haviam sido derrubadas.

Chegaram mais perto até que restava apenas uma das sete cabeças e, no momento em que a alcançaram, saí das árvores.

Eles viram um guerreiro com rosto de sombra, brilhante e alto, com espada e escudo na mão. Viram o guerreiro morto, e simplesmente fiquei ali parado, a dez passos deles, não me mexi nem falei. Eles me espiaram e um fez um som que parecia um gatinho miando. Depois, sem uma palavra, fugiram.

Fiquei ali parado enquanto o sol subia. Kjartan e seus homens me olhavam. Àquela luz matinal eu era a morte de face negra com armadura luminosa, a morte com um capacete brilhante, e então, antes que decidisse mandar os cães para descobrir se eu não era um espectro, e sim feito de carne e sangue, virei-me de novo para as sombras e me juntei a Sihtric.

Os senhores do norte

Eu havia feito o máximo para aterrorizar Kjartan. Agora Guthred precisava convencê-lo a se render. E então — eu ousava ter esperanças — a grande fortaleza na rocha iria se tornar minha. E Gisela também, e eu ousava esperar essas coisas porque Guthred era meu amigo. Eu via meu futuro tão dourado quanto o de Guthred. Via a rixa de sangue vencida, via meus homens atacando a terra de Bebbanburg para enfraquecer meu tio e via Ragnar retornando à Nortúmbria para lutar ao meu lado. Resumindo: esqueci os deuses e teci meu próprio destino luminoso, enquanto na raiz da vida as três fiandeiras gargalhavam.

Trinta cavaleiros voltaram a Dunholm no meio da manhã. Clapa seguia à nossa frente com um galho cheio de folhas para mostrar que íamos em paz. Todos usávamos cota de malha, mas eu havia deixado meu elmo bom com Sihtric. Tinha pensado em me vestir como o guerreiro morto, mas ele fizera sua feitiçaria e agora descobriríamos se ela havia funcionado.

Chegamos ao local em que eu vira os dois homens chutando as sete cabeças para fora do caminho e ali esperamos. Clapa balançou o galho energicamente e Guthred se remexeu enquanto olhava o portão.

— Quanto tempo vamos demorar para chegar a Gyruum amanhã? — perguntou ele.

— Gyruum? — perguntei.

— Pensei em irmos até lá amanhã e queimar os currais dos escravos. Podemos levar falcões. Caçar.

— Se partirmos ao amanhecer — respondeu Ivarr —, chegaremos ao meio-dia.

Olhei para o oeste, onde havia nuvens escuras e agourentas.

— Vai chegar tempo ruim — falei.

Ivarr esmagou uma mutuca no pescoço de seu garanhão, depois franziu a testa para o portão alto.

— O desgraçado não quer falar conosco.

— Eu gostaria de ir amanhã — disse Guthred em tom afável.

— Não há nada lá — respondi.

— Os currais de escravos de Kjartan estão lá — disse Guthred —, e você disse que tínhamos de destruí-los. Além disso, quero ver o velho mosteiro. Ouvi dizer que era uma construção grandiosa.

— Então vá quando o tempo ruim tiver passado — sugeri.

Guthred não disse nada porque, em resposta ao galho que Clapa balançava, uma trompa havia soado de repente no portão alto. Ficamos em silêncio enquanto o portão era aberto e uns vinte homens cavalgaram na nossa direção.

Kjartan os liderava, montado num alto cavalo malhado. Era um homem grande, de cara larga, com barba enorme e pequenos olhos cheios de suspeita e carregava um grande machado de guerra como se não pesasse nada. Usava um elmo no qual um par de asas de corvo havia sido preso e tinha uma capa branca e suja pendurada nos ombros largos. Parou a alguns passos de distância e por um tempo não disse nada, apenas nos encarou. Tentei encontrar algum medo em seus olhos, porém ele só parecia beligerante, mas quando rompeu o silêncio sua voz era contida.

— Senhor Ivarr — disse ele —, lamento que não tenha matado Aed.

— Eu sobrevivi — respondeu Ivarr secamente.

— Fico feliz com isso — disse Kjartan, depois me lançou um olhar longo. Eu estava de pé, separado dos outros, de um dos lados do caminho e ligeiramente acima deles, onde a trilha se juntava a um calombo coberto de árvores antes de descer até o gargalo de terra. Kjartan deve ter me reconhecido, sabido que eu era o filho adotado de Ragnar, que havia custado um olho de seu filho, mas decidiu não me dar atenção, olhando para Ivarr outra vez.

— O que você precisava para derrotar Aed era de um feiticeiro.

— Um feiticeiro? — Ivarr pareceu achar engraçado.

— Aed teme a magia antiga — disse Kjartan. — Jamais lutaria contra um homem que pudesse usar feitiçaria para arrancar cabeças.

Ivarr não disse nada. Em vez disso, simplesmente se virou e me encarou, e assim traiu o guerreiro morto e garantiu a Kjartan que ele não enfrentava feitiçaria, e sim um velho inimigo, e vi o alívio no rosto dele. De repente ele gargalhou, um breve latido de escárnio, mas continuou me ignorando. Ele se virou para Guthred.

— Quem é você? — perguntou.

— Sou seu rei — respondeu Guthred.

Kjartan gargalhou de novo. Agora estava relaxado, certo de que não enfrentava magia negra.

— Isto é Dunholm, cachorrinho, e não temos rei.

— Mas aqui estou — disse Guthred, sem se abalar com o insulto —, e aqui fico até que seus ossos tenham ficado brancos ao sol de Dunholm.

Kjartan achou isso divertido.

— Acha que pode me fazer passar fome? Você e seus padres? Acha que vou morrer de fome porque você está aqui? Escute, cachorrinho. Há peixe no rio, pássaros no céu e Dunholm não passará fome. Pode esperar aqui até que o caos envolva o mundo e estarei mais bem-alimentado do que você. Por que não lhe diz isso, senhor Ivarr? — Ivarr simplesmente deu de ombros como se as ambições de Guthred não fossem da sua conta. — Então — Kjartan pousou o machado no ombro como a sugerir que ele não seria necessário —, o que veio me oferecer, cachorrinho?

— Pode levar seus homens a Gyruum — disse Guthred —, e forneceremos navios para irem embora. Seu povo pode ir com você, menos os que desejarem ficar na Nortúmbria.

— Está brincando de rei, garoto — disse Kjartan, depois olhou de novo para Ivarr. — E você se aliou a ele?

— Eu me aliei a ele — respondeu Ivarr sem emoção na voz.

Kjartan olhou de novo para Guthred.

— Gosto deste lugar, cachorrinho. Gosto de Dunholm. Não peço nada além de ser deixado em paz. Não quero seu trono, não quero sua terra, mas talvez possa querer sua mulher, se você tiver uma e se ela for bonita. Portanto, vou lhe fazer uma oferta. Deixe-me em paz e esquecerei que você existe.

— Você perturba minha paz — disse Guthred.

— Vou cagar na sua paz, cachorrinho, se você não sair daqui — rosnou Kjartan, e havia em sua voz uma força que espantou Guthred.

— Então recusa minha oferta? — perguntou Guthred. Havia perdido o confronto e sabia disso.

Kjartan balançou a cabeça como se achasse o mundo um lugar mais triste do que esperava.

— Você chama isso de rei? — perguntou a Ivarr. — Se precisa de um rei, encontre um homem.

— Ouvi dizer que este rei foi homem suficiente para mijar em cima do seu filho — falei pela primeira vez. — E vi Sven se arrastar chorando. Você gerou um covarde, Kjartan.

Kjartan apontou o machado para mim.

— Tenho negócios com você, mas esse dia chegará. — Em seguida, cuspiu na minha direção, depois virou a cabeça do cavalo e o esporeou de volta para o portão alto, sem dizer outra palavra. Seus homens foram atrás.

Guthred olhou-o ir. Encarei Ivarr, que deliberadamente havia traído a feitiçaria, e achei que ele ficara sabendo que eu receberia Dunholm se o local caísse, por isso se certificou de que não caísse. Ele me olhou, disse algo ao filho e os dois gargalharam.

— Em dois dias — disse-me Guthred —, comece a trabalhar no muro. Vou lhe dar duzentos homens para fazê-lo.

— Por que não começar amanhã? — perguntei.

— Porque vamos a Gyruum, por isso. Vamos caçar!

Dei de ombros. Os reis têm venetas, e esse rei queria caçar.

Voltamos a Cuncacester, onde descobrimos que Jænberht e Ida, os dois monges, haviam retornado da busca por mais sobreviventes de Ivarr.

— Encontraram alguém? — perguntei enquanto apeávamos.

Jænberht apenas me encarou, como se a pergunta o confundisse, depois Ida balançou a cabeça depressa.

— Não encontramos ninguém — disse ele.

— Então perderam tempo.

Jænberht sorriu disso, ou talvez fosse apenas sua boca torta que me fez pensar que ele tinha dado um risinho, então os dois homens foram convocados a contar a Guthred sua viagem. Fui até Hild e perguntei se os cristãos rogavam pragas, e se eles faziam isso, ela deveria rogar um monte de pragas contra Ivarr.

— Ponha o seu demônio em cima dele — falei.

Naquela noite Guthred tentou restaurar nosso ânimo dando uma festa. Ele havia tomado uma fazenda no vale abaixo do morro em que o abade

144

Os senhores do norte

Eadred estava estabelecendo sua igreja e convidou todos os homens que haviam confrontado Kjartan naquela manhã, serviu carneiro cozido e truta fresca, cerveja e pão bom. Depois um harpista tocou, e então contei a história de quando Alfredo entrou em Cippanhamm disfarçado de harpista. Fiz com que rissem quando descrevi como um dinamarquês havia batido nele porque era um músico tão ruim.

O abade Eadred era outro dos convidados e, quando Ivarr saiu, ofereceu-se para conduzir as orações da noite. Os cristãos se reuniram num dos lados da fogueira, e com isso Gisela ficou perto de mim junto à porta da fazenda. Ela usava uma bolsa de pele de cordeiro presa no cinto e, enquanto Eadred entoava suas palavras, abriu a bolsa e tirou um embrulho de varetas de runas presas com um fio de lã. As varetas eram finas e brancas. Ela me olhou como a perguntar se deveria lançá-las, e eu assenti. Gisela segurou-as acima do chão, fechou os olhos e soltou-as.

As varetas caíram na desarrumação de sempre. Gisela se ajoelhou ao lado, o rosto com sombras fortes das chamas agonizantes da fogueira. Olhou por longo tempo para as varetas amontoadas, e por uma ou duas vezes ergueu a cabeça para mim, e então, subitamente, começou a chorar. Toquei seu ombro.

— O que foi? — perguntei.

Então ela gritou. Levantou a cabeça para os caibros enfumaçados e gemeu.

— Não! — gritou, fazendo Eadred silenciar assustado. — Não! — Hild veio correndo ao redor do fogo e passou um dos braços em volta da garota em lágrimas, mas Gisela se livrou e se curvou de novo sobre as varetas de runas.

— Não! — gritou pela terceira vez.

— Gisela! — seu irmão se agachou ao lado. — Gisela!

Ela se virou e deu-lhe um tapa, um tapa forte no rosto, então começou a ofegar como se não conseguisse ar suficiente para viver, e Guthred, com a bochecha vermelha, catou as varetas.

— Isso é uma feitiçaria pagã, senhor — disse Eadred —, são abominações.

— Leve-a para longe — disse Guthred a Hild —, leve-a para sua cabana — e Hild empurrou Gisela para longe, ajudada por duas serviçais que haviam sido atraídas pelos gritos.

145

O rei escravo

— O demônio a está punindo pela feitiçaria — insistiu Eadred.

— O que ela viu? — perguntou Guthred.

— Ela não disse.

Guthred continuou me olhando e por um instante pensei que havia lágrimas em seus olhos, então ele se virou abruptamente e jogou as varetas de runas no fogo. Elas estalaram ferozmente, e uma chama alta saltou na direção do telhado, depois se transformaram em fiapos enegrecidos.

— O que você prefere? — perguntou Guthred. — Falcão ou gavião? — Encarei-o perplexo. — Quando caçarmos amanhã — explicou ele —, o que você prefere?

— Falcão.

— Então amanhã você pode caçar com Ligeiro — disse ele, citando um de seus pássaros.

— Gisela está doente — disse-me Hild mais tarde naquela noite. — Está com febre. Não deveria ter comido carne.

Na manhã seguinte comprei um jogo de varetas de runas com um dos homens de Ulf. Eram pretas, mais compridas do que as brancas que haviam sido queimadas, e paguei caro por elas. Levei-as à cabana de Gisela, mas uma de suas damas disse que ela estava com doença de mulher e que não poderia me receber. Deixei as varetas para ela. As varetas contavam o futuro e eu teria feito melhor, muito melhor, se eu mesmo as jogasse. Em vez disso, fui caçar.

Era um dia quente. Ainda havia nuvens escuras amontoadas a oeste, mas pareciam não estar mais próximas, e o sol queimava inclemente, de modo que apenas os vinte soldados que nos vigiavam estavam usando malha. Não esperávamos encontrar inimigos. Guthred nos guiava, Ivarr e seu filho cavalgavam e Ulf nos acompanhava, assim como os dois monges, Jænberht e Ida, que foram rezar pelos monges que um dia haviam sido massacrados em Gyruum. Não contei a eles que eu estivera presente no massacre e que este fora obra de Ragnar, o Velho. Ele tinha motivos. Os monges haviam assassinado dinamarqueses e Ragnar os punira, mas hoje em dia sempre é contada a história de que os monges estavam rezando inocentes e morreram como mártires imaculados. Na verdade, eram assassinos maldosos de mulheres e crianças, mas que chance tem a verdade quando os padres contam histórias?

Naquele dia Guthred estava numa felicidade febril. Falava incessantemente, ria de suas próprias piadas e até tentou provocar um sorriso no rosto de caveira de Ivarr. Este falava pouco, além de dar conselhos sobre falcoaria ao filho. Guthred havia me dado seu falcão, mas a princípio cavalgávamos por terreno coberto de árvores, onde os falcões não podem caçar, por isso seu açor tinha vantagem e derrubou duas gralhas entre os ramos. Ele gritava a cada matança. Só quando chegamos a um terreno aberto junto ao rio meu falcão pôde voar alto e mergulhar depressa para atacar um pato, mas o falcão errou e o pato voou para a segurança de um bosque de amieiros.

— Não é seu dia de sorte — disse Guthred.

— Talvez todos fiquemos sem sorte logo — respondi, e apontei para oeste, onde as nuvens estavam se juntando. — Vai haver uma tempestade.

— Talvez esta noite — disse ele sem dar importância —, mas só depois de escurecer. — Ele tinha dado seu açor a um serviçal e eu entreguei o falcão a outro. Agora o rio corria à esquerda e as incendiadas construções de pedra do mosteiro de Gyruum ficavam adiante, junto à margem, onde o terreno se erguia acima dos longos pântanos salgados. A maré estava baixa e as armadilhas de peixes, feitas de vime, estendiam-se até o rio que encontrava o mar a pouca distância no leste.

— Gisela está com febre — disse-me Guthred.

— Ouvi dizer.

— Eadred disse que vai tocá-la com o pano que cobre o rosto de Cuthbert. Diz que isso vai curá-la.

— Espero que cure — respondi em dúvida. À nossa frente Ivarr e seu filho cavalgavam com uma dúzia de seus seguidores usando cotas de malha. Caso se virassem agora, pensei, poderiam nos trucidar, Guthred e eu, por isso me inclinei e contive seu cavalo de modo que Ulf e seus homens pudessem nos alcançar.

Guthred deixou que eu fizesse isso, mas achou divertido.

— Ele não é inimigo, Uhtred.

— Um dia o senhor terá de matá-lo. Nesse dia, senhor, estará em segurança.

147

O rei escravo

— Não estou em segurança agora?

— O senhor tem um exército pequeno, um exército sem treino, e Ivarr juntará homens de novo. Vai contratar dinamarqueses de espada, dinamarqueses de escudo e dinamarqueses de lança até ser de novo senhor da Nortúmbria. Está fraco agora, mas não será fraco para sempre. Por isso ele quer Dunholm, porque Dunholm o tornará forte de novo.

— Eu sei — respondeu Guthred com paciência. — Sei de tudo isso.

— E se casar Gisela com o filho de Ivarr, quantos homens isso trará para o senhor?

Ele me olhou incisivamente.

— Quantos homens você pode me trazer? — perguntou, mas não esperou minha resposta. Em vez disso, esporeou o cavalo e subiu rapidamente a encosta até o mosteiro arruinado que os homens de Kjartan haviam usado como castelo. Haviam feito um teto de palha entre as paredes de pedra, e embaixo havia um fogão e uma dúzia de plataformas para dormir. Os homens que tinham vivido ali deviam ter retornado a Dunholm antes mesmo de atravessarmos o rio indo para o norte, porque o castelo fora abandonado havia muito. O fogão estava frio. Para além da colina, no amplo vale entre o mosteiro e a antiga fortaleza romana em sua ponta de terra, havia currais de escravos que não passavam de tapumes de varas trançadas. Todos estavam abandonados. Algumas pessoas viviam na fortaleza antiga e cuidavam de uma armação de fogueira no alto, que deveriam acender caso viessem atacantes chegando pelo rio. Duvidei de que ela tivesse sido usada algum dia, porque nenhum dinamarquês atacaria a terra de Kjartan, mas havia um único navio sob o morro da fogueira, ancorado onde o rio Tine fazia a curva em direção ao mar.

— Veremos quais são os negócios deles — disse Guthred sério, como se estivesse irritado com a presença do navio, depois ordenou que sua guarda pessoal derrubasse as cabanas de varas e as queimasse juntamente com o teto de palha. — Queimem tudo! — ordenou. Ficou olhando o trabalho começar, depois riu para mim. — Vamos ver o que é aquele navio?

— É um mercante — respondi. Era um navio dinamarquês, porque nenhum outro tipo navegava pela costa, mas claramente não era navio de guerra, pois o casco era mais curto e a boca extrema era mais larga do que a de qualquer navio de guerra.

— Então vamos dizer que não há mais comércio para ele aqui — disse Guthred. — Pelo menos não de escravos.

Cavalgamos para o leste. Uma dúzia de homens foi conosco. Ulf era um, Ivarr e seu filho foram também, e arrastando-se atrás deles ia Jænberht, que ficava insistindo com Guthred para começar a reconstruir o mosteiro.

— Temos de terminar primeiro a igreja de São Cuthbert — disse Guthred a Jænberht.

— Mas a casa aqui tem de ser refeita — insistiu o monge —, é um lugar sagrado. O santíssimo e abençoado Bede viveu aqui.

— Será reconstruída — prometeu Guthred, depois conteve seu cavalo ao lado de uma cruz de pedra que fora derrubada do pedestal e agora estava meio enterrada no solo e meio coberta de capim e mato. Era uma bela peça de escultura, cheia de animais, plantas e santos. — Esta cruz ficará de pé outra vez — disse ele, e em seguida olhou ao redor a ampla curva do rio. — É um bom lugar.

— É mesmo — concordei.

— Se os monges voltarem, poderemos torná-lo próspero de novo. Peixe, sal, plantações, gado. E como Alfredo consegue dinheiro?

— Com impostos.

— Ele cobra impostos da igreja também?

— Ele não gosta de cobrar da igreja, mas cobra quando as coisas ficam difíceis. Afinal de contas, eles têm de pagar para ser protegidos.

— Ele cuida do próprio dinheiro?

— Sim, senhor.

Guthred riu.

— É complicado ser rei. Talvez eu devesse visitar Alfredo. Pedir conselho a ele.

— Ele gostaria disso.

— Ele me receberia bem? — Guthred pareceu cauteloso.

— Receberia.

— Mesmo eu sendo dinamarquês?

— Porque o senhor é cristão — respondi.

Ele pensou nisso, depois cavalgou até onde o caminho serpenteava através de um pântano e atravessou um riacho raso em que dois homens livres montavam armadilhas para enguias. Eles se ajoelharam quando passamos e Guthred lhes deu um sorriso que nenhum dos dois viu porque suas cabeças estavam abaixadas demais. Quatro homens vadeavam do navio atracado em direção à terra, e nenhum deles tinha arma. Assim supus que viessem meramente nos cumprimentar e garantir que não pretendiam qualquer mal.

— Diga — perguntou Guthred de súbito. — Alfredo é diferente porque é cristão?

— É — respondi.

— Em que sentido?

— Ele é decidido a ser bom, senhor.

— Nossa religião — disse ele, esquecendo momentaneamente que fora batizado — não faz isso, faz?

— Não?

— Odin e Tor querem que sejamos corajosos e querem que os respeitemos, mas não nos fazem bons.

— Não — concordei.

— Então o cristianismo é diferente — insistiu ele, depois conteve o cavalo onde o caminho terminava numa encosta baixa feita de areia e seixos. Os quatro homens esperavam a uns cem passos de distância, na extremidade dos seixos. — Dê-me sua espada — disse Guthred de repente.

— Minha espada?

Ele sorriu com paciência.

— Aqueles marinheiros não estão armados, Uhtred, e quero que você vá falar com eles, portanto me dê sua espada.

Eu só estava armado com Bafo de Serpente.

— Odeio ficar desarmado, senhor — respondi num leve protesto.

— É uma cortesia, Uhtred — insistiu Guthred, estendendo a mão.

Não me movi. Nenhuma cortesia de que eu já tivesse ouvido falar sugeria que um senhor deveria tirar a espada antes de falar com marinheiros comuns. Encarei Guthred e, atrás de mim, ouvi lâminas sibilando em bainhas.

150

Os senhores do norte

— Dê-me a espada e caminhe até os homens — disse Guthred. — Eu seguro seu cavalo.

Lembro-me de ter olhado ao redor examinando o pântano atrás e a crista de seixos à frente, e estava pensando que só precisaria bater as esporas e poderia galopar para longe, mas Guthred pegou minhas rédeas.

— Cumprimente-os por mim — disse ele, forçando a voz.

Eu ainda poderia ter galopado para longe, arrancando as rédeas da mão dele, mas então Ivarr e seu filho me cercaram. Ambos haviam desembainhado as espadas e o garanhão de Ivarr bloqueava Witnere, que tentou morder, irritado. Acalmei o cavalo.

— O que o senhor fez? — perguntei a Guthred.

Por um instante ele não falou. Na verdade, parecia incapaz de me olhar, mas então se obrigou a responder:

— Você me disse que Alfredo faria o necessário para preservar seu reino. É o que estou fazendo.

— E o que é isso?

Ele teve a gentileza de parecer sem graça.

— Ælfric de Bebbanburg trará tropas para ajudar a capturar Dunholm — disse Guthred. Simplesmente fiquei encarando-o. — Ele vem me fazer um juramento de lealdade.

— Eu lhe fiz esse juramento — respondi amargo.

— E eu prometi que iria livrá-lo do juramento — disse ele — e faço isso agora.

— Então está me entregando ao meu tio?

Ele balançou a cabeça.

— O preço do seu tio era a sua vida, mas eu recusei. Você vai embora, Uhtred. Só isso. Vai para longe. E em troca de seu exílio eu ganho um aliado com muitos guerreiros. Você estava certo. Preciso de guerreiros. Ælfric de Bebbanburg pode dá-los.

— E por que eu tenho de ir desarmado para o exílio? — perguntei, tocando o punho de Bafo de Serpente.

— Dê-me a espada — disse Guthred. Dois homens de Ivarr estavam atrás de mim, também com espadas desembainhadas.

— Por que tenho de ir desarmado? — perguntei de novo.

Guthred olhou para o navio, depois de novo para mim. Obrigou-se a dizer o que precisava ser dito.

— Você irá desarmado porque o que eu fui você deve ser. Esse é o preço de Dunholm.

Por um instante não pude respirar nem falar e demorei um momento a me convencer de que ele estava falando sério.

— Está me vendendo como escravo?

— Pelo contrário, paguei para que você fosse escravizado. Então vá com Deus, Uhtred.

Nesse momento odiei Guthred, ainda que uma pequena parte minha reconhecesse que ele estava sendo implacável e que isso fazia parte de ser rei. Eu poderia lhe dar duas espadas, nada mais, porém meu tio Ælfric poderia lhe trazer trezentas espadas e lanças, e Guthred fizera sua escolha. Acho que era a escolha certa e fui idiota em não vê-la chegando.

— Vá — disse Guthred mais asperamente.

Jurei vingança, bati os calcanhares e Witnere saltou adiante, mas foi imediatamente desequilibrado pelo cavalo de Ivarr, de modo que tropeçou nas patas dianteiras e eu fui jogado sobre o pescoço dele.

— Não o mate! — gritou Guthred, e o filho de Ivarr bateu com a parte chata da espada na minha cabeça, e eu caí. Quando fiquei de pé outra vez, Witnere estava sendo segurado por Ivarr e os homens de Ivarr se encontravam acima de mim com as lâminas das espadas no meu pescoço.

Guthred não havia se mexido. Simplesmente me olhava, mas atrás dele, com um sorriso no rosto torto, estava Jænbehrt, e então entendi.

— Aquele desgraçado arrumou isto? — perguntei a Guthred.

— O irmão Jænbehrt e o irmão Ida pertencem à casa do seu tio — admitiu Guthred.

Então eu soube como havia sido idiota. Os dois monges tinham vindo a Cair Ligualid e desde então estavam negociando meu destino, e eu não sabia.

Espanei meu gibão de couro.

— Conceda-me um favor, senhor?

— Se eu puder.

152

Os senhores do norte

— Dê minha espada e meu cavalo a Hild. Dê-lhe tudo o que é meu e diga para guardar para mim.

Ele fez uma pausa.

— Você não voltará, Uhtred — disse gentilmente.

— Conceda-me esse favor, senhor — insisti.

— Farei tudo isso — prometeu Guthred —, mas primeiro me dê a espada.

Desafivelei o cinto de Bafo de Serpente. Pensei em desembainhá-la e girar sua boa lâmina, mas teria morrido num piscar de olhos, por isso beijei seu punho e a entreguei a Guthred. Em seguida tirei os braceletes, aquelas marcas de guerreiro, e entreguei a ele.

— Dê isso a Hild — pedi.

— Darei — respondeu ele, pegando os braceletes, depois olhou os quatro homens que me esperavam. — O *earl* Ulf encontrou esses homens — disse Guthred, assentindo para os escravagistas. — Eles não sabem quem você é, só que devem levá-lo para longe. — Esse anonimato era um certo presente. Se os escravagistas soubessem quanto Ælfric me queria ou quanto Kjartan, o Cruel, pagaria por meus olhos, eu não viveria uma semana. — Agora vá — ordenou Guthred.

— O senhor poderia simplesmente ter me mandado embora — falei com amargura.

— Seu tio tem um preço, e é este. Ele queria sua morte, mas aceitou isso.

Olhei para além dele, onde as nuvens negras se amontoavam no oeste como montanhas. Estavam muito mais perto e muito mais escuras, e um vento revigorante esfriava o ar.

— O senhor deve ir embora também — avisei —, porque vem aí uma tempestade.

Ele não disse nada e eu me afastei. O destino é inexorável. Na raiz da árvore da vida as três fiandeiras haviam decidido que o fio de ouro que tornava minha vida afortunada chegava ao fim. Lembro-me das botas esmagando os seixos e me lembro das gaivotas brancas voando livres.

Eu estivera errado quanto aos quatro homens. Estavam armados, não com espadas ou lanças, mas com facas curtas. Viram-me chegar perto enquanto Guthred e Ivarr me olhavam indo para longe. Eu sabia o que ia acontecer e não tentei resistir. Caminhei até os quatro homens e um deles se adiantou e me deu um golpe na barriga para fazer com que eu perdesse o fôlego. Outro me acertou na lateral da cabeça e eu caí nos seixos. Em seguida fui golpeado de novo e não vi mais nada. Eu era um senhor da Nortúmbria, um guerreiro de espada, o homem que havia matado Ubba Lothbrokson junto ao mar e que havia derrubado Sven do Cavalo Branco, e agora era escravo.

SEGUNDA PARTE

O navio vermelho

CINCO

O comandante do navio, meu dono, chamava-se Sverri Ravnson e era um dos quatro homens que me receberam com pancadas. Era uma cabeça mais baixo do que eu, dez anos mais velho e tinha o dobro da largura. Rosto chato como uma pá de remo, nariz que já fora quebrado até virar polpa, barba preta com fiapos grisalhos encaracolados, três dentes e nenhum pescoço. Era um dos homens mais fortes que já conheci. Não falava muito.

Era mercador e seu navio se chamava *Mercante*. A embarcação era forte, bem construída e com cordames firmes, bancos para 16 remadores, mas quando entrei para a tripulação de Sverri ele tinha apenas 11 remadores, por isso ficou satisfeito porque eu podia equilibrar os números. Todos os remadores eram escravos. Os cinco tripulantes nunca tocavam num remo, mas estavam ali para substituir Sverri no remo-leme, para garantir que trabalhássemos, para garantir que não fugíssemos e para jogar nossos corpos na água se morrêssemos. Dois eram nórdicos, como Sverri, dois eram dinamarqueses e o quinto era um frísio chamado Hakka, e foi este que rebitou as algemas de escravo nos meus tornozelos. Primeiro tiraram minhas roupas boas, deixando apenas a camisa. Jogaram-me um calção cheio de piolhos. Depois de acorrentar meus tornozelos, Hakka rasgou minha camisa no ombro esquerdo e cortou um grande E na carne do meu braço com uma faca curta. O sangue jorrou até o cotovelo, onde foi diluído pelas primeiras gotas de chuva vindas com o vento do oeste.

— Eu deveria queimar sua pele — disse Hakka —, mas um navio não é lugar para fogo. — Em seguida pegou sujeira do fundo da embarcação e esfregou no corte recém-aberto. O ferimento ficou horrível, expelia pus e me provocou febre, mas quando se curou fiquei com a marca de Sverri no braço. Tenho-a até hoje.

A marca de escravo quase não teve tempo de se curar, porque todos chegamos perto da morte naquela primeira noite. O vento subitamente soprou forte, transformando o rio numa agitação de pequenas ondas de topo branco. O *Mercante* repuxava o cabo da âncora, o vento aumentou e a chuva era empurrada horizontalmente. O navio pulava e estremecia, a maré ia baixando, de modo que o vento e a corrente tentavam nos jogar contra a terra, e a âncora, que provavelmente não passava de um grande aro de pedra que mantinha o navio apenas por causa do peso, começou a se arrastar.

— Remos! — gritou Sverri, e eu pensei que ele queria que remássemos contra a pressão do vento e da maré, mas em vez disso ele cortou a corda que nos prendia à âncora e o *Mercante* saltou para longe. — Remem, desgraçados! Remem!

— Remem! — ecoou Hakka, e nos golpeou com seu chicote. — Remem!

Ele nos levou para o mar. Se tivéssemos ficado no rio seríamos impelidos para a margem, mas ficaríamos em segurança porque a maré estava baixando e a próxima maré alta nos faria flutuar, mas Sverri tinha o casco cheio de carga e temia que, se ficasse encalhado, fosse saqueado pelo povo carrancudo que vivia nas choupanas de Gyruum. Achou melhor se arriscar a morrer no mar do que ser assassinado em terra, por isso nos levou para um caos cinza de vento, escuridão e água. Queria que virássemos para o norte na foz do rio e nos abrigássemos perto do litoral, o que não era uma ideia muito ruim, porque ficaríamos abrigados pela terra e sairíamos da tempestade, mas não fazia ideia da força da maré e, por mais que nos esforçássemos, e apesar das chicotadas nos ombros, não pudemos puxar o barco de volta. Em vez disso, fomos arrastados para o mar e em instantes tivemos de parar de remar, tapar os buracos dos remos e começar a tirar água do barco. Durante toda a noite tiramos água do casco e jogamos fora, e me lembro do cansaço, da exaustão nos ossos e do medo daqueles vastos mares não vistos que nos levantavam e rugiam embaixo. Algumas vezes virávamos o costado para as ondas e eu achava que iríamos emborcar. Lembro-me de me agarrar ao banco enquanto os remos faziam barulho no casco e a água se agitava nas minhas coxas, mas de algum modo o *Mercante* cambaleava para cima e jogávamos a água fora, e nunca saberei por que ele não afundou.

O amanhecer nos encontrou meio inundados num mar raivoso, porém não mais maligno. Não havia terra à vista. Meus tornozelos estavam ensanguentados porque as algemas haviam cortado a pele durante a noite, mas eu continuava tirando água. Ninguém mais se mexia. Os outros escravos — eu ainda nem havia aprendido seus nomes — estavam caídos nos bancos e a tripulação se amontoava sob a plataforma do leme, onde Sverri se agarrava ao remo-leme, e eu sentia seus olhos escuros me vigiando enquanto eu pegava baldes d'água e jogava de volta no oceano. Eu queria parar. Estava sangrando, machucado e exausto, mas não iria demonstrar fraqueza. Jogava um balde depois do outro, meus braços doíam, a barriga estava azeda, os olhos ardiam do sal e eu me sentia arrasado, mas não iria parar. Havia vômito chacoalhando no casco, mas não era meu.

No fim Sverri me fez parar. Desceu, me acertou nos ombros com um chicote curto e eu desmoronei num banco. Um instante depois dois de seus homens nos trouxeram pão velho encharcado de água do mar e um odre de cerveja azeda. Ninguém falou. O vento batia as adriças de couro contra o mastro baixo, as ondas sibilavam pelo casco, o vento era cortante e a chuva batia no mar. Segurei o amuleto do martelo. Eles haviam me deixado ficar com isso, porque era um negócio pobre feito de osso de boi e não tinha valor. Rezei a todos os deuses. Rezei a Njord para me deixar viver nesse mar furioso e rezei aos outros deuses pedindo vingança. Achei que Sverri e seus outros homens deveriam dormir, e quando dormissem eu iria matá-los, mas caí no sono antes deles e dormimos enquanto o vento perdia a fúria. Algum tempo depois os escravos foram acordados a chutes. Levantamos a vela no mastro e corremos adiante da chuva, em direção ao leste cinzento.

Quatro remadores eram saxões, três eram nórdicos, três eram dinamarqueses e o último era irlandês. Estava no banco em frente a mim e a princípio eu não soube que ele era irlandês, porque o sujeito raramente falava. Era magro, moreno, de cabelos pretos e, ainda que tivesse apenas cerca de um ano a mais do que eu, possuía as cicatrizes de batalha de um velho guerreiro. Notei como os homens de Sverri o olhavam, temendo que ele significasse encrenca.

E quando, naquele dia, o vento virou para o sul e recebemos ordem de remar, o irlandês puxou seu remo com expressão irada. Foi então que perguntei seu nome e Hakka desceu ao casco e me acertou no rosto com um açoite de couro. O sangue escorreu das minhas narinas. Hakka riu, depois ficou com raiva quando não demonstrei sinal de dor, e me acertou de novo.

— Você não fala — disse ele. — Você não é nada. O que você é? — Não respondi, por isso ele me acertou de novo, com mais força. — O que você é?

— Nada — grunhi.

— Você falou! — reagiu ele, e me bateu de novo. — Você não deve falar! — gritou junto ao meu rosto e me acertou na cabeça com o açoite. Riu porque havia me enganado, fazendo com que eu violasse as regras, e voltou à proa. Remávamos em silêncio e dormíamos durante o escurecer, mas antes de dormir eles acorrentavam nossas algemas juntas. Sempre faziam isso e um homem sempre tinha uma flecha num arco para o caso de algum de nós tentar lutar quando o homem que prendia as algemas se curvava à nossa frente.

Sverri sabia comandar um navio de escravos. Naqueles primeiros dias procurei uma chance de lutar e não consegui. As algemas nunca eram tiradas. Quando aportávamos, ele ordenava que fôssemos para o espaço embaixo da plataforma do leme, que era fechado por tábuas pregadas. Ali podíamos conversar e foi assim que fiquei sabendo alguma coisa sobre os outros escravos. Todos os quatro saxões haviam sido vendidos por Kjartan. Eram fazendeiros e xingavam o deus cristão pelo sofrimento. Os nórdicos e os dinamarqueses eram ladrões, condenados à escravidão por seu próprio povo, e todos eram brutos carrancudos. Fiquei sabendo pouco sobre Finan, o irlandês, porque ele mantinha os lábios fechados, era silencioso e atento. Era o menor de nós, mas forte, com rosto afilado por trás da barba preta. Como os saxões, era cristão, ou pelo menos tinha os restos lascados de uma cruz de madeira pendurada numa tira de couro, algumas vezes beijava a madeira e a mantinha junto aos lábios enquanto rezava silenciosamente. Podia não falar muito, mas ouvia com atenção enquanto os outros escravos falavam de mulheres, comida e da vida que haviam deixado para trás, e ouso dizer que eles mentiam sobre as três coisas. Eu ficava quieto, assim como Finan, mas algumas vezes, se os outros estivessem dormindo, ele cantava uma canção triste em sua língua.

Os senhores do norte

Éramos tirados da prisão escura para colocar a carga que era posta no casco fundo no centro do navio, logo atrás do mastro. Algumas vezes os tripulantes se embebedavam no porto, mas dois sempre ficavam sóbrios, e esses dois nos vigiavam. Algumas vezes, se ancorássemos longe da terra, Sverri deixava que permanecêssemos no convés, mas acorrentava as algemas juntas para que nenhum pudesse tentar uma fuga.

Minha primeira viagem no *Mercante* foi do litoral assolado por tempestades da Nortúmbria até a Frísia, onde percorremos uma estranha paisagem marítima de ilhas baixas, bancos de areia, marés fortes e brilhantes planícies lamacentas. Atracamos num porto miserável em que quatro outros navios estavam sendo carregados e todos os quatro eram tripulados por escravos. Enchemos o porão do *Mercante* com peles de enguia, peixe defumado e peles de lontra.

Da Frísia fomos para o sul até um porto na Frankia. Fiquei sabendo que era a Frankia porque Sverri foi em terra e voltou com péssimo humor.

— Se um franco for seu amigo — rosnou ele à sua tripulação —, pode ter certeza de que ele não é seu vizinho. — Em seguida me viu olhando-o e me deu um tapa, cortando minha testa com um anel de prata e âmbar que usava. — Francos desgraçados, francos desgraçados! Francos desgraçados, unhas de fome e reles.

Naquela noite lançou as varetas de runas na plataforma do leme. Como todos os marinheiros, Sverri era um homem supersticioso e mantinha um maço de varas pretas de runas, numa bolsa de couro. E, trancado embaixo da plataforma, ouvi as varetas finas batendo no convés acima. Ele deve ter espiado o padrão de varetas caídas e encontrado alguma esperança na disposição delas, porque decidiu que ficaria com os francos desgraçados, unhas de fome e reles, e no fim de três dias havia barganhado com sucesso porque carregamos o navio com lâminas de espadas, pontas de lanças, foices, cotas de malha, troncos de teixo e peles de carneiro. Levamos isso para o norte, muito ao norte, às terras dos dinamarqueses e dos *svear*, onde os troncos de teixo seriam cortados em lâminas de arado, e com o dinheiro que ganhou Sverri encheu o barco com minério de ferro que carregamos de volta para o sul.

O navio vermelho

Sverri era bom em administrar escravos e muito bom em ganhar dinheiro. As moedas praticamente fluíam para dentro do navio, todas armazenadas numa enorme caixa de madeira mantida no porão de carga.

— Vocês gostariam de pôr as mãos nisso, não? — rosnou para nós um dia enquanto navegávamos por algum litoral sem nome. — Seus cagalhões do mar! — A ideia de que o roubássemos o deixou falador. — Acham que podem me enganar? Primeiro mato vocês. Afogo vocês. Enfio bosta de foca por suas gargantas até vocês sufocarem. — Não falamos nada enquanto ele arengava furioso.

Nessa época o inverno vinha chegando. Não sei onde estávamos, só que era no norte e em algum local do mar que fica perto da Dinamarca. Depois de entregar a última carga remamos o navio descarregado junto a uma desolada costa arenosa, e ali ele encalhou o *Mercante* num banco de lama. A maré estava alta e o navio ficou preso no início da vazante. Não havia povoado no riacho, apenas uma casa baixa e comprida, coberta de junto repleto de musgo. Saía fumaça do buraco no teto. Gaivotas gritavam. Uma mulher saiu da casa e, assim que Sverri pulou do navio, ela correu até ele com gritos de júbilo, ele pegou-a nos braços e girou-a. Então três crianças saíram correndo e ele deu um punhado de prata a cada uma, fez cócegas nelas, jogou-as para o alto e as abraçou.

Evidentemente era ali que Sverri planejava deixar o *Mercante* no inverno, e fez com que tirássemos o lastro de pedras, a vela, o mastro e o cordame, depois mandou que puxássemos o navio, rolando-o sobre troncos, até ficar longe das marés mais altas. Era um barco pesado e Sverri chamou um vizinho do outro lado do pântano para puxá-lo com uma parelha de bois. Seu filho mais velho, um garoto de cerca de dez anos, adorava nos cutucar com a vara usada com os bois. Havia uma cabana para escravos atrás da casa. Era feita de troncos grossos, até o teto era de troncos, e dormíamos ali com as algemas. De dia trabalhávamos limpando o casco do *Mercante*, raspando a sujeira, as algas e as cracas. Limpamos a gosma do casco, abrimos a vela para ser lavada pela chuva e ficamos olhando com luxúria enquanto a mulher de Sverri consertava o tecido com uma agulha de osso e linha de tripa de gato. Era uma mulher atarracada, com pernas curtas, coxas grossas e rosto redondo cheio de marcas de alguma doença. As mãos e os braços eram vermelhos e pareciam em carne viva. Não era nem um pouco bonita, mas estávamos famintos de mulheres e olhávamos para ela. Sverri achava isso divertido. Uma vez baixou o vestido dela para nos mostrar um seio gordo e branco, depois riu de nossos olhares arregalados. Eu sonhava com Gisela. Tentava invocar seu rosto nos sonhos, mas ele não vinha, e sonhar com ela não servia de consolo.

Os homens de Sverri nos alimentavam com mingau, sopa de enguia, pão grosseiro e cozido de peixe, e quando a neve chegou jogaram-nos peles de carneiro sujas de lama e nós nos amontoávamos na cabana de escravos, escutando o vento e olhando a neve através das fendas entre os troncos. Era frio, frio demais, e um dos saxões morreu. Ele estivera febril, depois de cinco dias simplesmente morreu e dois dos homens de Sverri carregaram seu corpo até o riacho e o jogaram para além do gelo, de modo que flutuasse na próxima maré. Havia uma floresta não muito longe, e a intervalos de alguns dias éramos levados até as árvores, recebíamos machados e a ordem de rachar lenha. As correntes das algemas eram deliberadamente deixadas curtas demais para que ninguém pudesse dar um passo largo, e quando tínhamos machados eles nos vigiavam com arcos e lanças. Eu sabia que morreria antes de conseguir alcançar um dos guardas com o machado, mas me sentia tentado a experimentar. Um dos dinamarqueses tentou antes de mim, virando-se e gritando, correndo desajeitadamente. Uma flecha o acertou na barriga e ele se dobrou, e os homens de Sverri o mataram lentamente. Ele gritou em cada longo momento. Seu sangue manchou a neve num espaço de metros ao redor e ele morreu muito devagar como uma lição para o restante de nós. Assim eu simplesmente cortava as árvores, limpava os troncos, rachava-os com uma marreta e cunhas, cortava de novo e retornava à cabana dos escravos.

— Se aquelas criancinhas desgraçadas chegassem perto — disse Finan no dia seguinte —, eu estrangularia as criaturas imundas, estrangularia mesmo.

Fiquei pasmo, porque era a maior declaração que já o ouvira fazer.

— Melhor pegá-las como reféns — sugeri.

— Mas elas sabem que não devem chegar perto — disse ele, ignorando minha sugestão. Falava dinamarquês com um sotaque estranho. — Você era guerreiro — disse ele.

163

O navio vermelho

— Sou guerreiro — respondi. Nós dois estávamos sentados do lado de fora da cabana, num trecho de capim em que a neve havia se derretido e estávamos estripando arenques com facas cegas. As gaivotas gritavam ao redor. Um dos homens de Sverri nos observava de fora da casa comprida. Tinha um arco atravessado nos joelhos e uma espada ao lado do corpo. Imaginei como Finan havia adivinhado que eu era guerreiro, porque nunca falei da minha vida. Nem havia revelado meu nome de verdade, preferindo que achassem que eu me chamava Osbert. Osbert já fora meu nome de verdade, o nome que recebi no nascimento, mas fora trocado por Uhtred quando meu irmão mais velho morreu, porque meu pai insistia em que seu filho mais velho se chamasse Uhtred. Mas não usei o nome Uhtred a bordo do *Mercante*. Uhtred era um nome orgulhoso, um nome de guerreiro, e eu iria mantê-lo secreto até escapar da escravidão. — Como sabe que sou guerreiro? — perguntei a Finan.

— Porque você nunca para de observar aqueles desgraçados. Nunca para de pensar num modo de matá-los.

— Você também.

— Finan, o Ágil, era como me chamavam — disse ele —, porque dançava ao redor dos inimigos. Dançava e matava. Dançava e matava. — Ele cortou a barriga de outro peixe e jogou as entranhas na neve, onde duas gaivotas lutaram por elas. — Houve um tempo — continuou irado — em que tive cinco lanças, seis cavalos, duas espadas, uma cota de malha brilhante, um escudo e um elmo que brilhava como fogo. Tive uma mulher com cabelos que iam até a cintura e um sorriso capaz de ofuscar o sol do meio-dia. Agora estripo arenques. — Ele cortou o peixe com a faca. — E um dia vou retornar aqui e matar Sverri, fornicar com a mulher dele, estrangular seus filhos bastardos e roubar seu dinheiro. — E deu um risinho áspero. — Ele guarda tudo aqui. Todo aquele dinheiro. Está enterrado.

— Tem certeza?

— O que mais ele faria? Não pode comer o dinheiro porque não caga prata, caga? Não, está aqui.

— Onde quer que seja aqui.

— Jutlândia — disse ele. — A mulher é dinamarquesa. Nós viemos aqui todos os invernos.

— Quantos invernos?

— Este é o meu terceiro.

— Como ele capturou você?

Finan jogou outro peixe limpo no cesto de vime.

— Houve uma luta. Nós contra os nórdicos, e os desgraçados venceram. Fui feito prisioneiro e os desgraçados me venderam a Sverri. E você?

— Fui traído pelo meu senhor.

— Então é outro desgraçado a ser morto, não é? Meu senhor me traiu também.

— Como?

— Não quis pagar o meu resgate. Ele queria minha mulher, sabe? Por isso deixou que eu fosse, e em troca desse favor rezo para que ele morra e que suas esposas tenham a doença da boca trancada, que seu gado pegue a doença das pernas bambas, que seus filhos apodreçam na própria merda, que suas colheitas sequem e que seus cachorros morram sufocados. — Ele estremeceu como se a raiva fosse demasiada para ser contida.

Em vez da neve chegou uma chuva gélida e o gelo se derreteu lentamente no riacho. Fizemos novos remos com espruce cortado no inverno anterior, e quando os remos estavam prontos o gelo havia ido embora. Névoas cinzentas cobriam a terra e as primeiras flores apareciam nas bordas dos juncos. Garças percorriam os baixios enquanto o sol derretia as geadas. A primavera estava chegando, por isso calafetamos o *Mercante* com pelo de gado, alcatrão e musgo. Limpamos o barco e colocamos na água, recolocamos o lastro no porão, montamos o mastro e dobramos a vela limpa e remendada na verga. Sverri abraçou sua mulher, beijou os filhos e vadeou pela água até o navio. Dois de seus tripulantes puxaram-no a bordo e pegamos os remos.

— Remem, desgraçados! — gritou ele. — Remem!

Remamos.

A raiva nos mantém vivos, mas por pouco. Havia ocasiões em que eu ficava doente, quando me sentia fraco demais para puxar o remo, mas puxava, porque se hesitasse seria jogado no mar. Remava enquanto vomitava, remava enquanto suava, remava enquanto tremia e remava enquanto cada músculo doía. Remava na chuva, no sol, no vento e na chuva com neve. Lembro-me de ter tido febre e pensar que iria morrer. Até quis morrer, mas Finan me xingou baixinho.

— Você é um saxão molenga — provocou. — É fraco. É patético, seu lixo saxão. — Grunhi alguma resposta e ele rosnou de novo para mim, desta vez mais alto, de modo que Hakka, na proa, escutou. — Eles querem que você morra, seu desgraçado, então prove que estão errados. Reme, seu desgraçado saxão molenga, reme. — Hakka bateu nele por ter falado. Em outra ocasião fiz o mesmo por Finan. Lembro-me de aninhá-lo nos braços e enfiar mingau em sua boca, com os dedos.

— Viva, seu desgraçado — disse eu —, não deixe esses *earslings* nos vencerem. Viva!

Ele viveu.

No verão seguinte fomos para o norte, entrando num rio que serpenteava através de uma paisagem de musgo e faias, um local tão ao norte que trechos de neve continuavam aparecendo em locais sombreados. Compramos peles de rena num povoado em meio às faias, levamos de volta ao mar e as trocamos por presas de morsa e ossos de baleia, que por sua vez trocamos por âmbar e penas de êider. Transportávamos malte e pele de foca, peles de outras caças e carne salgada, minério de ferro e peles de carneiro. Numa pequena baía cercada de rochas passamos dois dias carregando ardósias que seriam transformadas em pedras de amolar, e Sverri trocou as ardósias por pentes feitos de chifres de cervos e grandes rolos de corda de pele de foca e uma dúzia de pesados lingotes de bronze, e levamos tudo isso de volta à Jutlândia, indo até Haithabu, que é um grande porto mercante, tão grande que havia uma área para escravos e fomos levados para lá e soltos dentro, onde éramos guardados por lanceiros e muralhas altas.

Finan encontrou ali alguns colegas irlandeses e eu descobri um saxão que fora capturado por um dinamarquês no litoral da Ânglia Oriental. Segundo o saxão, o rei Guthrum havia retornado à Ânglia Oriental, onde passou a se chamar de Æthelstan e estava construindo igrejas. Alfredo, pelo que ele sabia, continuava vivo. Os dinamarqueses da Ânglia Oriental não haviam tentado atacar Wessex, mas mesmo assim ele ouvira dizer que Alfredo estava construindo fortalezas em sua fronteira. Não sabia nada sobre os reféns dinamarqueses de Alfredo, por isso não podia me dizer se Ragnar fora solto, nem tinha ouvido notícias de Guthred nem da Nortúmbria, por isso fiquei no centro da área de escravos e gritei uma pergunta:

— Alguém aqui é da Nortúmbria? — Homens me encararam inexpressivos. — Nortúmbria? — gritei de novo, e desta vez uma mulher gritou do outro lado da paliçada que dividia a área dos homens da das mulheres. Havia homens apinhados junto à paliçada, espiando as mulheres através das fendas, mas empurrei dois deles de lado. — Você é da Nortúmbria? — perguntei à mulher que havia gritado para mim.

— De Onhripum — disse ela. Era saxã, tinha 15 anos e era filha de um curtidor de Onhripum. Seu pai devia dinheiro ao *earl* Ivarr e, para saldar a dívida, Ivarr havia levado a garota e vendido a Kjartan.

A princípio pensei que tinha ouvido mal.

— A Kjartan?

— A Kjartan — disse ela em tom opaco —, que me estuprou e me vendeu a esses desgraçados.

— Kjartan está vivo? — perguntei atônito.

— Está.

— Mas ele estava sendo sitiado — protestei.

— Não enquanto eu estive lá.

— E Sven, o filho dele?

— Me estuprou também.

Mais tarde, muito mais tarde, juntei todas as partes da história. Guthred e Ivarr, juntamente com meu tio Ælfric, haviam tentado subjugar Kjartan através da fome, mas o inverno foi difícil, os exércitos deles sofreram com doenças, e Kjartan se ofereceu para pagar tributo a todos os três e eles aceitaram a prata. Além disso, Guthred extraiu uma promessa de que Kjartan pararia de atacar os religiosos, e por um tempo a promessa foi cumprida, mas a Igreja era rica demais e Kjartan era ganancioso demais. Dentro de um ano a promessa fora violada e alguns monges foram mortos ou escravizados. O tributo anual de prata que Kjartan deveria dar a Guthred, Ælfric e Ivarr fora pago uma vez, e nunca mais. Assim, nada havia mudado. Kjartan fora humilhado durante alguns meses, depois avaliara a força dos inimigos e descobrira que ela era débil. A filha do curtidor de Onhripum não sabia nada sobre Gisela, nunca ouvira falar da garota. Pensei que talvez ela tivesse morrido e naquela noite conheci o desespero. Chorei. Lembrei-me de Hild e me perguntei o que teria acontecido com ela, e temi por ela, e me lembrei daquela noite com Gisela, em que a beijei sob as faias. E pensei em todos os meus sonhos que agora eram sem esperança, por isso chorei.

Eu havia me casado com uma mulher em Wessex e não sabia nada sobre ela. E, para dizer a verdade, não me importava nem um pouco. Havia perdido meu filho bebê. Havia perdido Iseult. Havia perdido Hild, havia perdido qualquer chance com Gisela, e naquela noite senti uma pena gigantesca de mim mesmo, sentei-me na cabana e as lágrimas rolaram por minhas bochechas. Finan me viu e começou a chorar também, e eu soube que ele havia se lembrado de casa. Tentei reacender minha raiva porque é somente a raiva que nos mantém vivos, mas a raiva não vinha. Em vez disso, simplesmente chorei. Não conseguia parar. Eram as trevas do desespero, do conhecimento de que meu destino era puxar um remo até não suportar mais e então seria jogado na água. Chorei.

— Você e eu — disse Finan, e parou. Estava escuro. Era uma noite fria, mesmo sendo verão.

— Você e eu? — perguntei, os olhos fechados numa tentativa de impedir as lágrimas.

— Com espadas na mão, amigo — disse ele. — Você e eu. Vai acontecer. — Queria dizer que seríamos livres e teríamos a vingança.

— Sonhos — respondi.

— Não! — disse Finan com raiva. Ele se arrastou até o meu lado e segurou minha mão com as suas. — Não desista — rosnou para mim. — Somos guerreiros, você e eu, somos guerreiros! — Eu fora um guerreiro, pensei. Houvera um tempo em que brilhava com malha e elmo, mas agora estava cheio de piolhos, imundo, fraco e choroso. — Aqui — disse Finan, e pôs algo na minha mão. Era um dos pentes de chifre que havíamos transportado como carga, que de algum modo ele conseguira roubar e esconder em seus trapos.

— Nunca desista — disse ele, e eu usei o pente para desemaranhar meu cabelo

Os senhores do norte

que agora batia quase na cintura. Penteei-o, soltando os nós, arrancando piolhos dos dentes, e na manhã seguinte Finan trançou meu cabelo liso e eu fiz o mesmo por ele. — É assim que os guerreiros deixam os cabelos na minha tribo — explicou. — E você e eu somos guerreiros. Não somos escravos, somos guerreiros! — Estávamos magros, sujos e maltrapilhos, mas o desespero havia passado como uma tempestade no mar e eu senti a raiva me dando decisão.

No dia seguinte carregamos o *Mercante* com lingotes de cobre, bronze e ferro. Rolamos barris de cerveja para a popa e enchemos o restante do espaço de carga com carne salgada, pão duro e caixotes com bacalhau salgado. Sverri riu de nosso cabelo trançado.

— Acham que vão arranjar mulher, é? — zombou ele. — Ou estão fingindo que são mulheres? — Nenhum de nós respondeu e Sverri apenas riu. Estava de bom humor, um humor com empolgação incomum. Gostava de navegar e, pela quantidade de provisões, achei que planejava uma longa viagem, e foi assim. Sverri lançava suas varetas de runas repetidamente e elas devem ter dito que ele prosperaria, porque ele comprou três novos escravos, todos frísios. Queria estar com boa quantidade de homens para a viagem, uma viagem que começou mal, já que, quando saímos de Haighabu, fomos perseguidos por outro navio. Um pirata, anunciou Hakka azedamente, e seguimos para o norte com vela enfunada e remos. O outro navio aos poucos nos ultrapassou, porque era mais longo, mais estreito e mais rápido, e somente a chegada da noite permitiu que escapássemos, mas foi uma noite nervosa. Guardamos os remos e baixamos a vela para que o *Mercante* não fizesse barulho, e no escuro escutei o som dos remos de nosso perseguidor. Sverri e seus homens estavam agachados perto de nós, espadas nas mãos, prontos para nos matar se fizéssemos barulho. Fiquei tentado, e Finan queria bater no casco do navio para atrair os perseguidores, mas Sverri teria nos matado instantaneamente. Assim ficamos quietos e o estranho navio passou por nós na escuridão, e quando chegou o amanhecer ele havia sumido.

Ameaças assim eram raras. Lobo não come lobo e o falcão não ataca outro falcão, de modo que os homens do norte raramente predavam uns aos outros, mas alguns, desesperados, arriscavam-se a atacar um colega dinamarquês ou nórdico. Esses piratas eram considerados párias, tratados como coisa nenhuma, mas eram temidos. Em geral eram caçados e as tripulações eram mortas ou escravizadas, mas mesmo assim alguns homens se arriscavam a ser párias, sabendo que, se pudessem capturar um navio rico como o *Mercante*, poderiam fazer uma fortuna que lhes daria status, poder e aceitação. Mas naquela noite escapamos e no dia seguinte viajamos mais para o norte, e mais ainda. Nessa noite não paramos em terra e o mesmo aconteceu durante muitas noites. Até que numa manhã vi um litoral negro com penhascos terríveis e o mar se estraçalhava branco contra aquelas rochas feias. Pensei que havíamos chegado ao fim da viagem, mas não procuramos terra. Em vez disso, continuamos navegando, agora para o oeste, depois brevemente para o sul, entrando na baía de uma ilha, onde ancoramos.

A princípio Finan achou que era a Irlanda, mas o povo que veio ao *Mercante* num pequeno barco de peles não falava a língua dele. Há ilhas por todo o litoral norte da Britânia, e acho que era uma delas. Selvagens vivem naquelas ilhas e Sverri não foi a terra, mas trocou algumas moedas com os selvagens e recebeu em troca alguns ovos de gaivota, peixe seco e carne de cabra. E na manhã seguinte remamos contra um vento forte, remamos o dia inteiro, e eu soube que estávamos entrando nas vastidões do oeste, do mar selvagem. Ragnar, o Velho, havia me alertado sobre esses mares, dizendo que havia ilhas para além deles, mas que a maior parte dos homens que buscavam as terras distantes jamais voltavam. Disse que aquelas terras no oeste eram habitadas pelas almas dos marinheiros mortos. Eram locais cinzentos, cobertos de névoa e batidos pelas tempestades, mas era para lá que estávamos indo. Sverri se mantinha ao remo-leme com uma expressão de felicidade no rosto e eu me lembrei dessa mesma felicidade. Lembrei-me do júbilo de um bom navio e da pulsação de sua vida no cabo de um remo-leme.

Viajamos por duas semanas. Este era o caminho das baleias, e os monstros do mar rolavam para nos olhar ou espirravam água, o ar ficou mais frio e o céu vivia nublado. E eu soube que os tripulantes de Sverri estavam nervosos. Pensavam que estavam perdidos, e eu achava o mesmo. Acreditei que minha vida terminaria na beira do mar, onde grandes redemoinhos arrastam navios para a morte. Aves marinhas giravam ao nosso redor, com gritos perdidos no frio branco, as grandes baleias mergulhavam atrás de nós e remáva-

170

Os senhores do norte

mos até ficar com as costas feridas. As ondas eram cinzentas e pareciam montanhas, intermináveis e frias, cobertas de espuma branca. E tínhamos apenas um dia de vento amigável quando podíamos viajar com vela, com as ondas grandes e cinza sibilando ao longo do casco.

E assim chegamos a Horn, na ilha de fogo que alguns homens chamam de Thule. Montanhas soltavam fumaça e ouvimos histórias de poços mágicos com água quente, mas não vi nenhum. E não era apenas uma terra de fogo, mas um esconderijo de gelo. Havia montanhas de gelo, rios de gelo e prateleiras de gelo no céu. Havia bacalhaus mais compridos do que um homem. Ali comemos bem e Sverri estava feliz. Homens temiam fazer a viagem que havíamos acabado de realizar, e ele conseguira. E em Thule sua carga valia o triplo do que ele receberia na Dinamarca ou na Frankia, mas, claro, ele precisou entregar parte da carga preciosa como tributo ao senhor local. Mas vendeu o restante dos lingotes e levou para bordo ossos de baleia, presas e peles de morsa e peles de foca, e soube que ganharia muito dinheiro se conseguisse levar tudo aquilo para casa. Estava de tão bom humor que até permitiu que fôssemos a terra; e tomamos vinho de bétula azedo numa casa comprida que cheirava a carne de baleia. Estávamos todos presos, não somente com as algemas de sempre, mas também com correntes no pescoço, e Sverri havia contratado homens do local para nos guardar. Três dessas sentinelas estavam armadas com as lanças compridas e pesadas que os homens de Tule usam para matar baleias, os outros quatro tinham facas de esfolar. Sverri estava seguro tendo-os para nos vigiar, e sabia disso, e em todos os meses em que eu era seu escravo foi a única vez em que ele se dignou a falar conosco. Alardeou a viagem que havíamos feito e até elogiou nossa capacidade nos remos.

— Mas vocês dois me odeiam — disse ele olhando para Finan e depois para mim.

Não falei nada.

— O vinho de bétula é bom — disse Finan. — Obrigado.

— O vinho de bétula é mijo de morsa — disse Sverri, depois arrotou. Estava bêbado. — Vocês me odeiam — disse, achando nosso ódio divertido. — Eu vigio vocês dois e vocês me odeiam. Os outros são dominados, mas vocês dois me matariam antes que eu pudesse espirrar. Eu deveria matar os dois, não deveria? Deveria sacrificá-los ao mar. — Nenhum de nós dois falou. Uma tora de bétula estalou no fogo e cuspiu fagulhas. — Mas vocês remam bem. Uma vez libertei um escravo — continuou ele. — Soltei-o porque gostava dele. Confiava nele. Até deixei que ele guiasse o *Mercante*, mas ele tentou me matar. Sabe o que fiz? Preguei seu cadáver imundo na proa e deixei-o apodrecer ali. E aprendi minha lição. Vocês estão aí para remar. Nada mais. Vocês remam, trabalham e morrem.

Pouco depois ele caiu no sono, e nós também, e na manhã seguinte estávamos de novo a bordo do *Mercante* e, sob uma chuva fraca, deixamos aquela estranha terra de gelo e chamas.

Demoramos muito menos tempo para voltar ao leste porque corríamos à frente de um vento amigável, e com isso passamos o inverno de novo na Jutlândia. Tremíamos na cabana de escravos e escutávamos Sverri grunhindo à noite na cama da mulher. A neve chegou, o gelo trancou o riacho, veio o ano de 880, eu tinha vivido 23 anos e sabia que meu futuro era morrer algemado porque Sverri era atento, inteligente e implacável.

Então chegou o navio vermelho.

Não era realmente vermelho. A maioria dos navios é construída de carvalho, que escurece à medida que a embarcação envelhece, mas esse fora feito de pinheiro, e quando a luz da manhã ou do fim da tarde se lançava baixa pela borda do mar, ele parecia ter a cor de sangue escuro.

Parecia de um vermelho lívido quando o vimos pela primeira vez. Foi no fim de tarde do dia em que havíamos posto o *Mercante* na água e o navio vermelho era longo, baixo e esguio. Veio do horizonte a leste, chegando em ângulo na nossa direção, a vela era de um cinza sujo, entrecruzada pelas cordas que reforçam o tecido. Sverri viu a cabeça de animal na proa e decidiu que era um barco pirata. Por isso fomos para o interior, em águas que ele conhecia bem. Eram águas rasas e o navio vermelho hesitava em ir atrás. Remamos por riachos estreitos, espalhando as aves selvagens, e o navio vermelho permanecia à vista, mas para além das dunas. Então a noite caiu e revertemos o rumo, deixamos a maré vazante nos levar ao mar e os homens de Sverri nos chico-

172

Os senhores do norte

tearam para que remássemos com força e escapássemos do litoral. O amanhecer chegou frio e nebuloso, mas à medida que a névoa subia percebemos que o navio vermelho havia ido embora.

Íamos para Haithabu encontrar a primeira carga da estação, mas à medida que nos aproximávamos do porto Sverri viu de novo o navio vermelho, que se virou na nossa direção, e Sverri o xingou. Tínhamos vento a favor, o que tornava fácil escapar, mas mesmo assim ele tentou nos alcançar. Usava remos e, como tinha pelo menos vinte bancos para remadores, era muito mais rápido do que o *Mercante*. Mas não conseguiu diminuir a distância dada pelo vento, e na manhã seguinte estávamos de novo sozinhos num mar vazio. Mesmo assim Sverri xingou-o. Lançou suas varetas de runas e elas o convenceram a abandonar a ideia de Haithabu, assim atravessamos até as terras dos *svear*, onde carregamos peles de castor e peles de ovelhas incrustadas de excremento.

Trocamos essa carga por boas velas de cera enrolada. Transportamos minério de ferro outra vez e assim a primavera se passou, o verão chegou e não vimos o navio vermelho. Tínhamos nos esquecido dele. Sverri achou que era seguro visitar Haithabu, por isso levamos uma carga de peles de rena até o porto, e ali ele ficou sabendo que o navio vermelho não havia se esquecido dele. Voltou correndo a bordo, sem se incomodar em conseguir uma carga, e eu o ouvi falando com os tripulantes. Disse que o navio vermelho estava rondando os litorais em busca do *Mercante*. Era um navio dinamarquês, pensava ele, tripulado por guerreiros.

— Quem? — perguntou Hakka.

— Ninguém sabe.

— Por quê?

— Como eu iria saber? — resmungou Sverri, mas estava preocupado o suficiente para jogar suas varetas de runas no convés e elas o instruíram a deixar Haithabu imediatamente. Sverri havia feito um inimigo e não sabia quem, por isso levou o *Mercante* a um local perto de sua casa de inverno e levou presentes para a terra. Sverri tinha um senhor. Quase todos os homens têm um senhor que oferece proteção. Esse senhor se chamava Hyring e possuía muitas terras, e Sverri lhe pagava em prata a cada inverno, e em troca Hyring oferecia proteção a Sverri e sua família. Havia pouco que Hyring pudesse fazer para proteger Sverri no mar, mas ele deve ter prometido descobrir quem navegava no navio vermelho e por que esse homem queria Sverri. Enquanto isso Sverri decidiu ir para longe, de modo que fomos para o mar do Norte, descemos o litoral e ganhamos algum dinheiro com arenques salgados. Atravessamos para a Britânia pela primeira vez desde que eu era escravo. Desembarcamos num rio na Ânglia Oriental, e nunca fiquei sabendo que rio era. Carregamos grossas peles de carneiro que levamos para a Frankia e lá compramos uma carga de lingotes de ferro. Era uma carga rica porque o ferro franco é o melhor do mundo, e também compramos uma centena de suas preciosas lâminas de espada. Sverri, como sempre, xingou os francos por sua cabeça dura, mas na verdade a cabeça de Sverri era tão dura quanto a de qualquer franco. Apesar de pagar bem pelo ferro e pelas lâminas de espadas, sabia que isso lhe traria grande lucro nas ilhas do norte.

Assim fomos para o norte, o verão estava terminando e os gansos voavam para o sul em grandes bandos acima de nós. E dois dias depois de colocarmos a carga no *Mercante* vimos o navio vermelho nos aguardando no litoral da Frísia. Fazia semanas que não o víamos, e Sverri devia ter esperanças de que Hyring houvesse acabado com a ameaça. Mas o navio estava perto do litoral e desta vez tinha a vantagem do vento, por isso viramos para a terra e os homens de Sverri nos chicotearam desesperadamente. Eu grunhia a cada golpe, fazendo parecer que puxava o cabo do remo com toda a força, mas na verdade estava tentando diminuir a força da pá na água para que o navio vermelho pudesse nos alcançar. Podia vê-lo claramente. Podia ver os remos subindo e descendo, podia ver o branco osso de água batendo na proa. Era muito mais comprido do que o *Mercante* e muito mais rápido, mas também deixava entrar muito mais água, motivo pelo qual Sverri havia nos levado mais para perto da costa da Frísia, que todos os comandantes temem.

Não é cheia de rochas como tantos litorais no norte. Não há penhascos contra os quais um bom navio possa se despedaçar. Em vez disso, é um emaranhado de juncos, ilhas, riachos e planícies lamacentas. Por quilômetro após quilômetro não há nada além de baixios perigosos. As passagens são marcadas nesses baixios por altas hastes de vime enfiadas na lama, e esses sinais frágeis oferecem um caminho seguro pelo emaranhado, mas os frísios também são piratas. Gostam de marcar canais falsos que levam apenas a um banco de lama onde a maré baixa pode encalhar um navio, e então as pessoas que vivem em cabanas de lama em suas ilhas de lama vêm em bandos como ratos d'água para matar e pilhar.

Mas Sverri havia comerciado ali e, como todos os bons comandantes de navio, carregava lembranças de águas boas e ruins. O navio vermelho estava se aproximando, mas Sverri não entrou em pânico. Eu o observava, remando, e pude ver seus olhos saltando à esquerda e à direita para decidir que passagem tomaria, depois ele dava um empurrão rápido no remo-leme e virávamos no canal que ele havia escolhido. Ele buscava os locais mais rasos, os riachos mais sinuosos, e os deuses estavam ao seu lado porque, ainda que algumas vezes nossos remos batessem em bancos de lama, o *Mercante* jamais encalhou. O navio vermelho, sendo maior, e presumivelmente porque seu dono não conhecia a costa tanto quanto Sverri, seguia com muito mais cautela e estávamos deixando-o para trás.

Começou a se aproximar de novo quando tivemos de atravessar um longo trecho de água aberta, mas Sverri encontrou mais um canal do outro lado, e ali, pela primeira vez, diminuiu o ritmo de nossas remadas. Colocou Hakka na proa, e este ficava jogando uma linha com peso de chumbo na água e gritando a profundidade. Estávamos nos arrastando num labirinto de lama e água, seguindo lentamente para o norte e o leste. Olhei para o leste e vi que Sverri finalmente havia cometido um erro. Uma linha de varas de vime marcava o canal por onde seguíamos, mas para além delas e para além de uma baixa ilha de lama cheia de pássaros, vimes maiores marcavam um canal de água funda que cortava nosso caminho mais no interior e permitiria ao navio vermelho chegar à nossa frente. O navio vermelho viu a oportunidade e pegou o canal mais largo. As pás de seus remos batiam na água e ele seguia a toda a velocidade. Estava se aproximando depressa e então encalhou, num emaranhado de remos se chocando.

Sverri gargalhou. Sabia que as varas maiores marcavam um canal falso e o navio vermelho havia caído na armadilha. Pude vê-lo claramente agora, um navio cheio de homens armados, homens com cotas de malha, dinamarqueses de espada e guerreiros com lanças, mas estava encalhado.

— Suas mães são cabras! — gritou Sverri por sobre a lama, mas duvido que sua voz tenha chegado ao navio encalhado. — Vocès são cagalhões! Aprendam a comandar um navio, seus desgraçados inúteis!

Pegamos outro canal, deixando para trás o navio vermelho, e Hakka ainda estava na proa do *Mercante*, de onde lançava constantemente a linha com o pedaço de chumbo. Gritava para trás informando a profundidade. O canal não tinha marcas e precisávamos seguir perigosamente devagar porque Sverri não ousava bater em terra. Atrás de nós, agora muito atrás, pude ver a tripulação do navio vermelho trabalhando para libertá-lo. Os guerreiros haviam descartado as cotas de malha e estavam na água, empurrando o casco longo, e enquanto a noite caía vi-o se soltar e retomar a perseguição, mas agora estávamos muito à frente e a escuridão nos cobriu.

Passamos aquela noite numa baía cercada de juncos. Sverri não queria ir a terra. Havia pessoas na ilha próxima e suas fogueiras brilhavam na noite. Não podíamos ver outras luzes, o que certamente significava que a ilha era o único povoado em quilômetros. Eu sabia que Sverri estava preocupado porque as fogueiras atrairiam o navio vermelho, por isso acordou-nos com chutes às primeiras luzes do amanhecer, levantamos a âncora e Sverri nos levou para o norte, entrando numa passagem marcada por varas de vime. A passagem parecia se retorcer na costa da ilha até o mar aberto onde as ondas se quebravam brancas, oferecendo uma saída do litoral emaranhado. Hakka gritava de novo as profundidades enquanto passávamos por juncos e bancos de lama. O riacho era raso, tão raso que as pás dos remos batiam constantemente no fundo, levantando redemoinhos de lama. Mas passo a passo seguimos as frágeis marcas do canal. Então Hakka gritou que o navio vermelho estava atrás de nós.

Vinha muito longe. Como Sverri temera, ele fora atraído pelas fogueiras do povoado; mas terminou a sul da ilha, e entre nós e ele havia o mistério dos bancos de lama e riachos. Ele não podia ir para oeste até o mar aberto porque as ondas se quebravam continuamente numa praia comprida e um tanto afundada, de modo que poderia nos perseguir ou tentar circular longe, ao redor, e descobrir outro caminho até o oceano.

O navio decidiu nos seguir e ficamos olhando-o abrir caminho pelo litoral sul da ilha, procurando um canal de entrada no porto em que havíamos ancorado. Continuamos nos esgueirando para o norte, mas então, de repente, houve um som fraco raspando sob nossa quilha, o *Mercante* estremeceu de leve e ficou numa imobilidade agourenta.

— Remos para trás! — berrou Sverri.

Remamos para trás, mas o barco permaneceu encalhado. O navio vermelho estava perdido à meia-luz, na névoa tênue que pairava nas ilhas. A maré estava baixa. Era a água parada entre a vazante e a montante. Sverri ficou olhando intensamente o riacho, rezando para ver a maré fluindo para a terra e nos fazendo flutuar, mas a água estava imóvel e fria.

— Para fora! — gritou ele. — Empurrem!

Tentamos. Ou os outros tentaram, enquanto Finan e eu meramente fingíamos empurrar, mas o *Mercante* estava preso. Havia encalhado muito suavemente, muito silenciosamente, no entanto não conseguia se mover. E Sverri, ainda parado na plataforma do leme, podia ver os ilhéus vindo em nossa direção, atravessando os leitos de juncos e, mais preocupante, podia ver o navio vermelho cruzando a baía ampla onde havíamos ancorado. Podia ver a morte chegando.

— Esvaziem o barco! — gritou.

Era uma decisão difícil para Sverri, mas era melhor do que a morte, assim jogamos fora todos os lingotes. Finan e eu não podíamos mais fingir, porque Sverri conseguia ver o trabalho que fazíamos e nos golpeou com uma vara. Assim destruímos os lucros de um ano de comércio. Até as lâminas de espadas foram embora, e o tempo todo o navio vermelho se esgueirava para perto, vindo pelo canal. Estava a apenas quatrocentos metros de nós quando os últimos lingotes caíram na água e o *Mercante* deu um pequeno tremor. Agora a maré vinha enchendo, passando em redemoinhos ao redor dos lingotes abandonados.

— Remem! — gritou Sverri. Os ilhéus estavam nos olhando. Não haviam ousado se aproximar por medo dos homens armados no navio vermelho, e agora olhavam enquanto deslizávamos para o norte. Lutamos com a maré que chegava e nossos remos batiam tanto em lama quanto em água, mas Sverri gritava para remarmos com mais força. Iria se arriscar a encalhar de novo, para fugir, e os deuses estavam com ele, porque atravessamos o fim da passagem e o *Mercante* recuou para as águas que chegavam. De repente estávamos de novo no mar, com a água se quebrando branca na proa. Sverri ergueu a vela e corremos para o norte. O navio vermelho parecia ter encalhado onde havíamos ficado presos. Havia batido na pilha de lingotes e, como seu casco era mais fundo do que o do *Mercante*, demorou muito tempo para escapar. Quando se livrou do canal já estávamos escondidos por aguaceiros que vieram do oeste e golpearam o navio.

Sverri beijou seu amuleto do martelo. Havia perdido uma fortuna, mas era um homem rico e podia se dar a esse luxo. Mas precisava permanecer rico e sabia que o navio vermelho estava perseguindo-o e que ficaria no litoral até nos encontrar. Assim, enquanto a escuridão caía, baixou a vela e ordenou que pegássemos os remos.

Fomos para o norte. O navio vermelho continuava atrás, mas muito longe, as chuvas nos escondiam ocasionalmente e quando chegava um aguaceiro mais forte Sverri baixava a vela, virava o navio para o oeste, contra o vento, e seus homens nos chicoteavam para trabalhar. Dois de seus tripulantes chegaram a pegar remos para escaparmos através do horizonte que ia escurecendo antes que o navio vermelho visse que havíamos mudado de curso. Era um trabalho brutal. Estávamos atacando o vento e as ondas, e cada golpe queimava os músculos, até que achei que cairia de exaustão. A madrugada encerrou com o trabalho. Sverri não podia ver mais as ondas grandes sibilando do oeste, por isso deixou que guardássemos os remos e tapássemos os buracos dos remos. Ficamos deitados como mortos enquanto o navio arfava e se sacudia no mar escuro e agitado.

O alvorecer nos encontrou sozinhos. O vento e a chuva açoitavam do sul, e isso significava que não teríamos de remar, poderíamos içar a vela e deixar que o vento nos levasse pelas águas cinzentas. Olhei para trás, procurando o navio vermelho que não estava à vista. Havia apenas as ondas, as nuvens e as chuvaradas atravessando nossa esteira, e as aves selvagens voando como retalhos brancos no vento forte. O *Mercante* se curvava nesse vento de modo que a água passava ruidosa. Sverri se apoiava no remo-leme e cantava para comemorar a fuga do inimigo misterioso. Eu poderia ter chorado de novo. Não sabia o que era o navio vermelho nem quem navegava nele, mas sabia que era inimigo de Sverri e que qualquer inimigo de Sverri era meu amigo. Mas ele havia sumido. Tínhamos escapado.

E assim voltamos à Britânia. Sverri não pretendera ir para lá e não possuía carga para vender, mas tinha moedas escondidas a bordo para comprar mercadorias. Mas as moedas também teriam de ser gastas para a sobrevivência. Ele havia fugido do navio vermelho, mas sabia que se fosse para casa iria encontrá-lo espreitando perto da Jutlândia, e não duvido de que estivesse pensando em algum outro local onde pudesse passar o inverno em segurança. Isso significava descobrir um senhor que o abrigasse enquanto o *Mercante* era puxado para terra, limpo, consertado e calafetado, e esse senhor exigiria prata. Nós, os remadores, ouvíamos trechos de conversas e percebemos que Sverri achava que deveria pegar uma última carga, levá-la à Dinamarca, vendê-la e encontrar algum porto onde pudesse se abrigar e de onde pudesse viajar por terra até sua casa para pegar mais prata com que financiar o comércio do ano seguinte.

Estávamos perto do litoral da Britânia. Não reconheci onde. Sabia que não era Ânglia Oriental porque havia penhascos e morros.

— Não há o que comprar aqui — reclamou Sverri.

— Peles de ovelha? — sugeriu Hakka.

— Que preço elas vão render nesta época do ano? — perguntou Sverri irritado. — Só iríamos pegar o que eles não conseguiram vender na primavera. Nada além de lixo cheio de bosta de ovelha. Prefiro levar carvão.

Uma noite nos abrigamos na foz de um rio e cavaleiros armados vieram à costa nos espiar, mas não usaram nenhum dos pequenos barcos de pesca que estavam na praia para vir até nós, sugerindo que, se os deixássemos em paz, eles nos deixariam em paz. No momento em que a escuridão ia caindo, outro barco mercante chegou ao rio e ancorou perto de nós. Seu comandante dinamarquês usou um bote para remar até nós e se agachou com Sverri no espaço sob a plataforma do leme, trocando notícias. Não ficamos sabendo de nada. Só vimos os dois bebendo cerveja e conversando. O estranho partiu antes que a escuridão escondesse seu navio e Sverri pareceu satisfeito com a conversa, porque de manhã gritou agradecendo ao outro barco e ordenou que puxássemos a âncora e pegássemos os remos. Era um dia sem vento, o mar estava calmo, e remamos para o norte junto à costa. Olhei para a terra, vi fumaça subindo de um povoado e pensei na liberdade que havia ali.

Eu sonhava com a liberdade, mas agora não acreditava que ela chegaria. Achava que morreria naquele remo como tantos outros, sob o látego de Sverri. Dos 12 remadores que estavam a bordo quando fui dado a Sverri, apenas quatro ainda viviam, dos quais Finan era um. Agora tínhamos 14 remadores, já que Sverri havia substituído os mortos, e desde que o navio vermelho viera assombrar sua existência, pagara por mais escravos para seus remos. Alguns comandantes de navio usavam homens livres para remar, achando que trabalhavam com mais boa vontade, mas esses homens esperavam compartilhar uma parte da prata, e Sverri era pão-duro.

Mais tarde, naquela manhã, chegamos à foz de um rio. Olhei para a ponta de terra na margem sul e vi uma grande armação de fogueira esperando para ser acesa, avisando seu povo que havia atacantes chegando, e eu já vira aquela fogueira antes. Era como uma centena de outras, mas a reconheci, e soube que ela ficava nas ruínas da fortaleza romana no local em que minha escravidão havia começado. Tínhamos retornado ao rio Tine.

— Escravos! — anunciou-nos Sverri. — É isso que vamos comprar. Escravos como vocês, seus desgraçados. Só que não são como vocês, porque são mulheres e crianças. Escoceses. Alguém aqui fala a língua deles? — Nenhum de nós respondeu. Não que precisássemos falar a língua dos escoceses, já que Sverri tinha chicotes que falavam alto o bastante.

Ele não gostava de transportar escravos como carga porque precisavam de vigilância e alimentação constantes, mas o outro navio mercante havia lhe falado de mulheres e crianças recém-capturadas num dos intermináveis ataques de fronteira entre a Nortúmbria e a Escócia, e esses escravos ofereciam a melhor perspectiva de qualquer lucro. Se algumas das mulheres e crianças fossem bonitas, poderiam ser vendidas a preço alto nos mercados da Jutlândia, e Sverri precisava fazer um bom negócio. Iríamos para Gyruum, e Sverri esperou até que a água quase houvesse chegado à marca da maré alta nos destroços, depois encalhou o *Mercante*. Não costumava encalhá-lo com frequência, mas queria que raspássemos o casco antes de voltar à Dinamarca, e um navio encalhado tornava mais fácil embarcar uma carga humana. Assim levamos o navio para a terra

180

Os senhores do norte

e vi que os currais de escravos haviam sido reconstruídos e que o mosteiro arruinado tinha um teto de palha outra vez. Tudo estava como antes.

Sverri nos fez usar colares de escravos que foram acorrentados juntos, para não conseguirmos escapar. Em seguida, enquanto ele atravessava o pântano salgado e subia ao mosteiro, raspamos com pedras o casco exposto. Finan cantava em seu irlandês nativo enquanto trabalhava, mas algumas vezes me lançava um riso torto.

— Arranque a calafetagem, Osbert — sugeriu ele.

— Para a gente afundar?

— É, mas Sverri afunda com a gente.

— Deixe-o viver para podermos matá-lo — disse eu.

— E vamos matá-lo.

— Nunca perder a esperança, não é?

— Sonhei com isso — disse Finan. — Sonhei com isso três vezes desde que o navio vermelho apareceu.

— Mas o navio vermelho sumiu.

— Vamos matá-lo. Prometo. Vou dançar nas tripas dele, vou sim.

A maré estivera no auge ao meio-dia, de modo que durante toda a tarde ela baixou até que o *Mercante* estava encalhado bem acima da água agitada e só poderia flutuar de novo muito depois do anoitecer. Sverri ficava sempre inquieto quando seu navio estava em terra, e eu sabia que ele iria querer trazer a carga naquele mesmo dia e fazer o navio flutuar de novo na maré noturna. Tinha uma âncora preparada, de modo que, no escuro, poderíamos nos afastar da praia e ancorar no centro do rio, prontos para deixá-lo às primeiras luzes.

Comprou 33 escravos. Os mais novos tinham cinco ou seis anos, a mais velha uns 17 ou 18, e eram todos mulheres e crianças, nenhum homem. Havíamos terminado de limpar o casco e estávamos agachados na praia quando chegaram. Espiamos as mulheres com os olhos famintos de homens sem parceiras. As escravas choravam, de modo que era difícil dizer se eram bonitas. Estavam chorando porque eram escravas e porque tinham sido roubadas de sua terra, porque temiam o mar e porque nos temiam. Uma dúzia de homens armados vinha a cavalo atrás. Não reconheci nenhum. Sverri caminhou pela

O navio vermelho

fileira de algemados, examinando os dentes das crianças e baixando os vestidos das mulheres para examinar seus seios.

— A ruiva deve render um bom preço — gritou um dos homens armados para Sverri.

— Todos vão render.

— Eu a comi ontem à noite — disse o homem —, por isso talvez esteja levando um filho meu, hein? Você vai levar dois escravos pelo preço de um, seu desgraçado sortudo.

Os escravos já estavam algemados e Sverri fora obrigado a pagar pelas algemas e correntes, assim como tivera de comprar comida e cerveja para manter vivos os 33 escoceses na viagem à Jutlândia. Tínhamos de pegar as provisões no mosteiro, por essa razão Sverri nos levou de volta pelo pântano salgado, atravessando o riacho e subindo até a cruz de pedra caída, onde uma carroça e seis homens montados esperavam. A carroça tinha barris de cerveja, caixotes de arenque salgado e enguias defumadas, além de um saco de maçãs. Sverri mordeu uma maçã, fez uma careta e cuspiu o bocado.

— Cheia de bichos — reclamou, e jogou o resto para nós. Consegui pegá-lo no ar, apesar de todo mundo ter tentado. Parti no meio e dei um pedaço a Finan. — Eles brigam até por uma maçã bichada — zombou Sverri, depois derramou um saco de moedas no leito da carroça. — De joelhos, desgraçados — rosnou para nós enquanto um sétimo cavaleiro vinha até a carroça.

Ajoelhamo-nos em reverência ao recém-chegado.

— Precisamos testar as moedas — disse o recém-chegado. Reconheci a voz, levantei os olhos e vi Sven, o Caolho.

E ele me olhou.

Baixei o olhar e mordi a maçã.

— Dinheiro franco — disse Sverri com orgulho, oferecendo algumas moedas de prata a Sven.

Sven não as pegou. Estava me olhando.

— Quem é aquele? — perguntou.

Sverri me olhou.

— Osbert — respondeu. Em seguida escolheu mais algumas moedas.

— Estas são moedas de Alfredo — disse, estendendo-as para Sven.

— Osbert? — perguntou Sven. Continuava me olhando. Eu não me parecia com Uhtred de Bebbanburg. Meu rosto tinha cicatrizes novas, o nariz estava quebrado, o cabelo despenteado parecia um telhado de palha embolada, a barba era revolta e a pele, escura como madeira em conserva, mas mesmo assim ele continuou me encarando. — Venha cá, Osbert — disse Sven.

Eu não podia ir longe porque a corrente de pescoço me mantinha perto dos outros remadores, mas me levantei, arrastei os pés até ele e me ajoelhei de novo, porque era escravo e ele era um senhor.

— Olhe para mim — rosnou ele.

Obedeci, encarando seu olho único, e vi que ele vestia uma bela malha e uma bela capa e estava montado num belo cavalo. Fiz a bochecha direita estremecer e babei como se estivesse meio louco e ri, como se estivesse satisfeito em vê-lo, e balancei a cabeça compulsivamente. Ele deve ter decidido que eu não passava de outro escravo arruinado e meio louco e me dispensou, pegando as moedas com Sverri. Os dois regatearam, mas por fim um número suficiente de moedas foi aceito como prata boa e nós, remadores, recebemos ordem de carregar os barris e caixotes até o navio.

Sverri me deu um soco no ombro enquanto andávamos.

— O que você estava fazendo?

— Fazendo, senhor?

— Se sacudindo feito um idiota. Babando.

— Acho que estou ficando doente, senhor.

— Você conhecia aquele homem?

— Não, senhor.

Sverri suspeitava de mim, mas não conseguiu saber de nada, e me deixou em paz, enquanto colocávamos os barris a bordo do *Mercante*, ainda um tanto encalhado na praia. Mas não estremeci nem babei enquanto guardávamos as provisões, e Sverri soube que havia algo estranho. Pensou mais nisso e depois me bateu de novo quando percebeu a resposta.

— Você veio daqui, não foi?

— Vim, senhor?

Ele me bateu de novo, com mais força, e os outros escravos ficaram olhando. Conheciam um animal ferido quando viam, e só Finan teve alguma simpatia por mim, mas era impotente.

O navio vermelho

— Você veio daqui — disse Sverri. — Como posso ter me esquecido disso? Foi aqui que me deram você. — Ele apontou para Sven, que estava do outro lado do pântano, no morro coroado pela ruína. — O que Sven, o Caolho, é seu?

— Nada. Nunca o vi antes.

— Seu cagalhão mentiroso.

Sverri tinha um instinto de mercador para o lucro, por isso ordenou que eu fosse separado dos outros remadores, mas garantiu que meus tornozelos ainda estivessem algemados e que eu ainda usasse a corrente de pescoço. Pegou a ponta da corrente, pretendendo me levar de volta ao mosteiro, mas não fomos mais longe do que a margem de seixos porque Sven também havia pensado melhor. Meu rosto assombrava seus sonhos ruins, e na imagem trêmula e idiota de Osbert ele vira seus pesadelos. E agora vinha galopando em nossa direção, seguido por seis cavaleiros.

— Ajoelhe-se — ordenou Sverri.

Ajoelhei-me.

O cavalo de Sven parou derrapando na margem de seixos.

— Olhe para mim — ordenou pela segunda vez. Olhei para cima e o cuspe pingou da minha boca na barba. Estremeci, e Sverri me bateu com força. — Quem é ele? — perguntou Sven.

— Ele me disse que se chamava Osbert, senhor.

— Ele disse?

— Ele me foi dado aqui, senhor, neste lugar — disse Sverri. — E me disse que se chamava Osbert.

Então Sven sorriu. Apeou e caminhou até onde eu estava, levantando meu queixo para ver meu rosto.

— Você o ganhou aqui? — perguntou a Sverri.

— O rei Guthred me deu, senhor.

Então Sven me reconheceu e seu rosto de um olho só contorceu-se numa estranha mistura de triunfo e ódio. Bateu na minha cabeça, bateu com tanta força que minha mente ficou escura por um instante e eu caí de lado.

— Uhtred! — proclamou ele em triunfo. — Você é Uhtred!

— Senhor! — Sverri estava parado acima de mim, me protegendo. Não porque gostasse de mim, mas porque eu representava um lucro caído do céu.

— Ele é meu — disse Sven, e sua espada longa sussurrou saindo da bainha de pele de carneiro.

— Ele é meu para vender, senhor, e seu para comprar — disse Sverri humildemente, mas com firmeza.

— Para tomá-lo, eu mato você, Sverri, e todos os seus homens. De modo que o preço deste homem é a sua vida.

Então Sverri soube que estava derrotado. Baixou a cabeça, soltou a corrente de meu pescoço e recuou. Nesse momento peguei a corrente do pescoço e chicoteei sua ponta solta contra Sven. Ela sibilou perto dele, fazendo-o recuar, e então corri. As algemas das pernas me atrapalhavam e não tive escolha senão entrar correndo no rio. Tropecei nas ondas pequenas e me virei, pronto para usar a corrente como arma, e soube que estava morto porque os cavaleiros de Sven vinham chegando para me pegar e recuei mais fundo na água. Era melhor me afogar, pensei, do que sofrer as torturas de Sven.

Então os cavaleiros pararam. Sven passou por eles e de repente parou também. Eu estava enfiado até o peito no rio, a corrente era desajeitada na minha mão e eu me preparava para me jogar de costas para a morte negra nas águas quando o próprio Sven se afastou. Então recuou mais um passo, virou-se e correu para o cavalo. Havia medo em seu rosto e eu me arrisquei a olhar o que o havia amedrontado.

E ali, vindo do mar, impulsionado por dois conjuntos de remadores e pela rápida maré montante, o navio vermelho.

SEIS

O navio vermelho estava perto e chegando depressa. A proa coroada por uma cabeça de dragão com dentes pretos e cheia de homens armados, com cotas de malha e elmos. Chegou numa tempestade de ruídos; os remos batendo na água, os gritos dos guerreiros e o borbulhar da água branca ao redor da grande fera vermelha na proa alta. Precisei cambalear de lado para evitá-lo, porque o navio não diminuiu a velocidade ao se aproximar da praia, continuou vindo, os remos deram um último impulso, a proa raspou em terra, a cabeça de dragão se ergueu e a quilha do grande navio se chocou na praia num trovão de seixos se espalhando. O casco escuro se erguia acima de mim. Então um cabo de remo me acertou nas costas, jogando-me sob as águas, e quando consegui cambalear de pé vi que o navio havia parado com um tremor e que uma dúzia de homens usando malha havia pulado da proa com lanças, espadas, machados e escudos. Os primeiros a chegar à praia berraram em desafio enquanto os remadores largavam os remos, pegavam armas e iam atrás. Não era um navio mercante, e sim um viking chegando para matar.

Sven fugiu. Subiu desajeitadamente na sela e disparou pelo pântano, enquanto seus seis homens, muito mais corajosos, viravam os cavalos na direção dos vikings invasores, mas os animais foram derrubados a machado, relinchando, e os cavaleiros sem montarias foram trucidados na praia, o sangue escorrendo até as pequenas ondas onde eu continuava, boquiaberto, mal acreditando no que via. Sverri estava de joelhos com as mãos abertas para mostrar que não tinha armas.

O comandante do navio vermelho, glorioso num elmo com asas de águia no topo, levou seus homens até o caminho do pântano e os guiou para as construções do mosteiro. Deixou meia dúzia de guerreiros na praia. Um deles era um homem enorme, alto como uma árvore e largo como um barril, que carregava um grande machado de guerra manchado de sangue. Ele tirou o elmo e riu para mim. Disse algo, mas não escutei. Só estava olhando incrédulo enquanto ele ria mais largo.

Era Steapa.

Steapa Snotor. Steapa, o Inteligente, era o que o nome significava, o que era uma piada, porque ele não era o mais brilhante dos homens, mas era um grande guerreiro que já fora meu inimigo jurado e depois virara meu amigo. Agora riu para mim da beira d'água e eu não entendi por que um guerreiro saxão do oeste viajava num navio viking, e então comecei a chorar. Chorei porque estava livre e porque o rosto largo, marcado, maligno de Steapa era a coisa mais linda que eu já vira desde que estava nesta praia.

Saí da água e o abracei, e ele deu tapinhas desajeitados em minhas costas, sem conseguir parar de rir porque estava feliz.

— Eles fizeram isso com o senhor? — perguntou, apontando para as algemas das pernas.

— Estou usando há mais de dois anos.

— Separe as pernas, senhor.

— Senhor? — Sverri tinha ouvido Steapa e entendeu essa única palavra em saxão. Levantou-se e deu um passo hesitante em nossa direção. — Foi disso que ele chamou você? — perguntou-me. — De senhor?

Só olhei para Sverri e ele ficou de joelhos outra vez.

— Quem é você? — perguntou amedrontado.

— Quer que eu o mate? — rosnou Steapa.

— Ainda não — respondi.

— Eu o mantive vivo — disse Sverri. — Alimentei você.

Apontei para ele.

— Fique quieto. — E ele ficou.

— Separe as pernas, senhor — disse Steapa outra vez. — Estique esta corrente para mim.

Fiz o que ele ordenou.

— Tenha cuidado — pedi.

— Tenha cuidado! — zombou ele, depois girou o machado. A grande lâmina passou assobiando junto à minha virilha e se chocou contra a corrente. Meus tornozelos foram torcidos para dentro pelo golpe fortíssimo, fazendo com que eu cambaleasse. — Fique parado — ordenou Steapa. Em seguida deu outro golpe, e dessa vez a corrente se partiu. — Agora pode andar, senhor — disse Steapa, e eu podia, mas os elos da corrente partida se arrastavam atrás de meus tornozelos.

Caminhei até os mortos e escolhi duas espadas.

— Liberte aquele homem — disse eu a Steapa, apontando para Finan. Steapa cortou mais correntes e Finan correu para mim, rindo, e nós nos encaramos, olhos brilhantes com lágrimas de felicidade, e então estendi uma espada para ele. Ele olhou a lâmina por um momento, como se não acreditasse no que via, então apertou o punho e uivou como um lobo para o céu, que ia escurecendo. Em seguida rodeou meu pescoço com os braços. Estava chorando.

— Você está livre — disse eu.

— Sou um guerreiro de novo. Sou Finan, o Ágil!

— E eu sou Uhtred — disse eu, usando meu nome pela primeira vez desde que estivera antes nesta praia. — Meu nome é Uhtred — repeti, porém dessa vez mais alto — e sou o senhor de Bebbanburg. — Virei-me para Sverri, com a raiva inchando. — Sou o senhor Uhtred. — Agora estava com uma fúria rubra. Fui até Sverri e levantei seu rosto com a lâmina da espada. — Sou Uhtred, e você vai me chamar de senhor.

— Sim, senhor — disse ele.

— E ele é Finan da Irlanda, e você vai chamá-lo de senhor.

Sverri olhou para Finan, não conseguiu sustentar o olhar e baixou a cabeça.

— Senhor — disse ele a Finan.

Eu queria matá-lo, mas imaginei que a utilidade de Sverri nesta terra não estava totalmente acabada, por isso me contentei em pegar a faca de Steapa e cortar a túnica de Sverri para desnudar seu braço. Ele estava tremendo, esperando que sua garganta fosse cortada, mas em vez disso cortei a letra E em sua carne, depois esfreguei areia no ferimento.

— Então diga, escravo — falei —, como você tira esses rebites? — E bati nas algemas de tornozelos com a faca.

— Preciso de ferramentas de ferreiro, senhor.

— Se quiser viver, Sverri, reze para encontrarmos.

Tinha de haver ferramentas no mosteiro arruinado, porque era ali que os homens de Kjartan algemavam os escravos. Steapa, então, mandou dois homens para procurar os meios de tirar as correntes e Finan se divertiu estripando Hakka, porque não deixei que ele trucidasse Sverri. Os escravos escoceses ficaram olhando com espanto enquanto o sangue corria para o mar ao lado do *Mercante* encalhado. Depois Finan dançou de júbilo e cantou uma de suas músicas selvagens, em seguida matou o restante da tripulação de Sverri.

— Por que você está aqui? — perguntei a Steapa.

— Fui mandado, senhor.

— Mandado? Quem o mandou?

— O rei, claro.

— Guthred mandou você?

— Guthred? — perguntou Steapa, perplexo com o nome, depois balançou a cabeça. — Não, senhor. Foi o rei Alfredo, claro.

— Alfredo mandou você? — perguntei, depois olhei-o boquiaberto. — Alfredo?

— Alfredo nos mandou — confirmou ele.

— Mas são dinamarqueses — indiquei os tripulantes que haviam sido deixados na praia com Steapa.

— Alguns são dinamarqueses, mas na maioria somos saxões do oeste. Alfredo nos mandou.

— Alfredo mandou vocês? — perguntei de novo, sabendo que parecia um idiota incoerente, mas mal podia acreditar no que ouvia. — Alfredo mandou dinamarqueses?

— Uma dúzia, senhor, e só estão aqui porque o seguem. — Ele apontou para o comandante do navio com seu elmo alado, que vinha retornando

Os senhores do norte

pela praia. — Ele é o refém — disse Steapa como se isso explicasse tudo — e Alfredo me mandou para mantê-lo honesto. Eu o vigio.

O refém? Então me lembrei de quem era o distintivo da águia e cambaleei na direção do comandante do navio vermelho, atrapalhado pelas correntes cortadas arrastando-se atrás dos tornozelos. O guerreiro que se aproximava tirou o elmo alado e mal pude ver seu rosto por causa das lágrimas. Mas mesmo assim gritei seu nome.

— Ragnar! — gritei. — Ragnar!

Ele estava rindo quando nos encontramos. Abraçou-me, girou-me no ar, me abraçou pela segunda vez e depois me empurrou.

— Você está fedendo — disse ele —, você é o desgraçado mais feio, cabeludo e fedorento em que já pus os olhos. Deveria jogá-lo para os caranguejos, mas, afinal, por que um bom caranguejo iria querer uma coisa tão repulsiva quanto você?

Eu estava rindo e chorando.

— Alfredo mandou você?

— Mandou, mas eu não teria vindo se soubesse do cagalhão imundo em que você se transformou. — Ragnar deu um sorriso largo e esse sorriso me fez lembrar de seu pai, todo feito de bom humor e força. Ele me abraçou de novo. — É bom ver você, Uhtred Ragnarson.

Os homens de Ragnar haviam impelido o restante dos soldados de Sven para longe. O próprio Sven havia escapado a cavalo, fugindo para Dunholm. Queimamos os currais, libertamos os escravos e naquela noite, à luz das cabanas incendiadas, minhas algemas foram retiradas. Nos dias seguintes eu erguia os pés ridiculamente alto quando caminhava, porque havia me acostumado demais com o peso dos ferros.

Tomei banho. A escrava escocesa de cabelos vermelhos cortou meu cabelo, observada por Finan.

— O nome dela é Ethne — disse ele. Finan falava sua língua, ou pelo menos os dois conseguiam se entender, mas, pelo modo como ele a olhava, achei que línguas diferentes não teriam sido barreira. Ethne encontrara entre os mortos de Sven dois dos homens que a haviam estuprado e pegara emprestada a espada de Sven para mutilar os cadáveres. Finan ficara olhando-a com

O navio vermelho

orgulho. Agora ela usava uma tesoura grande para cortar meu cabelo e aparar a barba. Depois vesti um gibão de couro, uma calça limpa e sapatos de verdade. Em seguida comemos na igreja do mosteiro arruinado e me sentei com Ragnar, meu amigo, e ouvi a história do meu resgate.

— Estivemos seguindo você durante todo o inverno — disse ele.

— Nós vimos vocês.

— Não poderiam deixar de ver, com aquele casco. Esse navio não é um horror? Odeio cascos de pinheiro. Chama-se *Fogo de Dragão*, mas eu o chamo de *Bafo de Verme*. Levei um mês para prepará-lo para o mar. Pertencia a um homem que foi morto em Ethandun, estava apodrecendo no Temes quando Alfredo o deu a nós.

— Por que Alfredo faria isso?

— Porque disse que você ganhou o trono para ele em Ethandun — respondeu Ragnar, e riu. — Alfredo estava exagerando, tenho certeza de que estava. Imagino que você só andou tropeçando pelo campo de batalha e fez um tremendo barulho, mas foi o bastante para enganar Alfredo.

— Fiz o bastante — respondi baixinho, lembrando-me da comprida colina verde. — Mas achei que Alfredo não havia notado.

— Ele notou, mas não fez isso somente por você. Ele ganhou um convento, também.

— O quê?

— Ganhou um convento. Deus sabe por que ele quer isso. Eu poderia ter trocado você por um bordel, mas Alfredo ganhou um convento, e pareceu bem satisfeito com essa barganha.

E foi então que a história emergiu. Naquela noite não escutei toda a narrativa, porém mais tarde juntei as peças e vou contá-la aqui. Tudo começou com Hild.

Guthred manteve a última promessa feita a mim e tratou-a com honra. Deu-lhe minha espada e meu elmo, deixou que ela ficasse com a cota de malha e os braceletes e pediu que ela fosse dama de companhia de sua nova esposa, a rainha Osburth, a sobrinha saxã do destronado rei de Eoferwic. Mas Hild se culpava pela traição a mim. Decidiu que havia ofendido ao seu deus resistindo ao chamado para ser freira, por isso implorou que Guthred a liberasse para voltar a Wessex e se juntar de novo à sua ordem. Guthred queria que Hild permanecesse na Nortúmbria, mas ela implorou que a deixasse ir e disse que Deus e São Cuthbert exigiam isso, e Guthred sempre foi aberto à persuasão de Cuthbert. Por isso, permitiu que ela acompanhasse os mensageiros que ele estava mandando a Alfredo. Assim, Hild retornou a Wessex e lá encontrou Steapa, que sempre havia gostado dela.

— Ela me levou a Fifhaden — disse Steapa naquela noite, quando as cabanas ardiam sob as paredes arruinadas do mosteiro de Gyruum.

— A Fifhaden?

— E nós desenterramos seu tesouro. Hild me mostrou onde estava e eu o desenterrei. Então o levamos a Alfredo. Tudo. Derramamos no chão e ele simplesmente ficou olhando.

O tesouro foi a arma de Hild. Ela contou a Alfredo a história de Guthred e de como ele havia me traído, e prometeu a Alfredo que se ele mandasse homens para me procurar ela usaria todo aquele ouro e a prata que estavam no piso de seu castelo para construir uma casa de Deus, que se arrependeria de seus pecados e viveria o resto da vida como noiva de Cristo. Usaria as algemas da igreja para que minhas correntes de ferro fossem retiradas.

— Ela virou freira de novo? — perguntei.

— Ela disse que queria isso — contou Steapa. — Disse que Deus queria isso. E Alfredo concordou. Disse sim a ela.

— Então Alfredo libertou você? — perguntei a Ragnar.

— Espero que liberte quando eu levá-lo para casa. Ainda sou refém, mas Alfredo disse que eu poderia procurar você se prometesse devolvê-lo a ele. E todos seremos liberados em breve. Guthrum não está criando encrenca. Agora ele se chama de rei Æthelstan.

— Está em Ânglia Oriental?

— Está em Ânglia Oriental — confirmou Ragnar — e construindo igre· jas e mosteiros.

— Então realmente virou cristão?

— O pobre coitado é tão devoto quanto Alfredo — disse Ragnar em tom sombrio. — Guthrum sempre foi um idiota crédulo. Mas Alfredo mandou me chamar. Disse que eu poderia procurar você. Deixou que eu levasse os homens que me serviam no exílio e o restante dos tripulantes que Steapa encontrou. São saxões, claro, mas os desgraçados remam bastante bem.

— Steapa disse que estava aqui para vigiar você.

— Steapa! — Ragnar olhou para o outro lado da fogueira que havíamos acendido na nave da igreja do mosteiro arruinado. — Seu bosta fedorenta de arminho. Você disse que estava aqui para me vigiar?

— Mas estou, senhor — respondeu Steapa.

— Você é um bosta. Mas luta bem. — Ragnar riu e olhou de novo para mim. — E vou levá-lo de volta a Alfredo.

Olhei para a fogueira, na qual as varas queimando luziam em vermelho brilhante.

— Thyra está em Dunholm — disse eu. — E Kjartan ainda vive.

— E eu vou a Dunholm quando Alfredo me liberar — disse Ragnar —, mas primeiro tenho de levar você a Wessex. Fiz um juramento. Jurei que não violaria a paz da Nortúmbria, apenas iria pegar você. Mas Alfredo ficou com Brida, claro. — Brida era a mulher dele.

— Alfredo ficou com ela?

— Como refém para mim, acho. Mas vai soltá-la, eu vou levantar o dinheiro, juntarei homens e rasparei Dunholm da face da terra.

— Você não tem dinheiro?

— Não o suficiente.

Então contei-lhe sobre a casa de Sverri na Jutlândia e de como havia dinheiro lá, ou pelo menos acreditávamos que havia. Ragnar pensou nisso e eu pensei em Alfredo.

Alfredo não gostava de mim. Nunca havia gostado. Às vezes me odiava, mas eu havia prestado serviços a ele. Havia prestado grandes serviços, e ele fora menos do que generoso em recompensar esses serviços. Cinco jeiras havia me dado, quando eu lhe dera um reino. No entanto, agora eu lhe devia a liberdade e não entendia por que ele fizera isso. A não ser, claro, que Hild lhe desse uma casa de orações, e ele desejaria isso, e teria recebido bem o arrependimento dela — e essas duas coisas faziam sentido, de um modo deturpado. Mas mesmo assim ele havia conseguido minha liberdade. Havia estendido a mão e me arrancado da escravidão, e decidi que, afinal de contas, ele era ge-

194

Os senhores do norte

neroso. Mas também sabia que haveria um preço a pagar. Alfredo iria querer mais do que a alma de Hild e um novo convento. Iria querer a mim.

— Eu esperava nunca mais ver Wessex.

— Bem, mas vai ver — disse Ragnar —, porque jurei levá-lo de volta. Além disso, não podemos ficar aqui.

— Não — concordei.

— Kjartan terá cem homens aqui de manhã — disse Ragnar.

— Duzentos — respondi.

— Então temos de ir — disse ele, depois ficou pensativo. — Há um tesouro na Jutlândia?

— Um grande tesouro — concordou Finan.

— Achamos que está enterrado numa cabana de juncos — acrescentei —, guardado por uma mulher e três crianças.

Ragnar olhou pela porta, para onde algumas fagulhas do fogo apareciam entre as palhoças construídas perto da antiga fortaleza romana.

— Não posso ir à Jutlândia — disse baixinho. — Fiz um juramento de que levaria você de volta assim que o encontrasse.

— Então alguém mais pode ir — sugeri. — Agora você tem dois navios. E Sverri vai revelar onde está o tesouro, se ficar suficientemente amedrontado.

Assim, na manhã seguinte Ragnar ordenou que seus 12 dinamarqueses atravessassem o mar com o *Mercante*. O comando do navio foi dado a Rollo, o melhor piloto de Ragnar. Finan implorou para ir na tripulação de Rollo, e a garota escocesa, Ethne, foi com Finan, que agora usava cota de malha, um elmo e tinha uma espada longa presa à cintura. Sverri foi acorrentado a um dos bancos de remadores do *Mercante* e, enquanto o navio deixava o litoral, vi Finan chicoteando-o com o açoite que havia marcado nossas costas durante tantos meses.

O *Mercante* partiu, então levamos os escravos escoceses para o outro lado do rio no navio vermelho e os soltamos na margem norte. Eles estavam apavorados e não sabiam o que fazer, por isso lhes demos um punhado das moedas que havíamos tirado da caixa-forte de Sverri e lhes dissemos para continuar andando com o mar sempre à direita e que, com um pouco de sorte, eles poderiam chegar em casa. Mais provavelmente seriam capturados pela guarnição de Bebbanburg e vendidos de novo como escravos, mas não podíamos fazer nada. Nós os deixamos, afastamos o navio vermelho da margem e viramos para o mar.

Atrás de nós, onde a colina de Gyruum soltava a fumaça dos restos de nossas fogueiras, apareceram cavaleiros usando cota de malha e elmos. Alinharam-se na crista e uma coluna deles galopou pelo pântano salgado até a margem de seixos, mas era tarde demais. Estávamos cavalgando a maré vazante em direção ao mar aberto. Olhei para trás, vi os homens de Kjartan e soube que iria vê-los de novo. Então o *Fogo de Dragão* rodeou a curva do rio, os remos cortaram a água e o sol brilhou como pontas de lanças nas pequenas ondas. Uma águia-pescadora voou no alto, eu ergui os olhos para o vento e chorei.

Puras lágrimas de alegria.

Levamos três semanas para viajar até Lundene, onde pagamos prata aos dinamarqueses que cobravam pedágio de cada navio que remava rio acima, depois foram mais dois dias até Readingum, onde encalhamos o *Fogo de Dragão* e compramos cavalos com o dinheiro de Sverri. Era outono em Wessex, época de névoas e campos sem cultivo. Os falcões peregrinos haviam retornado do local para onde viajam no céu alto durante os meses de verão, onde quer que seja, e as folhas dos carvalhos estavam ganhando um bronze estremecido pelo vento.

Cavalgamos até Wintanceaster, porque nos disseram que era lá que Alfredo estava com a corte, mas no dia em que chegamos ele havia ido até uma de suas propriedades e não deveria retornar naquela noite. Assim, enquanto o sol baixava sobre os andaimes da grande igreja que Alfredo estava construindo, deixei Ragnar na taverna Duas Grous e caminhei até o limite norte da cidade. Tive de pedir informações e me indicaram um beco longo cheio de buracos lamacentos. Dois porcos chafurdavam no beco, que era limitado, de um dos lados, por um muro de madeira no qual havia uma porta baixa marcada com uma cruz. Havia uns vinte mendigos agachados na lama e no esterco do lado de fora da porta. Vestiam trapos. Alguns tinham perdido braços ou pernas, a maioria estava coberta de feridas e uma cega segurava uma criança cheia de cicatrizes. Todos se arrastaram nervosos de lado quando cheguei perto.

Bati e esperei. Já ia bater de novo quando uma portinhola foi puxada de lado na porta e expliquei a que vinha, depois a portinhola se fechou e esperei de novo. A criança com cicatrizes chorou e a cega estendeu uma tigela de pedinte na minha direção. Um gato caminhou pelo topo do muro e uma nuvem de estorninhos voou para o oeste. Duas mulheres com enormes fardos de lenha amarrados às costas passaram por mim e atrás delas um homem puxava uma vaca. Ele baixou a cabeça em deferência porque eu me parecia de novo com alguém de importância. Estava vestido em couro e tinha uma espada à cintura, mas não era Bafo de Serpente. Minha capa preta era presa ao pescoço com um pesado broche de prata e âmbar que eu havia tirado de um dos tripulantes mortos de Sverri, e esse broche era minha única joia, porque não tinha braceletes.

Então a porta baixa foi destrancada e puxada para dentro nas dobradiças de couro, e uma mulher pequenina sinalizou para eu entrar. Passei abaixando-me, ela fechou a porta e me guiou por um pequeno gramado, parando ali para deixar que eu raspasse o esterco das botas, antes de me levar a uma igreja. Fez com que eu entrasse, depois parou de novo e fez uma genuflexão virada para o altar. Murmurou uma reza e indicou que eu deveria passar por outra porta e entrar num cômodo vazio, com paredes de pau a pique. Dois bancos eram a única mobília e ela disse que eu poderia me sentar num deles, depois abriu um postigo para que o sol da tarde iluminasse o cômodo. Um camundongo correu pelos juncos do chão, a mulherzinha fez "tsk-tsk" e me deixou sozinho.

Esperei de novo. Um galo cantou no telhado. Vindo de algum lugar próximo pude ouvir o esguicho rítmico de leite indo para um balde. Outra vaca, com o úbere cheio, esperava pacientemente do outro lado do postigo aberto. O galo cantou de novo, em seguida a porta se abriu e três freiras entraram no cômodo. Duas ficaram paradas junto à parede mais distante, e a terceira apenas me olhou e começou a chorar em silêncio.

— Hild — disse eu, e me levantei para abraçá-la, mas ela estendeu a mão para impedir meu toque. Continuou chorando, mas também estava sorrindo, então pôs as duas mãos no rosto e ficou assim por longo tempo.

— Deus me perdoou — disse ela finalmente por entre os dedos.

O navio vermelho

— Fico feliz com isso.

Ela fungou, tirou as mãos do rosto e indicou que eu deveria me sentar de novo. Em seguida sentou-se diante de mim e por um tempo simplesmente ficamos nos olhando, e pensei em quanto eu havia sentido sua falta, não como amante, mas como amiga. Queria abraçá-la, e talvez ela tenha sentido isso, porque se empertigou mais e falou com muita formalidade:

— Agora sou a abadessa Hildegyth.

— Eu havia esquecido que seu nome verdadeiro era Hildegyth.

— E faz bem ao meu coração vê-lo — disse ela de modo formal. Usava um manto cinza áspero que combinava com a roupa das duas companheiras, ambas mais velhas. Os mantos eram amarrados com corda de cânhamo e capuzes pesados escondiam os cabelos. Uma cruz simples de madeira pendia do pescoço de Hild e ela a segurava compulsivamente. — Rezei por você.

— Parece que suas preces funcionaram — respondi sem jeito.

— E roubei todo o seu dinheiro — disse ela com um toque da antiga malícia.

— Dou o dinheiro a você, de boa vontade.

Ela me contou sobre o convento. Ela o havia construído com o dinheiro do tesouro de Fifhaden e agora ele abrigava 16 irmãs e oito mulheres leigas.

— Nossa vida é dedicada a Cristo e a Hedda. Sabe quem foi Hedda?

— Nunca ouvi falar dela.

As duas freiras mais velhas, que haviam me olhado com desaprovação séria, subitamente irromperam em risinhos. Hild sorriu.

— São Hedda era um homem — disse ela com gentileza. — Nasceu na Nortúmbria e foi o primeiro bispo de Wintanceaster. É lembrado como um homem santo e bom, e eu o escolhi porque você é da Nortúmbria, e foi sua generosidade involuntária que nos permitiu construir esta casa na cidade em que São Hedda pregava. Prometemos rezar a ele todos os dias até sua volta, e agora rezaremos a ele todo dia agradecendo por ter atendido às nossas preces.

Não falei nada porque não sabia o que falar. Lembro-me de ter pensado que a voz de Hild soava forçada, como se ela estivesse convencendo a si mesma, além de a mim, de que estava feliz. E eu estava errado. A voz saía forçada porque minha presença lhe trazia lembranças desagradáveis, e com o tempo descobri que ela estava realmente feliz. Sentia-se útil. Havia feito as pazes com seu deus e depois de morrer foi lembrada como uma santa. Não faz muito tempo um bispo me contou tudo sobre a mui santa e abençoada Santa Hildegyth e como ela foi um exemplo luminoso de castidade e caridade cristã. Fiquei tremendamente tentado a lhe dizer que eu havia arreganhado a santa entre os ranúnculos, mas consegui me conter. Sem dúvida ele estava certo com relação à caridade dela. Hild me contou que o objetivo do convento de São Hedda não era simplesmente rezar por mim, seu benfeitor, mas curar os doentes.

— Ficamos ocupadas o dia inteiro — disse ela — e somos serviçais deles. — E me deu um sorriso rápido. — Agora diga o que rezei para ouvir. Conte suas histórias.

Então contei, e não contei tudo o que havia acontecido. Dei pouca importância à escravidão, dizendo apenas que fora acorrentado para não conseguir escapar. Contei sobre as viagens, os lugares estranhos e as pessoas que tinha visto. Falei da terra de gelo e fogo, de olhar as grandes baleias rompendo o mar sem fim, contei sobre o rio comprido que serpenteava numa terra de bétulas e neve constante, e terminei dizendo que estava feliz em ser um homem livre de novo e agradecido a ela por conseguir isso.

Hild ficou quieta quando terminei. O leite continuava espirrando no balde lá fora. Um pardal se empoleirou no parapeito da janela, empinou-se e voou. Hild estivera me olhando, como se testasse a veracidade de minhas palavras.

— Foi ruim? — perguntou depois de um tempo.

Hesitei, tentado a mentir, depois dei de ombros.

— Foi.

— Mas agora você é o senhor Uhtred de novo, e tenho as suas posses. — Ela sinalizou para uma das freiras, que saiu da sala. — Guardamos tudo para você — disse animada.

— Tudo?

— Menos o cavalo — respondeu ela em tom pesaroso. — Não pude trazer o cavalo. Como ele se chamava? Witnere?

— Witnere.

— Acho que foi roubado.

— Roubado?

— O senhor Ivarr o pegou.

Não falei nada porque a freira havia retornado desajeitadamente à sala, com uma braçada de armas e cota de malha. Tinha meu elmo, a pesada cota de couro e malha, os braceletes, Ferrão de Vespa e Bafo de Serpente. Largou tudo aos meus pés e havia lágrimas em meus olhos quando me inclinei e toquei o punho de Bafo de Serpente.

— A cota de malha foi danificada — disse Hild —, por isso mandamos um armeiro do rei consertar.

— Obrigado.

— Rezei para que você não se vingasse do rei Guthred.

— Ele me escravizou — respondi asperamente. Não podia afastar a mão da espada. Houvera muitos momentos de desespero nos últimos dois anos, momentos em que pensei que jamais tocaria uma espada de novo, quanto mais Bafo de Serpente, no entanto ali estava ela, e minha mão se fechou lentamente ao redor do punho.

— Guthred fez o que achava melhor para o seu reino — disse Hild séria. — E ele é cristão.

— Ele me escravizou — repeti.

— E você deve perdoá-lo — disse Hild incisivamente —, como perdoei os homens que me fizeram mal e como Deus me perdoou. Eu era uma pecadora, uma grande pecadora, mas Deus me tocou, derramou sua graça sobre mim e me perdoou. Então jure que vai poupar Guthred.

— Não farei juramentos — respondi com aspereza, ainda segurando Bafo de Serpente.

— Você não é um homem mau, sei disso. Foi mais gentil comigo do que jamais mereci. Então seja gentil com Guthred. Ele é um bom homem.

— Vou me lembrar disso quando encontrá-lo — falei evasivamente.

— E lembre-se de que ele se arrependeu do que fez, e que fez isso porque acreditava que iria preservar o reino. E lembre-se também de que ele deu dinheiro a esta casa, como penitência. Temos muita necessidade de prata. Não há escassez de pobres, doentes, mas sempre há uma escassez de donativos.

Os senhores do norte

Sorri para ela. Depois me levantei, desafivelei a espada que havia tirado de um dos homens de Sven em Gyruum, soltei o broche do pescoço e deixei a capa, o broche e a espada caírem nos juncos do piso.

— Isto você pode vender — disse eu. Depois, grunhindo com o esforço, vesti a velha cota de malha, prendi as antigas espadas e peguei o elmo com crista de lobo. A cota parecia monstruosamente pesada porque fazia muito tempo que eu não usava malha. Além disso, estava grande demais para mim, porque eu havia emagrecido naqueles anos puxando o remo de Sverri. Passei os braceletes pelas mãos, depois olhei para Hild.

— Vou lhe fazer um juramento, abadessa Hildegyth. — Ela me olhou e estava enxergando o antigo Uhtred, o brilhante senhor e guerreiro de espada. — Vou sustentar sua casa — prometi — e você terá dinheiro meu, prosperará e sempre terá minha proteção.

Ela sorriu, depois enfiou a mão numa bolsa pendurada no cinto e estendeu uma pequena cruz de prata.

— E esse é meu presente para você. E rezo para que a reverencie como eu e aprenda sua lição. Nosso Senhor morreu na cruz pelo mal que todos fazemos, e não tenho dúvida, senhor Uhtred, de que parte da dor que ele sentiu ao morrer foi pelos seus pecados.

Ela me deu a cruz e nossos dedos se tocaram. Olhei em seus olhos e ela retirou a mão rapidamente. Mas ficou ruborizada e me olhou disfarçadamente, a cabeça um pouco abaixada. Por um instante vi a antiga Hild, a frágil e bela Hild, mas então ela se recompôs e tentou parecer séria.

— Agora pode ir para Gisela — disse.

Eu não havia mencionado Gisela e agora fingi que o nome significava pouca coisa.

— Ela já deve estar casada — respondi em tom despreocupado —, se é que está viva.

— Ela vivia quando saí da Nortúmbria, mas isso foi há 18 meses. Na época não falava com o irmão, depois do que ele fez com você. Passei horas consolando-a. Ela estava cheia de lágrimas e raiva. É uma garota forte.

— E que pode ser dada em casamento — falei asperamente.

Hild deu um sorriso gentil.

— Ela jurou esperar por você.

Toquei o punho de Bafo de Serpente. Estava totalmente cheio de esperança e totalmente assolado pelo medo. Gisela. Na minha cabeça sabia que ela não se igualaria aos sonhos febris de um escravo, mas não conseguia livrar minha cabeça de sua imagem.

— E talvez ela esteja mesmo esperando você — disse Hild, depois recuou, subitamente brusca. — Agora temos orações a fazer, pessoas a alimentar e corpos a curar.

Fui dispensado, saí pela porta no muro do convento e parei no beco enlameado. Os mendigos tiveram permissão de entrar, deixando-me encostado no muro de madeira, com lágrimas nos olhos. Pessoas se esgueiravam pelo outro lado do beco, com medo de mim porque eu estava vestido para a guerra com minhas duas espadas.

Gisela, pensei, Gisela. Talvez tivesse esperado, mas eu duvidava, porque ela era uma vaca da paz valiosa demais, mas eu sabia que voltaria ao norte assim que pudesse. Iria por Gisela. Apertei a cruz de prata até sentir suas bordas machucando através dos grandes calos que o remo de Sverri fizera em minha mão. Então desembainhei Bafo de Serpente e vi que Hild havia cuidado bem da lâmina. Ela brilhava com uma leve camada de gordura ou lanolina que impedira o padrão do aço de enferrujar. Ergui a espada aos lábios e beijei a lâmina comprida.

— Você tem homens para matar e vingança a exercer.

E tinha mesmo.

No dia seguinte encontrei um ferreiro especializado em espadas e ele disse que estava ocupado demais e não poderia fazer meu trabalho por muitos dias. Eu lhe disse que ele faria o meu trabalho naquele dia ou não trabalharia nunca mais, e no fim chegamos a um acordo. Ele concordou em fazer o trabalho naquele dia.

Bafo de Serpente é uma arma linda. Foi feita por Ealdwulf, o ferreiro, na Nortúmbria, e sua lâmina é algo mágico, flexível e forte, e quando foi feita eu queria que seu punho simples de ferro fosse decorado com prata ou bronze dourado, mas Ealdwulf recusou.

— Ela é uma ferramenta — disse ele —, só uma ferramenta. Uma coisa para tornar seu trabalho mais fácil.

Tinha empunhaduras de madeira de freixo, uma de cada lado do espigão, e com o passar dos anos as duas empunhaduras haviam ficado polidas e lisas. Essas empunhaduras gastas são perigosas. Na batalha podem escorregar da mão, em especial quando sangue espirra nelas, por isso eu disse ao ferreiro que queria novas empunhaduras rebitadas no cabo, que elas deveriam ter uma boa aderência e que a pequena cruz de prata que Hild me dera deveria ser encravada no botão do punho.

— Farei isso, senhor — disse ele.

— Hoje.

— Tentarei, senhor — respondeu ele debilmente.

— Você conseguirá e o trabalho será bem-feito. — Desembainhei Bafo de Serpente e a estendi na direção da fornalha do ferreiro, e à luz rubra vi as ondulações no aço. Ela fora forjada batendo-se três hastes macias e quatro hastes retorcidas para formar uma única lâmina de metal. Fora aquecida e martelada, aquecida e martelada, e quando ficou pronta, quando as sete hastes haviam se tornado uma única tira selvagem de aço brilhante, as torções nas quatro hastes ficaram na lâmina como padrões fantasmagóricos que pareciam os redemoinhos do bafo de um dragão.

— É uma bela espada, senhor — disse o ferreiro.

— É a espada que matou Ubba junto ao mar — respondi acariciando o aço.

— Sim, senhor. — Agora ele estava aterrorizado.

— E você fará o serviço hoje — enfatizei, em seguida pus a espada e a bainha em sua bancada com marcas de fogo. Pus a cruz de Hild sobre o punho de Bafo de Serpente e depois acrescentei uma moeda de prata. Não era mais rico, mas também não estava pobre, e com a ajuda de Bafo de Serpente e Ferrão de Vespa sabia que seria rico de novo.

Era um belo dia de outono. O sol brilhava, fazendo a madeira nova da igreja de Alfredo luzir como ouro. Ragnar e eu estávamos esperando o rei e nos sentamos na grama recém-cortada num pátio, e ele olhou um monge carregando uma pilha de pergaminhos até o scriptorium real.

— Tudo aqui é escrito — disse ele. — Tudo. Você sabe ler?

— Sei ler e escrever.

Ele ficou impressionado.

— Isso é útil?

— Nunca foi útil para mim — admiti.

— Então por que eles fazem isso?

— A religião deles é escrita, a nossa não é.

— Uma religião escrita? — Ragnar ficou perplexo.

— Eles têm um livro, e está tudo lá.

— Por que eles precisam que seja escrito?

— Não sei. Só precisam. E, claro, eles escrevem as leis. Alfredo adora fazer leis novas, e todas têm de ser escritas em livros.

— Se um homem não consegue lembrar as leis — disse Ragnar —, é porque tem leis demais.

Gritos de crianças nos interromperam, ou melhor, o berro ofendido de um menininho e a gargalhada de zombaria de uma garota, e um instante depois a garota surgiu correndo de um canto. Parecia ter nove ou dez anos, tinha cabelos dourados luminosos como o sol e estava carregando um cavalinho de madeira que era claramente propriedade do menino que corria atrás dela. A garota correu pelo gramado brandindo o cavalo como se fosse um troféu. Era esperta, magra e feliz, ao passo que o menino, três ou quatro anos mais novo, tinha o corpo mais sólido e parecia completamente arrasado. Não tinha chance de alcançar a garota porque ela era rápida demais, mas ela me viu e seus olhos se arregalaram, e parou diante de nós. O garoto alcançou-a, porém ficou espantado demais com Ragnar e comigo para tentar recuperar o cavalo de madeira. Uma aia, de rosto vermelho e ofegando, apareceu na esquina e gritou o nome das crianças:

— Eduardo! Æthelflaed!

— É você! — disse Æthelflaed, me olhando com expressão deliciada.

— Sou eu — respondi, e me levantei porque Æthelflaed era filha de um rei e Eduardo era o *ætheling*, o príncipe que poderia muito bem governar Wessex quando Alfredo, seu pai, morresse.

— Por onde você andou? — perguntou Æthelflaed, como se não me visse há apenas uma ou duas semanas.

— Andei na terra dos gigantes e em lugares em que o fogo corre como água, onde as montanhas são feitas de gelo e as irmãs nunca, jamais, deixam de ser boazinhas com os irmãos.

— Nunca? — perguntou ela, rindo.

— Quero meu cavalo! — insistiu Eduardo, e tentou arrancá-lo, mas Æthelflaed ergueu-o fora do alcance dele.

— Nunca use força para tirar de uma garota o que você pode conseguir com malícia — disse Ragnar a Eduardo.

— Malícia? — Eduardo franziu a testa, evidentemente não conhecendo a palavra.

Ragnar franziu a testa para Æthelflaed.

— O cavalo está com fome?

— Não. — Æthelflaed sabia que ele estava fazendo um jogo e queria ver se poderia vencer.

— Mas e se eu usar magia e fizer com que ele coma grama? — sugeriu Ragnar.

— Você não pode.

— Como sabe? Andei em lugares em que os cavalos de madeira pastam todas as manhãs, e toda noite a grama cresce até tocar o céu e todo dia os cavalos de madeira comem de volta até ela virar nada.

— Não comem, não — disse ela, rindo.

— Se eu disser as palavras mágicas, seu cavalo vai comer a grama — disse Ragnar.

— O cavalo é meu — insistiu Eduardo.

— Palavras mágicas? — agora Æthelflaed estava interessada.

— Você tem de colocar o cavalo na grama — disse Ragnar.

Ela me olhou, esperando que eu a tranquilizasse, mas apenas dei de ombros, por isso ela olhou de volta para Ragnar, que estava muito sério, e decidiu que queria ver um pouco de magia. Por isso pôs cuidadosamente o cavalo de madeira ao lado de um tufo de grama cortada.

— E agora? — perguntou cheia de expectativa.

— Você tem de fechar os olhos — disse Ragnar —, girar três vezes bem depressa e gritar Havacar muito alto.

205

O navio vermelho

— Havacar?

— Cuidado! — alertou ele, aparentemente assustado. — Não se pode dizer palavras mágicas assim, de qualquer jeito.

Então ela fechou os olhos, girou três vezes, e enquanto a menina fazia isso Ragnar apontou para o cavalo e assentiu para Eduardo, que o pegou e saiu correndo até a aia. Quando Æthelflaed, cambaleando ligeiramente de tontura, havia gritado sua palavra mágica, o cavalo havia sumido. Ela acusou Ragnar:

— Você me enganou!

— Mas você aprendeu uma lição — disse eu, agachando-me ao seu lado como se fosse lhe contar um segredo. Inclinei-me adiante e sussurrei em seu ouvido. — Jamais confie num dinamarquês.

Ela riu daquilo. Havia me conhecido bem durante o inverno longo e molhado em que sua família era fugitiva nos pântanos de Sumorsæte. Naqueles meses horríveis havia aprendido a gostar de mim e eu passara a gostar dela. Agora a menina estendeu a mão e tocou meu nariz.

— Como isso aconteceu?

— Um homem quebrou meu nariz.

Havia sido Hakka, batendo em mim no *Mercante* porque pensava que eu estava de preguiça no remo.

— Está torto — disse ela.

— Ele me deixa sentir os cheiros tortos.

— O que aconteceu com o homem que quebrou ele?

— Morreu.

— É bom. Vou me casar.

— Vai?

— Com Æthelred da Mércia — disse ela com orgulho, depois franziu a testa porque um tremor de aversão havia cruzado meu rosto.

— Com meu primo? — perguntei, tentando parecer satisfeito.

— Æthelred é seu primo?

— É.

— Vou ser mulher dele e morar na Mércia. Você já esteve na Mércia?

— Já.

— É bom?

— Você vai gostar — respondi, mas duvidava, principalmente estando casada com meu primo de nariz ranhento e metido a besta, mas não poderia dizer isso.

Ela franziu a testa.

— Æthelred tira meleca do nariz?

— Acho que não — respondi.

— Eduardo tira — disse ela — e depois come. Eca! — Ela se inclinou adiante, deu um beijo impulsivo no meu nariz quebrado e correu para a aia.

— Garota bonita — disse Ragnar.

— Que vai ser desperdiçada com meu primo.

— Desperdiçada?

— Ele é um merdinha arrogante chamado Æthelred. — Meu primo havia levado homens a Ethandun, apenas uns poucos, mas o bastante para alçá-lo às graças de Alfredo. — A ideia é que ele será *ealdorman* da Mércia quando seu pai morrer e a filha de Alfredo será mulher dele e isso ligará a Mércia a Wessex.

Ragnar balançou a cabeça.

— Há dinamarqueses demais na Mércia. Os saxões não governarão lá outra vez.

— Alfredo não desperdiçaria a filha com a Mércia se não achasse que há algo a ganhar.

— Para ganhar algo é preciso ser ousado — disse Ragnar. — Não é possível escrever coisas e ganhar, é preciso se arriscar. Alfredo é cauteloso demais.

Dei um meio sorriso.

— Você realmente o acha cauteloso?

— Claro que é — respondeu Ragnar cheio de escárnio.

— Nem sempre — disse eu, depois parei, imaginando se deveria contar o que estava pensando.

Minha hesitação provocou Ragnar. Ele sabia que eu estava escondendo alguma coisa.

— O que é? — perguntou.

Continuei hesitando, depois decidi que não poderia haver mal numa história antiga.

— Lembra-se daquela noite de inverno em Cippanhamm? Quando

Guthrum estava lá e todos vocês acreditavam que Wessex havia caído, e você e eu bebíamos na igreja?

— Claro que lembro, sim.

Havia sido o inverno em que Guthrum invadira Wessex e parecia que ele deveria ter ganhado a guerra, porque o exército saxão do oeste foi espalhado. Alguns *thegns* fugiram para fora do país, muitos fizeram a paz com Guthrum, enquanto Alfredo era obrigado a se esconder nos pântanos de Sumorsæte. No entanto, mesmo derrotado, Alfredo não estava destruído, e insistiu em se disfarçar de harpista e ir secretamente a Cippanhamm espionar os dinamarqueses. Isso quase acabou em desastre, porque Alfredo não possuía a esperteza para ser espião. Naquela noite eu o resgatei, a mesma noite em que encontrei Ragnar na igreja real.

— E você se lembra de que eu tinha um serviçal que ficou sentado nos fundos da igreja com um capuz na cabeça e eu ordenei que ele ficasse quieto?

Ragnar franziu a testa, tentando se lembrar daquela noite de inverno, depois assentiu.

— Não era nenhum serviçal — disse eu. — Era Alfredo.

Ragnar me encarou. Em sua cabeça estava deduzindo coisas, percebendo que eu havia mentido para ele naquela noite distante, e entendia que, se soubesse que o serviçal com capuz era Alfredo, teria dominado todo Wessex para os dinamarqueses naquela mesma noite. Por um momento me arrependi de ter contado, porque pensei que ele ficaria com raiva de mim, mas então ele riu.

— Aquele era Alfredo? Verdade?

— Ele foi espionar vocês e eu fui resgatá-lo.

— Era Alfredo? No acampamento de Guthrum?

— Ele corre riscos — falei, revertendo à nossa conversa sobre a Mércia.

Mas Ragnar ainda estava pensando naquela distante noite gelada.

— Por que não me contou?

— Porque eu havia jurado a ele.

— Nós teríamos tornado você mais rico do que o mais rico dos reis. Teríamos lhe dado navios, homens, cavalos, prata, mulheres, qualquer coisa! Você só precisaria falar.

— Eu havia jurado a ele — respondi, e me lembrei de como havia chegado perto de trair Alfredo. Havia me sentido tentado demais a contar a verdade. Naquela noite, com um punhado de palavras, eu poderia ter garantido que nenhum saxão jamais governasse a Inglaterra. Poderia ter transformado Wessex num reino dinamarquês. Poderia ter feito tudo isso traindo um homem de quem não gostava muito para um homem que eu amava como irmão; no entanto, ficara em silêncio. Havia feito um juramento e a honra nos amarra em caminhos que poderíamos não escolher. — *Wyrd bið ful aræd.* O destino é inexorável. Prende-nos como uma canga. Eu pensei que havia escapado de Wessex e de Alfredo, no entanto ali estava, de volta ao seu palácio, e naquela tarde ele retornou num estardalhaço de cascos e num jorro barulhento de serviçais, monges e padres. Dois homens carregavam a cama do rei de volta a seus aposentos enquanto um monge empurrava um carrinho com uma enorme pilha de documentos que Alfredo evidentemente havia necessitado durante sua ausência de um único dia. Um padre passou correndo com um pano de altar e um crucifixo, enquanto outros dois traziam para casa as relíquias que acompanhavam Alfredo em todas as suas viagens. Então chegou um grupo dos guarda-costas do rei, os únicos homens com permissão de portar armas nos recintos reais, e em seguida mais padres, todos falando, junto aos quais estava o próprio Alfredo. Ele não havia mudado. Ainda tinha aparência de escrivão, magro, pálido e com ar estudioso. Um padre falava ansioso com ele e ele assentia, ouvindo. Vestia-se com simplicidade, a capa preta tornando-o parecido com um clérigo. Não usava coroa real, apenas um gorro de lã. Segurava a mão de Æthelflaed e notei que ela estava de novo com o cavalo do irmão. Pulava numa das pernas em vez de caminhar, o que significava que ficava puxando o pai para longe do padre, mas Alfredo cedeu a ela porque sempre gostou dos filhos. Então ela o puxou objetivamente, tentando atraí-lo para o gramado em que Ragnar e eu havíamos ficado de pé para recebê-lo, e ele cedeu, deixando que ela o trouxesse até nós.

Ragnar e eu nos ajoelhamos. Mantive a cabeça baixa.

— Uhtred está com o nariz quebrado — disse Æthelflaed ao pai — e o homem que fez isso está morto.

O navio vermelho

Uma mão real levantou minha cabeça e encarei aquele rosto pálido e estreito com seus olhos inteligentes. Ele parecia abatido. Supus que estivesse sofrendo de outro ataque de dor nas tripas que tornavam sua vida uma agonia perpétua. Estava me olhando com a seriedade usual, mas então conseguiu um meio sorriso.

— Achei que nunca iria vê-lo de novo, senhor Uhtred.

— Eu lhe devo agradecimentos, senhor — respondi humildemente —, portanto, muito obrigado.

— Levantem-se — disse ele. Nós dois nos levantamos e Alfredo olhou para Ragnar. — Vou libertá-lo em breve, senhor Ragnar.

— Obrigado, senhor.

— Mas daqui a uma semana faremos uma comemoração aqui. Vamos nos regozijar pelo término de nossa nova igreja, e noivaremos formalmente esta jovem dama com o senhor Æthelred. Convoquei o Witan, e pediria que os dois ficassem até o término das nossas deliberações.

— Sim, senhor — respondi. Na verdade tudo o que eu queria era ir para a Nortúmbria, mas tinha uma dívida para com Alfredo e podia esperar uma semana ou duas.

— E então — continuou ele —, talvez eu tenha questões — fez uma pausa, como se temesse ter falado demais —, questões — disse vagamente — em que talvez os senhores possam me servir.

— Sim, senhor — repeti. Em seguida ele assentiu e se afastou.

E assim esperamos. A cidade, antecipando as comemorações, encheu-se de gente. Era época de reuniões. Todos os homens que haviam liderado o exército de Alfredo em Ethandun estavam ali e me receberam com prazer. Wiglaf de Sumorsæte, Harald de Defnascir, Osric de Wiltunscir e Arnulf de Suth Seaxa vieram a Wintanceaster. Agora eram os homens poderosos do reino, os grandes senhores, os homens que haviam permanecido junto ao rei quando ele parecia condenado. Mas Alfredo não puniu os que haviam fugido de Wessex. Wilfrith ainda era *ealdorman* de Hamptonscir, mesmo tendo fugido para a Frankia para escapar ao ataque de Guthrum. Alfredo tratava Wilfrith com cortesia exagerada, mas ainda havia uma divisão não verbalizada entre os que haviam permanecido para lutar e os que tinham fugido.

Além disso, a cidade se encheu de artistas. Eram os malabaristas, andadores em pernas de pau, contadores de histórias e músicos de sempre, porém o mais bem-sucedido era um mércio melancólico chamado Offa, que viajava com um bando de cães artistas. Eram apenas terriers, do tipo mais usado para caçar ratos, mas Offa conseguia fazer com que dançassem, caminhassem nas patas traseiras e pulassem através de aros. Um dos cães até cavalgava um pônei, segurando as rédeas com os dentes, e os outros seguiam com pequenos baldes de couro para recolher as moedas da multidão. Para minha surpresa, Offa foi convidado ao palácio. Fiquei surpreso porque Alfredo não gostava de frivolidades. Sua ideia de diversão era discutir teologia, mas mandou que os cães fossem trazidos ao palácio e eu presumi que fosse porque achava que eles divertiriam seus filhos. Ragnar e eu fomos à apresentação, e ali o padre Beocca me encontrou.

Pobre Beocca. Estava chorando porque eu vivia. Seu cabelo, que sempre fora ruivo, agora era muito tocado de grisalho. Tinha mais de quarenta anos, era um velho, e seu olho bobo havia ficado leitoso. Mancava e tinha a mão esquerda paralisada, e em virtude dessas aflições os homens zombavam dele, mas nenhum fazia isso na minha presença. Beocca me conhecia desde que eu era criança, porque era o padre que dizia as missas para meu pai e foi meu tutor na infância. Oscilava entre me amar e me detestar, mas sempre foi meu amigo. Além disso, era um bom padre, um homem inteligente e um dos capelães de Alfredo, e estava feliz a serviço do rei. Agora ficou em delírio, rindo para mim de orelha a orelha, com lágrimas nos olhos.

— Você vive! — disse ele, dando-me um abraço desajeitado.

— Sou difícil de matar, padre.

— É mesmo, é mesmo, mas era uma criança fraca.

— Eu?

— O mais fraquinho da ninhada, era o que o seu pai sempre dizia. Depois começou a crescer.

— E não parei, não é?

— Isso não é incrível? — disse Beocca, olhando para dois cães que andavam nas patas traseiras. — Gosto de cachorros, e você deveria conversar com Offa.

O navio vermelho

— Com Offa? — perguntei, olhando para o mércio que controlava os cães estalando os dedos ou assobiando.

— Ele esteve em Bebbanburg neste verão. Disse que seu tio reconstruiu o castelo. É maior do que antigamente. E Gytha morreu. Pobre Gytha. — Ele fez o sinal da cruz. — Era uma boa mulher.

Gytha era minha madrasta e, depois de meu pai ser morto em Eoferwic, casou-se com meu tio, de modo que foi cúmplice em sua usurpação de Bebbanburg. Não falei nada sobre sua morte, mas depois da apresentação, quando Offa e suas duas assistentes estavam guardando os aros e prendendo os cães nas coleiras, procurei o mércio e disse que queria conversar com ele.

Era um homem estranho. Alto como eu, lúgubre, esperto e, o mais estranho de tudo, um sacerdote cristão. Na verdade, era o padre Offa.

— Mas fiquei entediado com a igreja — disse ele na Dois Grous, onde lhe paguei um pote de cerveja —, e fiquei entediado com minha mulher. Fiquei muito entediado com ela.

— Por isso saiu de casa?

— Saí dançando. Saí deslizando. Teria saído voando se Deus me desse asas.

Ele já viajava havia 12 anos, percorrendo as terras saxãs e dinamarquesas na Britânia e sendo bem-vindo em toda parte porque proporcionava risos, mas na conversa era um homem melancólico. Porém, Beocca estava certo. Offa havia ido à Nortúmbria e estava claro que mantinha um olhar muito atento a tudo o que via. Tão atento que entendi por que Alfredo havia convidado seus cães ao palácio. Offa era claramente um dos espiões que traziam notícias da Britânia à corte saxã do oeste.

— Então conte o que acontece na Nortúmbria — convidei-o a dizer.

Ele fez uma careta e olhou para as traves do teto. No Dois Grous era costume que os homens talhassem uma marca na trave cada vez que contratassem uma das prostitutas da taverna, e Offa parecia estar contando os cortes, um trabalho que poderia demorar a vida inteira, depois me olhou azedamente.

— As notícias, senhor, são uma mercadoria como a cerveja, as peles ou o serviço das prostitutas. São compradas e vendidas. — Ele esperou até eu

212

Os senhores do norte

colocar uma moeda na mesa entre nós, depois tudo o que fez foi olhar a moeda e bocejar, por isso coloquei outro xelim ao lado do primeiro. — Onde o senhor quer que eu comece? — perguntou ele.

— Pelo norte.

A Escócia estava calma, disse ele. O rei Aed tinha uma fístula e isso o distraía, mas, claro, havia frequentes ataques para roubar gado na Nortúmbria, onde meu tio, Ælfric, o Usurpador, agora se dizia senhor da Bernícia.

— Ele quer ser rei da Bernícia? — perguntei.

— Ele quer ser deixado em paz — disse Offa. — Não ofende ninguém, junta dinheiro, reconhece Guthred como rei e mantém a espada afiada. Não é idiota. Recebe bem os colonos dinamarqueses porque eles oferecem proteção contra os escoceses, mas não permite que nenhum dinamarquês entre em Bebbanburg a não ser que confie nele. Mantém a fortaleza em segurança.

— Mas quer ser rei? — insisti.

— Sei o que ele faz — disse Offa azedamente —, mas o que ele quer fica entre Ælfric e seu deus.

— O filho dele está vivo?

— Ele tem dois filhos agora, ambos jovens, mas a esposa morreu.

— Ouvi dizer.

— O filho mais velho gostou dos meus cães e queria que o pai os comprasse. Eu recusei.

Ele tinha poucas outras novidades de Bebbanburg, além de que tudo fora ampliado e, o mais agourento, que a muralha externa e o portão de baixo haviam sido reconstruídos mais altos e mais fortes. Perguntei se ele e seus cães foram recebidos em Dunholm e ele me lançou um olhar muito afiado, fazendo o sinal da cruz.

— Ninguém vai a Dunholm de livre vontade. Seu tio me deu uma escolta para passar pelas terras de Kjartan, e fiquei feliz com isso.

— Então Kjartan prospera?

— Ele se espalha como um loureiro — disse Offa e, quando viu minha perplexidade, ampliou a resposta. — Ele prospera, rouba, estupra, mata e espreita em Dunholm. Mas sua influência é mais ampla, muito mais ampla. Ele tem dinheiro e o usa para comprar amigos. Se um dinamarquês reclama de Guthred, pode ter certeza de que pegou dinheiro com Kjartan.

O navio vermelho

— Achei que Kjartan havia concordado em pagar tributos a Guthred.

— Foi pago durante um ano. Desde então o bom rei Guthred aprendeu a se virar sem isso.

— Bom rei Guthred?

— É assim que ele é conhecido em Eoferwic, mas só para os cristãos. Os dinamarqueses o consideram um idiota simplório.

— Porque é cristão?

— Ele é cristão? — perguntou-se Offa. — Ele afirma que é e vai à igreja, mas suspeito de que ainda acredite nos deuses antigos. Não: os dinamarqueses não gostam dele porque ele favorece os cristãos. Tentou cobrar um imposto dos dinamarqueses para a igreja. Não foi uma ideia inteligente.

— Então quanto tempo o bom rei Guthred tem?

— Pelas profecias eu cobro mais, já que o inútil deve ser caro. Mantive meu dinheiro na bolsa.

— E Ivarr? — perguntei.

— O que é que tem?

— Ainda reconhece Guthred como rei?

— Por enquanto — disse Offa cautelosamente —, mas o *earl* Ivarr é de novo o homem mais forte da Nortúmbria. Ele pegou dinheiro com Kjartan e usou para juntar homens.

— Por que juntar homens?

— O que o senhor acha? — perguntou Offa sarcástico.

— Para colocar um homem seu no trono?

— Parece provável, mas Guthred também tem um exército.

— Um exército saxão?

— Um exército cristão. Principalmente saxão.

— Então pode haver uma guerra civil?

— Na Nortúmbria sempre pode haver guerra civil.

— E Ivarr vencerá — disse eu —, porque é implacável.

— Ele é mais cauteloso do que antigamente. Aed lhe ensinou isso há três anos. Mas com o tempo, sim, vai atacar. Quando tiver certeza de que pode vencer.

— Então Guthred precisa matar Ivarr e Kjartan.

214

Os senhores do norte

— O que os reis devem fazer, senhor, está além de minha humilde competência. Ensino cães a dançar, e não os homens a governar. Quer saber sobre a Mércia?

— Gostaria de saber sobre a irmã de Guthred.

Offa esboçou um sorriso.

— Aquela! É uma freira.

— Gisela! — fiquei chocado. — Freira? Virou cristã?

— Duvido de que seja cristã, mas o fato de ir para um convento a protege.

— De quem?

— Kjartan. Ele queria a garota como noiva para o filho.

Isso me surpreendeu.

— Mas Kjartan odeia Guthred — observei.

— Mas mesmo assim decidiu que a irmã de Guthred seria uma noiva adequada para seu filho de um olho só. Suspeito de que ele queira que o filho seja rei de Eoferwic um dia, e casar-se com a irmã de Guthred ajudaria a essa ambição. De qualquer modo, ele mandou homens a Eoferwic e ofereceu a Guthred dinheiro, paz e a promessa de parar de molestar os cristãos, e acho que Guthred ficou tentado.

— Como poderia ficar?

— Porque um homem em desespero precisa de aliados. Talvez, por um ou dois dias, Guthred tenha sonhado em separar Ivarr de Kjartan. Certamente precisa de dinheiro, e Guthred tem a mente fatal de um homem que sempre pensa o melhor das outras pessoas. A irmã não é tão tolhida por ideias de caridade e não quis saber disso. Fugiu para um convento.

— Quando foi isso?

— No ano passado. Kjartan recebeu a rejeição dela como outro insulto e ameaçou deixar seus homens a estuprarem um a um.

— Ela ainda está no convento?

— Estava quando saí de Eoferwic. Lá está a salvo do casamento, não está? Talvez ela não goste de homens. Muitas freiras não gostam. Mas duvido de que o irmão a deixe lá por muito mais tempo. Ela é útil demais como uma vaca da paz.

— Para se casar com o filho de Kjartan? — perguntei com escárnio.

— Isso não vai acontecer. — Offa serviu-se de mais cerveja. — Sabe quem é o padre Hrothweard?

— Um homem abominável — respondi, lembrando-me de como Hrothweard havia instigado a multidão de Eoferwic a assassinar os dinamarqueses.

— Hrothweard é uma criatura tremendamente desagradável — concordou Offa com entusiasmo raro. — Foi ele que sugeriu cobrar imposto dos dinamarqueses para a igreja. Também sugeriu que a irmã de Guthred se torne a nova esposa de seu tio, e essa ideia provavelmente tem algum apelo para Guthred. Ælfric precisa de uma mulher, e se ele estivesse disposto a mandar seus lanceiros ao sul, isso aumentaria tremendamente a força de Guthred.

— Isso deixaria Bebbanburg desprotegida.

— Sessenta homens podem sustentar Bebbanburg até o dia do juízo final — disse Offa, descartando minha sugestão. — Guthred precisa de um exército maior, e duzentos homens de Bebbanburg seriam uma dádiva divina, e certamente valeria uma irmã. Veja bem, Ivarr faria qualquer coisa para impedir esse casamento. Ele não quer que os saxões do norte da Nortúmbria se unam aos cristãos de Eoferwic. Assim, senhor — Offa empurrou seu banco para trás sugerindo que o interrogatório havia terminado —, a Britânia está finalmente em paz, a não ser pela Nortúmbria, onde Guthred tem problemas.

— Não há problemas na Mércia?

Ele balançou a cabeça.

— Nada de incomum.

— Ânglia Oriental?

Ele fez uma pausa.

— Nenhum problema por lá — disse depois da hesitação, mas eu sabia que a pausa fora deliberada, uma isca num anzol, por isso esperei. Offa simplesmente me olhou com inocência, por isso suspirei, peguei outra moeda na bolsa e coloquei na mesa. Ele bateu na moeda para garantir que a prata era boa. — O rei Æthelstan, que já foi chamado de Guthrum, negocia com Alfredo. Alfredo acha que não sei, mas sei. Juntos eles vão dividir a Inglaterra.

— Eles? Vão dividir a Inglaterra? A Inglaterra não é deles para ser dividida entre os dois!

— Os dinamarqueses receberão a Nortúmbria, Ânglia Oriental e as partes do nordeste da Mércia. Wessex ganhará a parte sudoeste da Mércia.

Encarei-o.

— Alfredo não concordará com isso.

— Concordará.

— Ele quer toda a Inglaterra — protestei.

— Ele quer que Wessex esteja em segurança — disse Offa, girando a moeda na mesa.

— Então vai concordar em entregar metade da Inglaterra? — perguntei incrédulo.

Offa sorriu.

— Pense do seguinte modo, senhor. Em Wessex não há dinamarqueses, mas onde os dinamarqueses dominam há muitos saxões. Se os dinamarqueses concordarem em não atacar Alfredo, ele pode se sentir em segurança. Mas como os dinamarqueses poderão se sentir seguros? Mesmo que Alfredo concorde em não atacá-los, eles ainda terão milhares de saxões em suas terras, e esses saxões podem se insurgir contra eles a qualquer momento, em especial se forem encorajados por Wessex. O rei Æthelstan fará esse tratado com Alfredo, mas o tratado não valerá o pergaminho em que estiver escrito.

— Quer dizer que Alfredo violará o tratado?

— Abertamente, não. Mas vai encorajar a revolta dos saxões, apoiará os cristãos, fomentará encrencas, e o tempo todo fará suas orações e jurará amizade eterna com o inimigo. Todos vocês pensam que Alfredo é um erudito devoto, mas suas ambições abarcam todas as terras entre aqui e a Escócia. Vocês o veem rezando. Eu o vejo sonhando. Ele mandará missionários aos dinamarqueses e vocês acharão que é só isso que ele faz, mas sempre que um saxão matar um dinamarquês, Alfredo terá fornecido a arma.

— Não — reagi. — Alfredo, não. Seu deus não permitirá que ele seja traiçoeiro.

— O que você sabe sobre o deus de Alfredo? — perguntou Offa com escárnio, depois fechou os olhos. — "Então o Senhor Deus nos entregou o inimigo" — entoou — "e nós o golpeamos, e golpeamos seus filhos e toda a sua tribo. Tomamos todas as suas cidades e destruímos completamente os homens, as mulheres e as criancinhas." — Ele abriu os olhos. — Esses são os atos do deus de Alfredo, senhor Uhtred. Quer saber mais sobre as Sagradas Escrituras? "O senhor vosso Deus vos entregará todos os vossos inimigos e vós ireis esmagá-los e destruí-los completamente." — Offa fez uma careta. — Alfredo acredita nas promessas de Deus e sonha com uma terra livre de pagãos, uma terra em que o inimigo seja absolutamente destruído e onde vivam apenas cristãos tementes a Deus. Se há um homem a temer na terra da Britânia, senhor Uhtred, esse homem é o rei Alfredo. — Ele se levantou. — Preciso ver se aquelas mulheres idiotas deram comida aos meus cães.

Olhei-o se afastar e pensei que ele era um homem inteligente que havia se equivocado com Alfredo.

O que, claro, Alfredo queria que eu acreditasse.

SETE

O Witan era o conselho real, formado pelos principais homens do reino, e se reuniu para a consagração da nova igreja de Alfredo e para comemorar o noivado de Æthelflaed com meu primo. Ragnar e eu não tínhamos o que fazer nas discussões, por isso bebíamos nas tavernas da cidade enquanto eles falavam. Brida recebera permissão de se juntar a nós e Ragnar ficou mais feliz com isso. Ela era uma saxã da Ânglia Oriental e já fora minha amante, mas isso havia sido há anos, quando ambos éramos crianças. Agora ela era uma mulher e mais dinamarquesa do que os dinamarqueses. Ela e Ragnar jamais haviam se casado formalmente, mas ela era sua amiga, amante, conselheira e feiticeira. Ele era louro e ela era morena, ele comia como um javali e ela mal tocava na comida, ele era espalhafatoso e ela, silenciosamente sábia, mas juntos os dois eram felicidade. Passei horas falando com eles sobre Gisela, e Brida ouviu com paciência.

— Acha mesmo que ela está esperando por você? — perguntou.

— Espero que sim — respondi, e toquei o martelo de Tor.

— Coitada — disse Brida, sorrindo. — Então você está apaixonado?

— Estou.

— De novo.

Nós três estávamos na Dois Grous, na véspera do noivado formal de Æthelflaed, e o padre Beocca nos encontrou lá. Suas mãos estavam sujas de tinta.

— Você andou escrevendo de novo — acusei-o.

— Estamos fazendo listas dos *fyrds* dos distritos — explicou ele. — Cada homem entre 12 e 60 anos tem de fazer um juramento de servir ao rei. Estou compilando as listas, mas ficamos sem tinta.

— Não é de espantar — observei —, ela está inteira em você.

— Estão preparando um novo pote — disse ele, me ignorando. — Isso vai demorar, portanto pensei que você gostaria de ver a nova igreja.

— Praticamente não sonho com mais nada além disso — respondi.

Ele insistiu em nos levar, e de fato a igreja era de um esplendor absoluto. Era maior do que qualquer castelo que eu já vira. Erguia-se numa altura enorme, o telhado suspenso por gigantescas traves de carvalho esculpidas com santos e reis. As esculturas haviam sido pintadas, as coroas dos reis e os halos e as asas dos santos brilhavam com folha de ouro que Beocca disse que haviam sido aplicadas por artesãos da Frankia. O piso era de pedras, inteiro, de modo que não eram necessários juncos e os cães ficavam confusos quanto a onde mijar. Alfredo fizera uma regra de que nenhum cão poderia entrar na igreja, mas eles entravam assim mesmo, por isso ele nomeou um guarda que recebeu um chicote e foi encarregado de expulsar os animais da grande nave, porém o guarda havia perdido uma perna para um machado de guerra dinamarquês em Ethandun e só podia se mover lentamente, de modo que os cães não tinham dificuldade em evitá-lo. A parte inferior das paredes da igreja era construída de pedras bem cortadas, mas a de cima e o teto eram de madeira, e logo abaixo do teto havia janelas altas cheias de chifres raspados para que a chuva não entrasse. Cada pedacinho das paredes era coberto de painéis de couro esticado, com pinturas do céu e do inferno. O céu era povoado por saxões e o inferno parecia ser a moradia dos dinamarqueses, mas notei, com surpresa, que uns dois padres pareciam ter despencado nas chamas do diabo.

— Existem padres ruins — garantiu Beocca, sério. — Não muitos, claro.

— E há bons padres — falei, satisfazendo Beocca. — Por falar nisso, ouviu alguma coisa sobre o padre Pyrlig? — Pyrlig era um britônico que havia lutado ao meu lado em Ethandun e eu gostava dele. Falava dinamarquês e fora mandado para ser um dos sacerdotes de Guthrum na Ânglia Oriental.

— Ele faz a obra do Senhor — disse Beocca entusiasmado. — Diz que os dinamarqueses estão sendo batizados em grandes números! Realmente acredito que estamos vendo a conversão dos pagãos.

— Não deste pagão — observou Ragnar.

Beocca balançou a cabeça.

— Cristo lhe virá um dia, senhor Ragnar, e o senhor ficará pasmo com sua graça.

Ragnar não disse nada. Mas pude ver que estava tão impressionado quanto eu com a nova igreja de Alfredo. O túmulo de São Swithun possuía um corrimão de prata e localizava-se na frente do altar elevado, que era coberto com um pano vermelho grande como a vela de um barco-dragão. No altar havia uma dúzia de finas velas de cera em castiçais de prata flanqueando uma grande cruz de prata incrustada de ouro que, segundo Ragnar murmurou, valeria um mês de viagem para capturar. Dos dois lados da cruz havia relicários; caixas e frascos de prata e ouro, todos cravejados com joias, e alguns tinham pequenas janelas de cristal através das quais as relíquias podiam ser vislumbradas. O anel de artelho de Maria Madalena estava ali, e o que restava da pena da pomba que Noé havia soltado da arca. Havia a colher de chifre de São Kenelm, um frasco de poeira do túmulo de São Hedda e um casco do jumento que levou Jesus a Jerusalém. O pano com que Maria Madalena havia lavado os pés de Jesus estava dentro de um grande baú de ouro e ao lado dele, parecendo pequenos diante do esplendor do ouro, estavam os dentes de São Oswald, presente de Guthred. Os dentes continuavam dentro de seu pote de prata em forma de ostra que parecia muito desenxabido comparado aos outros invólucros. Beocca nos mostrou todos os tesouros santos, mas tinha mais orgulho de um pedaço de osso que estava atrás de uma lasca de cristal leitoso.

— Este eu encontrei — disse ele — e é tremendamente empolgante! — Ele ergueu a tampa da caixa e pegou o osso, que parecia algo que sobrara de um cozido ruim. — É o *aestel* de São Cedd! — disse Beocca com espanto na voz. Em seguida fez o sinal da cruz e espiou a lasca de osso amarelado com seu olho bom como se a relíquia em forma de ponta de flecha tivesse acabado de cair do céu.

— O quê de São Cedd? — perguntei.

— O *aestel*.

— O que é um *aestel*? — perguntou Ragnar. Seu inglês, depois de anos como refém, era bom, mas algumas palavras ainda o confundiam.

— Um *aestel* é um instrumento para ajudar na leitura — disse Beocca. — A gente usa para acompanhar as linhas. É um ponteiro.

— O que há de errado com um dedo? — quis saber Ragnar.

— Pode manchar a tinta. Um *aestel* é limpo.

— E este pertenceu realmente a São Cedd? — perguntei, fingindo espanto.

— Sim, sim — respondeu Beocca, quase delirando maravilhado. — O próprio *aestel* do santíssimo Cedd. Eu o descobri! Estava numa igrejinha em Dornwaraceaster e o padre de lá era um ignorante que não fazia ideia do que isso era. Estava numa caixa de chifre e o nome de São Cedd estava riscado na caixa. O padre nem sabia ler! Um padre! Analfabeto! Por isso, confisquei-o.

— Quer dizer que o roubou?

— Eu o tomei para salvaguardar! — disse ele, ofendido.

— E quando você for santo — observei —, alguém vai colocar um desses seus sapatos fedorentos numa caixa de ouro e vai adorá-lo.

Beocca ficou ruborizado.

— Você me provoca, Uhtred, você me provoca. — Ele riu, mas pelo rubor vi que havia tocado em sua ambição secreta. Ele queria ser declarado santo, e por que não? Beocca era um bom homem, muito melhor do que muitos que conheci que hoje são reverenciados como santos.

Naquela tarde Brida e eu visitamos Hild e eu dei trinta xelins ao seu convento, quase todo o dinheiro que possuía, mas Ragnar tinha uma confiança tão absoluta em que a fortuna de Sverri viria da Jutlândia que forcei Hild a receber o dinheiro, e ela ficou deliciada ao ver a cruz no punho de Bafo de Serpente.

— De agora em diante você deve usar a espada com sabedoria — disse ela séria.

— Eu sempre a uso com sabedoria.

— Você colocou o poder de Deus na espada, e ela não deve fazer nada de ruim.

Duvidei de que fosse obedecer a essa ordem, mas era bom ver Hild. Alfred havia lhe dado de presente um pouco da poeira do túmulo de São Hedda e ela me disse que, misturada com coalhada, virava um remédio milagroso que produzira pelo menos uma dúzia de curas entre os doentes do convento.

— Se algum dia você ficar doente — disse ela —, deve vir aqui e misturaremos o pó com coalhada nova para ungi-lo.

Vi Hild de novo no dia seguinte quando todos fomos convocados para a consagração da igreja e para testemunhar o noivado de Æthelflaed. Hild, com todas as outras freiras de Wintanceaster, estava no corredor lateral, enquanto Ragnar, Brida e eu, como chegamos tarde, tivemos de ficar de pé nos fundos da igreja. Eu era mais alto do que a maioria dos homens, mas mesmo assim pude ver muito pouco da cerimônia, que pareceu durar para sempre. Dois bispos rezaram, padres espalharam água benta e um coro de monges cantou. Então o arcebispo de Contwaraburg fez um longo sermão que, estranhamente, não falava nada sobre a igreja nova nem sobre o noivado, mas em vez disso censurava o clero de Wessex por usar túnicas curtas em vez de mantos longos. Essa prática bestial, segundo trovejou o arcebispo, havia ofendido o santo padre em Roma e deveria parar de agora em diante sob pena de excomunhão. Um padre parado perto de nós estava usando túnica curta e tentou se agachar de modo a parecer um anão com manto comprido. Os monges cantaram de novo e então meu primo, ruivo e presunçoso, caminhou para o altar enquanto a pequena Æthelflaed era levada pelo pai até o lado dele. O arcebispo murmurou acima dos dois, água benta foi borrifada. Em seguida o casal recém-noivado foi apresentado à congregação e todos aplaudimos obedientemente.

Æthelflaed foi levada embora depressa enquanto os homens na igreja parabenizavam Æthelred. Ele tinha vinte anos, 11 a mais do que Æthelflaed; era um rapaz baixo, ruivo, arrogante e convencido da própria importância. Essa importância era a de ser filho de seu pai, e seu pai era o principal *ealdorman* do sul da Mércia, região do país menos infestada pelos dinamarqueses. Assim, um dia Æthelred seria o líder dos saxões livres da Mércia. Resumindo, Æthelred poderia colocar boa parte da Mércia sob domínio de Wessex, motivo pelo qual lhe fora prometida a filha de Alfredo em casamento. Ele desceu pela nave, cumprimentando os senhores de Wessex, então me viu e pareceu surpreso.

— Ouvi dizer que você foi capturado no norte — disse ele.

— E fui.

— E aqui está. E é exatamente o homem que eu quero. — Meu primo

O navio vermelho

sorriu, certo de que eu gostava dele, e certamente não poderia estar mais equivocado, mas Æthelred presumia que todas as pessoas em todo o mundo o invejavam e não queriam nada mais do que ser suas amigas. — O rei me honrou com o comando de sua guarda pessoal — disse ele.

— Alfredo fez isso? — perguntei.

— Pelo menos até eu assumir os deveres de meu pai.

— Seu pai está bem, não é? — perguntei secamente.

— Está doente — respondeu Æthelred, parecendo satisfeito. — Portanto, quem sabe por quanto tempo comandarei a guarda de Alfredo? Mas você será de grande utilidade para mim se servir na guarda pessoal.

— Preferiria limpar bosta — respondi, em seguida estendi a mão para Brida. — Lembra-se de Brida? Você tentou estuprá-la há dez anos.

Ele ficou totalmente vermelho, não disse nada, simplesmente se afastou depressa. Brida riu enquanto ele se retirava, depois fez uma reverência muito pequena porque Ælswith, a mulher de Alfredo, estava passando por nós. Ælswith nos ignorou, porque nunca havia gostado de Brida nem de mim, mas Eanflæd sorriu. Era a dama de companhia mais íntima de Ælswith e joguei um beijo para ela.

— Ela era uma prostituta de taverna — contei a Brida — e agora comanda o lar do rei.

— Bom para ela — disse Brida.

— Alfredo sabe que ela era prostituta? — perguntou Ragnar.

— Finge que não sabe.

Alfredo foi o último a vir. Parecia doente, mas isso não era nem um pouco incomum. Inclinou ligeiramente a cabeça para mim, porém não disse nada, mas Beocca veio rapidamente enquanto esperávamos que a multidão junto à porta diminuísse.

— Você deve ver o rei depois das orações do meio-dia — disse ele. — E o senhor também, senhor Ragnar. Irei chamá-los.

— Estaremos na Dois Grous — informei.

— Não sei por que você gosta daquela taverna.

— Porque é um bordel também, claro — respondi. — E se você for lá, padre, certifique-se de fazer uma marca numa trave para mostrar que comeu uma das damas. Eu recomendaria Ethel. Só tem uma das mãos, mas é um milagre o que consegue fazer com ela.

— Ah, santo Deus, Uhtred, santo Deus. Que fossa medonha você tem no lugar da mente. Se algum dia eu me casar, e rezo a Deus por essa felicidade, irei imaculado para minha noiva.

— Também rezo para que se case, padre — respondi, e falei a sério. Pobre Beocca. Era tão feio e sonhava com uma esposa, mas nunca havia encontrado, e eu duvidava de que encontrasse um dia. Havia muitas mulheres dispostas a se casar com ele, vesgo e tudo o mais, já que, afinal de contas, era um padre de estatura privilegiada na estima de Alfredo, mas Beocca esperava que o amor o golpeasse como um raio. Olhava para mulheres lindas, sonhava seus sonhos impossíveis e rezava. Talvez, pensei, seu céu o recompensasse com uma noiva gloriosa, mas nada que eu já ouvira dizer sobre o céu cristão sugeria a disponibilidade dessas alegrias.

Naquela tarde Beocca nos tirou da Dois Grous. Notei que ele olhou para as traves e ficou chocado com o número de marcas, mas não disse nada a respeito; em vez disso, nos levou ao palácio, onde entregamos as espadas na guarita. Ragnar recebeu ordem de esperar no pátio enquanto Beocca me levava a Alfredo, que estava em seu escritório, uma sala pequena que fizera parte do prédio romano no coração do palácio de Wintanceaster. Eu já estivera naquela sala, de modo que não fiquei surpreso com a pouca mobília nem com as pilhas de pergaminhos derramando-se do largo parapeito da janela. As paredes eram de pedra e pintadas de branco, de modo que era uma sala bem iluminada, mas por algum motivo Alfredo tinha uma quantidade de velas acesas num canto. Cada vela fora marcada com linhas fundas espaçadas aproximadamente pelo tamanho de um polegar. As velas certamente não estavam ali para iluminação, porque o sol de outono se derramava pela janela ampla, e eu não quis perguntar qual era o objetivo das velas, para o caso de ele me contar. Meramente presumi que houvesse uma vela para cada santo a quem ele rezara nos últimos dias e que cada uma das linhas marcadas era um pecado que teria de ser queimado. Alfredo tinha uma consciência muito aguda dos pecados, especialmente dos meus.

Alfredo vestia um manto marrom, de modo que parecia um monge.

225

O navio vermelho

Suas mãos, como as de Beocca, estavam manchadas de tinta. Ele parecia pálido e doente. Eu ouvira dizer que seus problemas de barriga estavam ruins de novo, e de vez em quando ele se encolhia quando uma dor golpeava suas entranhas. Mas ele me recebeu bastante calorosamente.

— Senhor Uhtred. Espero que esteja bem de saúde.

— Estou, senhor — respondi, ainda ajoelhado —, e espero o mesmo para o senhor.

— Deus me aflige. Há um propósito nisso, de modo que devo ficar feliz. Levante-se, por favor. O *earl* Ragnar está com você?

— Está lá fora, senhor.

— Bom.

Fiquei de pé no único espaço que restava na sala pequena. As velas misteriosas ocupavam uma área grande, e Beocca estava de pé junto à parede, perto de Steapa, que ocupava mais espaço ainda. Fiquei surpreso ao ver Steapa. Alfredo preferia os homens inteligentes e Steapa não era nem de longe inteligente. Nascera escravo e agora era guerreiro, e em verdade não era muito bom para nada além de consumir cerveja e matar os inimigos do rei, duas tarefas que cumpria com eficiência brutal. Agora estava do outro lado da grande escrivaninha do rei, com expressão desajeitada, como se não soubesse por que fora convocado.

Achei que Alfredo perguntaria por meus sofrimentos, porque gostava de ouvir histórias sobre lugares distantes e povos estranhos, mas ignorou-os totalmente. Em vez disso, pediu minha opinião sobre Guthred e eu disse que gostava de Guthred, o que pareceu surpreender o rei.

— Você gosta dele apesar do que ele lhe fez?

— Ele tinha pouca opção, senhor. Eu lhe disse que um rei precisa ser implacável na defesa de seu reino.

— Mesmo assim — Alfredo me olhou com rosto duvidoso.

— Se nós, meros homens, senhor, quiséssemos a gratidão dos reis — falei com minha expressão mais séria —, ficaríamos desapontados para sempre.

Ele me olhou sério e depois soltou uma rara explosão de gargalhada.

— Senti falta de você, Uhtred. Você é o único homem impertinente comigo.

— Ele não falou a sério, senhor — disse Beocca ansioso.

— Claro que falou — respondeu Alfredo. Em seguida empurrou alguns pergaminhos de lado no parapeito da janela e sentou-se.

— O que acha das minhas velas? — perguntou.

— Acho que são mais eficazes à noite, senhor.

— Estou tentando desenvolver um relógio — disse ele.

— Um relógio?

— Para marcar a passagem das horas.

— O senhor olha para o sol, senhor. E, à noite, para as estrelas.

— Nem todos nós conseguimos enxergar através das nuvens — observou ele num tom azedo. — Cada marca deve representar uma hora. Estou tentando descobrir que marcas são mais precisas. Se puder encontrar uma vela que queime 24 divisões entre um meio-dia e outro meio-dia, sempre saberei que horas são, não é?

— Sim, senhor.

— Nosso tempo deve ser bem gasto, e para isso precisamos primeiro saber quanto tempo temos.

— Sim, senhor — falei de novo, com tédio óbvio.

Alfredo suspirou, depois examinou os pergaminhos e encontrou um em que havia um grande lacre de cera verde-doentio.

— Esta é uma mensagem do rei Guthred. Ele pediu meu conselho e estou disposto a oferecê-lo. E para isso estou enviando uma embaixada a Eoferwic. O padre Beocca concordou em falar por mim.

— O senhor me concede um privilégio — disse Beocca, feliz —, um grande privilégio.

— E o padre Beocca levará presentes preciosos para o rei Guthred — continuou Alfredo —, e esses presentes devem ser protegidos, o que significa uma escolta de guerreiros. Pensei que talvez você pudesse dar essa proteção, senhor Uhtred. Você e Steapa.

— Sim, senhor — respondi com entusiasmo desta vez, porque só sonhava com Gisela, e ela estava em Eoferwic.

— Mas você deve entender que o padre Beocca está no comando. Ele é meu embaixador e você receberá as ordens dele. Está claro?

O navio vermelho

— Sim, senhor — respondi, mas em verdade não tinha necessidade de aceitar as instruções de Alfredo. Não era mais jurado a ele, não era um saxão do oeste, mas ele estava pedindo para eu ir aonde eu queria ir, por isso não lembrei a ele de que não tinha meu juramento.

Ele não precisava ser lembrado.

— Vocês três retornarão antes do Natal para informar sobre a embaixada e se não jurarem — agora ele estava me olhando —, e se não jurarem ser meus homens, não deixarei que vão.

— O senhor quer meu juramento? — perguntei.

— Insisto nele, senhor Uhtred.

Hesitei. Não queria ser homem de Alfredo novamente, mas sentia que havia mais por trás dessa suposta embaixada do que a oferta de conselhos. Se Alfredo queria aconselhar Guthred, por que não fazê-lo numa carta? Ou mandar meia dúzia de padres para incomodar os ouvidos de Guthred? Mas Alfredo estava mandando Steapa e a mim, e em verdade nós dois só servíamos para uma coisa: lutar. E Beocca, ainda que indubitavelmente fosse um homem bom, não era um embaixador impressionante. Achei que Alfredo queria a mim e Steapa no norte, o que significava que queria violência, e isso era encorajador, mas mesmo assim hesitei e isso irritou o rei.

— Devo lembrar a você — perguntou Alfredo com alguma aspereza — de que enfrentei um bocado de encrencas para livrá-lo da escravidão?

— Por que fez isso, senhor?

Beocca sibilou, com raiva por eu não ter cedido imediatamente aos desejos do rei, e Alfredo pareceu afrontado, mas então pareceu aceitar que minha pergunta merecia uma resposta. Sinalizou para Beocca permanecer em silêncio, depois ficou brincando com o lacre da carta de Guthred, arrancando pedacinhos da cera verde.

— A abadessa Hildegyth me convenceu — disse ele finalmente. Esperei. Alfredo me olhou e viu que eu achava que havia mais a responder do que com as súplicas de Hild. Deu de ombros. — E me pareceu que eu lhe devia mais do que havia pago por seus serviços em Æthelingaeg — disse sem jeito.

Não era um pedido de desculpas, mas era um reconhecimento de que cinco jeiras não serviam como recompensa por um reino. Baixei a cabeça.

— Obrigado, senhor, e o senhor terá meu juramento. — Não queria dá-lo, mas que opção havia? Assim nossa vida é decidida. Durante anos eu havia oscilado entre o amor pelos dinamarqueses e a lealdade aos saxões, e ali, em meio às velas-relógios que estalavam, dei meus serviços a um rei de quem não gostava.

— Mas será que posso perguntar, senhor, por que Guthred precisa de conselho?

— Porque Ivarr Ivarson se cansa dele — disse ele — e Ivarr gostaria de ter outro homem, mais obediente, no trono da Nortúmbria.

— Ou tomar o trono para si mesmo? — sugeri.

— Acho que Ivarr não quer as pesadas responsabilidades de um rei. Quer poder, quer dinheiro, quer guerreiros e quer outro homem para fazer o trabalho duro de impor as leis sobre os saxões e aumentar os impostos dos saxões. E escolherá um saxão para fazer isso. — Fazia sentido. Era assim que os dinamarqueses em geral governavam seus saxões conquistados. — E Ivarr não quer mais Guthred.

— Por que, senhor?

— Porque o rei Guthred tenta impor sua lei igualmente aos dinamar-queses e aos saxões.

Lembrei-me da esperança de Guthred, de ser um rei justo.

— Isso é ruim? — perguntei.

— É tolice quando ele decreta que cada homem, pagão ou cristão, deve doar seu dízimo à igreja.

Offa havia mencionado esse imposto à igreja, e de fato era uma im-posição tola. O dízimo era um décimo de tudo o que um homem plantasse, criasse ou fizesse, e os dinamarqueses pagãos jamais aceitariam essa lei.

— Achei que o senhor aprovaria — falei com malícia.

— Eu aprovo os dízimos, claro — disse Alfredo cansado —, mas o dízimo deve ser dado por um coração disposto.

— *Hilarem datorem diligit Deus* — observou Beocca sem ajudar. — É o que diz o Evangelho.

— "Deus aprova o doador alegre" — traduziu Alfredo. — Mas quando uma terra é meio pagã e meio cristã, não se encoraja a unidade ofendendo a metade mais poderosa. Guthred deve ser um dinamarquês para os dinamar-queses e um cristão para os cristãos. Esse é o meu conselho a ele.

— Se os dinamarqueses se rebelarem — perguntei —, Guthred tem poder para derrotá-los?

— Ele tem o *fyrd* saxão, pelo menos o que resta dele, e alguns cristãos dinamarqueses, mas infelizmente são muito poucos. Minha estimativa é que ele pode levantar seiscentas lanças, mas menos de metade delas seria confiável em batalha.

— E Ivarr?

— Quase mil. E se Kjartan se juntar a ele, terá muito mais. E Kjartan está encorajando Ivarr.

— Kjartan não sai de Dunholm — disse eu.

— Ele não precisa sair de Dunholm, só precisa mandar duzentos homens em auxílio a Ivarr. E Kjartan, pelo que me disseram, tem um ódio particular por Guthred.

— Porque Guthred mijou em cima do filho dele.

— Fez o quê? — O rei me encarou.

— Lavou o cabelo dele com mijo. Eu estava lá.

— Santo Deus — disse Alfredo, claramente achando que todo homem ao norte do Humber era um bárbaro.

— Então o que Guthred deve fazer agora — disse eu — é destruir Ivarr e Kjartan?

— Isso é negócio de Guthred — respondeu Alfredo distante.

— Ele deve fazer as pazes com os dois — disse Beocca, franzindo a testa para mim.

— A paz é sempre desejável — concordou Alfredo, mas sem muito entusiasmo.

— Se quisermos enviar missionários aos dinamarqueses da Nortúmbria, senhor — insistiu Beocca —, precisamos ter paz.

— Como eu disse — retrucou Alfredo —, a paz é desejável. — Falava de novo sem fervor, e achei que essa era sua verdadeira mensagem. Ele sabia que não poderia haver paz.

Lembrei-me do que Offa, o homem dos cães dançarinos, tinha dito sobre casar Gisela com meu tio.

— Guthred poderia convencer meu tio a apoiá-lo — sugeri.

230

Os senhores do norte

Alfredo me lançou um olhar especulativo.

— Você aprovaria isso, senhor Uhtred?

— Ælfric é um usurpador. Jurou me reconhecer como herdeiro de Bebbanburg e violou o juramento. Não, senhor, eu não aprovaria.

Alfredo olhou para suas velas, que estalavam, manchando a parede caiada com sua fumaça.

— Esta queima depressa demais — disse ele. Em seguida lambeu os dedos, apagou a chama e pôs a vela morta num cesto com uma dúzia de outras rejeitadas. — É enormemente desejável — disse, ainda examinando as velas — que um rei cristão governe a Nortúmbria. É mais desejável ainda que seja Guthred. Ele é dinamarquês, e se quisermos ganhar os dinamarqueses para o conhecimento e o amor de Cristo, precisamos de reis dinamarqueses que sejam cristãos. Não precisamos é de Kjartan e Ivarr fazendo guerra contra os cristãos. Eles destruiriam a Igreja, se pudessem.

— Kjartan certamente destruiria — concordei.

— E duvido que seu tio tenha força suficiente para derrotar Kjartan e Ivarr — disse Alfredo —, mesmo que esteja disposto a se aliar a Guthred. Não — ele parou, pensando. — A única solução é Guthred fazer a paz com os pagãos. Esse é o meu conselho a ele. — E falou as últimas palavras diretamente a Beocca.

Beocca ficou satisfeito.

— Sábio conselho, senhor, louvado seja Deus.

— E por falar em pagãos — Alfredo me olhou —, o que o *earl* Ragnar fará se eu libertá-lo?

— Não lutará a favor de Ivarr — respondi com firmeza.

— Você tem certeza?

— Ragnar odeia Kjartan, e se Kjartan for aliado de Ivarr, Ragnar odiará os dois. Sim, senhor, tenho certeza.

— Então, se eu libertar Ragnar — perguntou Alfredo — e permitir que ele vá para o norte com vocês, ele não vai se virar contra Guthred?

— Ele vai lutar contra Kjartan, mas não sei o que pensará de Guthred.

Alfredo considerou essa resposta, depois assentiu.

— Se ele se opuser a Kjartan, isso deve bastar. — Em seguida se virou e sorriu para Beocca. — Sua embaixada, padre, é para pregar a paz a Guthred.

O navio vermelho

O senhor irá aconselhá-lo a ser um dinamarquês entre os dinamarqueses e um cristão entre os saxões.

— Sim, claro, senhor — disse Beocca, mas estava claro que ele se encontrava totalmente confuso. Alfredo falava de paz, mas estava mandando guerreiros, porque sabia que não poderia haver paz enquanto Ivarr e Kjartan vivessem. Não ousava fazer publicamente um pronunciamento assim, caso contrário os dinamarqueses do norte acusariam Wessex de estar interferindo nos negócios da Nortúmbria. Iriam se ressentir disso, e seu ressentimento daria força à causa de Ivarr. E Alfredo queria Guthred no trono da Nortúmbria porque este era cristão, e um cristão na Nortúmbria teria mais probabilidade de aceitar um exército saxão quando ele chegasse, se chegasse. Ivarr e Kjartan tornariam a Nortúmbria uma fortaleza pagã se pudessem, e Alfredo queria impedir isso. Portanto, Beocca deveria pregar a paz e a conciliação, mas Steapa, Ragnar e eu levaríamos espadas. Éramos seus cães de guerra e Alfredo sabia muitíssimo bem que Beocca não podia nos controlar.

Alfredo sonhava, e seus sonhos abarcavam toda a ilha da Britânia.

E de novo eu seria seu homem jurado, e não era isso que eu quisera, mas ele estava me mandando para o norte, para Gisela, e isso eu queria, portanto me ajoelhei diante dele, pus as mãos entre as suas, fiz o juramento e com isso perdi a liberdade. Então Ragnar foi convocado, também se ajoelhou, e recebeu a liberdade.

E no dia seguinte cavalgamos todos para o norte.

Gisela já estava casada.

Fiquei sabendo disso por Wulfhere, arcebispo de Eoferwic, e ele deveria saber, porque havia realizado a cerimônia em sua grande igreja. Aparentemente eu havia chegado cinco dias atrasado e quando fiquei sabendo da notícia senti um desespero como o que havia causado minhas lágrimas em Haithabu. Gisela estava casada.

Era outono quando chegamos à Nortúmbria. Falcões peregrinos patrulhavam o céu, mergulhando sobre as galinholas recém-chegadas ou sobre as gaivotas que se juntavam nos sulcos inundados pela chuva. Até agora havia sido um belo outono, mas as chuvas chegaram do oeste enquanto atravessávamos a Mércia indo para o norte. Éramos dez; Ragnar e Brida, Steapa, eu e o padre Beocca, além de três serviçais que guiavam os cavalos de carga que levavam nossos escudos, armaduras, mudas de roupa e os presentes mandados por Alfredo a Guthred. Ragnar levava dois homens que haviam compartilhado seu exílio. Todos montávamos bons cavalos que Alfredo nos dera e deveríamos ter feito a viagem em pouco tempo, mas Beocca nos retardava. Ele odiava cavalgar, e embora tivéssemos almofadado a sela de sua égua com duas grossas peles de carneiro, ele continuava prejudicado por feridas. Havia passado a viagem ensaiando o discurso que faria a Guthred, treinando e treinando as palavras até que todos ficássemos entediados com elas. Não havíamos encontrado problemas na Mércia porque a presença de Ragnar garantia que fôssemos bem recebidos nos castelos dinamarqueses. Ainda havia um rei saxão no norte da Mércia, Ceowulf era seu nome, mas não o encontramos e estava claro que o verdadeiro poder permanecia com os grandes senhores dinamarqueses. Atravessamos a fronteira da Nortúmbria sob uma tempestade e ainda estava chovendo quando entramos em Eoferwic.

E ali fiquei sabendo que Gisela estava casada. Não somente casada, mas havia saído de Eoferwic com o irmão.

— Eu celebrei o casamento — contou-nos Wulfhere, o arcebispo. Ele estava enfiando sopa de cevada na boca e longos fiapos dela pendiam em círculos glutinosos em sua barba branca. — A garota idiota chorou durante toda a cerimônia e não quis tomar a hóstia, mas isso não faz diferença. Ela está casada.

Fiquei horrorizado. Cinco dias, só isso. O destino é inexorável.

— Pensei que ela havia ido para um convento — falei, como se isso fizesse alguma diferença.

— Ela morava num convento — respondeu Wulfhere —, mas colocar o gato num estábulo não o transforma num cavalo, não é? Ela estava se escondendo! Era um desperdício de um útero perfeitamente bom! Ela foi mimada, esse é o problema. Teve permissão para morar num convento, onde jamais fez uma oração. Aquela ali precisava de um arreio. Uma boa surra é o que eu teria lhe dado. Mesmo assim, agora não está no convento. Guthred tirou-a de lá e casou-a.

— Com quem? — perguntou Beocca.

— Com o senhor Ælfric, claro.

— Ælfric veio a Eoferwic? — perguntei pasmo, porque meu tio relutava tanto em sair de Bebbanburg quanto Kjartan em deixar a segurança de Dunholm.

— Ele não veio — respondeu Wulfhere. — Mandou vinte homens e um deles representou o senhor Ælfric. Foi um casamento por procuração. Totalmente legal.

— É mesmo — disse Beocca.

— Então onde ela está? — perguntei.

— Foi para o norte. — Wulfhere balançou sua colher de chifre. — Foram todos. O irmão a levou a Bebbanburg. O abade Eadred está com eles e levou o cadáver de São Cuthbert, claro. E aquele homem medonho, Hrothweard, também foi. Não suporto Hrothweard. Foi o idiota que convenceu Guthred a impor o dízimo aos dinamarqueses. Eu disse a Guthred que era idiotice, mas Hrothweard afirmou que recebeu a ordem diretamente de São Cuthbert, de modo que nada que eu pudesse dizer teve o mínimo efeito. Agora os dinamarqueses provavelmente estão juntando suas forças, portanto haverá guerra.

— Guerra? — perguntei. — Guthred declarou guerra aos dinamarqueses? — Parecia improvável.

— Claro que não! Mas eles precisam impedi-lo. — Wulfhere usou a manga do manto para enxugar a barba.

— Impedi-lo de fazer o quê?

— De chegar a Bebbanburg, claro, do que mais? O dia em que Guthred entregar sua irmã e São Cuthbert a Bebbanburg será o dia em que Ælfric lhe dará duzentos lanceiros. Mas os dinamarqueses não vão esperar isso! Eles mais ou menos suportaram Guthred, mas só porque ele é fraco demais para lhes dar ordens, mas se ele conseguir uns duzentos arqueiros excelentes com Ælfric, os dinamarqueses vão esmagá-lo como se fosse um piolho. Acho que Ivarr já está reunindo tropas para impedir esse absurdo.

— Eles levaram o abençoado São Cuthbert? — perguntou Beocca.

234

Os senhores do norte

O arcebispo franziu a testa para Beocca.

— Você é um embaixador estranho — disse ele.

— Estranho, senhor?

— Não consegue ver direito, consegue? Alfredo deve estar com carência de homens, se mandou uma coisa feia como você. Havia em Bebbanburg um padre vesgo. Isso foi há anos, na época do velho senhor Uhtred.

— Era eu — disse Beocca ansioso.

— Não seja idiota, claro que não era. O sujeito de quem estou falando era jovem e ruivo. Pegue todas as cadeiras, seu idiota retardado! — virou-se para um serviçal. — Todas as seis. E me traga mais pão. — Wulfhere estava planejando escapar antes que irrompesse a guerra entre Guthred e os dinamarqueses, e seu pátio estava cheio de carroças, bois e cavalos de carga, porque os tesouros de sua grande igreja estavam sendo guardados para o transporte para algum lugar que oferecesse segurança. — O rei Guthred levou São Cuthbert — disse o arcebispo — porque esse é o preço de Ælfric. Ele quer o cadáver, além do útero. Só espero que ele se lembre de em qual deve penetrar.

Percebi que meu tio estava fazendo sua aposta pelo poder. Guthred era fraco, mas possuía o grande tesouro do cadáver de Cuthbert. E se Ælfric pudesse obter a posse do santo, iria se tornar o guardião de todos os cristãos da Nortúmbria. Além disso, ganharia uma pequena fortuna com as moedas dos peregrinos.

— O que ele está querendo — disse eu — é refazer a Bernícia. Ele vai se chamar de rei daqui a pouco tempo.

Wulfhere me olhou como se eu não fosse um idiota completo.

— Está certo, e seus duzentos lanceiros ficarão com Guthred por um mês, só isso. Depois irão para casa e os dinamarqueses vão assar Guthred numa fogueira. Eu o alertei! Disse que um santo morto valia mais do que duzentos lanceiros, mas ele está desesperado. E se vocês quiserem vê-lo, é melhor irem para o norte. — Wulfhere havia nos recebido porque éramos os embaixadores de Alfredo, mas não ofereceu comida nem abrigo, e claramente queria nos ver pelas costas o mais rápido que fosse possível. — Vão para o norte — reiterou — e talvez encontrem o idiota vivo.

O navio vermelho

Voltamos à taverna em que Steapa e Brida esperavam, e xinguei as três fiandeiras que haviam me deixado chegar tão perto e então me negaram. Gisela havia partido há quatro dias, tempo mais do que suficiente para chegar a Bebbanburg, e a tentativa desesperada de seu irmão para obter o apoio de Ælfric provavelmente havia incitado os dinamarqueses à revolta. Não que eu me importasse com a raiva dos dinamarqueses. Só estava pensando em Gisela.

— Temos de ir para o norte e encontrar o rei — disse Beocca.

— Se você entrar em Bebbanburg, Ælfric vai matá-lo — disse eu. Quando havia fugido de Bebbanburg, Beocca levara todos os pergaminhos provando que eu era o verdadeiro senhor, e Ælfric sabia e se ressentia disso.

— Ælfric não vai matar um padre — disse Beocca —, principalmente se pensar na própria alma. E eu sou um embaixador! Ele não pode matar um embaixador.

— Enquanto estiver seguro em Bebbanburg — interveio Ragnar —, ele pode fazer o que quiser.

— Talvez Guthred não tenha chegado a Bebbanburg — disse Steapa, e fiquei tão surpreso por ele ter falado que nem prestei atenção direito. E o mesmo pareceu acontecer com todos os outros, porque nenhum de nós respondeu. — Se eles não querem que a garota se case — continuou Steapa —, vão impedi-lo de chegar.

— Eles? — perguntou Ragnar.

— Os dinamarqueses, senhor — respondeu Steapa.

— E Guthred estará viajando devagar — acrescentou Brida.

— Estará? — perguntei.

— Você disse que ele levou o cadáver de Cuthbert.

A esperança se agitou dentro de mim. Steapa e Brida estavam certos. Guthred podia estar querendo ir a Bebbanburg, mas não conseguiria viajar mais depressa que os monges carregando o cadáver, e os dinamarqueses iriam querer impedi-lo de chegar.

— Ele já pode estar morto — disse eu.

— Só há um modo de descobrir — observou Ragnar.

Partimos na madrugada seguinte, pegando a estrada romana em direção ao norte, e seguimos o mais rápido que pudemos. Até então havíamos

236

Os senhores do norte

poupado os cavalos de Alfredo, mas agora os impelíamos com força, porém ainda éramos retardados por Beocca. Então, enquanto a manhã ia se esvaindo, as chuvas chegaram de novo. Fracas a princípio, mas logo com força suficiente para tornar o terreno traiçoeiro. O vento aumentou e soprava em nosso rosto. O trovão soava longe e a chuva caía com nova intensidade, todos estávamos enlameados, com frio e encharcados. As árvores se sacudiam, soltando as últimas folhas ao vento cortante. Era um dia para se estar dentro de um castelo, junto a uma vasta lareira.

Encontramos os primeiros corpos ao lado da estrada. Eram dois homens nus com os ferimentos lavados pela chuva. Um dos mortos tinha uma foice quebrada ao lado. Outros três cadáveres estavam oitocentos metros ao norte, e dois tinham cruzes de madeira no pescoço, o que significava que eram saxões. Beocca fez o sinal da cruz sobre os corpos. Raios chicoteavam as colinas a oeste, então Ragnar apontou adiante, e vi, através da chuva forte, um povoado junto à estrada. Havia algumas casas baixas, o que poderia ser uma igreja e um castelo com telhado alto dentro de uma paliçada de madeira.

Havia uns vinte cavalos amarrados à paliçada do castelo e, quando aparecemos saindo da tempestade, uma dúzia de homens saiu correndo do portão com espadas e lanças. Eles montaram e galoparam pela estrada em nossa direção, mas diminuíram a velocidade ao ver os braceletes que Ragnar e eu usávamos.

— Vocês são dinamarqueses? — gritou Ragnar.

— Somos dinamarqueses! — Eles baixaram as espadas e viraram os cavalos para nos escoltar. — Vocês viram algum saxão? — perguntou um deles a Ragnar.

— Só mortos.

Abrigamos os cavalos numa das casas, derrubando parte do telhado para aumentar a porta, de modo que os animais pudessem ser levados para dentro. Havia uma família saxã ali, e todos se encolheram para longe de nós. A mulher gemeu e levantou as mãos na nossa direção, numa prece muda.

— Minha filha está doente — disse ela.

A garota estava num canto escuro, tremendo. Não parecia tão doente quanto aterrorizada.

237

O navio vermelho

— Quantos anos ela tem? — perguntei.

— Onze, senhor, acho — respondeu a mãe da menina.

— Ela foi estuprada?

— Por quatro homens, senhor.

— Agora ela está em segurança — disse eu, e lhes dei moedas para pagar pelos danos no telhado e deixamos os serviçais de Alfredo e os dois homens de Ragnar guardando os cavalos, depois nos juntamos aos dinamarqueses no grande salão no qual um fogo ardia feroz na lareira central. Os homens junto às chamas abriram espaço para nós, mas ficaram confusos porque viajávamos com um sacerdote cristão. Olharam com suspeitas para o enlameado Beocca, mas Ragnar era tão obviamente dinamarquês que não disseram nada, e seus braceletes, como os meus, indicavam que era um dinamarquês do mais alto nível. O líder dos homens deve ter ficado impressionado com Ragnar, porque fez uma pequena reverência.

— Sou Hakon de Onhripum — disse ele.

— Ragnar Ragnarson — apresentou-se Ragnar. Não me apresentou nem apresentou Steapa, mas balançou a cabeça na direção de Brida. — E esta é minha mulher.

Hakon sabia sobre Ragnar, o que não era surpreendente, porque seu nome era famoso nas colinas a oeste de Onhripum.

— O senhor estava como refém em Wessex? — perguntou ele.

— Não estou mais — disse Ragnar rapidamente.

— Bem-vindo ao lar, senhor — disse Hakon.

Cerveja foi trazida, além de pão, queijo e maçãs.

— Os mortos que vimos na estrada — perguntou Ragnar —, aquilo foi trabalho de vocês?

— Eram saxões, senhor. Temos de impedir que eles se juntem.

— Vocês certamente impediram aqueles homens de se juntar — disse Ragnar, provocando um sorriso em Hakon. — Ordens de quem?

— Do *earl* Ivarr, senhor. Ele nos convocou. E se encontrarmos saxões com armas, devemos matá-los.

Ragnar balançou a cabeça maliciosamente na direção de Steapa.

— Ele é saxão e está armado.

Os senhores do norte

Hakon e seus homens olharam para o gigantesco e maléfico Steapa.

— Ele está com o senhor.

— Então por que Ivarr convocou vocês? — perguntou Ragnar.

E assim a história surgiu, ou pelo menos a parte que Hakon sabia. Guthred havia passado por essa mesma estrada indo para o norte, mas Kjartan mandara homens para bloquear seu caminho.

— Guthred não tem mais de 150 lanceiros — disse Hakon —, e Kjartan estava com duzentos ou mais. Guthred não tentou lutar.

— Então onde Guthred está?

— Ele fugiu, senhor.

— Para onde? — perguntou Ragnar incisivamente.

— Achamos que para o oeste, senhor, em direção a Cumbraland.

— Kjartan não foi atrás?

— Kjartan não se afasta muito de Dunholm, senhor. Ele teme que Ælfric de Bebbanburg ataque Dunholm caso ele se afaste, por isso fica perto.

— E vocês foram convocados para onde? — perguntou Ragnar.

— Devemos encontrar o senhor Ivarr em Thresk.

— Thresk? — Ragnar estava perplexo. Thresk era um povoado junto a um lago, alguns quilômetros a leste. Parecia que Guthred fora para o oeste, mas Ivarr estava levantando seu estandarte a leste. Então Ragnar entendeu. — Ivarr vai atacar Eoferwic?

Hakon assentiu.

— Se tomar o lar de Guthred, senhor, para onde ele poderá ir?

— Bebbanburg? — sugeri.

— Há cavaleiros acompanhando Guthred, e se ele tentar ir para o norte, Kjartan marchará de novo. — Hakon tocou o punho da espada. — Vamos acabar com os saxões para sempre, senhor. O senhor Ivarr ficará feliz com seu retorno.

— Minha família não luta ao lado de Kjartan — disse Ragnar asperamente.

— Nem mesmo por saque? Ouvi dizer que Eoferwic está cheia de coisas a serem saqueadas.

— Ela já foi saqueada antes — disse eu —, quanta coisa pode restar?

— O bastante — respondeu Hakon peremptoriamente.

Achei que Ivarr havia criado uma estratégia inteligente. Guthred, acompanhado por muito poucos lanceiros e atrapalhado por padres, monges e um santo morto, estava viajando sem direção no tempo louco da Nortúmbria, e enquanto isso seus inimigos iriam capturar seu palácio e sua cidade, e com eles a guarnição da cidade, que formava o âmago das forças de Guthred. Enquanto isso, Kjartan estava impedindo Guthred de chegar à segurança de Bebbanburg.

— De quem é este castelo? — perguntou Ragnar.

— Pertencia a um saxão — respondeu Hakon.

— Pertencia?

— O homem desembainhou a espada — explicou Hakon —, por isso ele e todo o seu pessoal estão mortos. Menos duas filhas. — Ele balançou a cabeça na direção dos fundos do castelo. — Estão num estábulo, se o senhor as quiser.

Mais dinamarqueses chegaram à medida que a tarde caía. Todos iam para Thresk e o castelo era um bom lugar para se abrigar do tempo que agora soprava numa tempestade. Havia cerveja no castelo e inevitavelmente os homens se embebedaram, mas estavam bêbados e felizes porque Guthred havia cometido um erro terrível. Havia marchado para o norte com muito poucos homens, na crença de que os dinamarqueses não interfeririam com ele, e agora esses dinamarqueses tinham a promessa de uma guerra fácil e muito saque.

Ocupamos uma das plataformas de dormir, na lateral do castelo.

— O que temos de fazer — disse Ragnar — é ir a Synningthwait.

— Ao amanhecer — concordei.

— Por que Synningthwait? — perguntou Beocca.

— Porque é lá que estão meus homens — disse Ragnar — e é disso que precisamos agora. Homens.

— Precisamos encontrar Guthred! — insistiu Beocca.

— Precisamos de homens para encontrá-lo — disse eu — e precisamos de espadas.

A Nortúmbria estava despencando no caos e o melhor modo de suportar o caos era rodeado de espadas e lanças.

Os senhores do norte

Três dinamarqueses bêbados tinham nos observado conversando e estavam intrigados, talvez ofendidos, porque incluíamos um padre cristão na conversa. Vieram até a plataforma e quiseram saber quem era Beocca e por que estávamos lhe fazendo companhia.

— Estamos guardando-o para o caso de ficarmos com fome — disse eu. Isso os satisfez, e a piada foi repassada pelo salão, provocando mais risos.

Durante a noite a tempestade passou. O trovão rosnava cada vez mais fraco e a intensidade da chuva na palha do teto batida pelo vento diminuiu, de modo que ao alvorecer havia apenas uma garoa leve e água pingando do teto coberto de musgo. Vestimos cota de malha e elmos e, enquanto Hakon e os outros dinamarqueses iam para Thresk, no leste, fomos para as colinas no oeste.

Eu estava pensando em Gisela, perdida em algum lugar das colinas e vítima do desespero do irmão. Guthred devia ter pensado que era tarde demais, no ano, para que os exércitos se reunissem, e que poderia se esgueirar por Dunholm até Bebbanburg sem que os dinamarqueses tentassem se opor. Agora estava à beira de perder tudo.

— Se o encontrarmos — perguntou Beocca enquanto cavalgávamos —, podemos levá-lo para o sul até Alfredo?

— Levá-lo para o sul até Alfredo? — perguntei. — Por que faríamos isso?

— Para mantê-lo vivo. Se ele é cristão, será bem-vindo em Wessex.

— Alfredo quer que ele seja rei aqui.

— É tarde demais — disse Beocca, sombrio.

— Não — respondi —, não é tarde demais. — Beocca me olhou como se eu estivesse louco, e talvez estivesse mesmo, mas no caos que escurecia a Nortúmbria havia uma coisa em que Ivarr não havia pensado. Devia ter acreditado que já vencera. Suas forças estavam se juntando e Kjartan vinha impelindo Guthred para o centro selvagem do país, onde nenhum exército poderia sobreviver por muito tempo no frio, no vento e na chuva. Mas Ivarr havia se esquecido de Ragnar. Ragnar estivera longe por muito tempo, mas continuava possuindo um trecho de terras nas colinas, e essa terra sustentava homens, e esses homens estavam jurados ao serviço de Ragnar.

Assim, fomos para Synninghtwait, e eu estava com um nó na garganta enquanto chegávamos ao vale, porque foi perto de Synninghtwait que eu

241

O navio vermelho

vivi quando criança, onde fui criado pelo pai de Ragnar, onde aprendi a lutar, onde fui amado, onde fui feliz e onde vi Kjartan queimar o castelo de Ragnar e assassinar seus habitantes. Era a primeira vez que eu retornava desde aquela noite medonha.

Os homens de Ragnar moravam no povoado ou nas colinas próximas, porém a primeira pessoa que vi foi Ethne, a escrava escocesa que havíamos libertado em Gyruum. Estava carregando dois baldes de água e não me reconheceu até que chamei seu nome. Então ela largou os baldes e correu para a casa, gritando, e Finan emergiu de uma porta baixa. Ele gritou deliciado, e mais pessoas apareceram, e de repente havia uma multidão gritando porque Ragnar havia retornado ao seu povo.

Finan não pôde esperar que eu apeasse. Caminhou ao lado do meu cavalo, rindo.

— Quer saber como Sverri morreu? — perguntou.

— Lentamente?

— E com barulho. — Ele riu. — E pegamos o dinheiro dele.

— Muito dinheiro?

— Mais do que você pode sonhar! — respondeu exultando. — E queimamos a casa dele. Deixamos a mulher e os filhos chorando.

— Você deixou que eles vivessem?

Finan pareceu sem graça.

— Ethne sentiu pena. Mas matá-lo foi prazer suficiente. — Ele riu para mim outra vez. — Então, vamos à guerra?

— Vamos à guerra.

— Vamos lutar contra o desgraçado do Guthred, não é? — perguntou Finan.

— Você quer fazer isso?

— Ele mandou um padre dizer que tínhamos de pagar dinheiro à igreja! Nós o expulsamos.

— Achei que você era cristão.

— E sou — disse Finan, na defensiva. — Mas prefiro me danar antes de entregar um décimo do meu dinheiro a um padre.

242

Os senhores do norte

Os homens de Synninghtwait esperavam que lutássemos por Ivarr. Eram dinamarqueses e viam a guerra iminente sendo travada entre dinamarqueses e saxões em ascensão, mas nenhum tinha muito entusiasmo pela luta porque não gostavam de Ivarr. A convocação de Ivarr havia chegado a Synninghtwait cinco dias atrás, e Rollo, que comandava o povoado na ausência de Ragnar, havia deliberadamente atrasado a resposta. Agora a decisão pertencia a Ragnar, e naquela noite, diante de seu castelo onde uma grande fogueira ardia sob as nuvens, ele convidou seus homens a falar o que pensavam. Ragnar poderia ter ordenado que fizessem o que ele quisesse, mas não via a maior parte deles há três anos e queria saber como estavam.

— Deixarei que eles falem — disse-me —, depois direi o que vamos fazer.

— O que vamos fazer? — perguntei.

Ragnar riu.

— Ainda não sei.

Rollo falou primeiro. Disse que não desgostava de Guthred, mas que perguntava se Guthred era o melhor rei para a Nortúmbria.

— Uma terra precisa de um rei — disse ele —, e esse rei deve ser justo, generoso e forte. Guthred não é justo nem forte. Ele favorece os cristãos.

Homens murmuraram apoiando.

Beocca estava sentado ao meu lado e entendia o suficiente do que era dito para ficar perturbado.

— Alfredo apoia Guthred! — sussurrou ele.

— Fique quieto — alertei.

— Guthred exigiu que pagássemos um imposto aos padres cristãos — continuou Rollo.

— E vocês pagaram? — perguntou Ragnar.

— Não.

— Se Guthred não for rei — quis saber Ragnar —, quem deve ser? — Ninguém falou. — Ivarr? — sugeriu Ragnar, e um tremor atravessou as pessoas. Ninguém gostava de Ivarr e ninguém falou, além de Beocca, e ele só conseguiu dizer uma palavra antes que eu interrompesse seu protesto com uma cutucada forte nas costelas ossudas. — Que tal o *earl* Ulf? — perguntou Ragnar.

— Está velho demais — disse Rollo. — Além disso, voltou a Cair Ligualid e quer ficar lá.

— Há algum saxão que deixaria que nós, dinamarqueses, ficássemos em paz? — perguntou Ragnar, e de novo ninguém respondeu. — Outro dinamarquês, então?

— Deve ser Guthred! — latiu Beocca como um cão.

Rollo deu um passo à frente como se estivesse para falar algo importante.

— Nós seguiríamos o senhor — disse ele a Ragnar —, porque o senhor é justo, generoso e forte. — Isso provocou aplausos loucos da multidão reunida em volta da fogueira.

— Isso é traição! — sibilou Beocca.

— Fique quieto — ordenei.

— Mas Alfredo nos disse...

— Alfredo não está aqui, e nós estamos, então fique quieto.

Ragnar olhou para a fogueira. Ele era um homem muito bonito, com rosto forte, aberto e alegre, mas naquele momento estava perturbado. Olhou para mim.

— Você poderia ser rei — disse ele.

— Poderia — concordei.

— Estamos aqui para apoiar Guthred! — latiu Beocca.

— Finan — disse eu —, ao meu lado há um padre caolho, manco e torto que está me irritando. Se ele falar de novo, corte sua garganta.

— Uhtred! — guinchou Beocca.

— Vou perdoar essa única palavra — disse eu a Finan —, mas na próxima vez em que ele falar, você irá mandá-lo para os seus ancestrais.

Finan riu e desembainhou a espada. Beocca ficou em silêncio.

— Você poderia ser rei — disse Ragnar outra vez, e percebi os olhos escuros de Brida fixos em mim.

— Meus ancestrais eram reis — disse eu —, e o sangue deles está em minhas veias. É o sangue de Odin. Meu pai, mesmo sendo cristão, sempre sentiu orgulho por nossa família descender do deus Odin.

— E você seria um bom rei — disse Ragnar. — É melhor que um saxão governe, e você é um saxão que ama os dinamarqueses. Você poderia ser o rei Uhtred da Nortúmbria, por que não? — Brida continuava me olhando. Eu sabia que ela estava se lembrando da noite em que o pai de Ragnar havia morrido, e quando Kjartan e sua tripulação aos berros haviam matado os homens e mulheres que saíam cambaleando do castelo em chamas. — E então? — instigou Ragnar.

Fiquei tentado. Confesso que fiquei muito tentado. Em seu tempo, meus ancestrais haviam sido reis da Bernícia, e agora o trono da Nortúmbria estava livre para quem o pegasse. Com Ragnar ao meu lado, eu poderia garantir o apoio dinamarquês, e os saxões fariam o que fosse ordenado. Ivarr resistiria, claro, assim como Kjartan e meu tio, mas isso não era novidade, e eu tinha certeza de que era um soldado muito melhor do que Guthred.

Sabia, no entanto, que não era meu destino ser rei. Conheci muitos reis e suas vidas não são feitas apenas de prata, festas e mulheres. Alfredo parecia desgastado pelos deveres, ainda que parte disso fosse sua doença constante e outra parte, uma incapacidade de levar os deveres com menos seriedade. Alfredo, entretanto, estava certo em sua dedicação ao dever. Um rei tem de governar, tem de manter um equilíbrio entre os grandes *thegns* de seu reino, tem de afastar os rivais, tem de manter o tesouro cheio, tem de manter estradas, fortalezas e exércitos. Pensei em tudo isso enquanto Ragnar e Brida me olhavam e Beoca prendia o fôlego ao meu lado, e eu sabia que não desejava a responsabilidade. Queria a prata, as festas e as mulheres, mas essas coisas eu poderia ter sem um trono.

— Não é meu destino — disse eu.

— Talvez você não conheça seu destino — sugeriu Ragnar.

A fumaça redemoinhava para o céu frio brilhante de fagulhas.

— Meu destino é ser o governante de Bebbanburg — respondi. — Disso eu sei. E sei que a Nortúmbria não pode ser governada a partir de Bebbanburg. Mas talvez seja o seu destino — disse a Ragnar.

Ele balançou a cabeça.

— Meu pai, o pai dele e o pai do meu pai eram vikings. Viajávamos para onde pudéssemos pegar riquezas. Ficamos ricos. Tínhamos risos, cerveja,

245

O navio vermelho

prata e batalha. Se eu fosse ser rei, teria de proteger o que possuo dos homens que iriam tomá-lo de mim. Em vez de ser viking, eu seria um pastor. Quero ser livre. Fui refém por muito tempo e quero minha liberdade. Quero minhas velas ao vento e minhas espadas ao sol. Não desejo ser atrapalhado pelos deveres. — Ele estivera pensando o mesmo que eu, mas tinha dito com muito mais eloquência. Riu de repente, como se eu o libertasse de um fardo. — Quero ser mais rico do que qualquer rei — declarou aos seus homens — e farei todos vocês ricos comigo.

— Então quem será rei? — perguntou Rollo.

— Guthred — respondeu Ragnar.

— Louvado seja Deus — disse Beocca.

— Quieto — sibilei.

Os homens de Ragnar não ficaram felizes com a escolha. Rollo, magro, barbudo e leal, falou por eles.

— Guthred favorece os cristãos. Ele é mais saxão do que dinamarquês. Faria com que todos nós adorássemos o deus pregado deles.

— Ele fará o que lhe for ordenado — disse eu com firmeza —, e a primeira coisa que vamos dizer é que nenhum dinamarquês pagará dízimo à igreja deles. Ele será rei como Egbert era rei, obediente aos desejos dos dinamarqueses. — Beocca estava soltando perdigotos, mas ignorei-o. — O que importa — prossegui — é qual dinamarquês irá lhe dar ordens. Será Ivarr? Kjartan? Ou Ragnar?

— Ragnar! — gritaram os homens.

— E o meu desejo — Ragnar havia se movido mais para perto da fogueira, de modo que as chamas o iluminavam e o faziam parecer maior e mais forte. — Meu desejo — disse de novo — é ver Kjartan derrotado. Se Ivarr vencer Guthred, Kjartan ficará mais forte, e Kjartan é meu inimigo. É nosso inimigo. Há uma rixa de sangue entre a família dele e a minha, e eu encerraria essa rixa agora. Vamos marchar para ajudar Guthred, mas se Guthred não nos ajudar a tomar Dunholm, juro a vocês que matarei Guthred e sua família para tomar o trono. Mas preferiria pisar no sangue de Kjartan do que ser rei de todos os dinamarqueses. Preferiria ser o matador de Kjartan do que o rei de toda a terra. Mi-

246

Os senhores do norte

nha briga não é com Guthred. Não é com os saxões. Não é com os cristãos. Minha briga é com Kjartan, o Cruel.

— E em Dunholm há um tesouro de prata digno dos deuses — disse eu.

— Então encontraremos Guthred — anunciou Ragnar — e lutaremos por ele!

Há um instante a multidão quisera que Ragnar a liderasse contra Guthred, mas agora todos aplaudiram a notícia de que lutariam pelo rei. Havia setenta guerreiros ali, não eram muitos, mas estavam entre os melhores da Nortúmbria e bateram as espadas nos escudos gritando o nome de Ragnar.

— Pode falar agora — disse eu a Beocca.

Mas ele não tinha nada a dizer.

E na manhã seguinte, sob um céu limpo, partimos para encontrar Guthred.

E Gisela.

TERCEIRA PARTE

Caminhante das sombras

Oito

Éramos 76 guerreiros, incluindo Steapa e eu. Todos a cavalo e todos com armas, cotas de malha ou de couro bom e elmos. Duas vintenas de serviçais em cavalos menores carregavam os escudos e puxavam os garanhões de reserva, mas esses serviçais não eram lutadores e não eram contados entre os 76. Houvera um tempo em que Ragnar podia levantar mais de duzentos guerreiros, mas muitos haviam morrido em Ethandun e outros haviam encontrado novos senhores nos longos meses em que Ragnar fora refém, mas 76 era um bom número.

— E são homens formidáveis — disse-me ele com orgulho.

Ragnar cavalgava sob seu estandarte da asa de águia. Era uma verdadeira asa de águia pregada no topo de um mastro alto, e seu elmo era decorado com mais duas asas assim.

— Eu sonhei com isso — disse ele enquanto cavalgávamos para o leste —, sonhei em cavalgar para a guerra. Durante todo aquele tempo em que fui refém, queria estar cavalgando para a guerra. Não há nada na vida como isso, Uhtred, nada!

— Mulheres? — perguntei.

— Mulheres e guerra! — disse ele. — Mulheres e guerra! — Em seguida gritou de júbilo, seu garanhão eriçou as orelhas e deu dois saltos curtos como se compartilhasse a alegria do dono. Seguíamos à frente da coluna, mas Ragnar tinha uma dúzia de homens montados em pôneis ligeiros indo bem adiante. Os 12 homens sinalizavam um para o outro e de volta para Ragnar, falavam com pastores, ouviam boatos e sentiam o cheiro do vento. Eram como cães procurando um faro e buscavam a trilha de Guthred, que esperávamos encontrar indo para oeste na direção de Cumbraland. Porém, à medida que a manhã se esgotava, os batedores continuavam se desviando para o leste. Nosso progresso era lento, o que frustrava o padre Beocca, mas antes de cavalgar mais depressa tínhamos de saber para onde íamos. Então, finalmente, os batedores pareceram confiantes em que a pista ia para o leste e esporearam seus pôneis pelas colinas, e fomos atrás.

— Guthred está tentando voltar a Eoferwic — supôs Ragnar.

— Está atrasado demais para isso — disse eu.

— Ou então ficou em pânico — sugeriu Ragnar animado — e não sabe o que faz.

— Isso parece mais provável.

Brida e cerca de vinte outras mulheres cavalgavam conosco. Brida usava armadura de couro e tinha uma capa preta presa ao pescoço com um belo broche de prata e âmbar negro. O cabelo estava torcido no alto e mantido no lugar com uma fita preta, e na cintura levava uma espada longa. Havia se tornado uma mulher elegante que possuía um ar de autoridade. E acho que isso ofendia o padre Beocca, que a conhecia desde que era criança. Ela fora criada como cristã, mas havia escapado à fé e Beocca ficava chateado com isso, mas creio que achava sua beleza mais perturbadora.

— Ela é uma feiticeira — sibilou ele para mim.

— Se ela é feiticeira, é uma boa pessoa para se ter ao lado.

— Deus vai nos castigar.

— Este não é o país do seu deus. É a terra de Tor.

Ele fez o sinal da cruz para se proteger do mal das minhas palavras.

— E o que você estava fazendo ontem à noite? — perguntou indignado. — Como pôde ao menos pensar em ser rei aqui?

— É fácil. Sou descendente de reis. Diferentemente de você, padre. Você descende de criadores de porcos, não é?

Ele ignorou isso.

— O rei é o ungido pelo Senhor. O rei é escolhido por Deus e por toda a multidão de santos. São Cuthbert guiou a Nortúmbria até Guthred, então como você pôde ao menos pensar em substituí-lo? Como pôde?

Os senhores do norte

— Então podemos dar a volta e ir para casa.

— Dar a volta e ir para casa? — Beocca estava pasmo. — Por quê?

— Porque se Cuthbert o escolheu, Cuthbert pode defendê-lo. Guthred não precisa de nós. Pode ir para a batalha com seu santo morto. Ou talvez já tenha ido, já pensou nisso?

— Pensei em quê?

— Que Guthred já pode estar derrotado. Pode estar morto. Ou pode estar usando as correntes de Kjartan.

— Que Deus nos preserve — disse Beocca, fazendo o sinal da cruz outra vez.

— Isso não aconteceu — garanti.

— Como você sabe?

— Porque ainda não encontramos fugitivos — respondi, mas não podia ter certeza. Talvez Guthred estivesse lutando enquanto falávamos, mas tinha a sensação de que ele estava vivo e não muito longe. É difícil descrever essa sensação. É um instinto, tão difícil de ler quanto uma mensagem de um deus na queda da pena de uma garriça, mas eu havia aprendido a confiar naquela sensação.

E meu instinto estava certo, porque no fim da manhã um dos batedores veio correndo pela charneca, a crina do pônei balançando ao vento. Ele parou provocando um jorro de terra e samambaias para dizer a Ragnar que havia um grande bando de homens e cavalos no vale do rio Swale.

— Estão em Cetreht, senhor — disse ele.

— Do nosso lado do rio? — perguntou Ragnar.

— Do nosso lado, senhor, na antiga fortaleza. Estão presos lá.

— Presos?

— Há outro bando de guerreiros do lado de fora do forte, senhor.

O batedor não havia chegado suficientemente perto para ver estandartes, mas dois outros haviam descido ao vale enquanto esse primeiro galopava de volta para nos trazer notícias de que Guthred provavelmente estava muito perto.

Apressamos o passo. Nuvens corriam no vento e ao meio-dia uma chuva forte caiu brevemente, e logo depois de ela terminar encontramos os dois batedores que haviam cavalgado até os campos ao redor do forte e falado com o bando de guerreiros.

— Guthred está no forte — informou um deles.

— E quem está do lado de fora?

— Os homens de Kjartan, senhor. — Ele riu, sabendo que, se houvesse algum homem de Kjartan por perto, haveria luta. — São sessenta, senhor, apenas sessenta.

— Kjartan está lá? Ou Sven?

— Não, senhor. Eles são liderados por um homem chamado Rolf.

— Você falou com ele?

— Falei com ele e bebi sua cerveja, senhor. Eles estão vigiando Guthred. Certificando-se de que ele não fuja. Estão mantendo-o lá até que Ivarr venha para o norte.

— Até que Ivarr venha? Não Kjartan?

— Kjartan fica em Dunholm, senhor — disse o homem —, foi o que disseram, e que Ivarr virá para o norte assim que tiver deixado uma guarnição em Eoferwic.

— Há sessenta homens de Kjartan no vale — gritou Ragnar aos seus guerreiros, e sua mão foi instintivamente para o punho de Quebra-coração. Era a sua espada, que recebera o mesmo nome da arma de seu pai como lembrança do dever de vingar a morte de Ragnar, o Velho. — Há sessenta homens a matar! — acrescentou, depois chamou um serviçal para trazer seu escudo. Olhou de novo os batedores. — Quem eles pensaram que vocês eram?

— Dissemos que servíamos a Hakon, senhor. Dissemos que estávamos procurando por ele.

Ragnar deu moedas de prata aos homens.

— Fizeram bem. E quantos homens Guthred tem no forte?

— Rolf diz que são pelo menos cem, senhor.

— Cem? E não tentou expulsar os sessenta?

— Não, senhor.

— Tremendo rei — disse Ragnar com escárnio.

— Se Guthred lutar com eles — disse eu —, no fim do dia terá menos de cinquenta.

— Então o que ele está fazendo, em vez disso? — quis saber Ragnar.

— Rezando, provavelmente.

Como soubemos mais tarde, Guthred havia entrado em pânico. Tolhido em seus esforços de alcançar Bebbanburg, tinha se virado para o oeste, em direção a Cumbraland, pensando que naquele local familiar encontraria amigos, mas o tempo o retardou, havia cavaleiros inimigos sempre à vista e ele temia uma emboscada nas colinas íngremes adiante. Por isso mudou de ideia e decidiu retornar a Eoferwic, mas não havia chegado mais longe do que ao forte romano que um dia guardara as travessias do Swale em Cetreht. Nesse ponto estava desesperado. Alguns de seus lanceiros haviam desertado, achando que apenas a morte os esperava se permanecessem com o rei, por isso Guthred mandara mensageiros pedir ajuda aos *thegns* cristãos da Nortúmbria. Agora estava sitiado. Os sessenta homens iriam mantê-lo em Cetreht até que Ivarr chegasse para matá-lo.

— Se Guthred está rezando — disse Beocca, sério —, essas orações estão sendo atendidas.

— Quer dizer que o deus cristão nos mandou? — perguntei.

— E quem mais? — respondeu ele indignado enquanto espanava o manto preto. — Quando encontrarmos Guthred, você deixará que eu fale primeiro.

— Você acha que é hora de cerimônia?

— Sou um embaixador! — protestou ele. — Você se esquece disso. — Sua indignação explodiu subitamente, como um riacho aumentado pelas chuvas inundando as margens. — Você não tem concepção de dignidade! Sou um embaixador! Ontem à noite, Uhtred, quando você disse àquele selvagem irlandês para cortar minha garganta, estava pensando em quê?

— Em mantê-lo quieto, padre.

— Contarei sobre sua insolência a Alfredo. Pode ter certeza. Contarei a ele.

Continuou reclamando, mas eu não ouvia porque tínhamos atravessado a crista e lá estavam Cetreht e a curva do rio Swale abaixo de nós. A fortaleza romana ficava a pouca distância da margem sul do Swale e as antigas muralhas de terra formavam um amplo quadrado que cercava um povoado

255

Caminhante das sombras

com uma igreja no centro. Para além do forte ficava a ponte que os romanos haviam construído para sua grande estrada que ia de Eoferwic até o norte selvagem, e metade do arco antigo ainda estava de pé.

À medida que nos aproximávamos, pude ver que o forte estava repleto de cavalos e pessoas. Um estandarte balançava na empena da igreja e presumi que seria a bandeira de Guthred, com a imagem de São Cuthbert. Alguns cavaleiros estavam ao norte do rio, bloqueando a fuga de Guthred pelo vau, enquanto os sessenta cavaleiros de Rolf se encontravam nos campos ao sul do forte. Eram como cães impedindo a saída de uma raposa.

Ragnar havia parado seu cavalo. Seus homens se preparavam para uma luta. Estavam enfiando os braços nas alças dos escudos, afrouxando as espadas nas bainhas e esperando as ordens. Olhei para o vale. A fortaleza era um refúgio precário. As muralhas haviam erodido há muito para dentro do fosso e não existia paliçada, de modo que era possível caminhar por cima das fortificações sem diminuir o passo. Os sessenta cavaleiros, se quisessem, poderiam ter entrado no povoado, mas preferiam cavalgar perto da antiga muralha e gritar insultos. Os homens de Guthred olhavam da borda do forte. Mais homens se agrupavam perto da igreja. Tinham nos visto no morro e deviam pensar que éramos inimigos, porque correram para os restos da muralha sul. Olhei o povoado. Gisela estaria lá? Lembrei-me do movimento de sua cabeça e de como seus olhos ficavam sombreados pelo cabelo preto, e inconscientemente esporeei o cavalo alguns passos. Havia passado mais de dois anos no inferno do remo de Sverri, mas esse era o momento com que havia sonhado durante todo aquele tempo, assim não esperei por Ragnar. Toquei as esporas no meu cavalo outra vez e cavalguei sozinho para o vale do Swale.

Beocca me acompanhou, claro, berrando que, como embaixador de Alfredo, deveria chegar primeiro à presença de Guthred, mas ignorei-o e na metade da descida do morro ele caiu da égua. Deu um grito de desânimo e o deixei mancando no capim enquanto tentava recuperar a montaria.

O sol do fim de outono estava luminoso na terra que continuava úmida da chuva. Eu levava um escudo com bossa polida, usava malha e elmo, os braceletes brilhavam, eu luzia como um senhor da guerra. Girei na sela e vi que Ragnar começara a descer o morro, mas ele estava se desviando para o leste, claramente decidido a cortar a retirada dos homens de Kjartan, cuja melhor fuga seria pelas campinas a leste do rio.

Cheguei ao pé do morro e esporeei o animal pela planície do rio até chegar à estrada romana. Passei por um cemitério cristão, cujo terreno era encalombado e com pequenas cruzes de madeira viradas na direção de uma cruz maior, que mostraria aos mortos ressuscitados a direção de Jerusalém no dia em que os cristãos acreditavam que seus cadáveres se ergueriam da terra. A estrada passava direto pelas sepulturas indo até a entrada sul do forte, onde um grupo dos homens de Guthred me olhava. Os homens de Kjartan esporearam os animais para me interceptar, barrando a estrada, mas não demonstraram apreensão. Por que deveriam? Eu parecia ser dinamarquês, era um homem e eles eram muitos, e minha espada ainda estava na bainha.

— Quem de vocês é Rolf? — gritei enquanto me aproximava.

— Sou eu. — Um homem de barba preta instigou o cavalo na minha direção. — Quem é você?

— Sua morte, Rolf — respondi, em seguida desembainhei Bafo de Serpente e toquei os calcanhares no flanco do garanhão que passou a pleno galope. Rolf ainda estava desembainhando a espada quando passei por ele, girei Bafo de Serpente e a lâmina cortou seu pescoço, de modo que a cabeça e o elmo voaram para trás, ricochetearam na estrada e rolaram sob os cascos do meu cavalo. Eu estava rindo porque o júbilo da batalha havia chegado. Havia três homens à minha frente e nenhum ainda havia desembainhado a espada. Só olhavam aparvalhados para mim e para o tronco sem cabeça de Rolf que se balançava na sela. Ataquei o homem do centro, deixando meu cavalo se chocar contra o dele e golpeando forte com Bafo de Serpente. Então eu havia passado pelos homens de Kjartan e o forte estava diante de mim.

Cinquenta ou sessenta homens se encontravam parados na entrada do forte. Apenas um punhado estava montado, mas quase todos tinham espadas ou lanças. E pude ver Guthred ali, seu cabelo louro e encaracolado brilhando ao sol, e perto dele estava Gisela. Eu havia tentado invocar com tanta frequência seu rosto naqueles longos meses no remo de Sverri e sempre fracassara. Mas de repente a boca larga e os olhos desafiadores pareciam familiares demais. Vestia um manto de linho branco, preso à cintura por uma corrente de prata, tinha uma touca de linho no cabelo que, como ela estava casada, estava preso num nó. Segurava o braço do irmão, e Guthred simplesmente olhava os acontecimentos estranhos que se desenrolavam do lado de fora de seu refúgio.

Dois homens de Kjartan haviam me seguido enquanto o restante se juntava ao redor, todos divididos entre o choque da morte de Rolf e o súbito aparecimento do bando de guerreiros de Ragnar. Virei-me para os dois que me seguiam, girando o garanhão tão bruscamente que seus cascos derraparam na lama, mas minha virada súbita fez os perseguidores recuarem. Esporeei o animal atrás deles. Um fugiu rápido demais, o segundo estava num cavalo lento, ouviu os cascos do meu e girou a espada para trás, numa tentativa desesperada de me afastar. Recebi a lâmina no escudo, depois cravei Bafo de Serpente na espinha do sujeito, de modo que suas costas se arquearam, e ele gritou. Soltei Bafo de Serpente e girei-a para trás contra o rosto do sujeito. Ele caiu da sela e cavalguei ao seu redor, com a espada vermelha, tirei o elmo e esporeei o cavalo de novo em direção ao forte.

Estava me mostrando. Claro que estava me mostrando. Um homem contra sessenta? Mas Gisela me olhava. Na verdade eu não corria perigo real. Os sessenta homens não estavam preparados para lutar, e se me perseguissem agora eu podia buscar refúgio entre os homens de Guthred. Mas os homens de Kjartan não me perseguiam. Haviam ficado nervosos demais com a aproximação de Ragnar, portanto ignorei-os; em vez disso, me aproximei de Guthred e de seus homens.

— Esqueceram como lutar? — gritei a eles. Ignorei Guthred. Ignorei até Gisela, mas havia tirado o elmo para que ela me reconhecesse. Sabia que ela estava me olhando. Podia sentir aqueles olhos escuros e sua perplexidade, e esperava que fosse uma perplexidade alegre. — Todos eles têm de morrer! — gritei, apontando a espada para os homens de Kjartan. — Até o último desgraçado tem de morrer, portanto saiam e matem!

Nesse momento Ragnar atacou e houve o estrondo de escudo contra escudo, o clangor de espadas e o grito de homens e cavalos. Os homens de

Kjartan estavam se espalhando e alguns, sem esperança de escapar para o leste, galopavam para o oeste. Olhei para os homens junto ao portão.

— Rypere! Clapa! Quero que aqueles homens sejam impedidos!

Clapa e Rypere estavam me olhando como se eu fosse um fantasma — e, de certa forma, acho que era. Fiquei feliz por Clapa ainda estar com Guthred, porque Clapa era dinamarquês e isso sugeria que Guthred ainda podia comandar alguma aliança dinamarquesa.

— Clapa! Seu *earsling*! — gritei. — Não fique aí parado como um ovo cozido! Pegue um cavalo e lute!

— Sim, senhor!

Cheguei ainda mais perto até estar olhando de cima para Guthred. Havia uma luta sendo travada atrás de mim e os homens de Guthred, arrancados do torpor, corriam para se juntar à matança, mas Guthred não tinha olhos para a batalha. Simplesmente me olhava. Havia padres atrás dele e Gisela estava ao seu lado, mas eu olhava apenas para os olhos de Guthred e vi o medo ali.

— Lembra-se de mim? — perguntei friamente.

Ele não tinha palavras.

— Você faria bem se desse um exemplo de rei e matasse alguns homens agora mesmo. Você tem cavalo?

Ele assentiu e continuou sem conseguir falar.

— Então pegue seu cavalo — falei peremptoriamente — e lute.

Guthred assentiu e deu um passo atrás, mas, ainda que seu serviçal tenha avançado com um cavalo, o rei não montou. Então olhei para Gisela, ela me olhou de volta, e pensei que seus olhos seriam capazes de acender uma fogueira. Eu quis falar, mas foi minha vez de não ter palavras. Um padre puxou seu ombro como se a chamasse para longe da luta, mas balancei a lâmina sangrenta de Bafo de Serpente na direção do sujeito e ele ficou imóvel. Olhei de novo para Gisela, e foi como se eu tivesse perdido o fôlego, como se o mundo estivesse imóvel. Um sopro de vento levantou alguns fios de cabelo preto que apareciam sob a touca. Ela os afastou e sorriu.

— Uhtred — disse, como se pronunciasse meu nome pela primeira vez.

— Gisela — consegui dizer.

— Eu sabia que você iria voltar.

Caminhante das sombras

— Achei que você ia para a luta — rosnei para Guthred, e ele saiu correndo como um cão chicoteado.

— Você tem um cavalo? — perguntei a Gisela.

— Não.

— Você! — gritei para um garoto que me olhava boquiaberto. — Pegue aquele cavalo! — Apontei para o garanhão do homem que eu havia ferido no rosto. Agora o sujeito estava morto, morto pelos homens de Guthred que haviam entrado na luta.

O garoto me trouxe o garanhão e Gisela montou, levantando as saias deselegantemente até as coxas. Enfiou os sapatos enlameados nos estribos e estendeu a mão para tocar meu rosto.

— Você está mais magro — disse.

— Você também.

— Não fiquei feliz desde o momento em que você partiu. — Ela manteve a mão no meu rosto por um instante, depois afastou-a impulsivamente, arrancou a touca e soltou o cabelo preto, que caiu ao redor dos ombros como o de uma garota solteira. — Não estou casada — disse ela —, não estou casada de verdade.

— Ainda não — respondi, e meu coração estava totalmente cheio de júbilo. Não podia afastar os olhos dela. Estava com ela de novo e os meses de escravidão se afastaram como se nunca tivessem acontecido.

— Já matou homens suficientes? — perguntou ela em tom malicioso.

— Não.

Assim, partimos para a carnificina.

Não é possível matar todo mundo num exército inimigo. Ou raramente é possível. Sempre que os poetas cantam uma história de batalha insistem em que nenhum inimigo escapa — a não ser que o próprio poeta por acaso faça parte da luta, caso em que ele sozinho escapa. É estranho isso. Os poetas sempre sobrevivem enquanto todo mundo morre, mas o que os poetas sabem? Nunca vi um poeta numa parede de escudos. No entanto, fora do povoado de Cetreht, devemos ter matado mais de cinquenta homens de Kjartan, e então tudo ficou caótico porque os homens de Guthred não sabiam a diferença entre os seguidores de Kjartan e os dinamarqueses de Ragnar, assim alguns inimigos escaparam enquanto separávamos os guerreiros. Finan, atacado por dois soldados da guarda pessoal de Guthred, havia matado ambos e, quando o encontrei, já ia atacar um terceiro.

— Ele está do nosso lado — gritei para Finan.

— Ele parece um rato — rosnou Finan.

— Seu nome é Sihtric — disse eu — e um dia me fez um juramento de lealdade.

— Mesmo assim continua parecendo um rato.

— Você está do nosso lado — gritei para Sihtric — ou se juntou de novo às tropas do seu pai?

— Senhor, senhor! — Sihtric veio correndo até onde eu estava e caiu de joelhos na lama pisoteada junto ao meu cavalo. — Ainda sou seu homem, senhor.

— Não fez juramento a Guthred?

— Ele nunca pediu, senhor.

— Mas você servia a ele? Não fugiu de volta para Dunholm?

— Não, senhor! Fiquei com o rei.

— Ficou sim — confirmou Gisela.

Entreguei Bafo de Serpente a Gisela, depois me curvei e segurei a mão de Sihtric.

— Então você ainda é meu homem?

— Claro, senhor. — Ele estava agarrando minha mão, me olhando com incredulidade.

— Você não serve para grande coisa se não consegue vencer um irlandês magricelo como ele — disse eu.

— Ele é rápido, senhor.

— Então ensine seus truques ao garoto — sugeri a Finan, depois dei um tapinha na bochecha de Sihtric. — É bom ver você, Sihtric.

Ragnar estava com dois prisioneiros e Sihtric reconheceu o mais alto dos dois.

— O nome dele é Hogga — disse-me.

Caminhante das sombras

— Agora ele é um Hogga morto — respondi.

Eu sabia que Ragnar não deixaria nenhum homem de Kjartan sobreviver enquanto o próprio Kjartan vivesse. Essa era sua rixa de sangue. Esse era seu ódio, mas por enquanto Hogga e o companheiro mais baixo evidentemente acreditavam que iriam viver. Estavam falando avidamente, descrevendo como Kjartan tinha quase duzentos homens em Dunholm. Disseram que Kjartan havia mandado um bando maior de guerreiros para apoiar Ivarr, ao passo que o restante de seus homens havia seguido Rolf até este campo sangrento perto de Cetreht.

— Por que Kjartan não trouxe todos os seus homens para cá? — perguntou Ragnar.

— Ele não vai sair de Dunholm, senhor, para o caso de Ælfric de Bebbanburg atacar quando ele estiver fora.

— Ælfric ameaçou fazer isso? — perguntei.

— Não sei, senhor — respondeu Hogga.

Não era do estilo do meu tio arriscar um ataque contra Dunholm, mas talvez liderasse homens para resgatar Guthred se soubesse onde este estava. Meu tio queria o cadáver do santo e queria Gisela, mas acho que ele arriscaria pouco para ter as duas coisas. Certamente não arriscaria a própria Bebbanburg, assim como Kjartan não arriscaria Dunholm.

— E Thyra Ragnarsdottir? — Ragnar retomou seu interrogatório. — Está viva?

— Sim, senhor.

— Ela vive feliz? — perguntou Ragnar asperamente.

Eles hesitaram, então Hogga fez uma careta.

— Ela é louca, senhor. — Falava em voz baixa. — É totalmente louca.

Ragnar olhou para os dois. Eles ficaram desconfortáveis sob a observação, mas então Ragnar olhou para o céu, onde um abutre desceu flutuando das colinas do oeste.

— Digam — e subitamente sua voz ficou baixa, quase tranquila —, há quanto tempo vocês servem a Kjartan?

— Oito anos, senhor — respondeu Hogga.

— Sete anos, senhor — disse o outro homem.

262

Os senhores do norte

— Então os dois serviam a ele antes de ele fortificar Dunholm? — perguntou Ragnar, ainda falando baixinho.

— Sim, senhor.

— E os dois serviam a ele — continuou Ragnar, agora com a voz áspera — quando ele levou homens a Synningthwait e queimou o castelo do meu pai. Quando pegou minha irmã como prostituta para seu filho. Quando matou minha mãe e meu pai.

Nenhum dos dois respondeu. O mais baixo estava tremendo. Hagga olhou ao redor como se tentasse encontrar um modo de fugir, mas estava rodeado por guerreiros dinamarqueses montados, então se encolheu enquanto Ragnar desembainhava Quebra-coração.

— Não, senhor — disse Hogga.

— Sim — respondeu Ragnar, e seu rosto se retorceu de ódio enquanto baixava a espada. Precisou apear para terminar o serviço. Matou os dois e continuou golpeando os corpos caídos, em fúria. Fiquei olhando, depois me virei para ver o rosto de Gisela. Ele não demonstrava nada, então ficou consciente de meu olhar e se virou para mim com uma pequena expressão de triunfo, como se soubesse que eu havia esperado que ela estivesse horrorizada com a visão de homens sendo estripados.

— Eles mereciam isso? — perguntou ela.

— Mereciam — respondi.

— Bom.

Notei que seu irmão não havia olhado. Estava nervoso comigo, e não o culpei por isso, e sem dúvida sentia-se aterrorizado com Ragnar, que estava ensanguentado como um açougueiro. Por isso Guthred havia retornado ao povoado, deixando-nos com os mortos. O padre Beocca conseguira encontrar alguns dos padres de Guthred e, depois de falar com eles, veio mancando até nós.

— Foi combinado que devemos nos apresentar ao rei na igreja — disse ele. De repente percebeu as duas cabeças cortadas e os corpos despedaçados pela espada. — Santo Deus, quem fez isso?

— Ragnar.

Beocca fez o sinal da cruz.

Caminhante das sombras

— Na igreja — disse ele —, devemos nos reunir na igreja. Tente limpar esse sangue de sua cota de malha, Uhtred. Somos uma embaixada!

Virei-me e vi um punhado de fugitivos atravessando o topo dos morros a oeste. Sem dúvida atravessariam o rio mais acima para se juntar aos cavaleiros na outra margem, e agora aqueles cavaleiros estariam cautelosos. Mandariam a Dunholm a notícia de que inimigos haviam chegado, e Kjartan ouviria contar sobre o estandarte da asa de águia e saberia que Ragnar havia retornado de Wessex.

E talvez, em seu penhasco, atrás dos muros altos, ele se apavorasse.

Cavalguei até a igreja levando Gisela. Beocca corria atrás, a pé, mas era lento.

— Espere por mim! — gritava. — Espere por mim!

Não esperei. Em vez disso, esporeei o garanhão e deixei Beocca muito para trás.

Estava escuro na igreja. A única iluminação vinha de uma pequena janela acima da porta e algumas velas débeis ardendo no altar, que era uma mesa de cavaletes coberta por um pano preto. O caixão de São Cuthbert, juntamente com os dois outros baús de relíquias, encontrava-se de pé diante do altar em que Guthred estava sentado num banco de ordenha flanqueado por dois homens e uma mulher. O abade Eadred era um dos homens e o padre Hrothweard, o outro. A mulher era jovem, tinha um rosto gorducho e bonito e estava grávida. Mais tarde fiquei sabendo que era Osburh, a rainha saxã de Guthred. Olhou de mim para o marido, evidentemente esperando que Guthred falasse, mas ele ficou quieto. Uns vinte guerreiros estavam de pé no lado esquerdo da igreja e um número maior de padres e monges, do lado direito. Haviam estado discutindo, mas todos ficaram quietos quando entrei.

Gisela segurava meu braço esquerdo. Juntos caminhamos pela igreja até encararmos Guthred, que parecia incapaz de me olhar ou de falar comigo. Abriu a boca uma vez, mas nenhuma palavra saiu, e olhou para além de mim, esperando que alguém menos maligno passasse pela porta da igreja.

— Vou me casar com sua irmã — disse eu.

Ele abriu a boca e fechou de novo.

Um monge se moveu como se fosse protestar contra minhas palavras e foi puxado por um companheiro. E vi que naquele dia os deuses haviam sido especialmente bons comigo, porque os dois eram Jænberht e Ida, os monges que haviam negociado minha escravidão. Então, do outro lado da igreja, um homem protestou.

— A dama Gisela já está casada — disse ele.

Vi que era um homem mais velho, grisalho e atarracado. Vestia uma túnica marrom curta com uma corrente de prata no pescoço e levantou a cabeça com beligerância enquanto eu andava até ele.

— Você é Aidan — disse eu. Fazia 14 anos que eu havia saído de Bebbanburg, mas reconheci Aidan. Ele fora um dos porteiros do meu pai, encarregado de manter pessoas indesejadas fora do grande castelo, mas a corrente de prata deixava claro que havia subido de posto desde então. Sacudi a corrente. — O que você é agora, Aidan?

— Administrador do senhor de Bebbanburg — disse ele carrancudo. Não me reconheceu. Como poderia? Eu tinha 9 anos quando ele me viu pela última vez.

— Então isso o torna meu administrador.

— Seu administrador? — perguntou ele, então percebeu quem eu era e recuou para se juntar a dois jovens guerreiros. Esse passo foi involuntário, ainda que Aidan não fosse covarde. Havia sido um bom guerreiro em seu tempo, mas o encontro comigo o havia chocado. Entretanto, se recuperou e me encarou com desafio. — A dama Gisela está casada — disse ele.

— Você está casada? — perguntei a Gisela.

— Não — respondeu ela.

— Ela não está casada — informei a Aidan.

Guthred pigarreou como se fosse falar, mas então ficou quieto enquanto Ragnar e seus homens enchiam a igreja.

— A dama está casada — gritou uma voz entre os padres e monges. Virei-me e vi que era o irmão Jænberht que havia falado. — Ela está casada com o senhor Ælfric — insistiu ele.

— Ela está casada com Ælfric? — perguntei como se não tivesse escutado. — Ela está casada com aquela bosta de piolho filho de uma prostituta?

Aidan deu uma forte cutucada num dos guerreiros ao seu lado e o sujeito desembainhou a espada. O outro fez o mesmo e eu sorri para eles, em seguida desembainhei Bafo de Serpente bem devagar.

— Esta é uma casa de Deus! — protestou o abade Eadred. — Guardem as espadas!

Os dois rapazes hesitaram, mas como mantive Bafo de Serpente desembainhada, eles permaneceram com as espadas a postos, mas nenhum dos dois se moveu para me atacar. Conheciam minha reputação e, além disso, Bafo de Serpente continuava pegajosa com o sangue dos homens de Kjartan.

— Uhtred! — desta vez foi Beocca que me interrompeu. Entrou na igreja e passou empurrando os homens de Ragnar. — Uhtred! — gritou de novo.

Virei-me para ele.

— Esse negócio é meu, padre — respondi —, e você vai me deixar terminá-lo. Lembra-se de Aidan? — Beocca ficou confuso, então reconheceu o administrador que estivera em Bebbanburg durante todos os anos em que Beocca fora o sacerdote do meu pai. — Aidan quer que esses dois garotos me matem, mas antes que obedeçam a ele — eu estava olhando de novo para o administrador —, diga-me como Gisela pode estar casada com um homem com quem nunca se encontrou?

Aidan olhou para Guthred como se esperasse ajuda do rei, mas Guthred continuava imóvel, por isso Aidan teve de me confrontar sozinho.

— Eu fiquei ao lado dela no lugar do senhor Ælfric — disse ele —, portanto, aos olhos da Igreja, ela está casada.

— Você fornicou com ela também? — perguntei, e os padres e monges sibilaram desaprovando.

— Claro que não — respondeu Aidan ofendido.

— Se ninguém montou nela, ela não está casada. Uma égua não está domada enquanto não for selada e montada. Você foi montada? — perguntei a Gisela.

— Ainda não — respondeu ela.

— Eia está casada — insistiu Aidan.

— Você ficou no altar no lugar do meu tio e chama isso de casamento?

— É casamento — disse Beocca baixinho.

— Então se eu matar você — sugeri a Aidan, ignorando Beocca —, ela será viúva?

Aidan empurrou um dos guerreiros na minha direção e, como um idiota, o homem veio. Bafo de Serpente golpeou uma vez, com força; sua espada foi jogada longe e minha lâmina estava junto à barriga do sujeito.

— Quer suas tripas espalhadas no chão? — perguntei gentilmente.

— Sou Uhtred — falei com a voz dura e ostentosa —, sou o senhor de Bebbanburg, sou o homem que matou Ubba Lothbrokson junto ao mar. — Cutuquei com a lâmina, impelindo-o para trás. — Matei mais homens do que posso contar, mas não deixe que isso o impeça de lutar comigo — disse a ele. — Quer alardear que me matou? Aquela meleca de sapo, o Ælfric, ficará satisfeito com isso. Vai recompensar você. — E cutuquei de novo. — Ande — insisti com a raiva crescendo. — Tente. — Ele não fez nada do tipo. Em vez disso, deu mais um passo hesitante atrás e o outro guerreiro fez o mesmo. Isso não era surpreendente, porque Ragnar e Steapa haviam se juntado a mim, e atrás deles havia um punhado de guerreiros dinamarqueses vestindo cotas de malha e segurando machados e espadas. Olhei para Aidan. — Pode rastejar de volta ao meu tio e dizer que ele perdeu a noiva.

— Uhtred! — finalmente Guthred conseguiu falar.

Ignorei-o. Em vez disso, atravessei a igreja até onde os padres e monges se amontoavam. Gisela foi comigo, ainda segurando meu braço, e dei-lhe Bafo de Serpente para segurar, então parei na frente de Jænberht

— Você acha que Gisela está casada? — perguntei.

— Está — disse ele em tom de desafio. — O preço da noiva foi pago e a união foi celebrada.

— Preço da noiva? — Olhei para Gisela. — O que eles pagaram a você?

— Nós pagamos a eles — disse ela. — Eles receberam mil xelins e o braço de São Oswald.

— O braço de São Oswald? — quase gargalhei.

— O abade Eadred o encontrou — disse Gisela secamente.

— Provavelmente desenterrou de um cemitério de pobres — observei. Jænberht se eriçou.

— Tudo foi feito segundo as leis dos homens e da santa Igreja. A mulher — ele olhou com ar de desprezo para Gisela — está casada.

Havia algo em seu rosto estreito e metido a besta que me irritou, por isso agarrei seu cabelo tonsurado. Ele tentou resistir, mas era fraco, e sacudi sua cabeça para baixo, depois levantei o joelho com força, de modo que o rosto dele se chocou contra a malha da minha coxa.

Levantei-o de novo e olhei o rosto sangrento.

— Ela está casada?

— Ela está casada — disse ele, a voz adensada pelo sangue na boca. Sacudi sua cabeça para a frente de novo, e desta vez senti seus dentes se partirem contra meu joelho.

— Ela está casada? — perguntei. Ele não disse nada desta vez, por isso puxei sua cabeça para baixo de novo e senti seu nariz sendo esmagado contra meu joelho coberto pela malha. — Fiz uma pergunta.

— Ela está casada — insistiu Jænberht. Ele estava tremendo de raiva, encolhendo-se de dor, e os padres protestavam contra o que eu fazia, mas eu estava perdido em minha fúria abrupta. Aquele era o monge de estimação do meu tio, o homem que havia negociado com Guthred para me tornar escravo. Havia conspirado contra mim. Havia tentado me destruir, e pensar nisso tornou minha fúria incontrolável. Era uma súbita fúria vermelho-sangue, alimentada pela lembrança das humilhações que eu havia sofrido no *Mercante* de Sverri, por isso puxei a cabeça de Jænberht na minha direção de novo, mas agora, em vez de dar uma joelhada em seu rosto, desembainhei Ferrão de Vespa, minha espada curta, e cortei sua garganta. Um golpe só. Demorei apenas o tempo de uma batida de coração para desembainhar a espada, e nesse instante vi os olhos do monge se arregalando de incredulidade, e confesso que eu próprio não acreditava no que fazia. Mas mesmo assim fiz. Cortei sua garganta e o aço de Ferrão de Vespa raspou contra tendão e cartilagem, depois atravessou a resistência e o sangue jorrou em minha cota de malha. Jænberht, tremendo e gorgolejando, despencou nos juncos úmidos.

Os monges e padres guincharam como mulheres. Haviam ficado pasmos quando arrebentei o rosto de Jænberht, mas nenhum esperava um assassinato. Até eu fiquei surpreso pelo que minha fúria havia feito, mas não

268

Os senhores do norte

senti arrependimento nem vi isso como assassinato. Vi como vingança, e havia um prazer exótico naquilo. Cada puxada no remo de Sverri e cada golpe que eu recebera dos tripulantes haviam estado naquele corte de espada. Olhei para os tremores agonizantes de Jænberht, depois para seu companheiro, o irmão Ida.

— Gisela está casada? — perguntei.

— Sob a lei da Igreja — começou Ida, gaguejando ligeiramente, depois parou e olhou para a lâmina de Ferrão de Vespa. — Ela não está casada, senhor — completou rapidamente —, até que o casamento seja consumado.

— Você está casada? — perguntei a Gisela.

— Claro que não.

Curvei-me e limpei Ferrão de Vespa na saia do manto de Jænberht. Agora ele estava morto, os olhos ainda mostrando a surpresa. Um padre, mais corajoso do que o restante, ajoelhou-se para rezar junto ao cadáver do monge, mas os outros homens da igreja pareciam ovelhas confrontadas por um lobo. Olhavam-me boquiabertos, horrorizados demais para protestar. Beocca estava abrindo e fechando a boca, sem dizer nada. Embainhei Ferrão de Vespa, peguei Bafo de Serpente com Gisela, e juntos nos viramos para seu irmão. Guthred estava olhando para o cadáver de Jænberht e para o sangue que havia espirrado no chão e na saia da irmã, e deve ter pensado que eu ia fazer o mesmo com ele, porque pôs a mão em sua espada. Mas então apontei Bafo de Serpente para Ragnar.

— Este é o *earl* Ragnar — disse a Guthred — e ele veio lutar por você. Você não merece a ajuda. Se fosse por mim, você voltaria a usar algemas de escravo e a esvaziar o balde de merda do rei Eochaid.

— Ele é o ungido por Deus! — protestou o padre Hrothweard. — Demonstre respeito!

Levantei Ferrão de Vespa e disse:

— Jamais gostei de você também.

Consternado com meu comportamento, Beocca me empurrou de lado e fez uma reverência a Guthred. Beocca estava pálido, o que não era de espantar, porque acabara de ver um monge ser assassinado, mas nem isso poderia tirá-lo da gloriosa tarefa de embaixador saxão do oeste.

269

Caminhante das sombras

— Trago-lhe os cumprimentos — disse ele — de Alfredo de Wessex que...

— Mais tarde, padre — interrompi.

— Trago os cumprimentos cristãos de... — tentou Beocca de novo, depois guinchou porque eu o arrastei para trás. Os padres e monges evidentemente acharam que eu ia matá-lo, porque alguns cobriram os olhos.

— Mais tarde, padre — falei, soltando-o, depois olhei para Guthred. — Então, o que vai fazer agora? — perguntei.

— Fazer?

— O que você vai fazer? Nós tiramos os homens que o estavam guardando, portanto está livre para ir. O que vai fazer?

— O que vamos fazer — foi Hrothweard que respondeu — é punir você! — Ele apontou para mim e a raiva baixou sobre ele. Gritou que eu era assassino, pagão e pecador, e que Deus iria lançar sua vingança contra Guthred se eu permanecesse sem punição. A rainha Osburh parecia aterrorizada enquanto Hrothweard berrava suas ameaças. Ele era todo energia, cabelos emaranhados e paixão de perdigotos enquanto gritava que eu havia matado um irmão santo. — A única esperança para Haliwerfolkland — arengou ele — é nossa aliança com Ælfric de Bebbanburg. Mande a dama Gisela ao senhor Ælfric e mate o pagão! — Ele apontava para mim. Gisela continuava ao meu lado, segurando minha mão. Não falei nada.

O abade Eadred, que agora parecia tão velho quanto o falecido São Cuthbert, tentou trazer calma à igreja. Levantou a mão até que houvesse silêncio, depois agradeceu a Ragnar por ter matado os homens de Kjartan.

— O que devemos fazer agora, senhor rei — Eadred se virou para Guthred —, é levar o santo para o norte. A Bebbanburg.

— Devemos punir o assassino! — interveio Hrothweard.

— Nada é mais precioso para nosso país do que o corpo de São Cuthbert — disse Eadred, ignorando a raiva de Hrothweard. — E devemos levá-lo a um local seguro. Deveríamos partir amanhã, seguir para o norte até o abrigo de Bebbanburg.

Aidan, o administrador de Ælfric, pediu permissão para falar. Disse que viera para o sul, correndo algum risco e em boa-fé, e que eu o havia insultado,

insultado seu senhor e a paz da Nortúmbria, mas ignoraria os insultos se Guthred levasse São Cuthbert e Gisela para Bebbanburg.

— Somente em Bebbanburg o santo estará seguro — disse Aidan.

— Ele deve morrer — insistiu Hrothweard, apontando uma cruz de madeira para mim.

Guthred estava nervoso.

— Se formos para o norte, Kjartan irá se opor — disse ele.

Eadred estava pronto para essa objeção.

— Se o *earl* Ragnar for conosco, senhor, sobreviveremos. A igreja pagará ao *earl* Ragnar por esse serviço.

— Mas não haverá segurança para nenhum de nós se um assassino tiver permissão de viver — gritou Hrothweard. E apontou de novo a cruz de madeira para mim. — Ele é assassino! O irmão Jænberht é um mártir! — Os monges e padres gritaram apoiando, e Guthred só interrompeu o clamor lembrando que o padre Beocca era um embaixador. Guthred exigiu silêncio e então convidou Beocca a falar.

Pobre Beocca. Estivera ensaiando durante dias, polindo as palavras, dizendo-as em voz alta, entoando-as da frente para trás e de trás para a frente. Havia pedido conselho sobre o discurso, rejeitado o conselho, declamado as palavras interminavelmente, e agora passou o cumprimento formal de Alfredo. Duvido de que Guthred tenha ouvido sequer uma palavra, porque só estava olhando para mim e Gisela, enquanto Hrothweard continuava sibilando veneno em seu ouvido. Mas Beocca prosseguiu arengando, elogiando Guthred e a rainha Osburh, declarando que eles eram uma luz divina no norte e entediando qualquer um que pudesse estar ouvindo. Alguns guerreiros de Guthred zombavam de seu discurso fazendo careta ou fingindo se esforçar para ouvir até que Steapa, cansado da crueldade, parou junto de Beocca e pôs a mão no punho da espada. Steapa era um homem gentil, mas parecia implacavelmente violento. Era enorme, para começar, e sua pele parecia esticada demais sobre o crânio, deixando-o incapaz de fazer qualquer expressão além do puro ódio ou da fome lupina. Olhou furioso ao redor, desafiando qualquer homem a menosprezar Beocca, e todos ficaram em silêncio com ar de espanto reverente.

Beocca, evidentemente, acreditou que sua eloquência os havia silenciado. Terminou o discurso com uma reverência profunda a Guthred e depois entregou os presentes de Alfredo. Havia um livro que Alfredo afirmava ter traduzido do latim para o inglês, e talvez tivesse mesmo. Era cheio de homilias cristãs, segundo Beocca, e ele fez uma reverência enquanto entregava o pesado volume com capa incrustada de joias. Guthred virou o livro para um lado e para outro, deduziu como abrir o fecho da capa e então olhou uma página de cabeça para baixo, em seguida declarou que era o presente mais valioso que já havia recebido. Disse o mesmo sobre o segundo presente, que era uma espada. Era uma lâmina franca, o punho era de prata e o botão, um pedaço de cristal brilhante. O último presente era sem dúvida o mais precioso, já que era um relicário do ouro mais fino cravejado com granadas brilhantes, e dentro estavam os pelos da barba de Santo Agostinho de Contwaraburg. Até o abade Eadred, guardião do cadáver mais santo da Nortúmbria, ficou impressionado e se inclinou para tocar o ouro luzidio.

— Com estes presentes o rei dá uma mensagem — disse Beocca.

— Seja rápido — murmurei, e Gisela apertou minha mão.

— Eu adoraria ouvir a mensagem — disse Guthred educadamente.

— O livro representa o aprendizado — disse Beocca —, porque sem aprendizado um reino é uma mera casca de barbarismo ignorante. A espada é o instrumento para defendermos o aprendizado e protegermos o reino terrestre de Deus, e seu cristal representa o olho interior que nos permite descobrir a vontade de nosso salvador. E os pelos da barba do sagrado Santo Agostinho, senhor rei, nos lembra de que sem Deus não somos nada, e de que sem a santa Igreja somos como palha ao vento. E Alfredo de Wessex deseja ao senhor uma vida longa e sábia, um governo com Deus e um reino seguro. — Ele fez uma reverência.

Guthred fez um discurso de agradecimento, mas que terminou em tom lamentoso. Será que Alfredo de Wessex mandaria ajuda à Nortúmbria?

— Ajuda? — perguntou Beocca, sem saber direito o que responder.

— Preciso de lanças — disse Guthred, mas era um mistério como ele pensava que poderia durar o suficiente para algum exército saxão do oeste alcançá-lo com lanças.

— Ele me mandou — falei como resposta.

— Assassino! — cuspiu Hrothweard. Ele não desistia.

— Ele me mandou — repeti, em seguida soltei a mão de Gisela e fui me juntar a Beocca e Steapa no centro da nave. Beocca estava fazendo pequenos gestos como a me dizer para ir embora e ficar quieto, mas Guthred queria me ouvir. — Há mais de dois anos — lembrei Guthred —, Ælfric se tornou seu aliado, e minha liberdade foi o preço dessa aliança. Ele prometeu que iria destruir Dunholm, no entanto eu soube que Dunholm continua de pé e que Kjartan continua vivo. Para ver o que significam as promessas de Ælfric. No entanto, você confiou nele outra vez? Acha que se lhe der sua irmã e um santo morto Ælfric lutará por você?

— Assassino — sibilou Hrothweard.

— Bebbanburg ainda está a dois dias de marcha — continuei —, e para chegar lá você precisa da ajuda do *earl* Ragnar. Mas o *earl* Ragnar é meu amigo, não seu. Ele jamais me traiu.

O rosto de Guthred se sacudiu à menção de traição.

— Não precisamos de pagãos dinamarqueses — sibilou Hrothweard para Guthred. — Devemos nos dedicar a Deus, senhor rei, aqui no rio Jordão, e Deus nos levará em segurança através das terras de Kjartan.

— Jordão? — perguntou Ragnar atrás de mim. — Onde fica isso?

Eu achava que o rio Jordão ficava na terra santa dos cristãos, mas aparentemente era ali mesmo, na Nortúmbria.

— O rio Swale — Hrothweard estava gritando, como se falasse a uma congregação de centenas de pessoas — foi onde o abençoado São Paulino batizou Edwin, o primeiro rei cristão de nosso país. Milhares de pessoas foram batizadas aqui. Este é nosso rio sagrado! Nosso Jordão! Se mergulharmos nossas espadas e lanças no Swale, Deus irá abençoá-las. Não poderemos ser derrotados.

— Sem o *earl* Ragnar, Kjartan vai despedaçar vocês — falei cheio de escárnio a Hrothweard. — E o *earl* Ragnar — olhei de novo para Guthred — é meu amigo, e não seu.

Guthred segurou a mão da esposa, depois juntou coragem para me encarar.

— O que você faria, senhor Uhtred?

Meus inimigos, e havia muitos deles naquela igreja, notaram que ele me chamou de senhor Uhtred, e houve um tremor de desgosto. Adiantei-me.

— É fácil, senhor — disse eu, e até então não soubera o que iria dizer, mas de repente me veio. As três fiandeiras estavam fazendo uma piada ou então haviam me dado um destino dourado como o de Guthred, porque de repente tudo pareceu fácil.

— Fácil? — perguntou Guthred.

— Ivarr foi para Eoferwic, senhor, e Kjartan mandou homens para impedi-lo de chegar a Bebbanburg. O que estão tentando fazer, senhor, é mantê-lo como fugitivo. Vão tomar suas fortalezas, capturar seu palácio, destruir seus apoiadores saxões, e quando o senhor não tiver onde se esconder, eles vão dominá-lo e matá-lo.

— E? — perguntou Guthred em tom lamentoso. — O que faremos?

— Vamos nos colocar numa fortaleza, claro. Num lugar de segurança.

— Onde? — perguntou ele.

— Dunholm. Onde mais?

Ele apenas me encarou. Ninguém mais falou. Até os religiosos, que há apenas um instante haviam uivado pedindo minha morte, ficaram em silêncio. Eu estava pensando em Alfredo e em como, naquele pavoroso inverno em que todo Wessex parecia condenado, ele não pensou na mera sobrevivência, mas sim na vitória.

— Se marcharmos ao amanhecer — disse eu — e marcharmos rápido, em dois dias tomaremos Dunholm.

— Você pode fazer isso? — perguntou Guthred.

— Não, senhor — respondi —, nós podemos fazer. — Mas eu não tinha a mínima ideia de como. Só sabia que éramos poucos e que o inimigo era numeroso, que até agora Guthred fora como um camundongo nas patas daquele inimigo, e que era hora de contra-atacarmos. E, como Kjartan havia mandado muitos homens para guardar o caminho para Bebbanburg, Dunholm estava mais fraca do que nunca.

— Podemos fazer isso — disse Ragnar. Ele veio para o meu lado.

— Então faremos — concordou Guthred, e assim tudo foi decidido.

Os padres não gostaram da ideia de que eu ficaria sem punição e gostaram ainda menos quando Guthred descartou suas reclamações e pediu que eu fosse com ele até a casinha que servia como seu alojamento. Gisela também foi e sentou-se encostada à parede, observando nós dois. Havia um pequeno fogo aceso. Fazia frio naquela tarde, o primeiro frio do inverno que se aproximava.

Guthred ficou sem graça ao se ver comigo. Esboçou um sorriso.

— Desculpe — disse hesitante.

— Você é um desgraçado.

— Uhtred — começou ele, mas não conseguiu encontrar mais nada a dizer.

— Você é uma bosta de doninha, é um *earsling*.

— Sou um rei — disse ele, tentando recuperar a dignidade.

— Então é um bosta de doninha real. Um *earsling* num trono.

— Eu — disse ele, e ainda não conseguiu encontrar nada mais para falar, por isso sentou-se na única cadeira do cômodo e encolheu os ombros.

— Mas você fez o certo — disse eu.

— Fiz? — ele se animou.

— Mas não deu certo, deu? Você deveria me sacrificar para ter as tropas de Ælfric a seu lado. Deveria esmagar Kjartan como um piolho, mas ele continua lá. Ælfric se diz senhor da Bernícia e você tem uma rebelião dinamarquesa nas mãos. E por isso eu fiquei escravo nos remos durante mais de dois anos? — Ele não disse nada. Desafivelei o cinto das espadas, puxei a pesada cota de malha pela cabeça e deixei-a cair no chão. Guthred ficou perplexo enquanto me olhava puxando a túnica do ombro esquerdo, então mostrei a cicatriz de escravo que Hakka havia cortado no meu braço. — Sabe o que é isso? — perguntei. Ele balançou a cabeça. — Uma marca de escravo, senhor rei. Você não tem uma?

— Não.

— Eu a recebi por você. Recebi para que você pudesse ser rei aqui, mas em vez disso, você é um fugitivo atolado com padres. Eu lhe disse para matar Ivarr há muito tempo.

— Eu deveria ter feito isso.

— E deixou aquele miserável bolo de cabelos sebentos, o Hrothweard, impor um dízimo aos dinamarqueses?

Caminhante das sombras

— Era para o templo. Hrothweard teve um sonho. Disse que São Cuthbert falou com ele.

— Para um morto, Cuthbert fala demais, não é? Por que você não se lembra de que é você que governa esta terra, e não São Cuthbert?

Ele estava arrasado.

— A magia cristã sempre funcionou para mim.

— Não funcionou — respondi com escárnio. — Kjartan vive, Ivarr vive e você enfrenta uma revolta dos dinamarqueses. Esqueça a magia cristã. Você me tem agora, tem o *earl* Ragnar. Ele é o melhor homem de seu reino. Cuide dele.

— E de você — disse ele. — Vou cuidar de você. Prometo.

— Já ouvi suas promessas antes — eu disse, e ele pareceu perplexo. — Além do mais, assim que seus inimigos estiverem mortos, vou voltar para Wessex. Não é o que eu quero, mas prometi isso a Alfredo. — Guthred olhou para a irmã. — E ela vai comigo — acrescentei.

— Vou — Gisela disse.

— Porque você vai ser meu cunhado — disse eu a Guthred.

Ele assentiu, depois me deu um sorriso sem graça.

— Ela sempre disse que você voltaria.

— E você achou que eu estava morto?

— Esperava que não estivesse. — Em seguida ele se levantou e sorriu. — Você acreditaria se eu dissesse que senti sua falta?

— Sim, senhor — respondi —, porque senti a sua.

— Sentiu? — perguntou ele, esperançoso.

— Sim, senhor, senti. — E, estranhamente, era verdade. Eu havia pensado que iria odiá-lo quando o visse de novo, mas tinha esquecido seu encanto contagioso. Ainda gostava dele. Abraçamo-nos. Guthred pegou seu elmo e foi até a porta, que era um pedaço de pano preso em pregos. — Deixarei minha casa para você esta noite — disse ele, sorrindo. — Para vocês dois.

E deixou.

Gisela. Hoje em dia, depois de velho, algumas vezes vejo uma garota que me faz lembrar Gisela e me vem um nó na garganta. Vejo uma garota com passo longo, vejo o cabelo preto, a cintura fina, a graça dos movimentos e a postura desafiadora da cabeça. E quando vejo uma garota assim, penso que estou vendo Gisela de novo, e frequentemente, porque virei um idiota sentimental na velhice, me pego com lágrimas nos olhos.

— Já tenho uma esposa — contei a ela naquela noite.

— Você é casado?

— O nome dela é Mildrith, e me casei com ela há muito tempo porque Alfredo ordenou, e ela me odeia, por isso entrou para um convento.

— Todas as suas mulheres fazem isso — disse Gisela. — Mildrith, Hild e eu.

— Verdade — concordei, achando divertido. Não havia pensado nisso antes.

— Hild me aconselhou a ir para um convento se eu me sentisse ameaçada.

— Hild?

— Disse que lá eu ficaria em segurança. Assim, quando Kjartan falou que me queria para casar com o filho dele, fui para o convento.

— Guthred jamais teria casado você com Sven.

— Meu irmão pensou nisso. Ele precisava de dinheiro. Precisava de ajuda, e eu era tudo o que ele tinha para oferecer.

— A vaca da paz.

— Sou eu mesma.

— Gostou do convento?

— Odiei durante todo o tempo em que você esteve longe. Você vai matar Kjartan?

— Vou.

— Como?

— Não sei. Ou talvez Ragnar o mate. Ragnar tem mais motivos do que eu.

— Quando me recusei a casar com Sven, Kjartan disse que iria me capturar e deixar seus homens me estuprarem. Disse que iria me prender com estacas no chão e deixar seus homens me usarem, e que quando eles tivessem terminado deixaria seus cães me pegarem. Você e Mildrith tiveram filhos?

— Um menino. Morreu.

277

Caminhante das sombras

— Os meus não vão morrer. Meus filhos serão guerreiros e minha filha será mãe de guerreiros.

Sorri, então passei a mão por sua coluna comprida, fazendo-a tremer em cima de mim. Estávamos cobertos por três capas e seu cabelo estava molhado, porque a palha do teto vazava. Os juncos do chão estavam podres e úmidos embaixo de mim, mas estávamos felizes.

— Você virou cristã no convento?

— Claro que não — respondeu ela com escárnio.

— Elas não se incomodaram?

— Eu lhes dei prata.

— Então não se incomodaram.

— Não creio que nenhum dinamarquês seja cristão verdadeiro.

— Nem seu irmão?

— Temos muitos deuses, e o deus cristão é apenas mais um. Tenho certeza de que é isso que Guthred pensa. Como é o nome do deus cristão? Uma freira me disse, mas esqueci.

— Jeová.

— É isso, então. Odin, Tor e Jeová. Ele tem mulher?

— Não.

— Pobre Jeová.

Pobre Jeová, pensei, e ainda estava pensando nisso quando, numa chuva persistente que golpeava os restos de pedra da estrada romana e transformava os campos em lama, atravessamos o Swale e cavalgamos em direção ao norte para tomar a fortaleza que não podia ser tomada. Partimos para capturar Dunholm.

NOVE

Pareceu simples quando sugeri. Iríamos a Dunholm, faríamos um ataque surpresa, e com isso daríamos um refúgio seguro a Guthred e vingança a Ragnar, mas Hrothweard estava decidido a nos atrapalhar e, antes de partirmos, houve outra discussão feroz.

— O que acontece com o santo abençoado? — perguntou Hrothweard a Guthred. — Se o senhor for embora, quem guardará Cuthbert?

Hrothweard tinha paixão. Ela era alimentada pela raiva, acho. Conheci outros homens como ele, homens que podiam se lançar num tumulto de fúria por causa do menor insulto contra a única coisa que eles tinham como preciosa. Para Hrothweard, essa coisa era a Igreja, e qualquer um que não fosse cristão era inimigo de sua Igreja. Ele havia se tornado o principal conselheiro de Guthred, e sua paixão lhe rendera esse posto. Guthred ainda via o cristianismo como uma espécie de feitiçaria superior, e em Hrothweard achava ter encontrado um homem capaz de fazer a magia. Hrothweard certamente parecia um feiticeiro. Seu cabelo era revolto, a barba, espetada, tinha olhos vívidos e a voz mais alta que de qualquer homem que já encontrei. Não era casado, dedicava-se apenas à sua amada religião, e os homens achavam que ele se tornaria arcebispo de Eoferwic quando Wulfhere morresse.

Guthred não tinha paixão. Era razoável, gentil na maior parte do tempo, querendo a felicidade ao redor, e Hrothweard o oprimia. Em Eoferwic, onde a maioria dos cidadãos era cristã, Hrothweard tinha o poder de convocar a turba para as ruas, e para manter a cidade sem tumultos, Guthred havia cedido a Hrothweard. E Hrothweard também havia aprendido a ameaçar Guthred com o desprazer de São Cuthbert, e essa foi a arma que ele usou na véspera de nossa ida para Dunholm. Nossa única chance de capturar a fortificação era por meio da surpresa, e isso significava agir depressa. Isso, por sua vez, exigia que o cadáver de Cuthbert, a cabeça de Oswald e o precioso evangelho fossem deixados em Cetreht com todos os padres, monges e mulheres. O padre Hrothweard insistiu em que nosso primeiro dever era proteger São Cuthbert.

— Se o santo cair nas mãos dos pagãos — gritou para Guthred —, ele será violado! — E estava certo, claro. São Cuthbert perderia sua cruz peitoral e seu belo anel, depois seria dado de comer aos porcos, enquanto o precioso evangelho de Lindisfarena teria a capa com joias arrancada e as páginas usadas para acender fogo ou limpar bundas dinamarquesas. — Seu primeiro dever é proteger o santo — berrou Hrothweard a Guthred.

— Nosso primeiro dever — retruquei — é preservar o rei.

Os padres, evidentemente, apoiaram Hrothweard, e quando intervim, ele virou sua paixão para o meu lado. Eu era um assassino, um pagão, herege, pecador, violador, e tudo de que Guthred precisava para preservar seu trono era me levar à justiça. Apenas Beocca, entre os religiosos, tentou acalmar o padre barbudo, mas foi contido a berros. Padres e monges declararam que Guthred seria condenado por Deus se abandonasse Cuthbert. Guthred ficou confuso e foi Ragnar que acabou com o impasse.

— Escondam o santo — sugeriu ele. Precisou falar três vezes antes que alguém escutasse.

— Esconder? — perguntou o abade Eadred.

— Onde? — quis saber Hrothweard com escárnio.

— Há um cemitério aqui — disse Ragnar. — Enterrem-no. Quem procuraria um cadáver num cemitério? — Os clérigos simplesmente o encararam. O abade Eadred abriu a boca para protestar, mas a sugestão era tão sensata que as palavras morreram em seus lábios. — Enterrem-no — continuou Ragnar —, depois vão para as colinas no oeste e esperem por nós.

Hrothweard tentou fazer um protesto, mas Guthred apoiou Ragnar. Indicou dez guerreiros que ficariam para proteger os padres, e de manhã, enquanto partíamos, esses homens estavam cavando um túmulo temporário no cemitério, onde o cadáver do santo e as outras relíquias ficariam escondidos.

280

Os senhores do norte

Os homens de Bebbanburg também ficaram em Cetreht. Isso por minha insistência. Aidan queria ir conosco, mas eu não confiava nele. Ele poderia facilmente causar minha morte correndo adiante e avisando a Kjartan sobre nossa chegada. Por isso, pegamos todos os seus cavalos, o que obrigou Aidan e seus homens a ficar com os religiosos. Osburh, a rainha grávida de Guthred, também ficou. O abade Eadred a via como uma refém para a volta de Guthred, e ainda que Guthred tenha feito um grande estardalhaço por causa da garota, eu senti que ele não lamentava muito deixá-la. Osburh era uma mulher ansiosa e dada às lágrimas como minha esposa Mildrith e, também como Mildrith, adorava os padres. Hrothweard era seu confessor e eu supunha que ela pregava a mensagem do sujeito louco na cama de Guthred. Guthred lhe garantiu que nenhum bandido dinamarquês chegaria perto de Cetreht quando tivéssemos partido, mas não podia ter certeza. Sempre havia uma chance de retornarmos e encontrarmos todos mortos ou feitos prisioneiros. Mas se tínhamos alguma esperança de tomar Dunholm, precisávamos andar depressa.

Haveria alguma esperança? Dunholm era um local em que um homem podia envelhecer e desafiar os inimigos em segurança. E éramos menos de duzentos homens, acompanhados por umas vinte mulheres que haviam insistido em ir. Gisela era uma e, como as outras, usava calção e um gibão de couro. O padre Beocca também se juntou a nós. Eu lhe disse que ele não conseguiria cavalgar suficientemente rápido e que, se ficasse para trás, iríamos abandoná-lo, mas ele não quis saber de permanecer em Cetreht.

— Como embaixador — anunciou com grandiosidade —, meu lugar é junto de Guthred.

— Seu lugar é com os outros padres — respondi.

— Eu irei — disse ele com teimosia, e não pôde ser dissuadido. Fez com que amarrássemos suas pernas à barrigueira do cavalo para não cair e então suportou o ritmo forte. Estava em agonia, mas não reclamou. Suspeito de que na verdade quisesse ver a empolgação. Beocca podia ser um padre aleijado, caolho, manco e sujo de tinta de escrever, além de erudito pedante, mas tinha coração de guerreiro.

Deixamos Cetreht num amanhecer nevoento de fim de outono temperado com chuva, e os cavaleiros restantes de Kjartan, que haviam retornado à margem norte do rio, se aproximaram por trás. Eram 18 agora. Deixamos que nos seguissem e, para confundi-los, não permanecemos na estrada romana que atravessava direto a terra mais plana em direção a Dunholm, mas depois de alguns quilômetros viramos para o norte e o oeste, numa trilha mais estreita que subia os morros suaves. O sol rompeu as nuvens antes do meio-dia, mas estava baixo no céu, de modo que as sombras eram compridas. Tordos vermelhos se juntavam abaixo das nuvens assombradas por falcões. Esta era a época do ano em que os homens separavam seus animais de criação. Os bois eram abatidos com macetes e os porcos, engordados com as muitas bolotas de carvalho do outono, eram mortos para que a carne pudesse ser salgada em barris ou pendurada para secar acima de fogueiras com fumaça. Os poços de curtume fediam a esterco e urina. As ovelhas vinham das altas pastagens para ser abrigadas perto das moradias, ao passo que nos vales as árvores ressoavam com o barulho dos machados enquanto os homens formavam o suprimento de lenha para o inverno.

Os poucos povoados por onde passamos estavam vazios. O povo devia ter sido alertado de que cavaleiros se aproximavam e fugiu antes de nossa chegada. Escondiam-se nas florestas até que tivéssemos passado e rezavam para que não ficássemos para saquear. Continuávamos cavalgando, ainda subindo, e não tive dúvida de que os homens que nos seguiam teriam mandado mensageiros pela estrada romana para avisar a Kjartan que estávamos indo para o oeste numa tentativa de passar ao largo de Dunholm. Kjartan precisava acreditar que Guthred estava numa tentativa desesperada de chegar a Bebbanburg, e se o enganássemos para acreditar nisso, eu esperava que ele mandasse mais homens ainda para fora da fortaleza, homens que tentariam barrar as travessias do Wiire nas colinas a oeste.

Passamos aquela noite nessas colinas. Choveu de novo. Encontramos algum abrigo num bosque que crescia numa encosta virada para o sul, e havia uma cabana de pastores em que as mulheres podiam dormir, mas o restante de nós se agachou ao redor de fogueiras. Eu sabia que os batedores de Kjartan estavam nos vigiando do outro lado do vale, mas esperava que agora estivessem convencidos de que iríamos para o oeste. A chuva sibilava na fogueira enquanto Ragnar, Guthred e eu conversávamos com Sihtric, fazendo-o se lembrar de tudo sobre o local no qual fora criado. Duvido que eu tenha descoberto algo novo. Sihtric havia me contado tudo o que sabia há muito tempo, e eu

282

Os senhores do norte

pensava frequentemente nisso enquanto remava no barco de Sverri, mas ouvi de novo sua explicação de que a paliçada de Dunholm cercava todo o cume do penhasco e só era interrompida na extremidade sul, onde a rocha era íngreme demais para ser escalada. A água vinha de um poço no lado leste.

— O poço fica fora da paliçada — disse ele —, um pouco abaixo na encosta.

— Mas o poço tem um muro próprio?

— Sim, senhor.

— A encosta é muito íngreme? — perguntou Ragnar.

— Muito íngreme, senhor. Lembro que um garoto caiu de lá, bateu a cabeça numa árvore e ficou idiota. E há um segundo poço a oeste, mas não é muito usado. A água é salobra.

— Então ele tem comida e água — disse Guthred amargo.

— Não podemos sitiá-lo — disse eu —, não temos homens para isso. A muralha a leste — virei-me de novo para Sihtric — fica entre árvores. Quantas?

— Árvores grossas, senhor, bétulas e sicômoros.

— E tem de haver um portão na paliçada para que os homens cheguem ao poço, não é?

— Para deixar as mulheres irem, senhor, sim.

— O rio pode ser atravessado?

— Na verdade, não, senhor. — Sihtric estava tentando ser útil, mas parecia desanimado enquanto descrevia como o Wiire corria rápido ao circular o penhasco de Dunholm. O rio era suficientemente raso para um homem vadear, mas era traiçoeiro com poços súbitos e fundos, redemoinhos e armadilhas de peixe feitas de tranças de salgueiro. — Um homem cuidadoso pode atravessar de dia, senhor, mas não à noite.

Tentei me lembrar do que tinha visto quando, vestido como o guerreiro morto, ficara por tanto tempo diante da fortaleza. O terreno caía íngreme a leste, eu lembrava, e era um terreno irregular, cheio de tocos de árvores e pedregulhos, mas mesmo à noite seria possível descer aquela encosta até a margem do rio. Mas também me lembrava de uma rocha íngreme escondendo a visão do rio abaixo, e só esperava que aquela rocha não fosse tão íngreme quanto a imagem que permanecia na minha cabeça.

Caminhante das sombras

— O que devemos fazer — disse eu — é chegar a Dunholm amanhã à noite. Pouco antes de escurecer. E atacar ao alvorecer.

— Se chegarmos antes de escurecer — observou Ragnar —, eles nos verão e estarão prontos para nós.

— Não podemos chegar lá depois de anoitecer porque nunca encontraremos o caminho. Além disso, quero que eles estejam prontos para nós.

— Quer? — Guthred ficou surpreso.

— Se eles virem homens ao norte, vão apinhar as fortificações. Terão toda a guarnição vigiando o portão. Mas não é lá que iremos atacar. — Olhei para Steapa do outro lado da fogueira. — Você tem medo do escuro, não tem?

O rosto grandalhão me encarou através das chamas. Ele não queria admitir que sentia medo de alguma coisa, mas a honestidade suplantou sua relutância.

— Sim, senhor.

— Mas amanhã à noite — eu disse — você confiará em mim para guiá-lo na escuridão?

— Confiarei no senhor — disse ele.

— Você e dez outros homens — disse eu, e pensei que sabia como poderíamos capturar o invencível Dunholm. O destino teria de estar do nosso lado, mas eu acreditava, enquanto permanecíamos sentados na escuridão úmida e fria, que as três fiandeiras haviam começado a tecer um novo fio dourado no meu destino. E eu sempre acreditara que o destino de Guthred era dourado.

— Só 12 homens? — perguntou Ragnar.

— Uma dúzia de *sceadungengan* — eu disse, porque seriam os caminhantes das sombras que tomariam Dunholm. Era hora de as coisas estranhas que assombravam a noite, os transmutadores de forma e os horrores da escuridão, virem nos ajudar.

E assim que Dunholm estivesse tomada, se pudesse ser tomada, ainda precisávamos matar Ivarr.

Sabíamos que Kjartan teria homens guardando as travessias do Wiire rio acima. Ele também saberia que, quanto mais fôssemos para o oeste, mais fácil seria a travessia, e eu esperava que essa crença o convencesse a mandar suas tropas por um longo caminho rio acima. Se ele planejasse lutar e nos impedir, teria de mandar seus guerreiros agora, antes de chegarmos ao Wiire, e para fazer com que parecesse ainda mais provável que iríamos nos aprofundar nos morros, não fomos diretamente para o rio na manhã seguinte. Parando numa longa crista batida pelo vento, Ragnar e eu vimos seis batedores de Kjartan separar do grupo que nos perseguia e esporear com força os animais, indo para o leste.

— Foram contar a ele para onde estamos indo — disse Ragnar.

— Então é hora de ir para outro lugar — sugeri.

— Logo — disse Ragnar —, mas por enquanto, não.

O cavalo de Sihtric havia perdido uma ferradura e esperamos enquanto ele selava um dos de reserva, então continuamos para o noroeste durante mais uma hora. Seguíamos devagar, por trilhas de ovelhas que desciam a um vale em que as árvores cresciam densas. Assim que chegamos ao vale, mandamos Guthred e a maioria dos cavaleiros adiante, ainda seguindo as trilhas para o oeste, enquanto vinte de nós esperávamos nas árvores. Os batedores de Kjartan, vendo Guthred e os outros subirem para as charnecas mais distantes, seguiram descuidadamente. Agora nossos perseguidores eram apenas nove homens; os demais haviam sido mandados com mensagens para Dunholm, e os nove que permaneciam estavam montados em cavalos leves, ideais para fugir se nos voltássemos contra eles, mas vieram para as árvores sem suspeitar de nada. Estavam na metade do bosque quando viram Ragnar esperando adiante e então se viraram para fugir, mas tínhamos quatro grupos de homens esperando para emboscá-los. Ragnar estava à frente, eu me movia para barrar o recuo, Steapa estava à esquerda e Rollo, à direita, e os nove homens de repente perceberam que haviam sido cercados. Atacaram meu grupo numa tentativa de se livrar na floresta densa, mas nós cinco bloqueamos seu caminho; nossos cavalos eram mais pesados e dois batedores morreram depressa, um deles estripado por Bafo de Serpente. Os outros sete tentaram se espalhar, mas foram atrapalhados por espinheiros e árvores, e nossos homens os cercaram. Steapa desceu do cavalo para perseguir o último inimigo num agrupamento de espinheiros. Vi seu machado subir e descer, depois ouvi um grito que continuou e continuou. Pensei que o grito deveria terminar, mas continuou, e Steapa parou para espirrar. Então seu machado subiu e desceu de novo, e houve um silêncio súbito.

— Está pegando um resfriado? — perguntei.

— Não, senhor — disse ele, forçando o caminho para fora dos espinheiros e arrastando o cadáver. — O fedor dele entrou no meu nariz.

Agora Kjartan estava cego. Não sabia, mas havia perdido seus batedores, e assim que os nove estavam mortos tocamos uma trompa para chamar Guthred de volta. Enquanto o esperávamos, tiramos tudo de valor dos cadáveres. Pegamos seus cavalos, braceletes, armas, algumas moedas, um pouco de pão úmido e duas garrafas de cerveja de bétula. Um dos mortos estivera usando uma fina cota de malha, tão fina que suspeitei de que fora feita na Frankia, mas o sujeito era tão magro que a cota não serviu em nenhum de nós, até que Gisela pegou-a.

— Você não precisa de malha — disse Guthred com escárnio.

Gisela o ignorou. Parecia pasma ao ver que uma cota tão fina pudesse pesar tanto, mas passou-a pela cabeça, livrou o cabelo dos elos no pescoço e prendeu a espada de um dos mortos à cintura. Vestiu a capa preta e olhou com desafio para Guthred.

— E então?

— Você me dá medo — disse ele com um sorriso.

— É bom — respondeu ela, depois pressionou sua montaria contra a minha, de modo que a égua ficasse parada enquanto ela montava, mas não havia contado com o peso da malha e teve de lutar para subir à sela.

— Fica bem em você — disse eu, e ficava mesmo. Ela parecia uma Valquíria, as virgens guerreiras de Odin que cavalgavam no céu com armadura brilhante.

Então viramos para o leste, agora indo mais depressa. Cavalgávamos entre as árvores, abaixando-nos continuamente para que os galhos não chicoteassem nos olhos, e descemos os morros seguindo um regato inchado pela chuva, que devia levar ao Wiire. No início da tarde, estávamos perto de Dunholm, provavelmente a não mais de oito ou dez quilômetros de distância, e agora Sihtric nos guiava, porque disse que sabia de um lugar em que poderíamos atravessar o rio. O Wiire, disse ele, virava para o sul depois de passar por Dunholm e se alargava enquanto fluía por uma pastagem. E existiam vaus naqueles vales mais suaves. Sihtric conhecia bem a região porque os pais de sua mãe haviam morado ali, e na infância ele tangia gado atravessando o rio. Melhor ainda, aqueles vaus ficavam do lado leste de Dunholm, o flanco que Kjartan não estaria vigiando, mas havia um risco de que a chuva, que começou a cair forte outra vez à tarde, enchesse tanto o Wiire que os vaus fossem impossíveis de atravessar.

Pelo menos a chuva nos escondia quando deixamos os morros e entramos no vale do rio. Agora estávamos muito perto de Dunholm, que ficava logo ao norte, mas ficamos escondidos por um trecho de terreno alto coberto de árvores, ao pé do qual havia um amontoado de choupanas.

— Hocchale — disse Sihtric, indicando o povoado. — É onde minha mãe nasceu.

— Seus avós ainda estão lá?

— Kjartan mandou matá-los, senhor, quando deu minha mãe para seus cães comerem.

— Quantos cães ele tem?

— Eram quarenta ou cinquenta quando eu estava lá, senhor. Bichos grandes. Só obedeciam a Kjartan e aos caçadores dele. E à dama Thyra.

— Eles obedeciam a ela?

— Uma vez meu pai quis castigá-la e mandou o cães contra ela. Acho que não ia deixar que a comessem, acho que só queria provocar medo, mas ela cantou para eles.

— Cantou para eles? — perguntou Ragnar. Ele mal havia falado de Thyra nas últimas semanas. Era como se sentisse culpa por tê-la deixado por tanto tempo sob o poder de Kjartan. Eu sabia que ele tentara encontrá-la logo depois do desaparecimento, até mesmo havia enfrentado Kjartan quando outro dinamarquês arranjou uma trégua entre os dois, mas Kjartan negou com veemência que Thyra ao menos estivesse em Dunholm. Depois disso Ragnar havia se juntado ao Grande Exército que invadiu Wessex e depois se tornara refém. Durante todo esse tempo, Thyra estivera sob o poder de Kjartan. Agora Ragnar olhou para Sihtric. — Ela cantou para eles? — perguntou de novo.

— Cantou para eles, senhor, e eles simplesmente se deitaram. Meu pai ficou com raiva dos cachorros. — Ragnar franziu a testa para Sihtric como se

287

Caminhante das sombras

não acreditasse no que estava escutando. Sihtric deu de ombros. — Dizem que ela é feiticeira, senhor — explicou humildemente.

— Thyra não é feiticeira — reagiu Ragnar irritado. — Ela só queria se casar e ter filhos.

— Mas ela cantou para os cães, senhor — insistiu Sihtric —, e eles se deitaram.

— Eles não vão se deitar quando nos virem — disse eu. — Kjartan vai soltá-los sobre nós assim que nos vir.

— Vai mesmo, senhor — concordou Sihtric, e pude ver seu nervosismo.

— Então só teremos de cantar para eles — respondi animado.

Seguimos por uma trilha encharcada ao lado de um fosso inundado e encontramos o Wiire correndo em torvelinhos, rápido e alto. O vau parecia impossível de ser atravessado. A chuva estava ficando mais intensa, golpeando o rio que subia acima das margens íngremes. Havia um morro alto na outra margem e as nuvens estavam suficientemente baixas para roçar os galhos pretos e nus das árvores no cume comprido.

— Nunca vamos atravessar aqui — disse Ragnar. O padre Beocca, amarrado à sela e com os mantos de padre encharcados, tremia. Os cavaleiros se reuniram na lama, olhando o rio que ameaçava se derramar sobre as margens, mas então Steapa, que estava montado num enorme garanhão preto, deu um grunhido, simplesmente desceu pela trilha e entrou na água. O cavalo refugou diante da correnteza, mas ele o obrigou a prosseguir até que a água estava borbulhando acima dos estribos, então parou e sinalizou para que eu fosse atrás.

Sua ideia era que os cavalos maiores poderiam formar uma barreira para diminuir a força do rio. Encostei meu cavalo no de Steapa, depois mais homens vieram e ficamos grudados uns nos outros, formando uma parede de carne de cavalo que lentamente cruzou todo o Wiire, que tinha cerca de trinta ou quarenta passos de largura. Só precisávamos fazer nossa represa no meio, onde a correnteza era mais forte, e assim que conseguimos uma centena de homens lutando para manter os cavalos imóveis, Ragnar instigou o restante a passar pela água mais calma proporcionada por nossa represa improvisada. Beocca ficou cheio de terror, coitado, mas Gisela segurou as rédeas dele e esporeou sua égua para a água. Eu mal ousava olhar: se a montaria dela fosse levada pela corrente, a cota de malha iria puxá-la para baixo d'água, mas ela e Beocca chegaram em segurança à outra margem e, dois a dois, os outros seguiram. Uma mulher e um guerreiro foram arrastados, mas ambos conseguiram se safar e chegar ao outro lado. Seus cavalos encontraram apoio para as patas rio abaixo e alcançaram a margem. Assim que os cavalos menores atravessaram, nós desfizemos lentamente o muro e fomos pouco a pouco até a segurança, através do rio que subia ainda mais.

Já estava escurecendo. Era apenas o meio da tarde, mas as nuvens eram densas. Era um dia negro, molhado, miserável, e agora precisávamos subir a escarpa através das árvores que pingavam. Em alguns lugares a encosta era tão íngreme que éramos obrigados a apear e puxar os animais. Assim que chegamos ao cume viramos para o norte e pude ver Dunholm quando a nuvem baixa permitiu. A fortaleza aparecia como uma mancha escura em sua rocha elevada, e acima dela dava para ver a fumaça das fogueiras da guarnição misturando-se às nuvens de chuva. Era possível que os homens no muro sul pudessem nos ver agora, mas íamos passando entre árvores e nossas cotas de malha estavam sujas de lama, e mesmo que eles pudessem nos ver certamente não suspeitariam de que éramos inimigos. A última notícia que tinham de Guthred era que ele e seus homens desesperados cavalgavam para o oeste, procurando um local onde atravessar o Wiire, e agora estávamos a leste da fortaleza e já havíamos atravessado o rio.

Sihtric continuava nos guiando. Descemos a leste do cume do morro, escondendo-nos da fortaleza, em seguida entramos num vale em que um riacho espumava para o oeste. Vadeamos facilmente, subimos de novo e o tempo todo passávamos por choupanas miseráveis nas quais pessoas apavoradas espiavam das portas baixas. Eram os escravos de Kjartan, contou Sihtric, e seu trabalho era criar porcos, cortar lenha e plantar alimentos para Dunholm.

Nossos cavalos estavam se cansando. Tinham viajado com esforço por terreno mole e carregavam homens com cotas de malha e escudos pesados, mas nossa jornada estava quase no fim. Agora não importava se a guarnição nos visse, porque havíamos chegado ao morro em que ficava a fortaleza e ninguém poderia sair de Dunholm sem passar por nós lutando. Se Kjartan mandara guerreiros a oeste para nos encontrar, não poderia mais enviar um mensageiro para chamar esses homens de volta porque agora controlávamos a única estrada para a sua fortaleza.

Assim chegamos ao gargalo no qual a encosta caía ligeiramente e a estrada virava para o sul antes de subir até a enorme guarita. Ali paramos e nossos cavalos se espalharam no terreno elevado. E para os homens na muralha de Dunholm devíamos parecer um exército das trevas. Todos estávamos enlameados, os cavalos imundos, mas os homens de Kjartan podiam ver nossas lanças, escudos, espadas e machados. Agora já saberiam que éramos o inimigo e que havíamos cortado sua única estrada, e provavelmente riam de nós. Éramos muito poucos e sua fortaleza era muito alta, sua muralha grande demais e a chuva continuava nos golpeando, a escuridão encharcada se esgueirava pelos vales dos dois lados enquanto um raio estalava maligno e afiado no céu do norte.

Juntamos os cavalos num campo encharcado. Fizemos o máximo para livrar os animais da lama e limpar os cascos, depois montamos umas vinte fogueiras ao abrigo de uma cerca de espinheiros. O primeiro fogo demorou uma eternidade para ser aceso. Muitos de nossos homens carregavam acendalha seca em bolsas de couro, mas assim que esta era exposta à chuva ficava encharcada. Dois homens acabaram fazendo uma tenda grosseira com suas capas, eu ouvi o estalo de aço em pederneira e vi o primeiro traço de fumaça. Eles protegeram esse pequeno fogo como se fosse feito de ouro, mas por fim as chamas se firmaram e pudemos empilhar a lenha molhada em cima. Os pedaços de madeira soltavam fumaça, sibilavam e estalavam, mas as chamas nos davam um pouco de calor e as fogueiras diziam a Kjartan que seus inimigos continuavam no morro. Duvido de que ele pensasse que Guthred teria coragem para um ataque daqueles, mas devia saber que Ragnar havia retornado de Wessex e sabia que eu retornara dos mortos. E talvez, naquela noite longa e molhada com chuva e trovões, ele sentisse um tremor de medo.

E enquanto ele tremia, os *sceadungengan* se esgueiravam na escuridão.

À medida que a noite caía olhei para a rota que deveria percorrer no escuro, e não era boa. Teria de descer até o rio e depois seguir para o sul ao longo da margem, mas logo abaixo do muro da fortaleza, onde o rio desaparecia junto

290

Os senhores do norte

ao penhasco de Dunholm, uma pedra enorme bloqueava o caminho. Era uma pedra monstruosa, maior do que a nova igreja de Alfredo em Wintanceaster, e se eu não pudesse encontrar um caminho ao redor, teria de subir até seu topo largo e chato que ficava a menos de um tiro de lança de distância das fortificações de Kjartan. Abriguei os olhos da chuva, olhei com intensidade e decidi que talvez houvesse um modo de passar pela pedra gigantesca pela beira do rio.

— Isso pode ser feito? — perguntou Ragnar.

— Tem de ser feito — respondi.

Eu queria Steapa comigo e escolhi mais dez homens para nos acompanhar. Guthred e Ragnar queriam ir junto, mas recusei. Ragnar era necessário para liderar o ataque contra o portão alto e Guthred simplesmente não era guerreiro o bastante. Além disso, ele era um dos motivos para travarmos essa batalha, e deixá-lo morto nas encostas de Dunholm tornaria todo o jogo um absurdo. Chamei Beocca de lado.

— Você se lembra de como meu pai fez você ficar ao meu lado durante o ataque a Eoferwic? — perguntei.

— Claro que lembro! — disse ele indignado. — E você não ficou comigo, não é? Ficou tentando entrar na luta! Por sua culpa você foi capturado.

— Eu tinha dez anos e estava desesperado para ver uma batalha. — Se não tivesse fugido de mim — disse ele, ainda indignado —, nunca teria sido apanhado pelos dinamarqueses! Agora seria cristão. Eu me culpo. Deveria ter amarrado suas rédeas às minhas.

— Então você também seria capturado. Mas quero que faça o mesmo com Guthred amanhã. Fique perto dele e não deixe que ele arrisque a vida.

Beocca ficou alarmado.

— Ele é um rei! É um homem adulto. Não posso lhe dizer o que fazer.

— Diga que Alfredo quer que ele viva.

— Alfredo pode querer que ele viva — respondeu Beocca em tom sombrio —, mas basta pôr uma espada na mão de um homem e ele perde a cabeça. Já vi isso acontecer!

— Então diga que você teve um sonho em que São Cuthbert disse que ele deve ficar fora de encrenca.

— Ele não vai acreditar!

Caminhante das sombras

— Vai, sim — garanti.

— Tentarei. — Então Beocca me encarou com seu olho bom. — Você pode fazer essa coisa, Uhtred?

— Não sei — respondi honestamente.

— Vou rezar por você.

— Obrigado, padre. — Eu estaria rezando para cada deus em que pudesse pensar, e acrescentar mais um não faria mal. No fim, decidi, tudo dependia do destino. As fiandeiras já sabiam o que planejávamos e como esses planos iriam acontecer, e eu só podia esperar que elas não estivessem preparando a tesoura para cortar os fios da minha vida. Talvez, acima de todo o resto, fosse a loucura da minha ideia o que lhe daria asas e a faria funcionar. Houvera loucura no ar da Nortúmbria desde a primeira vez que voltei. Houvera uma loucura assassina em Eoferwic, uma insanidade santa em Cair Ligualid. E agora essa ideia desesperada.

Eu havia escolhido Steapa porque ele valia por três ou quatro homens. Levei Sihtric porque, se entrássemos em Dunholm, ele conheceria o terreno. Levei Finan porque o irlandês tinha uma fúria na alma que eu sabia ser capaz de se transformar em selvageria na batalha. Levei Clapa porque ele era forte e intrépido, e Rypere porque era inteligente e ágil. Os outros seis eram homens de Ragnar, todos fortes, todos jovens e todos bons com armas. Eu lhes disse o que íamos fazer, depois me certifiquei de que cada um tivesse uma capa preta que o cobrisse da cabeça aos pés. Passamos uma mistura de lama e cinzas nas mãos, no rosto e nos elmos.

— Nada de escudos — avisei. Essa era uma decisão difícil, porque um escudo é de grande conforto em batalha, mas os escudos eram pesados e, se batessem em pedras ou árvores, fariam um barulho de tambor. — Eu vou primeiro, e vamos devagar. Muito devagar. Temos a noite toda.

Nós nos amarramos uns aos outros com rédeas de couro. Eu sabia como era fácil os homens se perderem no escuro, e naquela noite a escuridão era absoluta. Se havia alguma lua, estava escondida por nuvens grossas de onde a chuva caía continuamente, mas tínhamos três coisas para nos guiar. Primeiro a encosta em si. Enquanto eu mantivesse a subida à minha direita sabia que estávamos no lado leste de Dunholm. Segundo, havia o sussurro do rio se enrolando ao redor do penhasco. E finalmente havia as fogueiras de Dunholm. Kjartan temia um ataque na noite, por isso mandara que seus homens atirassem toros acesos de cima da paliçada do portão. Esses toros iluminavam a trilha, mas para produzi-los ele precisava manter uma grande fogueira acesa no pátio. A claridade delineava o topo das paliçadas e luzia vermelha na barriga das nuvens baixas. Essa luz crua não iluminava a encosta, mas estava ali, atrás das sombras pretas, um guia lívido em nossa escuridão molhada.

Eu tinha Bafo de Serpente e Ferrão de Vespa penduradas no cinto e, como todos os outros, levava uma lança com a lâmina enrolada num pedaço de pano para que nenhuma luz desgarrada se refletisse no metal. As lanças serviriam como cajados no terreno irregular e para sondar o caminho. Só partimos quando estava absolutamente escuro, porque eu não ousava me arriscar a que um vigia de olhos afiados nos visse indo em direção ao rio, mas mesmo no escuro a jornada a princípio foi bastante fácil, porque nossas fogueiras mostravam a descida da encosta. Afastamo-nos da fortaleza de modo que ninguém nas paliçadas nos visse sair do acampamento iluminado por fogueiras, então descemos até o rio e ali viramos para o sul. Agora nossa rota seguia pela base da encosta onde árvores haviam sido derrubadas e eu precisava sentir o caminho entre os tocos. O terreno era cheio de espinheiros e do entulho da derrubada das árvores. Havia pequenos galhos deixados para apodrecer e fizemos muito barulho pisando neles, mas o som da chuva era mais alto ainda e o rio borbulhava e rugia à esquerda. Minha capa ficava se prendendo a galhos ou tocos e eu rasguei a bainha para soltá-la. De vez em quando um grande raio chicoteava em direção à terra e nós nos imobilizávamos. Na ofuscação branco-azulada eu podia ver a fortaleza delineada lá no alto. Até podia ver as lanças das sentinelas como fagulhas espinhentas contra o céu, e pensei que aquelas sentinelas deviam estar com frio, encharcadas e sentindo-se péssimas. O trovão chegava um instante depois e era sempre próximo, estrondeando acima de nós como se Tor estivesse batendo seu martelo de guerra contra um gigantesco escudo de ferro. Os deuses nos olhavam. Eu sabia disso. É o que os deuses fazem em seus castelos do céu. Olham-nos e nos recompensam pela ousadia ou nos punem pela insolência. Segurei o martelo de Tor para lhe dizer que queria sua ajuda, Tor estalou o céu com seu trovão e eu senti isso como sinal de aprovação.

A encosta ficou mais íngreme. A chuva corria sobre o solo que, em alguns lugares, não passava de lama escorregadia. Todos caíamos repetidamente no caminho para o sul. Os tocos de árvores ficaram mais esparsos, mas agora havia pedregulhos encravados na encosta e as pedras molhadas eram escorregadias, tanto que em alguns lugares éramos forçados a engatinhar. E estava ficando mais escuro, porque a encosta se erguia acima escondendo a fortificação silhuetada pelas fogueiras. Escorregávamos, tropeçávamos e xingávamos numa escuridão de apavorar a alma. O rio parecia muito próximo, eu temia escorregar numa laje de pedra e cair na água rápida.

Então minha lança tateando bateu em pedra e eu percebi que havíamos chegado à rocha enorme, que, na escuridão, parecia um penhasco monstruoso. Pensei ter enxergado uma passagem pela beira do rio e explorei aquele caminho, indo devagar, sempre confiando no cabo da lança à frente, mas se tinha visto uma passagem durante o crepúsculo não pude encontrá-la agora. A pedra parecia se projetar sobre a água e não havia opção além de subir de volta a encosta ao lado da grande rocha, depois se esgueirar sobre seu topo arredondado. Assim voltamos lentamente para cima, agarrando-nos a arbustos e procurando apoios para os pés na terra encharcada, e cada centímetro que subíamos nos levava mais para perto da fortificação. As cordas de couro que nos uniam ficavam se prendendo em protuberâncias e parecemos demorar uma eternidade até chegarmos a um ponto em que a luz das fogueiras brilhando acima da paliçada mostrou um caminho para o topo da rocha.

Esse topo era um trecho de pedra desprotegida, inclinada como um telhado baixo e com uns 15 passos de largura. A extremidade oeste chegava às fortificações enquanto a borda leste terminava numa queda vertical até o rio. E tudo isso eu vi num clarão de relâmpago distante que rasgou as nuvens do norte. O centro do topo da pedra, que teríamos de atravessar, não ficava a mais de vinte passos da muralha de Kjartan. E naquele ponto da muralha havia uma sentinela, com a lâmina da lança revelada pelo relâmpago como um clarão de fogo branco. Nós nos amontoamos ao lado da pedra e fiz com que todos os homens desamarrassem a corda de couro do cinto. Amarraríamos as rédeas para formar uma corda única e eu me arrastaria primeiro, puxando a corda, e em seguida cada homem iria.

294

Os senhores do norte

— Um de cada vez — disse eu —, e esperem até eu dar um puxão na corda. Vou puxar três vezes. Esse é o sinal para o próximo homem atravessar. — Quase tive de gritar para ser ouvido acima da chuva forte e do vento. — Arrastem-se de barriga. — Se um raio caísse, um homem deitado, coberto com uma capa enlameada, seria muito menos visível do que um guerreiro agachado. — Rypere é o último a ir — orientei — e vai trazer a corda.

Pareceu-me que levamos metade da noite só para atravessar aquele pequeno trecho de rocha nua. Fui primeiro, arrastei-me cego na escuridão e tive de tatear com a lança para encontrar um local onde pudesse escorregar do outro lado da pedra. Então puxei a corda e depois de uma espera interminável ouvi um homem se arrastando na pedra. Era um dos dinamarqueses de Ragnar, que seguiu a corda até onde eu estava. Então, um a um, os outros chegaram. Contei-os. Ajudamos cada um a descer e eu rezei para que não houvesse raios, mas então, no momento em que Steapa estava na metade do caminho, houve um forcado branco-azulado que cortou sobre o topo do morro e nos iluminou como vermes presos pelo fogo dos deuses. Nesse momento de claridade pude ver Steapa tremendo. Em seguida o trovão estrondeou acima de nós e a chuva pareceu ficar ainda mais malévola.

— Steapa! — chamei. — Venha! — Mas ele estava tão abalado que não conseguia se mexer, e tive de me arrastar de novo sobre a pedra, segurar sua mão e convencê-lo a continuar. Enquanto fazia isso, de algum modo perdi a conta do número de homens que já haviam atravessado, de modo que, quando pensei que o último já chegara, descobri que Rypere continuava do outro lado. Ele passou rapidamente, enrolando a corda enquanto vinha. Em seguida desamarramos as rédeas e nos juntamos de novo cinto com cinto. Estávamos todos gelados e molhados, mas o destino permanecia conosco e nenhum grito de alerta viera da paliçada.

Escorregamos um pouco, quase caímos pela encosta, procurando a margem do rio. Ali o terreno era muito mais íngreme, mas sicômoros e bétulas cresciam densos e tornavam a caminhada mais fácil. Seguimos para o sul, com as paliçadas ao alto e à direita e o rio agourento e ruidoso à esquerda. Havia mais pedras, nenhuma do tamanho da gigante que nos havia bloqueado antes, mas todas difíceis de ultrapassar, e cada uma custava tempo, tempo demais. Então,

Caminhante das sombras

enquanto rodeávamos a lateral de uma grande rocha do lado do morro, Clapa largou sua lança, que desceu fazendo barulho pela pedra e bateu numa árvore.

Não parecia possível que o barulho fosse ouvido na fortificação. A chuva golpeava as árvores e o vento era forte contra a paliçada, mas alguém na fortaleza escutou ou suspeitou de alguma coisa, porque de repente um toro pegando fogo foi atirado por cima do muro, chocando-se nos galhos molhados. Ele foi lançado uns vinte passos ao norte de onde estávamos. Por acaso havíamos parado enquanto eu encontrava um caminho passando por outra pedra, e a luz das chamas era débil. Não éramos mais do que espectros negros entre as sombras das árvores. O fogo fraco foi rapidamente apagado pela chuva e eu sussurrei para meus homens se agacharem. Esperei que mais fogo fosse atirado, e foi, desta vez um grande feixe de palha encharcada em óleo que ardeu muito mais luminoso do que o pedaço de lenha. De novo o atiraram no lugar errado, mas sua luz chegou até nós. Rezei para Surtur, o deus do fogo, pedindo que extinguisse as chamas. Ficamos amontoados, imóveis como a morte, logo acima do rio, e então escutei o que temia.

Cachorros.

Kjartan, ou quem quer que guardasse esse trecho da muralha, havia mandado os cães de guerra através do pequeno portão que levava ao poço. Pude ouvir os caçadores gritando para eles com as vozes cantadas que impeliam os cães de caça para dentro do mato baixo, pude ouvir os cães latindo e soube que não havia como escapar naquela encosta íngreme e escorregadia. Não tínhamos chance de subir de novo o morro e atravessar a pedra grande antes que os cães nos alcançassem. Tirei o pano da ponta de lança, pensando que pelo menos poderia cravá-la num dos animais antes que o restante nos acuasse, mutilasse e despedaçasse, e nesse momento outro raio cortou a noite e o trovão estalou como o som do fim do mundo. O ruído nos golpeou e ecoou como toques de tambor no vale do rio.

Os cães odeiam o trovão, e o trovão foi o presente de Tor para nós. Um segundo estrondo ressoou no céu, e agora os cães estavam ganindo. A chuva havia ficado maligna, mergulhando na encosta como flechas, o som abafando subitamente o dos cães amedrontados.

— Eles não vão caçar — gritou Finan em meu ouvido.

— Não?

— Não nesta chuva.

Os caçadores chamaram de novo, com mais urgência, e enquanto a chuva abrandava ligeiramente, ouvi os cães descendo a encosta. Não estavam correndo para baixo, e sim esgueirando-se com relutância. Estavam aterrorizados com os trovões, ofuscados pelos raios e perplexos com a malevolência da chuva. Não tinham apetite por presas. Um animal chegou perto de nós e achei ter visto o brilho de seus olhos, mas não sei como isso seria possível naquela escuridão, quando o cão não passava de uma forma no negrume encharcado. A fera se virou de novo na direção do topo do morro e a chuva continuou caindo. Agora os caçadores estavam em silêncio. Nenhum dos cães tinha dado o alarme, de modo que os caçadores devem ter presumido que nenhuma presa fora encontrada. Assim aguardamos, agachados na chuva medonha, esperando e esperando, até que finalmente decidi que os cães haviam retornado à fortaleza e continuamos tropeçando em frente.

Agora tínhamos de achar o poço, e essa foi a tarefa mais difícil de todas. Primeiro refizemos a corda com as rédeas e Finan segurou uma ponta enquanto eu sondava morro acima. Tateei entre árvores, escorreguei na lama e confundia constantemente troncos de árvores com a paliçada do poço. A corda se prendia em galhos caídos e por duas vezes precisei retornar, mover todo mundo alguns metros para o sul e recomeçar a busca. Estava muito próximo do desespero quando tropecei e minha mão esquerda escorregou em madeira coberta de líquen. Uma farpa entrou na minha palma. Caí com força contra a madeira e então percebi que havia encontrado a paliçada que protegia o poço. Dei um puxão na corda para que os outros pudessem subir até onde eu estava.

Agora esperamos de novo. Os trovões se moveram mais para o norte e a chuva diminuiu até uma queda constante e dura. Agachamo-nos, tremendo, esperando a primeira sugestão cinzenta do alvorecer, e fiquei preocupado com a hipótese de Kjartan, nessa chuva, não ter de mandar ninguém ao poço, que pudesse sobreviver da chuva coletada nos barris. Mas em toda parte, acho que em todo o mundo, as pessoas pegam água ao amanhecer. É o modo como recebemos o dia. Precisamos de água para cozinhar, fazer a barba, nos lavar e preparar a cerveja, e em todas as horas doloridas ao remo de Sverri eu frequentemente havia me lembrado de Sihtric dizendo que os poços de Dunholm ficavam fora das paliçadas, e isso significava que Kjartan precisava abrir um portão todas as manhãs. E se ele abrisse o portão, poderíamos entrar na fortaleza inexpugnável. Esse era o meu plano, o único plano que eu tinha, e se fracassasse, estaríamos mortos.

— Quantas mulheres pegam água? — perguntei baixinho a Sihtric.

— Umas dez, senhor — sugeriu ele.

Espiei ao redor da borda da paliçada. Mal podia ver o brilho das fogueiras acima das fortificações e achei que o poço ficava a uns vinte passos da muralha. Não era longe, mas eram vinte passos de subida íngreme.

— Há guardas no portão? — perguntei, sabendo da resposta porque já havia feito a pergunta antes, mas na escuridão e com a matança adiante, era reconfortante falar.

— Quando eu estava lá ficavam apenas dois ou três guardas, senhor.

E esses guardas estariam sonolentos, pensei, bocejando depois de uma noite de sono interrompido. Iriam abrir o portão, olhar as mulheres passando, depois se encostar no muro e sonhar com outras mulheres. Mas apenas um dos guardas precisaria estar alerta, e mesmo que os guardas do portão estivessem sonhando, uma sentinela alerta na muralha bastaria para nos atrapalhar. Eu sabia que a muralha não tinha plataforma de luta neste lado leste, mas possuía pequenas lajes nas quais um homem podia ficar de vigia. Assim eu me preocupava, imaginando tudo o que poderia dar errado. Ao meu lado Clapa roncou num momento de sono roubado e fiquei pasmo ao ver que ele conseguia dormir tão encharcado e com frio. Então ele roncou de novo e acordei-o com uma cutucada.

Aparentemente o amanhecer não chegaria nunca, e se chegasse estaríamos tão frios e molhados que seríamos incapazes de nos mexer, mas finalmente, nas alturas do outro lado do rio, houve uma sugestão de cinza na noite. O cinza se espalhou como uma mancha. Nós nos amontoamos de modo que a paliçada do poço nos escondesse de qualquer sentinela na muralha. O cinza ficou mais claro e galos cantaram na fortaleza. A chuva continuava firme. Abaixo eu podia ver manchas brancas onde o rio espumava contra as pedras. Agora as árvores embaixo eram visíveis, mas ainda sombreadas. Um texugo

Os senhores do norte

passou a dez passos de nós, depois se virou e correu desajeitado descendo o morro. Um rasgo de vermelho apareceu num trecho mais fino das nuvens a leste e de repente era dia, ainda que um dia sombrio, atravessado pelos fios prateados da chuva. Agora Ragnar estaria montando sua parede de escudos, alinhando homens no caminho para atrair a atenção dos defensores. Se as mulheres viessem pegar água, pensei, devia ser logo, e desci um pouco a encosta para ver todos os meus homens.

— Quando formos — sussurrei —, vamos depressa! Subam ao portão, matem o guarda e fiquem perto de mim! E assim que estivermos dentro, vamos devagar. Apenas andem! Finjam que moram lá.

Sendo apenas 12, não poderíamos ter esperanças de atacar os homens de Kjartan. Se quiséssemos ganhar o dia, teríamos de nos esgueirar para dentro da fortaleza. Sihtric havia me dito que atrás do portão para o poço havia um emaranhado de construções. Se pudéssemos matar os guardas rapidamente e se ninguém visse a morte deles, eu esperava que conseguíssemos nos esconder no emaranhado e então, assim que tivéssemos certeza de que ninguém havia nos descoberto, simplesmente caminharíamos até a muralha norte. Todos usávamos cota de malha ou couro, todos tínhamos elmos, e se a guarnição estivesse vigiando a chegada de Ragnar, talvez não nos notasse, e se alguém notasse, presumiria que éramos defensores. Assim que chegássemos à muralha eu queria capturar uma parte da plataforma de luta. Se conseguíssemos chegar à plataforma e matar os homens que a guardavam, poderíamos manter um trecho de muralha suficientemente longo para que Ragnar se juntasse a nós. Seus homens mais ágeis subiriam a paliçada cravando machados na madeira e usando as armas presas como se fossem degraus. E Rypere estava levando nossa corda de couro para ajudá-los a subir. À medida que mais homens chegassem, poderíamos abrir caminho pela muralha até o portão alto e abrilo para o restante das forças de Ragnar.

Parecera uma boa ideia quando a descrevi a Ragnar e a Guthred, mas naquele amanhecer frio e molhado parecia vã e desesperada, e de repente fui atacado por um sentimento de desânimo. Toquei o amuleto do martelo.

— Rezem aos seus deuses — disse eu —, rezem para que ninguém nos veja. Rezem para que possamos chegar ao muro. — Era a coisa errada a dizer.

Eu deveria ter parecido confiante, mas em vez disso revelara meus temores e esta não era hora de rezar para nenhum deus. Já estávamos nas mãos deles e eles iriam nos ajudar ou nos machucar se gostassem ou não do que fizéssemos. Lembro-me do cego Ravn, o avô de Ragnar, contando que os deuses gostam de coragem e que amam o desafio, que odeiam a covardia e desprezam a incerteza. "Estamos aqui para diverti-los", dizia Ravn, "só isso, e se fizermos isso bem, vamos festejar com eles até o fim dos tempos." — Ravn havia sido guerreiro antes de perder a visão. Depois virou um *skald*, um fazedor de poemas, e os poemas que ele fazia celebravam batalhas e coragem. Se fizéssemos isso direito, pensei, daríamos ocupação a uma dúzia de *skalds*.

Uma voz soou na encosta acima e eu levantei a mão indicando que deveríamos ficar em silêncio. Então escutei vozes de mulheres e o som de um balde de madeira batendo num tronco. As vozes chegaram mais perto. Pude ouvir uma mulher reclamando, mas as palavras eram indistintas, então outra mulher respondeu, muito mais claramente.

— Eles não podem entrar, só isso. Não podem. — Falavam em inglês, de modo que eram escravas ou mulheres dos homens de Kjartan. Ouvi o som de um balde caindo na água do poço. Continuei com a mão levantada, alertando para os 11 homens permanecerem imóveis. Demoraria para as mulheres encherem os baldes, e quanto mais tempo, melhor, porque isso permitiria que os guardas ficassem entediados. Olhei os rostos sujos, procurando qualquer sinal de incerteza que pudesse ofender os deuses, e de repente percebi que não eram 12 homens, e sim 13. O décimo terceiro estava de cabeça baixa, de modo que eu não podia ver seu rosto. Por isso cutuquei sua bota com a lança e ele me olhou.

Ela me olhou. Era Gisela.

Parecia desafiadora e implorando, e fiquei horrorizado. Não há número tão azarado quanto o 13. Uma vez, no Valhalla, houve uma festa para 12 deuses, mas Loki, o deus trapaceiro, não foi convidado e fez suas brincadeiras malignas, convencendo Hod, o Cego, a jogar um galho de visgo no irmão, Baldur. Este era o deus predileto, o bom, mas podia ser morto pelo visgo, assim seu irmão cego jogou o visgo, Baldur morreu e Loki gargalhou. E desde então sabemos que 13 é um número maligno. Treze pássaros no céu é sinal de desastre, 13 seixos numa panela envenenam qualquer comida posta dentro, ao passo que 13 numa refeição é convite à morte. Treze lanças contra uma fortaleza só poderia significar derrota. Até os cristãos sabem que 13 é número de azar. O padre Beocca me disse que era porque havia 13 homens na última ceia de Cristo, e o décimo terceiro era Judas. Assim, apenas olhei horrorizado para Gisela e, para mostrar o que ela havia feito, pousei minha lança e levantei dez dedos, depois dois, depois apontei para ela e levantei mais um. Ela balançou a cabeça como a negar o que eu estava dizendo, mas apontei para ela pela segunda vez e depois para o chão, dizendo que ela deveria ficar onde estava. Doze entrariam em Dunholm, não 13.

— Se o bebê não mamar — estava dizendo uma mulher do outro lado da paliçada —, esfregue os lábios dele com suco de prímula. Sempre dá certo.

— Esfregue seus peitos também — disse outra voz.

— E ponha uma mistura de fuligem e mel nas costas dele — aconselhou uma terceira.

— Mais dois baldes — disse a primeira voz —, depois podemos sair desta chuva.

Era hora de ir. Apontei para Gisela de novo, indicando irritado que ela deveria ficar onde estava, depois peguei a lança com a mão esquerda e desembainhei Bafo de Serpente. Beijei a lâmina e me levantei. Parecia pouco natural ficar de pé e me mover de novo, estar à luz do dia, começar a andar ao redor da paliçada do poço. Eu me sentia nu sob a fortificação e esperei um grito de alguma sentinela, mas não veio nenhum. Adiante, não muito adiante, pude ver o portão, e não havia guarda parado na abertura. Sihtric estava à minha esquerda, correndo. O caminho era feito de pedras rústicas, escorregadias e molhadas. Ouvi uma mulher ofegar atrás de nós, mas mesmo assim ninguém deu o alarme na paliçada. Então eu havia atravessado o portão, vi um homem à direita, girei Bafo de Serpente, ela cortou sua garganta e eu a puxei de volta, de modo que o sangue correu brilhante naquela manhã cinzenta. Ele caiu de costas contra a paliçada e eu cravei a lança em sua garganta arruinada. Um segundo guarda do portão viu a matança, a uns 12 metros de distância. Sua armadura era um grande avental de couro de ferreiro e sua arma, um machado de rachar lenha que ele parecia incapaz de levantar. Estava parado com

Caminhante das sombras

perplexidade no rosto e não se moveu quando Finan chegou perto. Seus olhos se arregalaram, então ele entendeu o perigo e se virou para correr. A lança de Finan fez suas pernas se embolarem e logo o irlandês estava em cima dele, e a espada golpeou sua coluna. Levantei a mão para manter todo mundo imóvel e em silêncio. Esperamos. Nenhum inimigo gritou. A chuva pingava da palha dos telhados. Contei meus homens e vi dez, então Steapa veio pelo portão, fechando-o em seguida. Éramos 12, não 13.

— As mulheres vão ficar no poço — disse-me Steapa.

— Tem certeza?

— Elas vão ficar no poço — resmungou ele. Eu havia mandado Steapa falar com as mulheres que tiravam água, e sem dúvida apenas seu tamanho havia aplacado qualquer ideia que elas poderiam ter tido de dar o alarma.

— E Gisela?

— Vai ficar no poço também.

E assim estávamos dentro de Dunholm. Havíamos chegado a um canto escuro da fortaleza, um local em que dois grandes montes de esterco ficavam junto de uma construção comprida e baixa.

— Estábulo — disse Sihtric num sussurro, mas não havia ninguém à vista para nos escutar. A chuva caía forte e constante. Esgueirei-me pela borda do estábulo e não pude ver nada além de mais paredes de madeira, grandes montes de lenha e tetos de palha grossos de musgo. Uma mulher levou uma cabra entre duas choupanas, batendo no animal para fazê-lo correr pela chuva.

Limpei Bafo de Serpente na capa puída do homem que eu havia matado, depois dei minha lança a Clapa e peguei o escudo do morto.

— Guardem as espadas — disse a todo mundo. Se caminhássemos pela fortaleza com as espadas desembainhadas, iríamos atrair atenção. Devíamos parecer homens recém-acordados indo relutantes para um trabalho que os faria ficar molhados e com frio.

— Para onde? — perguntei a Sihtric.

Ele nos guiou ao longo da paliçada. Assim que passamos pelos estábulos, pude ver três grandes construções que bloqueavam a visão das muralhas ao norte.

302

Os senhores do norte

— O castelo de Kjartan — sussurrou Sihtric, apontando para a construção da esquerda.

— Fale naturalmente — disse eu.

Ele havia apontado para o castelo maior, o único com fumaça saindo pelo buraco do teto. Era construído com as compridas laterais voltadas para leste e oeste e uma ponta da empena ficava junto à muralha, de modo que seríamos obrigados a ir para o centro da fortaleza para rodear o grande castelo. Agora eu podia ver pessoas, e elas podiam nos ver, mas ninguém nos achou estranhos. Éramos apenas homens armados caminhando pela lama, e elas estavam molhadas, com frio e correndo entre as construções, interessadas demais em chegar ao calor e a um lugar seco para se preocupar com uma dúzia de guerreiros sujos. Um pé de freixo crescia na frente do castelo de Kjartan e uma única sentinela que guardava a porta estava agachada sob os galhos sem folhas num esforço inútil para se abrigar do vento e da chuva. Agora eu podia ouvir gritos. Eram fracos, mas à medida que nos aproximávamos do espaço entre as grandes construções, pude ver homens nas paliçadas. Estavam olhando para o norte, alguns brandindo lanças em desafio. Então Ragnar vinha chegando. Ele estaria visível mesmo à meia-luz porque seus homens carregavam tochas acesas. Ragnar havia ordenado que seus atacantes levassem o fogo para que os defensores pudessem vigiá-lo em vez de guardar os fundos de Dunholm. Assim, fogo e aço vinham para Dunholm, mas os defensores zombavam dos homens de Ragnar que lutavam para subir a trilha escorregadia. Zombavam porque sabiam que suas muralhas eram altas e que os atacantes eram poucos, mas os *sceadungengan* já estavam atrás deles e nenhum havia nos notado, e meus temores surgidos no alvorecer gélido começaram a se esvair. Toquei o amuleto do martelo e fiz uma oração de agradecimento silenciosa a Tor.

Estávamos a apenas alguns metros do freixo que crescia a poucos passos da porta do castelo de Kjartan. A árvore jovem fora plantada como símbolo de Yggdrasil, a árvore da vida, onde o destino se enrola, mas esta parecia bem doente, pouco mais do que um arbusto que lutava para encontrar espaço para as raízes no solo fino de Dunholm. A sentinela nos olhou uma vez, não notou nada estranho em nosso aparecimento, depois se virou e espiou na direção da guarita do outro lado do cume plano de Dunholm. Havia homens apinhados na muralha da guarita, ao passo que outros guerreiros estavam nas plataformas de luta construídas à esquerda e à direita. Um grande número de homens montados esperavam atrás do portão, sem dúvida prontos para perseguir os atacantes vencidos quando fossem repelidos da paliçada. Tentei contar os defensores, mas eram muitos, por isso olhei à direita e vi uma escada firme subindo à plataforma de luta no trecho oeste da muralha. Deveríamos ir para lá, pensei. Se subíssemos aquela escada e capturássemos a muralha leste, poderíamos deixar que Ragnar entrasse, vingasse seu pai, libertasse Thyra e deixasse toda a Nortúmbria atônita.

Ri, subitamente empolgado com a percepção de que estávamos dentro de Dunholm. Pensei em Hild e imaginei-a rezando em sua capela simples com os mendigos já amontoados diante do portão do convento. Alfredo estaria trabalhando, arruinando os olhos com a leitura de manuscritos à luz fraca do alvorecer. Homens estariam acordando em todas as fortificações da Britânia, bocejando e se espreguiçando. Bois estavam recebendo cangas. Cães se empolgavam, sabendo que a caçada do dia estava para começar, e cá estávamos nós, dentro da fortaleza de Kjartan, e ninguém suspeitava de nossa presença. Estávamos molhados, estávamos com frio, estávamos rígidos e em número inferior, pelo menos numa proporção de vinte para um, mas os deuses se encontravam conosco e eu sabia que iríamos vencer. E senti uma empolgação súbita. O júbilo da batalha vinha chegando e eu sabia que os *skalds* teriam um grande feito para celebrar.

Ou talvez os *skalds* fizessem um lamento. Porque então, de repente, tudo deu desastrosamente errado.

DEZ

A sentinela sob o freixo se virou para falar conosco.

— Eles estão perdendo tempo — disse, obviamente se referindo às forças de Ragnar. A sentinela não tinha suspeitas, até bocejou enquanto nos aproximávamos, mas então algo o alarmou. Talvez fosse Steapa, porque certamente não poderia haver em Dunholm um homem tão alto quanto o saxão do oeste. O que quer que fosse, o sujeito percebeu subitamente que éramos estranhos e reagiu recuando rapidamente e desembainhando a espada. Já ia gritar um alerta quando Steapa atirou sua lança, que acertou com força o ombro direito do guarda, jogando-o para trás, e Rypere seguiu depressa, cravando a lança na barriga dele com tanta força que o grudou ao pequeno freixo. Rypere silenciou-o com sua espada. Enquanto o sangue fluía, dois homens apareceram na esquina do castelo menor à nossa esquerda e começaram imediatamente a gritar que havia inimigos na fortaleza. Um se virou e correu, o outro desembainhou a espada, o que foi um erro, porque Finan fintou baixo com sua lança, o sujeito baixou a espada para apará-la e a lança subiu rapidamente, pegando-o na carne macia sob o queixo. A boca do homem borbulhou sangue na barba enquanto Finan chegava perto e cravava sua espada curta na barriga dele.

Mais dois cadáveres. Estava chovendo forte outra vez, as gotas martelando na lama e diluindo o sangue fresco. Imaginei se teríamos tempo para correr pelo amplo espaço aberto até a escada da muralha, e nesse momento, para piorar as coisas, a porta do castelo de Kjartan se abriu e três homens surgiram. Gritei para Steapa impeli-los para trás. Ele usou seu machado, matando o primeiro com um golpe de baixo para cima de eficiência medonha e empurrando o estripado para cima do segundo homem, que recebeu a cabeça do machado direto na cara. Então Steapa chutou os dois de lado para perseguir o terceiro, que agora estava dentro do castelo. Mandei Clapa ajudar Steapa.

— E tire-o de lá depressa — disse a Clapa, porque os cavaleiros junto ao portão haviam escutado o movimento e agora podiam ver os mortos e nossas espadas desembainhadas, e já iam virando os cavalos.

E então eu soube que estávamos perdidos. Tudo dependera da surpresa, e agora que havíamos sido descobertos não tínhamos chance de chegar à muralha norte. Os homens das plataformas de luta se viraram para nos olhar, alguns receberam ordem de descer das fortificações e estavam formando uma parede de escudos logo atrás do portão. Os cavaleiros, cerca de trinta, vinham esporeando na nossa direção. Não somente havíamos fracassado, mas eu sabia que teríamos sorte se sobrevivêssemos.

— Para trás — gritei —, para trás! — Agora só poderíamos ter esperanças de recuar para os becos estreitos, de algum modo conter os cavaleiros e chegar ao portão do poço. Gisela devia ser resgatada e em seguida haveria uma frenética retirada morro abaixo diante de uma perseguição vingativa. Talvez, pensei, pudéssemos atravessar o rio. Se conseguíssemos vadear o inchado Wiire, talvez nos livrássemos da perseguição, mas na melhor das hipóteses era uma esperança débil. — Steapa! — gritei — Steapa! Clapa! — E os dois saíram do castelo, Steapa com um machado sujo de sangue. — Fiquem juntos — gritei. Os cavaleiros estavam chegando depressa, mas corremos de volta em direção ao estábulo, e os cavaleiros pareciam cautelosos com os espaços escuros e sombreados entre as construções, porque puxaram as rédeas junto ao freixo que ainda tinha o morto pregado ao tronco. Pensei que sua cautela iria deixar que sobrevivêssemos o suficiente para sair da fortaleza. A esperança reviveu, não uma esperança de vitória, mas de vida, e então escutei o barulho.

Era o som de cães latindo. Os cavaleiros não haviam parado por medo de nos atacar, e sim porque Kjartan havia libertado seus cães. E fiquei olhando, aparvalhado, enquanto os animais jorravam pela lateral do castelo menor e vinham na nossa direção. Quantos seriam? Cinquenta? Pelo menos cinquenta. Eram impossíveis de contar. Um caçador os impelia com gritos e eles eram mais parecidos com lobos do que com cães de caça. Tinham pelo áspero eram enormes e uivavam, e involuntariamente dei um passo atrás. Essa era a matilha infernal da caça selvagem, os cães fantasmas que assombram a escuridão e perseguem a presa pelo mundo das sombras quando a noite cai. Agora não havia tempo de chegar ao portão. Os cães iriam nos rodear, nos derrubar, iriam nos destroçar, e pensei que essa deveria ser minha punição por ter matado o indefeso irmão Jænberht em Cetreht, e senti o tremor frio, degradante, do medo abjeto. Morra bem, disse a mim mesmo, mas como seria possível morrer bem sob os dentes de cães? Nossas cotas de malha diminuiriam o ritmo da selvageria por um momento, mas não muito. E os cães podiam sentir o cheiro de nosso medo. Queriam sangue e vieram numa confusão uivante de lama e presas. Baixei Bafo de Serpente para acertar a cara da primeira cadela que chegou rosnando, e nesse momento uma voz nova gritou com eles.

Era a voz de uma caçadora. Gritava alto e claro, sem dizer palavras, apenas entoando um chamado esquisito, esganiçado, que rasgou a manhã como uma trombeta, e os cães pararam abruptamente, deram a volta e ganiram perturbados. O mais próximo estava a apenas três ou quatro passos de mim, uma cadela com pelo coberto de lama, e ela se retorceu e uivou enquanto a caçadora oculta chamava de novo. Havia algo triste no chamado sem palavras que era um grito oscilante, agonizante, e a cadela ganiu imitando-o. O caçador que havia soltado os cães tentou chicoteá-los de volta na nossa direção, mas de novo a voz estranha, ululante, veio clara através da chuva, mas desta vez mais aguda, como se a caçadora estivesse ganindo numa raiva súbita, e três cães saltaram contra o caçador. Ele gritou, em seguida foi dominado por uma massa de pelos e dentes. Os cavaleiros esporearam as montarias na direção dos cães para afastá-los do homem agonizante, mas agora a caçadora estava dando um berro louco que impeliu toda a matilha na direção dos cavalos, e a manhã foi preenchida com o barulho da chuva, os gritos fantasmagóricos e os uivos dos cachorros. Os cavaleiros se viraram em pânico e esporearam de volta na direção da guarita. A caçadora chamou de novo, desta vez em tom mais suave, e os cães se reuniram obedientemente em volta do débil pé de freixo, deixando os cavaleiros ir embora.

Eu apenas havia olhado. Continuei olhando. Os cães estavam se agachando, dentes à mostra, olhando a porta do castelo de Kjartan, e foi ali que a caçadora apareceu. Passou por cima do cadáver estripado que Steapa deixara junto à porta, cantou para os cães e eles se deitaram enquanto ela nos olhava.

Era Thyra.

A princípio não a reconheci. Fazia anos que eu não via a irmã de Ragnar, e só me lembrava dela como uma criança loura, feliz e saudável, com a mente sensata disposta a se casar com seu guerreiro dinamarquês. Então o castelo de seu pai foi queimado, seu guerreiro dinamarquês foi morto e ela foi levada por Kjartan e dada a Sven. Agora a via de novo. Ela havia se transformado numa visão de pesadelo.

Usava uma comprida capa de pele de cervo, presa por um broche de osso junto à garganta, mas por baixo da capa estava nua. Enquanto ela caminhava entre os cães, a capa era puxada para longe do corpo dolorosamente magro e totalmente imundo. As pernas e os braços estavam cobertos de cicatrizes, como se alguém a houvesse cortado repetidamente com uma faca, e onde não havia cicatrizes havia feridas. O cabelo dourado estava escorrido, embolado e gorduroso, e ela havia trançado pedaços de hera morta naquele emaranhado. A hera pendia até os ombros. Ao vê-la, Finan fez o sinal da cruz. Steapa fez o mesmo e eu apertei o amuleto do martelo. As unhas enroladas de Thyra eram compridas como facas de castração, ela balançava aquelas mãos de feiticeira no ar e de repente gritou para os cães, que ganiram e se retorceram como se sentissem dor. Thyra olhou para nós e vi seus olhos loucos. Senti uma pulsação de medo porque de repente ela estava se agachando e apontando diretamente para mim, e esses olhos eram luminosos como um raio e cheios de ódio.

— Ragnar! — gritou ela. — Ragnar! — O nome parecia uma maldição e os cães se retorceram olhando o lugar para onde ela apontava, e eu soube que eles saltariam sobre mim assim que Thyra falasse de novo.

— Sou Uhtred! — gritei para ela. — Uhtred! — Tirei o elmo para que ela visse meu rosto. — Sou Uhtred.

— Uhtred? — perguntou ela, ainda me olhando, e naquele breve momento pareceu que estava sã, até mesmo confusa. — Uhtred — disse de novo, desta vez como se tentasse lembrar o nome, mas o tom afastou os cães de nós, e então Thyra gritou. Não era um grito para os cães, e sim um berro gemido, uivante, apontado para as nuvens, e de repente ela voltou sua fúria para os

308

Os senhores do norte

cães. Curvou-se e pegou punhados de lama que jogou contra eles. Ainda não usava palavras, falava em alguma língua que os cães entendiam e eles obedeciam, espalhando-se pelo cume rochoso de Dunholm para atacar a recém-formada parede de escudos atrás do portão. Thyra foi atrás, chamando-os, cuspindo e estremecendo, preenchendo a matilha do inferno com frenesi, e o medo que havia me enraizado no chão frio passou e gritei para meus homens irem com ela.

Eram criaturas terríveis, aqueles cães. Feras do caos do mundo, treinadas apenas para matar. Thyra os impelia com seus gritos agudos e uivantes, e a parede de escudos se rompeu muito antes da chegada dos animais. Os homens correram, espalhando-se pelo amplo cume de Dunholm, e os cães foram atrás. Um punhado, mais corajoso do que os demais, ficou junto ao portão, e era para lá que eu queria ir agora.

— O portão! — gritei para Thyra. — Thyra! Leve-os ao portão! — Ela começou a fazer um som como um latido, agudo e rápido, e os cães obedeceram correndo em direção à guarita. Já vi outros caçadores comandando cães com tanta habilidade quanto um cavaleiro guia um garanhão usando joelhos e rédeas, mas não é uma habilidade que eu tenha jamais aprendido. Thyra a possuía.

Os homens de Kjartan que guardavam o portão tiveram uma morte feia. Os cães os cobriram como um enxame, dentes rasgando, e ouvi gritos. Ainda não tinha visto Kjartan ou Sven, mas não os procurei. Só queria chegar ao grande portão e abri-lo para Ragnar, e assim seguimos os cachorros. Mas então um dos cavaleiros caiu em si e gritou para que os homens apavorados nos cercassem por trás. O cavaleiro era um homem grande, sua malha estava meio coberta por uma capa branca e suja. O elmo tinha buracos para os olhos feitos de bronze dourado, que escondiam o rosto, mas tive certeza de que era Kjartan. Ele esporeou seu garanhão e uns vinte homens foram atrás, mas Thyra uivou nas mesmas cadências curtas e descendentes, e uns vinte cães se viraram para afastar os cavaleiros. Um cavaleiro, desesperado para evitar os animais, virou o cavalo rapidamente e o animal caiu, esparramando-se e chutando na lama. Meia dúzia de cães atacaram a barriga da montaria caída enquanto outros saltavam por cima para despedaçar o cavaleiro tombado. Ouvi o ho-

Caminhante das sombras

mem gritar em agonia e vi um cão se afastar cambaleando com uma perna partida por um casco. O cavalo relinchava desesperadamente. Continuei correndo pela chuva forte e vi uma lança descer brilhando da paliçada. Os homens no teto da guarita estavam tentando nos impedir com suas lanças. Atiravam-nas contra a matilha que ainda atacava os restos da parede de escudos, mas eram cães demais. Agora estávamos perto do portão, a apenas uns vinte ou trinta passos. Thyra e seus cães haviam nos trazido em segurança através do cume de Dunholm e o inimigo estava em total confusão. Mas então o cavaleiro de capa branca, barba densa por baixo dos olhos cobertos, apeou e gritou para seus homens matarem os cães.

Eles formaram uma parede de escudos e atacaram. Mantinham os escudos baixos e usavam lanças e espadas para matá-los.

— Steapa! — gritei. Ele entendeu o que eu queria e gritou para que os outros homens o acompanhassem. Ele e Clapa foram os primeiros a chegar entre os cães, e vi o machado de Steapa baixar sobre um rosto coberto de elmo enquanto Thyra instigava os cães contra a nova parede de escudos. Homens desciam das plataformas para se juntar à luta feroz, e eu soube que precisávamos agir depressa, antes que os homens de Kjartan trucidassem a matilha e viessem nos trucidar. Vi um cão saltar alto e cravar os dentes no rosto de um homem, o homem gritou e o cão uivou com uma espada cravada na barriga, Thyra estava gritando para os animais e Steapa sustentava o centro da parede de escudos inimiga, mas ela ia aumentando de tamanho enquanto homens se juntavam aos flancos. Num instante as pontas da parede de escudos iriam se dobrar ao redor de homens e cães para matá-los. Assim corri até o arco da guarita. Esse arco era defendido no chão, mas os guerreiros na paliçada acima ainda tinham lanças. Eu só tinha o escudo do morto e rezei para que ele fossem bom. Levantei-o sobre o elmo, embainhei Bafo de Serpente e corri.

As lanças pesadas caíam. Batiam no escudo e faziam a lama espirrar, e pelo menos duas atravessaram as tábuas de tília. Senti uma pancada no antebraço esquerdo e o escudo foi ficando cada vez mais pesado à medida que as lanças o pressionavam para baixo, mas então eu estava sob o arco, em segurança. Os cães uivavam e lutavam. Steapa berrava para o inimigo vir lutar com ele, mas os homens o evitavam. Pude ver as pontas da parede de escudos de

Kjartan se dobrando e soube que ele morreria se eu não conseguisse abrir o portão. Vi que precisaria de duas mãos para levantar a tranca enorme, mas uma das lanças que pendiam do escudo havia penetrado na malha do meu antebraço esquerdo e eu não consegui tirá-la, por isso precisei usar Ferrão de Vespa para cortar as alças de couro do escudo. Em seguida pude arrancar a ponta de lança da malha e do braço. Havia sangue na manga da malha, mas o braço não estava quebrado. Levantei a tranca enorme e a arrastei para longe do portão.

Em seguida puxei as folhas do portão para dentro e Ragnar e seus homens estavam a cinquenta passos de distância. Eles gritaram quando me viram e correram com escudos erguidos para se proteger das lanças e machados que vinham das paliçadas. Juntaram-se à parede de escudos, reforçando-a e levando suas espadas e sua fúria contra os atônitos homens de Kjartan.

E foi assim que Dunholm, a fortaleza sobre a rocha na curva do rio, foi tomada. Anos mais tarde fui lisonjeado por um senhor na Mércia cujo *skald* cantou uma canção contando como Uhtred de Bebbanburg escalou sozinho o penhasco da fortaleza e lutou passando por duzentos homens para abrir o portão guardado por um dragão. Era uma canção bonita, cheia de golpes de espada e coragem, mas era tudo absurdo. Éramos 12, não um, os cães fizeram a maior parte do serviço, e Steapa a maior parte do resto. E se Thyra não tivesse saído do castelo, Dunholm poderia estar sendo governada pelos descendentes de Kjartan até hoje. E a luta não acabou quando o portão foi aberto, porque ainda estávamos em menor número, mas tínhamos os cães que restavam e Kjartan não. Ragnar trouxe sua parede de escudos para dentro das muralhas e ali travamos a luta contra os defensores.

Era parede de escudos contra parede de escudos. Era o horror de duas paredes de escudos lutando. Era o trovão de escudos se chocando e os grunhidos de homens golpeando com espadas curtas ou lanças se retorcendo na barriga dos inimigos. Era sangue, merda e tripas espalhados na lama. A parede de escudos é onde os homens morrem e onde passam a merecer os elogios dos *skalds*. Juntei-me à parede de Ragnar, e Steapa, que havia pego o escudo de um cavaleiro estripado pelos cães, enfiou-se ao meu lado com seu grande machado de guerra. Enquanto avançávamos, passamos por cima de cães mortos e agonizantes. O escudo se torna uma arma, com sua grande bossa de ferro servindo como porrete para empurrar os homens para trás, e quando o inimigo cambaleia, você avança depressa e crava a lâmina, depois passa por cima do ferido e deixa os homens atrás de você matá-lo. Raramente demora muito até que uma parede se rompa, e a fila de Kjartan se rompeu primeiro. Ele havia tentado nos flanquear e mandou homens para a nossa retaguarda, mas os cães sobreviventes guardavam os flancos. Steapa girava seu machado como um louco e era tão grande e forte que golpeava a linha inimiga fazendo com que aquilo parecesse fácil.

— Wessex! — gritava ele. — Wessex! — como se lutássemos por Alfredo. Eu estava à sua direita e Ragnar, à esquerda. A chuva batia sobre nós enquanto seguíamos Steapa através da parede de escudos de Ragnar. Atravessamos totalmente, de modo que não havia inimigos adiante, e a parede rompida se desmoronou enquanto os homens corriam de volta para as construções.

Kjartan era o homem da capa branca. Era grande, quase tão alto quanto Steapa, e era forte, mas viu sua fortaleza cair e gritou para seus homens formarem uma nova parede de escudos, mas alguns guerreiros já estavam se rendendo. Os dinamarqueses não se entregam com facilidade, porém haviam descoberto que lutavam contra colegas dinamarqueses, e não havia vergonha em ceder diante de tal inimigo. Outros fugiam, correndo pelo portão do poço, e senti um terror de que Gisela fosse descoberta ali e levada, mas as mulheres que haviam ido buscar água a protegeram. Todas se amontoaram dentro da pequena paliçada do poço e os homens em pânico fugiram passando por elas em direção ao rio.

Nem todos entraram em pânico ou se renderam. Alguns se reuniram em volta de Kjartan, travaram seus escudos e esperaram a morte. Kjartan podia ser cruel, mas era corajoso. Seu filho Sven, não era. Havia comandado homens na paliçada da guarita e quase todos esses homens fugiram para o norte, deixando Sven com apenas dois companheiros. Guthred, Finan e Rollo subiram para cuidar deles, mas apenas Finan foi necessário. O irlandês odiava lutar na parede de escudos. Era leve demais, admitia, para fazer parte de uma matança tão impelida pelo peso, mas em terreno aberto era um demônio. Finan, o Ágil, como fora chamado, e fiquei olhando atônito quando ele saltou à frente de Guthred e Rollo e atacou sozinho os três homens. Suas duas espadas eram rápidas como um bote de víbora. Não carregava escudo. Atordoou os defensores de Sven com fintas, desviou-se de seus ataques e matou os dois com um riso no rosto. Em seguida virou-se para Sven, mas este era covarde. Havia recuado para um canto da fortificação e estava segurando a espada e o escudo bem separados, como a mostrar que não pretendia fazer mal. Finan se agachou, ainda rindo, pronto para cravar sua longa espada na barriga exposta de Sven.

— Ele é meu! — gritou Thyra. — Ele é meu!

Finan olhou para ela e Sven balançou o braço da espada, como se fosse dar um golpe, mas a lâmina de Finan girou em sua direção e ele se imobilizou. Estava gemendo por misericórdia.

— Ele é meu! — berrou Thyra. Estava torcendo as unhas medonhas na direção de Sven e soluçava de ódio. — Ele é meu!

— Você pertence a ela — disse Finan —, pertence mesmo. — Em seguida fintou na direção da barriga de Sven e, quando este levantou o escudo para se proteger, Finan simplesmente jogou o corpo contra o escudo, usando o peso leve para derrubar Sven da plataforma. Sven gritou ao cair. Não era uma queda longa, não mais do que o equivalente a dois homens altos, mas ele bateu na lama como um saco de grãos. Arrastou-se de costas, tentando ficar de pé, mas Thyra estava parada junto dele. Ela deu um grito longo, gemido, e os cães sobreviventes chegaram. Até os cães mutilados se arrastaram pela gosma e pelo sangue para chegar perto.

— Não — disse Sven. Ele a encarou com seu olho único. — Não!

— Sim — sibilou ela, em seguida se curvou e pegou a espada na mão frouxa de Sven, deu um latido e os cães partiram sobre ele. Sven se retorceu e gritou enquanto as presas se cravavam. Alguns cães, treinados para matar rapidamente, foram para a garganta, mas Thyra usou a espada de Sven para afastálos, assim os cães mataram Sven mastigando-o da virilha para cima. Seus gritos rasgavam a chuva como lâminas. Seu pai ouviu tudo e Thyra ficou olhando, e simplesmente ria.

E Kjartan permanecia vivo. Trinta e quatro homens continuavam com ele e sabiam que estavam mortos, e estavam preparados para morrer como

313

Caminhante das sombras

dinamarqueses, mas então Ragnar foi em sua direção, com as asas de águia do elmo quebradas e molhadas. Apontou silenciosamente a espada para Kjartan, que assentiu e saiu da parede de escudos. As tripas de seu filho iam sendo comidas pelos cães e Thyra dançava no sangue de Sven cantando uma canção de vitória.

— Eu matei seu pai — disse Kjartan a Ragnar com um riso de desprezo — e vou matar você.

Ragnar ficou quieto. Os dois estavam separados por seis passos, avaliando-se.

— Sua irmã foi uma boa puta antes de enlouquecer. — Kjartan saltou adiante, com o escudo erguido, e Ragnar ficou de lado para deixá-lo passar. Kjartan previu o movimento e girou a espada baixa para cortar os tornozelos de Ragnar, mas Ragnar havia recuado. Os dois se olharam de novo. — Ela era uma boa puta mesmo depois de enlouquecer — disse Kjartan —, só que tínhamos de amarrá-la para impedir que lutasse. Para ficar mais fácil, sabe?

Ragnar atacou. Escudo alto, espada baixa, os dois escudos se chocaram e a espada de Kjartan aparou uma estocada por baixo. Os dois arfaram, tentando derrubar um ao outro, e então Ragnar recuou de novo. Havia descoberto que Kjartan era rápido e hábil.

— Mas agora ela não é uma puta boa — disse Kjartan. — Está muito vermelha. Muito suja. Nem um mendigo iria trepar com ela. Eu sei. Ofereci a um na semana passada e ele não quis. Achou que era suja demais para ele. — E de repente Kjartan avançou depressa e golpeou Ragnar. Não havia grande habilidade no ataque, apenas pura força e velocidade, e Ragnar recuou, deixando seu escudo receber a fúria. Temi por ele e dei um passo adiante, mas Steapa me conteve.

— A luta é dele — disse Steapa.

— Eu matei seu pai — alardeou Kjartan, e sua espada arrancou uma lasca de madeira do escudo de Ragnar. — Queimei sua mãe. — Outro golpe ressoou na bossa do escudo. — E usei sua irmã como puta — disse ele, e o próximo golpe de espada fez Ragnar recuar dois passos. — E vou mijar no seu corpo estripado — gritou Kjartan, revertendo o giro da espada. Em seguida fez com que ela viesse baixa de novo contra os tornozelos de Ragnar. Desta vez acertou e Ragnar cambaleou. Sua mão mutilada havia abaixado instintivamente o escudo e Kjartan levantou seu próprio escudo sobre o topo, para derrubar o inimigo. Ragnar, que não tinha dito nada durante toda a luta, gritou subitamente. Por um instante pensei que era o grito de um condenado, mas era de fúria. Ele enfiou o corpo sob o escudo de Kjartan, empurrando o grandalhão para trás por pura força, em seguida saltou agilmente de lado. Pensei que ele ficara aleijado com o golpe no tornozelo, mas Ragnar tinha tiras de ferro na bota e, ainda que uma tivesse sido quase cortada ao meio, e apesar de ter ficado com um hematoma, ele não se feriu. E de repente era todo raiva e movimento; era como se tivesse acordado. Começou a dançar ao redor de Kjartan, e esse era o segredo de um duelo. Continuar em movimento. Ragnar moveu-se e estava cheio de fúria, e sua velocidade era quase igual à de Finan. E Kjartan, que pensava ter encontrado a medida do inimigo, ficou subitamente desesperado. Não tinha mais fôlego para insultos, apenas para se defender, e Ragnar era todo ferocidade e rapidez. Golpeou Kjartan, fez com que ele se virasse, golpeou de novo, estocou, retorceu-se para longe, fintou baixo, usou o escudo para afastar a espada do outro e varreu com a sua, Quebra-coração, acertando o elmo de Kjartan. Amassou o ferro, mas não o rompeu. Kjartan balançou a cabeça e Ragnar bateu escudo contra escudo para empurrar o grandalhão para trás. Seu próximo golpe despedaçou uma das tábuas de tília do escudo de Kjartan, o seguinte arrancou a borda do escudo, partindo o aro de ferro. Kjartan recuou e Ragnar estava berrando, um som tão horrível que os cães ao redor de Thyra começaram a ganir imitando.

Mais de duzentos homens olhavam. Todos sabíamos o que aconteceria agora porque a febre da batalha havia dominado Ragnar. Era a fúria de um guerreiro dinamarquês. Ninguém poderia resistir a tamanha raiva, e Kjartan se saiu bem sobrevivendo tanto quanto sobreviveu, mas por fim foi impelido para trás, tropeçou no cadáver de um cachorro, caiu de costas. Ragnar passou por cima dos movimentos frenéticos da espada pesada do inimigo e golpeou forte com a ponta de Quebra-coração. O golpe rompeu a manga de malha de Kjartan e cortou os tendões do braço da espada. Kjartan tentou se levantar, mas Ragnar chutou seu rosto, depois baixou o calcanhar com força sobre a garganta de Kjartan. Kjartan sufocou. Ragnar deu um passo atrás e deixou que o sofrido escudo deslizasse do braço esquerdo. Depois usou a mão esquerda aleijada para tirar a espada de Kjartan. Usou os dois dedos bons para arrancá-la da mão sem nervos de Kjartan e jogou-a na lama. Em seguida matou o inimigo.

Foi uma morte lenta, mas Kjartan não gritou nem uma vez. A princípio tentou resistir, usando o escudo para afastar a espada de Ragnar, mas este o fez sangrar até morrer, corte após corte. Kjartan disse algo enquanto morria, um pedido para que sua espada lhe fosse devolvida, para ir com honra ao castelo dos cadáveres, mas Ragnar balançou a cabeça.

— Não — disse ele, e não disse mais nenhuma palavra até o último golpe de espada. Esse golpe foi dado com as duas mãos, para baixo, contra a barriga de Kjartan, um golpe que rompeu os elos da malha, rasgou o corpo de Kjartan e atravessou a malha sob a coluna de Kjartan cravando-se no chão embaixo. Ragnar deixou Quebra-coração ali e recuou enquanto Kjartan se retorcia nas dores da morte. Foi então que Ragnar olhou para a chuva no alto, sua espada abandonada balançando-se, prendendo o inimigo no chão, e gritou para as nuvens: — Pai! Pai! — dizia a Ragnar, o Velho, que seu assassino estava vingado.

Thyra também queria vingança. Estivera agachada com seus cães olhando a morte de Kjartan, mas agora se levantou e gritou para os animais, que correram na direção de Ragnar. Meu primeiro pensamento foi que estava mandando os cães comerem o corpo de Kjartan, mas em vez disso eles rodearam Ragnar. Ainda havia umas vinte ou mais daquelas feras parecidas com lobos, que rosnaram para Ragnar, cercando-o, e Thyra gritou para ele.

— Você deveria ter vindo antes! Por que não veio antes?

Ele a encarou, perplexo com sua fúria.

— Eu vim assim que...

— Você foi saquear! — gritou para ele. — Você me deixou aqui! — Os cães estavam angustiados com seu sofrimento e se retorciam ao redor de Ragnar, os pelos sujos de sangue e as línguas pendendo sobre presas ensanguentadas, só esperando a palavra que os deixaria despedaçá-lo até uma ruína vermelha. — Você me deixou aqui! — uivou Thyra, depois caminhou até os cães para encarar o irmão. Em seguida caiu de joelhos e começou a chorar. Tentei chegar perto, mas os cães se viraram para mim, dentes à mostra e olhos loucos, e me afastei

Os senhores do norte

depressa. Thyra continuou chorando, o sofrimento tão grande quanto a tempestade que assolava Dunholm. — Vou matar você! — gritou ela para Ragnar.

— Thyra — disse ele.

— Você me deixou aqui! — acusou ela. — Você me deixou aqui! — Em seguida se levantou de novo, e de repente seu rosto pareceu sadio outra vez, e pude ver que ela era uma beldade por baixo da imundície e das cicatrizes. — O preço da minha vida — disse ao irmão em voz calma — é a sua morte.

— Não — interveio uma voz nova —, não é.

Era o padre Beocca. Ele estivera esperando sob o arco do grande portão; agora veio mancando através da carnificina e falou com autoridade. Thyra rosnou para ele.

— Você está morto, padre! — disse ela, em seguida deu um de seus ganidos sem palavras e os cães se viraram para Beocca enquanto Thyra começava a estremecer outra vez como uma louca. — Matem o padre! — gritou para os cães. — Matem! Matem! Matem!

Corri para a frente e vi que não tinha nada a fazer.

Os cristãos vivem falando de milagres e eu sempre quis testemunhar uma magia dessas. Afirmam que os cegos podem recuperar a visão, os aleijados, andar, e os leprosos, se curar. Ouvi-os contar histórias de homens andando sobre a água e até de mortos saindo dos túmulos, mas nunca vi. Se tivesse visto essa grande magia na época, seria cristão hoje, mas os padres dizem que em vez disso precisamos ter fé. Mas naquele dia, na chuva implacável, vi o que foi o mais próximo de um milagre que já testemunhei.

O padre Beocca, com a barra de seu manto de sacerdote imunda de chuva, entrou mancando na confusão de cães. Eles haviam sido mandados para atacá-lo, e Thyra estava gritando para que atacassem, mas ele ignorou os animais, que simplesmente se encolheram para longe. Ganiam como se temessem aquele aleijado caolho e ele bamboleou calmamente, passando pelos dentes arreganhados, sem afastar o olhar de Thyra, cuja voz esganiçada diminuiu até um gemido e depois passou a grandes soluços. Sua capa estava aberta, mostrando a nudez cheia de cicatrizes. Beocca tirou sua própria capa encharcada de chuva e a colocou nos ombros dela. Thyra estava com as mãos no rosto. Continuava chorando e os cães ganiam em solidariedade, e Ragnar

Caminhante das sombras

apenas olhava. Achei que Beocca levaria Thyra para longe, mas em vez disso ele segurou sua cabeça com as duas mãos e sacudiu-a subitamente. Sacudiu com força, e enquanto fazia isso gritou para as nuvens:

— Senhor, tirai este demônio dela! Levai o maligno embora! Poupai-a das garras de Abadon!

Então ela gritou, os cães viraram a cabeça para trás e uivaram para a chuva. Ragnar estava imóvel. Beocca sacudiu de novo a cabeça de Thyra, com tanta força que tive medo de que ele quebrasse seu pescoço.

— Afastai o demônio, senhor! — gritou. — Libertai-a para vosso amor e vossa grande misericórdia! — Ele olhou para cima. Sua mão aleijada estava segurando o cabelo de Thyra com os pedaços de hera, e empurrou a cabeça dela para trás e para a frente enquanto cantava numa voz alta como a de um senhor guerreiro num campo de matança. — Em nome do Pai, do Filho e do Espírito Santo, ordeno, demônios imundos, que saiam desta jovem. Lanço-os no poço! Estou banindo-os! Mando-os para o céu durante a eternidade e mais um dia, e faço isso em nome do Pai, do Filho e do Espírito Santo! Vão embora!

E de repente Thyra começou a chorar. Não a gritar, soluçar, ofegar e lutar pela respiração, mas apenas um choro suave. Em seguida encostou a cabeça no ombro de Beocca, ele passou os braços ao seu redor e nos olhou ressentido, como se nós, sangrentos, armados e ferozes, fôssemos aliados dos demônios que ele banira.

— Agora ela está bem — disse sem jeito —, agora ela está bem. Ah, vão embora! — Essa ordem impertinente foi dada aos cães e, espantosamente, eles obedeceram, afastando-se e deixando Ragnar incólume. — Precisamos aquecê-la — disse Beocca — e temos de vesti-la adequadamente.

— É — respondi —, temos.

— Bom, se vocês não fazem isso — disse Beocca indignado, porque eu não havia me mexido —, eu faço. — Em seguida levou Thyra para o castelo de Kjartan, onde a fumaça ainda saía pelo buraco do telhado. Ragnar fez menção de ir atrás, mas balancei a cabeça, e ele parou. Pus o pé direito na barriga do defunto Kjartan e arranquei Quebra-coração. Dei a espada a Ragnar e ele me abraçou, mas havia pouca empolgação em qualquer um de nós. Tínhamos feito o impossível, havíamos tomado Dunholm, mas Ivarr continuava vivo e era o maior inimigo.

— O que digo a Thyra? — perguntou Ragnar.

— A verdade — respondi, porque não sabia o que mais dizer, e então fui encontrar Gisela.

Gisela e Brida banharam Thyra. Lavaram seu corpo e seu cabelo, tiraram a hera morta, pentearam os cabelos dourados e secaram diante do grande fogo no castelo de Kjartan. Em seguida vestiram-na com um manto simples de lã e uma capa de pele de lontra. Então Ragnar conversou com ela junto ao fogo. Falaram sozinhos e eu caminhei com o padre Beocca do lado de fora do castelo. Havia parado de chover.

— Quem é Abadon? — perguntei.

— Fui responsável por sua educação e sinto vergonha de mim mesmo. Como pode não saber disso?

— Bom, não sei. Quem é ele?

— O anjo das trevas do poço sem fundo, claro. Tenho certeza de que lhe disse isso. É o primeiro demônio que vai atormentá-lo se você não se arrepender e não virar cristão.

— Você é um homem corajoso, padre.

— Bobagem.

— Eu tentei chegar perto dela, mas fiquei com medo dos cachorros. Eles mataram trinta homens ou mais hoje, e você simplesmente caminhou para eles.

— São apenas cachorros — disse ele sem dar importância. — Se Deus e São Cuthbert não podem me proteger de cães, o que podem fazer?

Fiz com que ele parasse, pus as mãos em seus ombros e apertei.

— Você foi muito corajoso, padre — insisti —, e eu o saúdo.

Beocca ficou enormemente feliz com o elogio, mas tentou parecer modesto.

— Simplesmente rezei e Deus fez o restante. — Soltei-o e ele continuou andando, chutando com o pé aleijado uma lança caída. — Não creio que os cães fossem me machucar porque sempre gostei de cachorros. Tive um quando era criança.

— E deveria arranjar outro. Um cão iria lhe fazer companhia.

— Quando era criança, eu não podia trabalhar — continuou ele como se eu não tivesse falado. — Bem, podia pegar pedras e espantar os pássaros dos campos recém-semeados, mas não podia fazer trabalho de verdade. O cachorro era meu amigo, mas morreu. Uns outros garotos mataram. — Ele piscou algumas vezes. — Thyra é uma mulher bonita, não é? — disse ele, parecendo pensativo.

— Agora é — concordei.

— Aquelas cicatrizes nos braços e nas pernas. Pensei que Kjartan ou Sven haviam feito os cortes. Ela mesma fez.

— Ela se cortava?

— Ela me disse que se cortava com facas. Por que faria isso?

— Para ficar feia? — sugeri.

— Mas ela não é feia — reagiu Beocca perplexo. — Ela é linda.

— É, é sim — e de novo senti pena de Beocca. Estava ficando velho e sempre fora aleijado e feio, sempre quisera se casar e nenhuma mulher jamais chegara perto dele. Ele deveria ter sido monge, assim seria proibido de se casar. Em vez disso, era padre e tinha mente de padre, porque me olhou sério.

— Alfredo me mandou para pregar a paz, e eu vi você assassinar um santo irmão, e agora isto. — Fez uma careta para os mortos.

— Alfredo nos mandou para deixar Guthred em segurança — lembrei.

— E temos de nos certificar de que São Cuthbert esteja seguro.

— Faremos isso.

— Não podemos ficar aqui, Uhtred. Temos de voltar a Cetreht. — Ele me espiou com alarme em seu olho bom. — Temos de vencer Ivarr!

— Faremos isso, padre.

— Ele tem o maior exército da Nortúmbria!

— Mas vai morrer sozinho, padre — respondi, e não tinha certeza de por que tinha dito isso. As palavras simplesmente saíram da minha boca, e achei que talvez um deus tivesse falado através de mim. — Vai morrer sozinho — repeti. — Prometo.

320

Os senhores do norte

Mas havia coisas a fazer primeiro. Havia o tesouro de Kjartan para desenterrar do castelo onde ficavam os cães, e pusemos os escravos de Kjartan a trabalhar, cavando o chão que fedia a merda. Embaixo dele havia barris de prata, caixotes de ouro, cruzes de igrejas, braceletes e sacos de couro com âmbar, âmbar-negro e granadas, e até peças de preciosa seda importada que haviam apodrecido na terra úmida. Os guerreiros derrotados de Kjartan fizeram uma pira para seus mortos, mas Ragnar insistiu em que nem Kjartan nem o que restava de Sven deveriam receber um funeral assim. Em vez disso, foram despidos de suas armaduras e roupas e seus corpos nus foram dados aos porcos, que haviam sido poupados da matança de outono e viviam no canto noroeste de Dunholm.

Rollo ficou encarregado da fortaleza. Guthred, na empolgação da vitória, havia anunciado que agora a fortaleza era sua propriedade e que iria se tornar uma fortaleza real da Nortúmbria, mas puxei-o de lado e mandei que ele a desse a Ragnar.

— Ragnar será seu amigo — disse eu —, e você pode confiar em que ele sustente Dunholm. — Eu também podia confiar em Ragnar para atacar as terras de Bebbanburg e manter meu traiçoeiro tio com medo.

Assim Guthred deu Dunholm a Ragnar, que confiou a guarda da fortaleza a Rollo e lhe deixou apenas trinta homens para manter as muralhas enquanto íamos para o sul. Mais de cinquenta dos homens derrotados de Kjartan juraram lealdade a Ragnar, mas apenas depois de ele determinar que nenhum havia participado da queima do castelo de seus pais. Qualquer homem que tivesse ajudado naquele assassinato foi morto. O restante partiria conosco, primeiro para Cetreht, depois para confrontar Ivarr.

Metade do nosso trabalho fora feita. Kjartan, o Cruel, e Sven, o Caolho, estavam mortos, mas Ivarr sobrevivia e Alfredo de Wessex, mesmo não tendo dito isso, também o queria morto.

Por isso, cavalgamos para o sul.

Caminhante das sombras

ONZE

Partimos na manhã seguinte. A chuva fora para o sul, deixando o céu lavado e com pequenas nuvens ligeiras sob as quais saímos pelo portão alto de Dunholm. Deixamos o tesouro sob a guarda de Rollo. Éramos todos ricos porque havíamos tomado a fortuna de Kjartan, e se sobrevivêssemos ao encontro com Ivarr, dividiríamos essas riquezas. Eu havia sido mais do que compensado pelo tesouro que deixara em Fifhaden e voltaria a Alfredo como um homem rico, um dos mais ricos de seu reino. E esse era um pensamento empolgante enquanto seguíamos o estandarte da asa de águia de Ragnar em direção ao vau mais próximo no Wiire.

Brida cavalgava com Ragnar, Gisela estava ao meu lado e Thyra não saía de perto de Beocca. Nunca descobri o que Ragnar disse a ela no castelo de Kjartan, mas agora a jovem estava calma com ele. A loucura se fora. Suas unhas estavam cortadas, o cabelo estava preso sob um toucado branco e naquela manhã ela havia cumprimentado o irmão com um beijo. Ainda parecia infeliz, mas Beocca tinha as palavras para consolá-la. Thyra se agarrava a essas palavras como se fossem água e ela estivesse morrendo de sede. Os dois montavam éguas e, pela primeira vez, Beocca havia esquecido o desconforto na sela enquanto conversava com Thyra. Eu podia ver sua mão boa gesticulando enquanto ele falava. Atrás, um serviçal puxava um cavalo de carga que levava quatro grandes cruzes de altar tiradas do tesouro de Kjartan. Beocca exigira que elas fossem devolvidas à igreja e nenhum de nós poderia lhe negar isso, porque ele havia se mostrado um herói tão grande quanto qualquer outro. Agora inclinou-se na direção de Thyra, falou urgentemente e ela ouviu.

— Em uma semana ela será cristã — disse-me Gisela.

— Mais cedo do que isso — respondi.

— Então, o que vai acontecer com ela?

Dei de ombros.

— Ele vai convencê-la a entrar para um convento, acho.

— Coitada.

— Pelo menos vai aprender obediência lá. Não vai transformar 12 em 13.

Gisela deu um soco no meu braço, machucando-se em vez de me machucar.

— Jurei — disse ela, esfregando os nós dos dedos que haviam raspado contra a malha — que assim que encontrasse você nunca mais iria deixá-lo. Nunca.

— Mas 13? — perguntei. — Como pôde fazer isso?

— Porque sabia que os deuses estavam conosco — respondeu ela simplesmente. — Joguei as varetas de runas.

— E o que as varetas de runas dizem sobre Ivarr?

— Que vai morrer como uma cobra sob uma enxada — disse ela séria, depois se encolheu quando uma bola de lama, atirada por um casco do cavalo de Steapa, bateu em seu rosto. Enxugou-o e depois franziu a testa para mim. — Temos de ir para Wessex?

— Jurei isso a Alfredo.

— Jurou?

— Fiz um juramento a ele.

— Então devemos ir a Wessex — disse ela sem entusiasmo. — Você gosta de Wessex?

— Não.

— De Alfredo?

— Não.

— Por quê?

— Ele é devoto demais e é sério demais. E fede.

— Todos os saxões fedem.

— Ele fede mais do que a maioria. É a doença. Faz com que ele cague o tempo todo.

Ela fez uma careta.

— Ele não se lava?

— Pelo menos uma vez por mês, provavelmente mais do que isso. Ele é muito meticuloso quanto a se lavar, mas mesmo assim fede. Eu fedo?

— Como um javali — disse ela, rindo. — Eu vou gostar de Alfredo?

— Não. Ele não vai aprová-la porque você não é cristã.

Ela riu.

— O que ele fará com você?

— Vai me dar terras e esperar que eu lute por ele.

— O que quer dizer que você vai lutar contra os dinamarqueses?

— Os dinamarqueses são inimigos de Alfredo; portanto, sim, vou lutar contra os dinamarqueses.

— Mas eles são o meu povo.

— E eu jurei a Alfredo, portanto tenho de fazer o que ele quer. — Inclinei-me para trás quando o garanhão começou a descer uma encosta íngreme. — Gosto dos dinamarqueses, gosto muito mais do que dos saxões do oeste, mas é meu destino lutar por Wessex. *Wyrd bið ful aræd.*

— O que significa isso?

— Que o destino é o destino. Que ele nos governa.

Ela pensou nisso. Usava de novo sua cota de malha, mas no pescoço havia um torque de ouro tirado do tesouro de Kjartan. Era feito de sete fios torcidos em um e eu vira coisas semelhantes escavadas de sepulturas de antigos chefes britônicos. Aquilo lhe dava uma aparência selvagem, que lhe caía bem. Seu cabelo preto estava preso sob um gorro de lã e ela abrigava uma expressão distante no rosto comprido. Pensei que eu poderia olhar aquele rosto para sempre.

— Então por quanto tempo você deve ser homem de Alfredo?

— Até ele me libertar ou até um de nós dois morrer.

— Mas você diz que ele é doente. Quanto tempo Alfredo pode viver?

— Provavelmente não muito.

Caminhante das sombras

— Então quem será rei?

— Não sei — respondi, e gostaria de saber. O filho de Alfredo, Eduardo, era uma criança chorona, novo demais para governar, e o sobrinho, Æthelwold, de quem Alfredo usurpara o trono, era um idiota bêbado. O idiota bêbado tinha maior direito ao trono, e de repente me peguei esperando que Alfredo vivesse muito. Isso me surpreendeu. Eu tinha dito a verdade a Gisela: não gostava de Alfredo, mas reconhecia que ele era o poder verdadeiro na ilha da Britânia. Ninguém mais tinha sua visão, ninguém mais tinha sua determinação. E a morte de Kjartan não era tanto obra nossa quanto de Alfredo. Ele nos havia mandado para o norte, sabendo que faríamos o que ele queria mesmo não tendo dito explicitamente o que era, e fiquei pasmo com a ideia de que a vida como um homem jurado a ele talvez não fosse tão monótona quanto eu havia temido. Mas se ele morresse logo, pensei, seria o fim de Wessex. Os *thegns* lutariam por sua coroa, os dinamarqueses sentiriam o cheiro da fraqueza e viriam como corvos arrancar a carne do cadáver.

— Se você é um homem jurado a Alfredo — perguntou Gisela cautelosamente, e sua pergunta revelou que ela devia estar tendo os mesmos pensamentos —, por que ele deixou que você viesse para cá?

— Porque quer que seu irmão governe a Nortúmbria.

Ela pensou nisso.

— Porque Guthred é uma espécie de cristão?

— Isso é importante para Alfredo.

— Ou porque Guthred é fraco?

— Ele é fraco?

— Você sabe que é — disse ela com escárnio. — Meu irmão é um homem gentil e as pessoas sempre gostaram dele, mas não sabe ser implacável. Deveria ter matado Ivarr quando o conheceu e deveria ter banido Hrothweard há muito, mas não ousou. Tem medo demais de São Cuthbert.

— E por que Alfredo iria querer um rei fraco no trono da Nortúmbria? — perguntei afável.

— Para que a Nortúmbria esteja fraca quando os saxões tentarem tomar suas terras de volta.

— É isso que as varetas de runas dizem que vai acontecer?

326

Os senhores do norte

— Elas dizem que nós dois teremos dois filhos e uma filha, e que um filho vai partir seu coração, o outro vai lhe dar orgulho e que sua filha será mãe de reis.

Ri dessa profecia, não com escárnio, mas por causa da certeza na voz de Gisela.

— E isso significa que você irá para Wessex, mesmo que eu lute contra os dinamarqueses?

— Significa que não vou sair do seu lado. Esse é o meu juramento.

Ragnar havia mandado batedores adiante e à medida que o longo dia se passava alguns desses homens retornaram em cavalos cansados. Tinham ouvido dizer que Ivarr havia feito a pilhagem que pudera, posto uma nova guarnição nas muralhas e já estava marchando de volta para o norte. Por enquanto não devia ter ouvido falar da queda de Dunholm, de modo que claramente esperava alcançar Guthred, que, ele devia presumir, estava se demorando em Cetreht ou estaria vagueando desconsoladamente para as vastidões de Cumbraland. O exército de Ivarr, segundo os batedores tinham ouvido dizer, era uma horda. Alguns homens diziam que Ivarr comandava duas mil lanças, um número que Ragnar e eu descartamos. Mas era certo que os homens de Ivarr eram em número muito maior do que os nossos, e era provável que ele estivesse marchando para o norte pela mesma estrada romana em que viajávamos para o sul.

— Podemos lutar contra ele? — perguntou-me Guthred.

— Podemos lutar contra ele — respondeu Ragnar por mim —, mas não podemos derrotar seu exército.

— Então por que estamos marchando para o sul?

— Para resgatar Cuthbert — disse eu — e matar Ivarr.

— Mas se não podemos derrotá-lo? — Guthred estava perplexo.

— Lutaremos contra ele — respondi aumentando sua confusão —, e se não pudermos derrotá-lo, vamos nos retirar para Dunholm. Por isso capturamos a fortaleza, como refúgio.

— Estamos deixando os deuses decidirem o que acontecerá — explicou Ragnar e, como estávamos confiantes, Guthred não nos pressionou mais.

Caminhante das sombras

Chegamos a Cetreht naquele fim de tarde. Nossa jornada fora rápida porque não tínhamos necessidade de sair da estrada romana. Atravessamos o vau do Swale enquanto o sol avermelhava as colinas a oeste. Os religiosos, em vez de procurar refúgio naquelas colinas, haviam preferido permanecer com os magros confortos de Cetreht e ninguém os havia perturbado enquanto fomos a Dunholm. Eles tinham visto dinamarqueses montados nos morros do sul, mas nenhum daqueles cavaleiros se aproximara do forte. Os cavaleiros haviam olhado, contado cabeças e ido embora, e presumi que fossem batedores de Ivarr.

O padre Hrotweard e o abade Eadred não pareceram impressionados por termos capturado Dunholm. Só se importavam com o cadáver do santo e as outras relíquias preciosas, que desenterraram do cemitério naquela mesma tarde e carregaram em procissão solene até a igreja. Foi lá que confrontei Aidan, o administrador de Bebbanburg, e seus vinte homens que haviam permanecido no povoado.

— Agora é seguro vocês irem para casa — disse eu —, porque Kjartan está morto.

Não creio que Aidan tenha acreditado a princípio. Então entendeu o que havíamos alcançado e deve ter temido que os homens que capturaram Dunholm marchassem em seguida para Bebbanburg. Eu queria fazer isso, mas havia jurado retornar a Alfredo antes do Natal, o que não me deixava tempo para confrontar meu tio.

— Vamos partir de manhã — disse Aidan.

— Vocês partirão — concordei —, e quando chegarem a Bebbanburg, dirão ao meu tio que ele jamais ficou longe dos meus pensamentos. Dirão que tomei a noiva dele. Garantirão que um dia cortarei sua barriga, e que se ele morrer antes de eu realizar esse juramento, prometo que em vez disso cortarei as tripas de seu filho, e se os filhos dele tiverem filhos, irei matá-los também. Digam isso e digam que as pessoas achavam que Dunholm era como Bebbanburg, inexpugnável, e que Dunholm caiu diante de minha espada.

— Ivarr matará você — disse Aidan em desafio.

— É melhor rezar por isso.

Os senhores do norte

Naquela noite todos os cristãos rezaram. Reuniram-se na igreja e pensei que podiam estar pedindo ao seu deus para nos dar vitória sobre as forças de Ivarr, que se aproximavam, mas em vez disso agradeciam a sobrevivência das preciosas relíquias. Colocaram o corpo de São Cuthbert diante do altar, sobre o qual puseram a cabeça de São Oswald, o evangelho e o relicário com os pelos da barba de Santo Agostinho, e cantaram, rezaram, cantaram de novo e pensei que nunca parariam de rezar, mas finalmente, no coração negro da noite, ficaram em silêncio.

Caminhei até a muralha baixa do forte, olhando a estrada romana se estender para o sul através dos campos sob o luar fraco. Seria dali que Ivarr chegaria e eu não podia ter certeza de que ele não mandaria um bando de cavaleiros escolhidos atacar na noite, por isso tinha uma centena de homens esperando na rua do povoado. Mas nenhum ataque veio, e na escuridão uma névoa fraca subia turvando os campos quando Ragnar veio me render.

— Haverá geada de manhã — disse ele.

— Haverá sim.

Ele bateu os pés para esquentá-los.

— Minha irmã disse que vai para Wessex. Diz que vai ser batizada.

— Você está surpreso?

— Não. — Ele olhou para a estrada longa e reta. — É melhor assim — falou em tom opaco —, e ela gosta do seu padre Beocca. Então, o que acontecerá com ela?

— Acho que vai virar freira — respondi, porque não conseguia pensar em outro destino para ela no Wessex de Alfredo.

— Eu a abandonei — disse ele, e eu não falei nada porque era verdade. — Você precisa voltar a Wessex?

— Sim. Estou jurado.

— Juramentos podem ser quebrados — disse ele em voz baixa, e era verdade, mas num mundo em que deuses diferentes governam e o destino é conhecido apenas pelas três fiandeiras, os juramentos são nossa única certeza. Se eu violasse um juramento, não poderia esperar que os homens mantivessem juramentos a mim. Isso eu havia aprendido.

— Não vou quebrar meu juramento a Alfredo, mas farei outro juramento a você. Que nunca lutarei contra você, que o que tenho é seu para ser compartilhado e que se você precisar de ajuda, farei todo o possível para trazê-la.

Ragnar não disse nada durante um tempo. Chutou a terra no topo da muralha e olhou para a névoa.

— Juro a mesma coisa — disse baixinho, e ele, como eu, estava sem graça, por isso chutou a terra de novo. — Quantos homens Ivarr vai trazer?

— Oitocentos?

Ele assentiu.

— E temos menos de trezentos.

— Não haverá luta — disse eu.

— Não?

— Ivarr morrerá, e isso será o fim. — Toquei o punho de Bafo de Serpente para dar sorte e senti as bordas ligeiramente elevadas da cruz de Hild. — Ele vai morrer — falei ainda tocando a cruz. — Guthred vai governar e fará o que você mandar.

— Quer que eu diga a ele para atacar Ælfric?

Pensei nisso.

— Não — respondi.

— Não?

— Bebbanburg é forte demais e não há um portão dos fundos como havia em Dunholm. Além disso, quero matar Ælfric pessoalmente.

— Alfredo deixará você fazer isso?

— Deixará — respondi, mas na verdade duvidava de que Alfredo me permitisse esse luxo algum dia, mas tinha certeza de que meu destino era voltar a Bebbanburg e tinha fé nesse destino. Virei-me e olhei para o povoado. — Tudo calmo por lá?

— Tudo calmo. Eles desistiram de rezar e estão dormindo. Você deveria dormir também.

Voltei caminhando pela rua, mas, antes de me juntar a Gisela, abri em silêncio a porta da igreja e vi padres e monges dormindo à luz fraca das pequenas velas acesas no altar. Um deles roncou e eu fechei a porta tão silenciosamente quanto havia aberto.

Os senhores do norte

Ao alvorecer fui acordado por Sihtric, que bateu no portal.

— Eles estão aqui, senhor! — gritou. — Estão aqui!

— Quem?

— Os homens de Ivarr, senhor.

— Onde?

— Cavaleiros, senhor, do outro lado do rio!

Havia apenas cerca de uma centena de cavaleiros, que não fizeram qualquer tentativa de atravessar o vau, por isso achei que somente haviam sido mandados à margem norte do Swale para cortar nossa rota de fuga. A força principal de Ivarr chegaria pelo sul, mas essa perspectiva não era a maior empolgação daquele amanhecer nevoento. Homens gritavam no povoado.

— O que é? — perguntei a Sihtric.

— Os cristãos estão perturbados, senhor.

Fui até a igreja e descobri que o relicário dourado da barba de Santo Agostinho, o precioso presente de Alfredo a Guthred, fora roubado. Estivera no altar junto às outras relíquias, mas havia desaparecido durante a noite, e o padre Hrothweard uivava ao lado de um buraco feito na parede de barro atrás do altar. Guthred estava lá, ouvindo o abade Eadred, que declarava que o roubo era sinal da desaprovação de Deus.

— Desaprovação a quê? — perguntou Guthred.

— Aos pagãos, claro — cuspiu Eadred.

O padre Hrothweard estava balançando para trás e para a frente, torcendo as mãos e gritando para seu deus trazer a vingança aos pagãos que haviam violado a igreja e roubado o santo tesouro.

— Revelai os culpados, senhor! — gritou ele, então me viu e decidiu que a revelação chegara, porque apontou para mim. — Foi ele! — cuspiu.

— Foi você? — perguntou Guthred.

— Não, senhor — respondi.

— Foi ele! — gritou Hrothweard outra vez.

— O senhor deve revistar todos os pagãos — disse Eadred a Guthred —, porque se a relíquia não for encontrada, senhor, nossa derrota é certa. Ivarr irá esmagar-nos por esse pecado. Será o castigo de Deus.

Parecia uma punição estranha, permitir que um dinamarquês pagão derrotasse um rei cristão porque uma relíquia fora roubada, mas, como profecia, parecia bastante segura, porque no meio da manhã, enquanto a igreja ainda estava sendo revistada numa tentativa inútil de encontrar o relicário, um dos homens de Ragnar trouxe a notícia de que o exército de Ivarr havia aparecido. Estava marchando do sul e já formava a parede de escudos a oitocentos metros da pequena força de Ragnar.

Então era hora de irmos. Guthred e eu já estávamos com cota de malha, nossos cavalos selados, e só precisávamos cavalgar para o sul e encontrar a parede de escudos de Ragnar, mas Guthred ficara incomodado com a perda da relíquia. Enquanto saíamos da igreja, ele me chamou de lado.

— Você pode perguntar a Ragnar se foi ele que pegou? — implorou. — Ou se talvez um dos homens dele fez isso?

— Ragnar não pegou — disse com desprezo. — Se quer descobrir o culpado, reviste-os. — E apontei para Aidan e seus cavaleiros, que, agora que Ivarr estava próximo, pareciam ansiosos para começar a viagem em direção ao norte, mas não ousavam partir enquanto os homens de Ivarr estivessem barrando o vau do Swale. Guthred havia pedido que eles se juntassem à nossa parede de escudos, mas eles recusaram, e agora esperavam uma chance de escapar.

— Nenhum cristão roubaria a relíquia! — gritou Hrothweard. — É um crime pagão!

Guthred estava aterrorizado. Ainda acreditava na magia cristã e via o roubo como presságio de desastre. Claramente não suspeitava de Aidan, mas não sabia de quem suspeitar, por isso tornei a coisa fácil para ele.

Convoquei Finan e Sihtric, que estavam esperando para me acompanhar até a parede de escudos.

— Este homem é cristão — disse eu a Guthred, apontando para Finan. — Você não é cristão, Finan?

— Sou, senhor.

— E é irlandês — continuei. — E todo mundo sabe que os irlandeses têm o poder da cristalomancia. — Finan, que não tinha mais poderes de cristalomancia do que eu, tentou parecer misterioso. — Ele encontrará sua relíquia — prometi.

332

Os senhores do norte

— Encontrará? — perguntou Guthred a Finan, ansioso.

— Sim, senhor — respondeu Finan cheio de confiança.

— Faça isso, Finan, enquanto mato Ivarr. E traga o culpado a nós assim que o encontrar.

— Trarei, senhor.

Um serviçal trouxe meu cavalo.

— Seu irlandês pode mesmo encontrá-lo? — perguntou Guthred.

— Darei à igreja toda a minha prata, senhor — respondi suficientemente alto para que uma dúzia de homens escutasse — e darei minha malha, meu elmo, meus braceletes e minhas espadas se Finan não trouxer para o senhor a relíquia e o ladrão. Ele é irlandês, e os irlandeses têm poderes estranhos. — Olhei para Hrothweard. — Ouviu isso, padre? Prometo toda a minha riqueza à sua igreja se Finan não encontrar o ladrão!

Hrothweard não teve nada a dizer quanto a isso. Encarou-me furioso, mas minha promessa fora feita publicamente e era testemunho de minha inocência, por isso ele se contentou em cuspir nas patas do meu cavalo. Gisela, que viera pegar as rédeas do garanhão, teve de saltar de lado para evitar o cuspe. Ela tocou meu braço enquanto eu ajeitava o estribo.

— Finan pode encontrar? — perguntou em voz baixa.

— Pode — prometi.

— Porque tem poderes estranhos?

— Porque ele roubou, meu amor — respondi baixinho —, seguindo minhas ordens. Provavelmente está escondida num monte de esterco. — Ri e ela deu um riso baixo.

Pus o pé no estribo e me preparei para montar, mas de novo Gisela me conteve.

— Tenha cuidado — disse ela. — Os homens temem lutar contra Ivarr.

— Ele é um Lothbrok. E todos os Lothbroks lutam bem. Eles adoram isso. Mas lutam como cães loucos, totalmente em fúria e selvageria, e no fim morrem como cães loucos. — Montei no garanhão, apoiei o pé direito no estribo e em seguida peguei o elmo e o escudo com Gisela. Toquei sua mão em despedida, puxei as rédeas e acompanhei Guthred para o sul.

333

Caminhante das sombras

Cavalgamos para nos juntar à parede de escudos. Era uma parede curta, facilmente flanqueável pela parede muito mais larga que Ivarr estava formando ao sul. A dele tinha mais do que o dobro da nossa, o que significava que seus homens poderiam se dobrar ao redor da nossa linha e nos matar das bordas para dentro. Se fosse travada a batalha, seríamos trucidados, e os homens de Ivarr sabiam disso. Sua parede de escudos estava brilhante de lanças e cabeças de machados, ruidosa com a antecipação da vitória. Estavam batendo as armas nos escudos, fazendo um estrondo oco que preenchia o amplo vale do Swale, e as batidas cresceram até formar um grande trovão quando o estandarte de Ivarr, com os dois corvos, foi erguido no centro da linha. Sob o estandarte havia um grupo de cavaleiros que se desligaram da parede de escudos e vieram na nossa direção. Ivarr estava entre eles, assim como seu filho parecido com um rato.

Guthred, Steapa, Ragnar e eu caminhamos alguns passos até Ivarr e esperamos. Havia dez homens no grupo que se aproximava, mas eu só olhava para Ivarr. O chefe dinamarquês estava montando Witnere, o que eu esperava, porque isso me dava motivo para discutir com ele, mas fiquei para trás, deixando Guthred avançar seu cavalo alguns passos. Ivarr estava nos encarando um por um. Pareceu momentaneamente surpreso ao me ver, mas não disse nada. Pareceu irritado ao ver Ragnar e ficou devidamente surpreso com o tamanho gigantesco de Steapa, mas ignorou nós três e assentiu para Guthred.

— Bosta de verme — disse, cumprimentando o rei.

— Senhor Ivarr — respondeu Guthred.

— Estou num clima estranhamente misericordioso — disse Ivarr. — Se você for embora, pouparei a vida de seus homens.

— Não temos nenhuma questão que não possa ser resolvida com palavras — disse Guthred.

— Palavras! — cuspiu Ivarr, depois balançou a cabeça. — Vá para fora da Nortúmbria, vá para longe, bosta de verme. Fuja para seu amigo em Wessex, mas deixe sua irmã aqui como refém. Se fizer isso, eu serei misericordioso. — Ele não estava sendo misericordioso, e sim prático. Os dinamarqueses eram guerreiros ferozes, porém muito mais cautelosos do que sua reputação sugeria. Ivarr estava disposto à batalha, mas estava mais disposto a combinar uma rendição, porque assim não perderia nenhum homem. Ele venceria essa luta, sabia disso, mas ao obter a vitória perderia sessenta ou setenta guerreiros, e isso era toda uma tripulação de navio e um preço grande a pagar. Era melhor deixar Guthred viver e não pagar nada. Ivarr moveu Witnere de lado para olhar para além de Guthred e Ragnar. — Você anda em companhias estranhas, senhor Ragnar.

— Há dois dias matei Kjartan, o Cruel — disse Ragnar. — Agora Dunholm é minha. Acho que talvez eu deva matá-lo também, senhor Ivarr, para que não possa tentar tirá-la de mim.

Ivarr ficou espantado, e era para ficar mesmo. Olhou para Guthred, depois para mim, como se buscasse confirmação da morte de Kjartan, mas nosso rosto não traía nada. Ivarr deu de ombros.

— Você tinha problemas a resolver com Kjartan — disse ele a Ragnar —, e isso era assunto seu, não meu. Eu o receberia como amigo. Nossos pais eram amigos, não eram?

— Eram — respondeu Ragnar.

— Então deveríamos refazer a amizade.

— Por que ele deveria ser amigo de um ladrão? — perguntei.

Ivarr me espiou com seus olhos de serpente ilegíveis.

— Ontem eu vi um bode vomitar — disse ele —, e o que ele vomitou me fez lembrar de você.

— Ontem eu vi um bode cagar — retruquei —, e o que ele largou me fez lembrar de você.

Ivarr deu um riso de desprezo, mas decidiu não continuar trocando insultos. Mas seu filho desembainhou a espada e Ivarr levantou a mão em alerta, para dizer ao jovem que a hora da matança ainda não havia chegado.

— Vá embora — disse ele a Guthred. — Vá para longe e esquecerei que algum dia o conheci.

— A bosta de bode me lembrou de você — disse eu —, mas o cheiro me fez lembrar de sua mãe. Era um cheiro azedo, mas o que se poderia esperar de uma puta que dá à luz um ladrão?

Um dos guerreiros conteve o filho de Ivarr. O próprio Ivarr apenas me olhou em silêncio por um tempo.

335

Caminhante das sombras

— Posso fazer sua morte se estender por três pores do sol — disse finalmente.

— Mas se você devolver as coisas roubadas, ladrão, e aceitar o julgamento do bom rei Guthred para seu crime, talvez mostremos misericórdia.

Ivarr pareceu achar isso mais divertido do que ofensivo.

— O que eu roubei? — perguntou ele.

— Você está montando meu cavalo, e eu o quero de volta agora.

Ele bateu no pescoço de Witnere.

— Quando você estiver morto — disse-me ele —, vou mandar curtir sua pele e fazer uma sela, para passar o resto da vida peidando em você. — Ele olhou para Guthred. — Vá embora, vá para longe. Deixe sua irmã como refém. Vou lhe dar alguns instantes para recuperar o bom senso, e se isso não acontecer, vamos matá-lo. — Ele virou o cavalo para longe.

— Covarde! — gritei. Ele me ignorou, instigando Witnere entre seus homens para guiá-los de volta à parede de escudos. — Todos os Lothbrok são covardes. Eles fogem. O que você fez, Ivarr? Mijou nas calças por medo da minha espada? Fugiu dos escoceses e agora foge de mim!

Acho que foi a menção aos escoceses que provocou a reação. Aquela derrota gigantesca ainda estava crua na memória de Ivarr, e eu havia esfregado escárnio na ferida. E de repente o temperamento dos Lothbrok, que até agora ele havia conseguido controlar, tomou conta. Machucou Witnere com o puxão violento que deu no freio, mas Witnere se virou obediente enquanto Ivarr desembainhava sua espada longa. Esporeou o cavalo na minha direção, mas eu passei de lado por ele, indo para o amplo espaço diante de seu exército. Era ali que eu queria que Ivarr morresse, à vista de todos os seus homens, e ali virei meu garanhão de volta. Ivarr havia me seguido, mas conteve Witnere, que estava pateando o chão macio com o casco frontal direito.

Acho que Ivarr desejou não ter perdido as estribeiras, porém era tarde demais. Cada homem nas duas paredes de escudos podia ver que ele havia desembainhado a espada e me perseguido para a campina aberta, e ele não poderia simplesmente abandonar aquele desafio. Agora tinha de me matar, e não tinha certeza se era capaz de fazê-lo. Ele era bom, mas havia sofrido ferimentos, suas juntas doíam, e conhecia minha reputação.

336

Os senhores do norte

Sua vantagem era Witnere. Eu conhecia aquele cavalo e sabia que ele lutava tão bem quanto a maioria dos guerreiros. Witnere destroçaria meu cavalo se pudesse, e me destroçaria também, e meu primeiro objetivo era arrancar o dinamarquês da sela. Ivarr me observou. Acho que havia decidido deixar que eu iniciasse o ataque, porque não liberou Witnere. Mas em vez de cavalgar até ele, virei meu garanhão para a parede de escudos de Ivarr.

— Ivarr é ladrão! — gritei para seu exército. Deixei Bafo de Serpente pendurada à cintura. — Ele é um ladrão comum que fugiu dos escoceses! Fugiu como um cachorrinho espancado! Estava chorando como uma criança quando nós o encontramos! — Ri e mantive os olhos na parede de escudos de Ivarr. — Estava chorando porque havia se machucado, e na Escócia ele é chamado de Ivarr, o Débil. — Com o canto do olho percebi que a provocação funcionara e que Ivarr estava girando Witnere na minha direção. — Ele é ladrão — gritei — e covarde! — E enquanto eu gritava o último insulto decisivo toquei os joelhos no cavalo, que se virou, e levantei o escudo. Witnere era todo olhos brancos e dentes brancos, grandes cascos levantando a terra encharcada, e enquanto ele se aproximava gritei seu nome: — Witnere! Witnere! — Eu sabia que provavelmente esse não era o nome que Ivarr tinha dado ao garanhão, mas talvez Witnere se lembrasse do nome, ou de mim, porque suas orelhas se empinaram, a cabeça subiu e o passo hesitou enquanto eu esporeava meu cavalo em sua direção.

Usei o escudo como arma. Simplesmente golpeei-o com força contra Ivarr e ao mesmo tempo me ergui sobre o estribo direito. Ivarr estava tentando virar Witnere para o outro lado, mas o grande garanhão ficou confuso e desequilibrado. Meu escudo se chocou no de Ivarr e eu me joguei contra ele, usando o peso para forçá-lo para trás. O risco era que eu caísse e ele permanecesse na sela, mas não ousei largar o escudo ou a espada para segurá-lo. Só tinha de esperar que meu peso o derrubasse no chão.

— Witnere! — gritei de novo. O garanhão ameaçou se virar para mim, e esse pequeno movimento, junto com meu peso, bastou para que eu derrubasse Ivarr. Ele caiu para o lado direito e eu despenquei entre os dois cavalos. Caí com força e meu garanhão me deu um coice involuntário que me empurrou contra as patas traseiras de Witnere. Levantei-me depressa, bati na anca de Witnere com Bafo de Serpente para afastá-lo e imediatamente me abaixei sob o escudo enquanto Ivarr atacava. Ele havia se recuperado mais depressa do que eu e sua espada bateu forte contra meu escudo. Ele devia ter esperado que eu me encolhesse com aquele golpe, mas eu o contive. Meu braço esquerdo, ferido pela lança em Dunholm, latejava com a força de sua espada, mas eu era mais alto, mais pesado e mais forte do que o dinamarquês, e empurrei o escudo com força para fazê-lo recuar.

Ele sabia que ia perder. Tinha idade para ser meu pai e era lento por causa de ferimentos antigos, mas ainda era um Lothbrok, e eles aprendem a lutar desde o momento em que são paridos. Veio para mim rosnando, a espada fintando alta e depois estocando baixa, e eu me mantive em movimento, aparando os golpes, recebendo-os no escudo, nem mesmo tentando contra-atacar. Em vez disso, zombava dele. Disse que ele era um velho patético.

— Eu matei seu tio — provoquei. — E ele não era muito melhor do que você. E quando você estiver morto, velho, vou estripar o rato que você chama de filho. Vou dar o corpo dele para os corvos comerem. Isso é o melhor que você consegue fazer?

Ele havia tentado fazer com que eu me virasse, mas tentou com intensidade demais, seu pé escorregou na grama molhada e ele teve de se apoiar num dos joelhos. Nesse ponto estava aberto para a morte, desequilibrado e com a mão da espada na grama. Mas me afastei, deixando que ele se levantasse. Todos os dinamarqueses viram que fiz isso e então me viram jogar meu escudo longe.

— Vou lhe dar uma chance — gritei para eles. — Ele é um ladrãozinho miserável, mas vou lhe dar uma chance!

— Seu desgraçado saxão filho de uma puta! — rosnou Ivarr e me atacou de novo. Era assim que ele gostava de lutar. Atacar, atacar, atacar, e tentou usar seu escudo para me impelir para trás, mas saltei de lado e acertei a parte de trás de seu elmo com a parte plana de Bafo de Serpente. O golpe o fez tropeçar pela segunda vez, e de novo me afastei. Queria humilhá-lo.

Esse segundo tropeço lhe deu cautela e ele circulou desconfiado ao meu redor.

338

Os senhores do norte

— Você fez de mim um escravo — disse eu — e nem conseguiu fazer isso direito. Quer me dar sua espada?

— Bosta de bode — disse ele. E veio rápido com uma estocada na direção da minha garganta, no último momento baixando a espada para cortar minha perna esquerda. Simplesmente saltei de lado e bati com Bafo de Serpente no seu traseiro para empurrá-lo longe.

— Me dê sua espada e deixarei você viver — disse eu. — Vamos colocá-lo numa jaula e levar por todo Wessex. Vou dizer às pessoas: aqui está Ivarr Ivarson, um Lothbrok. Um ladrão que fugiu dos escoceses.

— Desgraçado! — Ele atacou de novo, desta vez tentando me estripar com um giro selvagem da espada, mas recuei e sua lâmina comprida sibilou passando por mim. Ele grunhiu enquanto a trazia de volta, agora todo fúria e desespero, e eu estoquei com Bafo de Serpente, que passou por seu escudo e o acertou no peito. A força do golpe o lançou para trás. Ele cambaleou enquanto meu próximo golpe chegava, um golpe rápido, que ressoou na lateral de seu elmo, e de novo ele cambaleou, tonto, e meu terceiro golpe se chocou contra sua lâmina com tamanha força que seu braço da espada voou para trás e a ponta de Bafo de Serpente foi parar em sua garganta.

— Covarde — disse eu. — Ladrão.

Ele gritou de fúria e girou a espada num golpe selvagem, mas eu recuei e o deixei passar. Então baixei Bafo de Serpente com força para acertar seu pulso direito. Ele ofegou porque os ossos do pulso se quebraram.

— É difícil lutar sem espada — disse eu, e golpeei de novo, desta vez acertando a espada, fazendo-a voar de sua mão. Agora havia terror em seus olhos. Não o terror de um homem diante da morte, mas de um guerreiro morrendo sem a espada na mão.

— Você fez de mim um escravo — disse eu, e estoquei com Bafo de Serpente, acertando-o num dos joelhos. Ele tentou recuar, tentou alcançar sua espada, e eu acertei o joelho outra vez, com muito mais força, cortando couro até chegar ao osso, e ele caiu apoiado num dos joelhos. Bati em seu elmo com Bafo de Serpente, depois fiquei de pé atrás dele. — Ele fez de mim um escravo e roubou meu cavalo — gritei para seus homens. — Mas ainda é um Lothbrok.

Caminhante das sombras

— Abaixei-me, peguei sua espada pela lâmina e a estendi para ele. Ele pegou-a, dizendo:

— Obrigado.

Então o matei. Arranquei sua cabeça dos ombros. Ele soltou um gorgolejo, estremeceu e caiu na grama, mas continuou segurando a espada. Se eu tivesse deixado que ele morresse sem a espada, muitos dos dinamarqueses que observavam teriam me considerado arbitrariamente cruel. Sabiam que ele era meu inimigo e sabiam que eu tinha motivos para matá-lo, mas nenhum pensaria que ele merecia ter negado o castelo dos cadáveres. E um dia, pensei, Ivarr e seu tio iriam me receber lá, porque no castelo dos cadáveres festejamos com nossos inimigos, recordamos nossas lutas e lutamos com todos eles de novo.

Então houve um grito e eu me virei. Ivar, filho dele, estava galopando na minha direção. Veio como seu pai tinha vindo, todo em fúria e violência insensata, inclinou-se na sela para me cortar ao meio com sua lâmina e eu a recebi com Bafo de Serpente, que era de longe a espada melhor. O golpe vibrou no meu braço, mas a lâmina de Ivar se partiu. Ele passou por mim galopando, segurando um palmo de espada, e dois dos homens de seu pai o alcançaram e o obrigaram a ir para longe antes que ele pudesse ser morto. Chamei Witnere.

Ele veio para mim. Dei um tapinha em seu focinho, segurei a sela e montei. Em seguida virei-o na direção da parede de escudos de Ivarr, agora sem líder, e indiquei que Guthred e Ragnar deveriam se reunir a mim. Paramos a vinte passos dos escudos dinamarqueses pintados.

— Ivarr Ivarson foi para o Valhalla — gritei — e não houve desgraça em sua morte! Sou Uhtred Ragnarson! Sou o homem que matou Ubba Lothbrokson e este é meu amigo, o *earl* Ragnar, que matou Kjartan, o Cruel! Nós servimos ao rei Guthred.

— Você é cristão? — gritou um homem.

Mostrei-lhe meu amuleto do martelo. Homens repassavam a notícia da morte de Kjartan pela longa fileira de escudos, machados e espadas.

— Não sou cristão! — gritei quando eles ficaram em silêncio de novo. — Mas já vi a feitiçaria cristã! E os cristãos fizeram sua magia com o rei Guthred!

Os senhores do norte

Nenhum de vocês já foi vítima de feiticeiros? Nenhum de vocês viu seu gado morrer ou suas mulheres ficarem doentes? Todos vocês conhecem a feitiçaria, e os feiticeiros cristãos podem fazer grande magia! Eles têm cadáveres e várias cabeças cortadas, e os usam para fazer magia e teceram seus feitiços ao redor do nosso rei! Mas o feiticeiro cometeu um erro. Ficou ganancioso e ontem à noite roubou um tesouro do rei Guthred! Mas Odin afastou os feitiços! — Girei na sela e finalmente vi que Finan estava chegando.

Ele fora retardado por uma confusão na entrada do forte. Alguns religiosos haviam tentado impedir Finan e Sihtric de partir, mas uns vinte dinamarqueses de Ragnar haviam intervindo e agora o irlandês vinha cavalgando pela pastagem. Vinha puxando o padre Hrothweard. Ou melhor, Finan segurava um punhado do cabelo de Hrothweard, de modo que o padre não tinha escolha além de cambalear ao lado do cavalo do irlandês.

— Aquele é o feiticeiro cristão, Hrothweard! — gritei. — Ele atacou o rei Guthred com feitiços, com a magia dos cadáveres, mas nós o descobrimos e tiramos os feitiços do rei Guthred! Portanto, agora pergunto: o que devemos fazer com o feiticeiro?

Havia somente uma resposta para isso. Os dinamarqueses, que sabiam muito bem que Hrothweard fora o conselheiro de Guthred, queriam-no morto. Enquanto isso, Hrothweard estava se ajoelhando no capim, com as mãos postas, olhando para Guthred.

— Não, senhor! — implorou ele.

— Você é o ladrão? — perguntou Guthred. Parecia incrédulo.

— Encontrei a relíquia na bagagem dele, senhor — disse Finan, e estendeu o pote dourado na direção de Guthred. — Estava enrolado nas camisas dele, senhor.

— Ele mente! — protestou Hrothweard.

— Ele é o seu ladrão, senhor — disse Finan respeitosamente, em seguida fez o sinal da cruz. — Juro pelo corpo sagrado de Cristo.

— Ele é um feiticeiro! — gritei para os dinamarqueses de Ivarr. — Vai fazer seu gado pegar a doença das pernas fracas, vai provocar praga em suas plantações, vai deixar suas mulheres estéreis e seus filhos doentes! Vocês o querem?

341

Caminhante das sombras

Eles rugiram dizendo que precisavam de Hrothweard, que chorava incontrolavelmente.

— Vocês podem ficar com ele se reconhecerem Guthred como seu rei — disse eu.

Eles gritaram sua aliança. Estavam batendo espadas e lanças nos escudos outra vez, mas agora aclamando Guthred. Assim, eu me inclinei e segurei suas rédeas.

— É hora de recebê-los, senhor. É hora de ser generoso com eles.

— Mas... — o rei olhou para Hrothweard.

— Ele é um ladrão, senhor, e os ladrões devem morrer. É a lei. É o que Alfredo faria.

— Sim — disse Guthred, em seguida deixamos o padre Hrothweard para os pagãos dinamarqueses e ouvimos sua agonia por longo tempo. Não sei o que fizeram com ele, porque restou pouco de seu cadáver, mas o sangue escureceu o capim por metros ao redor do local onde ele morreu.

Naquela noite houve um festim pobre. Pobre porque tínhamos pouca comida, mas havia muita cerveja. Os *thegns* dinamarqueses juraram sua aliança a Guthred enquanto os padres e monges se amontoavam na igreja, esperando assassinato. Hrothweard estava morto e Jænberht fora assassinado, e tudo o que eles tinham a esperar era também virar mártires, mas uma dúzia de homens sóbrios da guarda pessoal de Guthred bastou para mantê-los em segurança.

— Vou deixar que eles construam o templo de São Cuthbert — disse-me Guthred.

— Alfredo aprovaria isso — respondi.

Ele olhou para a fogueira que ardia na rua de Cetreht. Ragnar, apesar da mão aleijada, estava lutando corpo a corpo com um dinamarquês gigantesco que havia servido a Ivarr. Os dois estavam bêbados e outros homens bêbados aplaudiam e faziam apostas. Guthred olhava, mas não via a disputa. Estava pensando.

— Eu jamais acreditaria que o padre Hrothweard era ladrão — disse finalmente, perplexo.

342

Os senhores do norte

Gisela, abrigada sob minha capa e encostada no meu ombro, deu um risinho.

— Ninguém jamais acreditaria que o senhor e eu fomos escravos — respondi. — Mas fomos.

— É — disse ele em tom de espanto. — Fomos.

São as três fiandeiras que fazem nossa vida. Sentam-se ao pé de Yggdrasil e ali criam suas pilhérias. Agradou a elas transformar Guthred, o escravo, no rei Guthred, assim como lhes agradou me mandar de novo para Wessex, no sul.

Enquanto em Bebbanburg, onde o mar cinzento jamais deixa de bater nas areias pálidas e compridas e onde o vento agita a bandeira da cabeça de lobo acima do castelo, as pessoas temiam meu retorno.

Porque o destino não pode ser enganado, ele nos governa, e todos somos seus escravos.

Nota Histórica

O*S SENHORES DO NORTE* se inicia cerca de um mês depois da espantosa vitória de Alfredo sobre os dinamarqueses em Ethandun, narrativa contada em *O cavaleiro da morte*. Guthrum, o líder do exército derrotado, retirou-se para Chippenham, onde Alfredo o sitiou, mas as hostilidades chegaram a um fim rápido quando Alfredo e Guthrum concordaram com a paz. Os dinamarqueses se retiraram de Wessex e Guthrum, com seus principais *earls*, tornou-se cristão. Alfredo, por sua vez, reconheceu Guthrum como rei de Ânglia Oriental.

Os leitores dos dois romances prévios nesta série saberão que Guthrum não tinha uma ficha impecável no quesito acordos de paz. Havia rompido a trégua feita em Wareham e a trégua subsequente negociada em Exeter, mas este último tratado de paz se manteve. Guthrum aceitou Alfredo como seu padrinho e assumiu o nome batismal de Æthelstan. Segundo uma tradição, foi batizado na fonte que ainda pode ser vista na igreja de Aller, Somerset, e parece que sua conversão foi genuína porque, assim que retornou a Ânglia Oriental, governou como monarca cristão. As negociações entre Guthrum e Alfredo continuaram, já que em 886 os dois assinaram o Tratado de Wedmore, que dividiu a Inglaterra em duas esferas de influência. Wessex e o sul da Mércia seriam saxões, o norte da Mércia e a Nortúmbria ficariam sob a lei dinamarquesa. Assim foi estabelecida a Danelaw, a parte norte da Inglaterra que, durante um tempo, seria governada por reis dinamarqueses e que ainda tem, nos topônimos e dialetos, a marca daquela área.

O tratado foi um reconhecimento, por parte de Alfredo, de que carecia das forças para expulsar totalmente os dinamarqueses da Inglaterra, e lhe rendeu um tempo em que pôde fortificar o coração de Wessex. O problema era que Guthrum não era rei de todos os dinamarqueses, quanto mais dos nórdicos, e não podia impedir outros ataques contra Wessex. Esses chegariam com o tempo, e serão descritos em romances futuros, mas em grande parte a vitória em Ethandun e o acordo subsequente com Guthrum garantiram a independência de Wessex e permitiram que Alfredo e seus sucessores reconquistassem a Danelaw. Um dos primeiros passos de Alfredo nesse longo processo foi casar sua filha mais velha, Æthelflaed, com Æthelred da Mércia, uma aliança destinada a ligar os saxões da Mércia aos de Wessex. Æthelflaed, com o tempo, iria se revelar uma grande heroína na luta contra os dinamarqueses.

Passar da história de Wessex no fim do século IX para a da Nortúmbria é passar da luz para a escuridão confusa. Nem mesmo as listas régias do norte, que fornecem os nomes de reis e as datas em que eles governaram, concordam, mas logo depois de Ethandun um rei chamado Guthred (algumas fontes o citam como Guthfrid) ocupou o trono em York (Eoferwic). Ele substituiu um rei saxão, que sem dúvida era um governante-marionete, e governou até a década de 890. Guthred é notável por duas coisas: primeiro, mesmo sendo dinamarquês, era cristão, e, segundo, há uma história persistente dizendo que ele já fora escravo, e sobre esses alicerces esguios concebi esta narrativa. Certamente ele era associado ao abade Eadred, o guardião do cadáver de Cuthbert (e da cabeça de São Oswald e dos Evangelhos de Lindisfarena), e Eadred eventualmente construiria seu grande templo dedicado a Cuthbert em Cuncacester, atualmente Chester-le-Street, no condado de Durham. Em 995 o corpo do santo foi finalmente posto para descansar em Durham (Dunholm), onde permanece.

Kjartan, Ragnar e Gisela são personagens fictícios. Houve um Ivarr, mas tomei vastas liberdades com sua vida. Ele é notável principalmente por seus sucessores, que causarão muitos problemas no norte. Não há registro de uma fortaleza em Durham no século IX, mas me parece improvável que um local tão fácil de ser defendido fosse ignorado, e é mais do que possível que qualquer resto de tal fortaleza fosse destruído durante a construção da catedral e do castelo que ocupam o cume há quase mil anos. Houve uma fortaleza em Bebbanburg, com o tempo transmutada nas atuais glórias do castelo de Bamburgh, e no século XI ela foi dominada por uma família chamada Uhtred,

Os senhores do norte

que é minha ancestral, mas não sabemos praticamente nada das atividades da família nos séculos IX e início do X.

A história da Inglaterra no fim do século IX e início do X é uma narrativa que vai de Wessex para o norte. O destino de Uhtred, que ele só está começando a reconhecer, é estar no coração dessa reconquista feita pelos saxões do oeste da terra que será conhecida como Inglaterra, de modo que suas guerras estão longe de terminar. Ele precisará de Bafo de Serpente outra vez.

Este livro foi composto na tipologia Stone
Serif, em corpo 9,5/16, e impresso em papel
off-white no Sistema Cameron da Divisão
Gráfica da Distribuidora Record.